紅樓夢與詮釋方法論

HONG LOU MENG YU QUSN SHI FANG FA LUN

洪濤／著

北京圖書館出版社

圖書在版編目（CIP）數據

紅樓夢與詮釋方法論/洪濤著. —北京：北京圖書館出版社，2008. 1
ISBN 978－7－5013－3566－4

Ⅰ. 紅…　Ⅱ. 洪…　Ⅲ.《紅樓夢》研究　Ⅳ. I207. 411

中國版本圖書館 CIP 數據核字（2008）第 014195 號

書名　紅樓夢與詮釋方法論

著者　洪濤　著

出版　北京圖書館出版社（100034 北京市西城區文津街 7 號）

發行　010－66139745，66175620，66126153
66174391（傳真），66126156（門市部）

E-mail　cbs@ nlc. gov. cn（投稿）　btfxb@ nlc. gov. cn（郵購）

websit　www. nlcpress. com

經銷　新華書店

印刷　北京市海淀区四季青印刷厂

開本　787×960（毫米）　1/16

印張　23

字數　310 千字

版次　2008 年 1 月第 1 版　2008 年 1 月第 1 次印刷

書號　ISBN 978－7－5013－3566－4/I · 216

定價　35. 00 圓

目　录

序　言

洪　濤

“又一本!”這可能是《紅樓夢》愛好者看到本書的第一個反應。“有什麼特別？有什麼新意?”這可能是第二個反應。

讀者如果想迅速掌握本書的重心，可以先看本書的結論。本書的特點在於以西方文學理論為架構，追溯《紅樓夢》由產生到被接受的真相，並考察作者、文本、讀者三大關鍵與詮釋活動的關係；書內所援引的理論範疇主要是 author-centred criticism（author function），textual criticism，reader-response criticism，也就是作者功能理論、文本批評、讀者反應批評，而益以符號（semiotics）的理念。貫穿各章的主線是尋繹詮釋活動以什麼方式進行，並追蹤意義衍生的過程和規律。因此，也可以說本書是在嘗試做“元批評”，或者“後設紅學”。

至於書外的情況，例如本書的緣起，現在就借這篇序文回顧一下，同時我也想交待這部書稿的寫法。

關於本書的緣起，可分近因和遠因兩個方面。先說近因。我目前手頭上有幾部書稿，其中三部以《紅樓夢》為中心：一、《紅樓夢英譯評議》；二、《紅樓夢與詮釋方法論》；三、《紅樓夢譯評之研究》。第二部書稿可以說是源自第一部。起初，我進入香港大學研究院跟隨黃兆傑老師做研究，是以《紅樓夢英譯評議》為目標的。

事情卻這樣發展：為了準備撰寫研究生畢業論文《紅樓夢

英譯評議》，我得把《紅樓夢》原著讀得爛熟；環繞着原著的各種基本問題，我也必須弄個明白，例如《紅樓夢》有哪些版本、哪個本子更接近“作者原稿”，等等。如此一來就有了橫逸而出的契機。當時，我剛修讀完黃兆傑老師講授的“文學評論”這門課，吸收了不少中、西方文學理論的知識，於是，面對種種紅學問題，我心裏沛然湧出好些意見。再加上，我留在港大研究院那段日子，同門師兄李焯雄、林光泰兩位都愛研治西方文學理論，在這種情況下，我豈能不受熏浸刺提？結果，我率先寫成了《紅樓夢與詮釋方法論》。我應該感謝黃兆傑老師給我這樣的自由。

至於遠因，我想這部書也可以溯源於我唸港大一年級的遭遇。當時，中文課程是專門實習怎麼標點清刻本《詩毛氏傳疏》（《詩經》學的一支），英文課程則由張美美老師教授莎士比亞名著 Hamlet（《哈姆雷特》），這兩門課雖新鮮，但困難，英文課程尤其艱深，因為入學之前，我完全沒有接觸過英國文學。以我當時底子之弱，要用英語寫論文論莎劇，豈能輕鬆？然而，就因為要硬攻這一科，我注意到一本書：Weitz，Hamlet and the Philosophy of Literary Criticism.（《哈姆雷特與文學批評的哲學》）。此後，不知道什麼原因，反正是不知天高地厚，我也就有點動念，想寫一部性質相似的書稿，對像改為中國文學，只是當初沒有預想到會以紅學為題。

上面所述的緣起故事，好像是文學批評、文學理論一股腦兒“襲人”，仿似有一隻看不見的手翻書給我讀，要我為它濡墨揮毫……結果，這部書稿大量吸納西方詮釋理論的精華，這個特點，讀者是很容易看得出來的，也難免有所質詢，例如“是否妥當”之類。既然這樣，理論運用的問題我也不能不先交待一下。首先，這個學術範疇，活脫脫的大好園地，為什麼前賢不去經營耕耘？是不是運用西方理論有什麼危險呢？關於這一層，我想起一個小故事：2002年，我參加香港大學“明清學術國際研討會”，會後，碰巧與香港嶺南大學的馬幼垣教授同坐一車（旅遊大巴），路上沒事可做，就劇談小說版本問題來消磨時間。馬先生一時興起，問我要不要參加嶺南大學舉辦的小說戲曲研討會？如果參加，題目又是什麼？我說我想借鑑西方一些學術經驗和理論來分析《紅樓夢》的文本問題。馬先生聞言大發議論，痛詆某些人套用西方理論時生吞活剝……我聽了，如臨深淵，如履薄冰。

後來我還是按照原本的構思將文章寫好提交給嶺南大學（就是本書的一節），看看馬先生有何反應。不料在大會上馬先生對拙文未予指摘，其他參加會議的學者專家也沒有挑出什麼毛病來。對此，我自我安慰道：大概這篇論文還過得去吧……實際上，我對“硬套理論、削足適履”的做法早已甚為忌憚。知道馬先生的預警後，我當然加倍謹慎。我也在另一個研討會上見識到龔鵬程先生如何重炮抨擊硬套西方理論的人。因此，西方理論這個環節我從來不敢掉以輕心。本書援用理論時，主要是借西方學者觀察問題的角度，注意吸納其中精華，而避免“理論先行”，也絕不整套兒照搬照用。本書是不是真的做到這一點，有待讀者來評判。

我始終沒有迴避“西方”，也沒有放棄“理論”，主要原因，是希望本書有比較堅實的學理基礎，不致於像某些談紅著作那般無甚章法，師心自用。其次，我既處於中西方文化交匯之地，也願意做有系統的新嘗試，看看**在西方學術視野中，紅學是怎麼一回事**。

讀者也許會問：“這書既然不是意在‘硬銷’理論，那麼，到底你做了些什麼？有何特色？”關於這一層，讀者可以馬上查看本書的導論和結論。我不妨在這裏特筆勾勒本書的寫法：本書有些章節接近於 discourse analysis，也就是詮釋上的“論述分析”。

簡化來說，論述分析所關注的是檢討紅學家怎樣利用論述手段和詮釋方法來推陳、包裝他們的論點。事實上，不少紅學觀點都借助論述手段甚至是語言暴力來“成就大業”、佔據要津。比如，我們可以從《紅樓夢問題討論集》找到不少“雖然……但是……”之類的話語。我們想問：為什麼有些《紅樓夢》的內容被列入“雖然……”的一方？另一些則歸入“但是……”的一方？這樣劃分的原因，實在是值得追究的！那麼多的“雖然……但是……”，到底論者排拒些什麼又想掇拾些什麼？再如，紅學探佚文章中“可能”、“也許”、“大概”、“似”、“似乎”、“或者”等詞使用頻率到底有多高，讀者有沒有注意到？再如，有些紅學專家，名為考證大師，實際上所做的，頗近於巧言如簧舌粲蓮花的詮釋，其修辭之工巧令人難以區分何為考據何為詮釋。至於參加“找尋原型遊戲”的人，專愛講《紅樓夢》小說中某角色“就是”是歷史上某某人、“必然”是歷史上某某人……又比如，許多紅學家實際上是在做“作者心理重建”，但張三也來重建李四也來重建，哪一家的說法較為合理？於是，為了增加“重建”的論說力量，論者會使出“撥用”、“前景化”、“淡化”、“取其所需”、“循環論證”等論述手段詮釋手段，自許隔代知己，將《紅樓夢》作者“打扮”成他們心目中想要的形像，以便推衍他們那一套“紅學”。二百多年的紅學史上，這種現象屢見不鮮。如果不予挑明，讀者多半要目迷五色。總之，從論述分析的角度剖析問題，我們就可以看到紅學傳記說、索隱派學說和“馬、列紅學家”相同的一面（手段上的相同），儘管他們研究《紅樓夢》的結論是不一樣的。

本書也會使用一些“不夠專門”的詞語來形容某些紅學現象，例如稱作者為“千面英雄”，稱論者的手段為“神聖化”、“邊緣化”、“利用歷史空白”（即“以不存為證”）等等。我的目的只有一個，就是希望以簡練通俗的語言一針見血地挑破芸芸紅學家到底用的是什麼論述手段。打個比喻：許多人看關公過五關斬六將，只愛看重那數字上的業績如“五”呀“六”呀，但是，我卻偏偏要聚焦於關公是怎麼“過”、如何“斬”。換言之，我認為那動作、那過程、那手段，纔是更值得注目的大關節，因為，不少炫目動聽的“紅學偉論”實際上都是寄生在論述手段上。我禁不住要來一個“論述分析”，透視它們的原形和脈絡。事實證明，也正是藉“論述分析”，我們看到紅學中的“暗渡陳倉”、“附加解碼”（overcoding）、“過度詮釋”和“詮釋的暴力”。本書以看清紅學真相為本願，紅學若需改弦易轍，也留給別人去做。

經過多年的觀察和考析，我發現近代紅學的發展竟然是環繞這樣的軌道進行：author→authorship→authoritative texts→authority→authorization。表面看來，好像我態度輕佻，師索隱派之故技，大玩文字遊戲。實際上，如果讀者有耐心讀完我這部書稿，多半會同意：涉及重大爭議的許多詮釋問題，確實都落在這條軌道的某一點上。這一詮釋之鏈的長期存在，正反映我國詮釋觀念中**作者決定論**的力量是何等強大。胡適考證以來，紅學漸成顯學，接著又捲入意識形態之爭，成為名利的津樑，於是，詮釋者群起爭奪詮釋大權、競逐 interpretive authority（詮釋的權威），文本考證也就離不開著作權（authorship）和權威文本（authoritative texts）之爭。於是，強作者（author）以就己、挾作者以自重（authority）的行為，屢見不鮮。

站在史家的位置看去，許多詮釋者只不過是自我授權（authorization）而已。有些人恐怕是刻意這樣做，有些人是無意識地依樣畫葫蘆，或者另起爐灶，借“新”作者以圖消解舊論點。換句話說，“言必稱作者”往往就是一種論述策略（discourse strategy）。這樣看來，筆者採取論述分析（discourse analysis）來觀照紅學史，絕非無的放矢。至於筆者這種做法成效如何，那是另一回事，有待讀者細讀本書內文後作一評判（具體情況不是我在這兒幾句話可以撮述得了的）。

近年來，內地紅學界的“詮釋權”、“詮釋權威”之爭漸趨激烈。筆者僻處海疆，獨學無侶，冷眼隔岸觀火之餘，或因此而更能保持學術客觀性也未可知。

本書的一些章節，蒙編者青眼，曾在《紅樓夢學刊》、《明清小說研究》等學報發表，也有一小部分在香港、臺灣的報刊和論文集上刊登過。收入本書之前，當然經過改善提升，不再是舊模樣。為求謹嚴，本書附加了一千多條註釋，有時候倒顯得過分細針密縷。又，本書未能兼顧之處，第一章已有交待。

本書醞釀期間，處於單槍匹馬的狀態，對學術問題的處理，只能自行揣摩而行。書成之後，卻得到梅節、陳慶浩兩位學人熱心的幫助。其中，陳先生親撰推薦信寄北京。梅節先生除了為我聯繫推薦外，更細讀拙稿，寫上旁批。梅先生學問淵博，本書吸納了他一部分意見，得以更上層樓。對於兩位先生，我真不知如何報答。此外，還有兩位女士促成本書的出版：殷夢霞女史為拙著的面世出了大力。她的責任感和辦事效率，北京城出版界罕有其匹。另一位是呂啟祥老師，十幾年來我們極少聯繫，只見過三次面，但她對我的研究工作多所支持。我發表在內地的第一篇文章，就是由她邀約的。她多次鼓勵我要將文章結集出版，以廣流通。我想借這個機會向兩位女士致謝。

2007 年 7 月洪濤記於香港城市大學紫區語文學部。

LSTAO@ cityu. edu. hk。

凡　　例

⊙ 書名號、篇名號

凡論著中提及書名或篇文而未加上書名號、篇名號，或以引號為書名號，本文徵引時一律加上現時通行之書名號《》、篇名號〈〉。如原作“石頭記”、“『石頭記』”，見於本文則作“《石頭記》”。但書名中復有書名者，則不重疊標識，如《〈紅樓夢〉考釋》作《紅樓夢考釋》。

⊙ 文字校訂

引錄原文，凡能識別到的訛、誤、漏字，在方括號〔〕內予以訂正、補足。凡異體字而不生歧義者不校，或逕改為較通行之印刷體。

⊙ 外語漢譯

【外語姓名】本文中的外語姓名，除自訂漢名者及有通行譯名者，其他英語姓名的中譯都取自辛華編《英語姓名譯名手冊（第二次修訂本）》（北京：商務印書館，1985 年 8 月）。其餘外語姓名的中譯則取自《世界姓名譯名手冊》編輯組編《世界姓名譯名手冊》（北京：化學工業出版社，1987 年 6 月）。例如，Steven Mailloux，本文依《世界姓名譯名手冊》譯為“史蒂文·馬尤”。

【外文術語】外文術語採用最為通行之漢譯，例如：foregrounding 的漢譯有“前推”、“突出”、“前景化”。以“前景化”較通行，故採用。再如 pseudo-statement，漢語文獻中多以“偽陳述”迻譯，從之。

【外文文獻】本文引用外文資料，大多先標其書名或篇名之漢譯，然後在括號中注明其外文原名及出版資料。如引文的上下文有所解說，文義已明，則未必附上譯文。

⊙ 版本

【《紅樓夢》的版本名稱】本文中《紅樓夢》的版本名稱，主要依照馮其庸主編、紅樓夢研究所彙校的《脂硯齋重評石頭記彙校》（北京：文化藝術出版社，1987 年 12 月）。惟指某一版本之底本（而非現今通行者），則另行注出。如有正書局出版的《國初抄本原本紅樓夢》（簡稱有正本），其底本為今藏上海圖書館的張開模藏本，正文之前有戚蓼生序文（故學界稱之為戚滬本）。學者往往直接稱有正本為戚序本。本文一般會注明何處指戚滬本，何處指有正本，但按上下文已可意會者，則不注。

【同名著作】凡同名之書而版次不同，本文在書名號外標明版本。如：

《脂硯齋重評石頭記》（庚辰本）

《脂硯齋重評石頭記》（己卯本）

但書名已注明版次者，則附於書名號內，如：

《紅樓夢新證》（棠棣版）

《紅樓夢新證（增訂本）》。

⊙ 引用批語

本文引用抄本上脂硯齋等人的評語，一般都根據陳慶浩

《新編石頭記脂硯齋評語輯校（增訂本）》（北京：中國友誼出版社，1987 年 8 月），但為方便讀者檢視評語所在的位置，本文引用某些批語時，除標示評語在《輯校》一書的頁次外，亦附列原評在各本（影印本）上的頁次。

⊙ 人物生卒年

本文提及的人物，一般而言，只於首次出現時注明其生卒年。有某些人物生卒年無法考出，則從缺。

⊙ 出版資料

書籍、論文只於其首次出現時注明出版資料，其後一般僅列出書名或篇名。

第一章
導　論

1　引言

> [L'activite structualiste] cherche moins à assigner des sens pleins aux objets qu'elle decouvre, qu' à savoir comment le sens est possible, à quel prix et selon quelles voies.
>
> ——Roland Barthes, "L'Activite Structualiste"
>
> **【譯文】** 結構主義活動比較輕視如何將完足的意義賦予客體，反而注重研究意義是怎樣產生的，以怎樣的代價和以什麼方式產生。
>
> ——羅蘭·巴爾特《結構主義的活動》

上面這段話是法國評論家羅蘭·巴爾特（Roland Barthes, 1915—1980）在一九六三年說的。① 本書的研究對象不是結構主義，而是《紅樓夢》的詮釋問題。② 我們把巴爾特的話引在卷首，因為本書的研究任務，不是發掘《紅樓夢》的意義，而是考查各家的詮釋方法和意義產生的規律。

為什麼我們要提出這樣的任務？

《紅樓夢》自清乾隆五十六年（1791）③ 刊行以來，至今已超過二百年。二百多年來，論者對這部書提出的解說多不勝數。據鄧慶佑（1929—　）歸納，有關《紅樓夢》的說法包括：隨園說、明珠家事說、張侯家事說、和珅家事說、宮闈秘事說、順治皇帝與董小宛的愛情故事說、讖緯說、民族主義說、無政府主義說、家庭感化說、欲念解脫說、自敘傳說、自然主義的傑作說、感嘆身世說、情場懺悔說、為十二釵作本傳說、農民說、市民說、傳統說、共名說、階級鬥爭說、四大家族說、愛情掩蓋政治說等。[④]這一大堆名目當然是不完全的，例如我們還可以加上余英時（1930— ）的"兩個世界說"，還可以加上趙岡（1929— ）的"盛衰論"。[⑤]上述統計即便不完全，我們已經可以由此窺見眾說紛紜的情況。

魯迅（周樹人，1881—1936）論《紅樓夢》的命意云："經學家看見《易》，道學家看見淫，才子看見纏綿，革命家看見排滿，流言家看見宮幃秘事……"[⑥]正道出《紅樓夢》意旨言人人殊的情形。

面對這一局面，我們不禁要問：為什麼一部小說會有這麼多種解釋？《紅樓夢》一書到底有沒有客觀的意蘊？《紅樓夢》的詮釋是怎樣進行的？有什麼因素影響詮釋活動？

上面這些問題都屬於"起源的問題"（genetic questions）。正如霍華德（Roy J Howard）在《詮釋學的三個側面》（*Three Faces of Hermeneutics*）一書中所說，這些問題也是康德式（Kantian）的問題。[⑦]康德（Immanuel Kant，1724—1804）認識論的明顯長處是首先問知識和認知的先決條件是什麼。他提出："我必須預先假定，在被認識的對象出現之前，我已先行具備一套認識規律，也就是說，這些規律是一種先驗的存在。"（"dessen Regel ich in mir，noch ehe mir Gegenstande gegeben werden，mithin a priori voraussetzen mu，…）[⑧]討論文學問題而徵引康德，似乎不倫不類。其實不然。因為文學作品的詮釋，歸根結底是認識論方面的問題。康德認識論的智慧對《紅樓夢》研究的意義在於：《紅樓夢》的詮釋不斷繁衍、增加，如果我們對詮釋的先決條件和"認識規律"沒有深入的了解，那麼，我們面對

《紅樓夢》的種種詮釋，很容易感到不知所措，無從分辨是非。釐清這個問題的另一層意義是：紅學是中國文學批評的一個分支，了解《紅樓夢》詮釋活動的內部情形，對其他批評領域而言，不無觸類旁通的作用。

一般認為，影響詮釋的重要因素至少有四大項——“傳統”、“理論”、“環境”（語境）、“個人”。[9]質言之，亦即：一、傳統。傳統的詮釋方法產生影響，例如傳統經學（古今文經學中的“微言大義”），又如孟子的“知人論世”學說。二、理論。詮釋者套用理論或成規，例如當時得令的文學理論，例如引入外來理論（實例有王國維）。三、環境。政治環境、意識形態的影響，例如政治領袖居高臨下的“指導”、學術巨擘樹立的強大的“典範”。四、個人。詮釋者個人的學養、經驗、偏見、私心等，也包括“以意逆志”。[10]當然，因素不限於這四項，而且這四項也不是孤立的，相反，可能同時起作用。

《紅樓夢》的詮釋也離不開以上四項詮釋“共相”，[11]但是，《紅樓夢》的詮釋也有特殊的一面（“殊相”）。因此，要具體回答上面提出的問題，必須深入分析紅學論著。

事實上，近人已經整理過紅學史，而且有專著數種行世。這些紅學史著作無疑能幫助我們了解紅學的發展情況，但也有種種局限，而且往往沒有著眼於影響詮釋的因素。以下，我們可以先檢討現存紅學史著作的得失。

2　前賢討論紅學史的模式及其局限

紅學史的敘述，不可避免要受到敘述模式和體例的限制。本節所說的“局限”，主要是就這方面而言，而不是刻意貶低紅學史的撰述者（“前賢”）。從這個角度看，本書也一樣受到討論模式和體例的限制，例如，按照本書的架構，我們難以顧及《紅樓夢》藝術技巧論、人物優劣論等課題，對於別人運用新興的“某某主義”、推出獨家的“X學”“X論”，本書也只是審慎對待。⑫

編年體、紀傳體、紀事本末體，在歷史學文獻類別中號稱“傳統史學三大體”。⑬我們發現紅學史著作大致也可以歸入這三類。其中，按時序先後逐書評議是前賢整理紅學史的常見模式。撰史者常常將紅學發展的過程劃分為幾個時期，例如，郭豫適（1933—　）在《紅樓研究小史稿（清乾隆至民初）》一書中說：

> 二百多年的《紅樓夢》研究史，可以分為兩個大的時期，從清朝乾隆年間至民國初年是前一個時期，從五四時期以後是後一個時期。⑭

韓進廉（1938—　）的《紅學史稿》也同樣將紅學史劃分為“舊紅學”、“新紅學”、“十七年的紅學”（指1949年建國到1966年“文革”之前）、“文化大革命中的紅學”。⑮

白盾（1922—　）主編的《紅樓夢研究史論》分成以下部分：第一編、1791—1921年，即程高本印行到胡適考證之間；第二編、胡適、魯迅時代；第三編、批判俞平伯（1900—1990）到“評《紅》熱”（1954—1979）；第四編、1979年至1996年間的“新局面”。⑯

此外，歐陽健（1941—　）等人的《紅學百年風雲錄》主要順序論述三個時期：二十年代、五十年代（批判俞平伯）、九十年代（歐陽健等人對胡適一系版本學的挑戰）。⑰

另外，杜景華（1938—2004）的《紅學風雨》的描述序列大致是：評點派→索隱派→新紅學考證派→小說批評派（王國維、魯迅）；再益以若干次論《紅》高潮：五十年代批判的紅學→七十年代紅學熱（“政治紅學”）→八九十年代多元化紅學。最後述及有關程本被貶低的問題、脂本是否偽託的爭論。⑱2005年陳維昭（1960—　）的《紅學通史》同樣分期處理二百多年的紅學史（將1754—2003年分成四期）。

近年來，紅學史著作也有人採用**編年體**來撰述。編年體是歷史敘述中最早的體裁。在紅學領域中，我們有宋廣波（1970— ）的《胡適紅學年譜》（哈爾濱：黑龍江教育出版社，2003）。這部書雖以胡適為主軸，實際上牽涉面甚為廣泛，不限於胡適一人，基本上可視為一部編年體紅學史，有助於讀者了解“胡適新紅學”的前後發展過程。[19]此書所提供的資料至1962年為止（按：該年胡適逝世。）《胡適紅學年譜》只是以一人為中心寫成，而以多人（紅學家）評傳連綴而成的類**紀傳體**著作，則有苗懷明（1968— ）的《風起紅樓》。[20]《風起紅樓》是一部“以人為主”的紅學史，其定位是：“以人為主，用感性的方式來講述20世紀有關紅學的人與事。”[21]另外，郭玉雯的《紅樓夢學：從脂硯齋到張愛玲》（臺北：里仁書局，2004），大體上是以學者為單位構築全書。總的來說，我們發現，分期敘述型的紅學史，數目比較多。

按時序先後來**分期敘述**當然有編撰上的方便，而且也完全符合“史”的基本條件，但是這種縱線的敘述方式會對撰史者產生制約。本書不打算全面評定現存紅學史論著的得失，但也不得不指出這種撰寫方式的兩個盲點。

首先，這種修史方式限於體例，容易墮入以下局面：覆述一書後接著覆述另一書，討論一人後接另一人，卻無法焦點清晰地探討一些對詮釋活動有重大影響的基本元素、共同基因，例如作者的詮釋功能、文本權威的問題等等。最明顯的例子是脂硯齋批語的接受問題（reception）。脂硯齋批語（脂批）對《紅樓夢》研究的重要性不容忽視（詳參本書第四章）。《紅樓研究小史稿》、《紅學史稿》、《紅樓夢研究史論》等都闢有專章論述脂批的作者、價值和局限性。[22]從這些論述中我們可以了解到史家對脂批的態度和評價。但脂批在紅學史上產生過什麼特殊的影響？為什麼產生特殊的影響？產生影響的具體過程是怎麼樣的？如何左右近代紅學的發展？這類問題，上述諸家卻鮮有集中討論。原因是他們採取了順時序逐書逐人評議的撰寫方式，所以沒有撥出足夠的篇幅特別考察脂批和詮釋活動之間的密切關係。[23]

再如，《紅樓夢》抄本和刻本的地位、前八十回的重大異文問題，都涉及閱讀、研究《紅樓夢》的基本。但是，與文本有關的重要課題，也不是順時序逐書逐人評議的修史模式所能集中處理的。[24]

從這個角度看，順時序先後來分期敘述（主要以論著、以人物為框架而順序述評），往往將一個核心的紅學問題割裂，難以給讀者一條清晰的發展線索。換言之，這種歷史敘述之體，容易衍生分散懸隔的問題：每論一個時期，需要重新提起上個時期未中斷的話題，這就給人煩累重複之感，例如，史家批評自傳說時，在胡適（1891—1962）部分批評一次，在俞平伯部分又批評一次，在周汝昌（1918 — ）部分再批評一次，在余英時部分還要批評一次（指責余英時沒有弄清自傳說的“真貌”）。同樣道理，如果以紅學人物為框架，也要面對分散懸隔這個問題。

順序分期敘述的另一缺陷是以中國大陸為本位，往往就沒有橫的概念、空間概念（這可稱為“空間軸”，相對於上段所說的“時間軸”）。在中國大陸，經過 1954 年的“紅樓夢事件”（或稱“批俞〔平伯〕運動”）[25]一役，馬克思主義文學理論開始佔據紅學領域。紅學史家都沒有忽視這個重大的轉變。他們撥出許多篇幅來敘述這一時期的紅學概況，較準確地記錄了大陸紅學的發展。然而，由於政治因素的影響，大陸紅學幾乎定於一尊，所以大陸的紅學情況雖然值得重視，但政治腔調濃厚，反而海外紅學異說競起。從紅學發展的角度看，海外紅學應該成為紅學史的重要部分，可惜順時序撰寫的紅學史大多沒有反映這一情況。例如，1949 年之後，索隱派在中國大陸無法立足，但是，在臺灣和香港卻仍有發展的餘地。潘重規（1907—2003）在 1959 年出版《紅樓夢新解》一書重新提出索隱派的反滿說，[26]對胡適一手創立的“新紅學”自傳說逐點提出駁議。[27]潘說是否妥當，容後再議，但他對自傳說的攻擊是主要紅學流派之間的論爭，在紅學發展史上有一定的意義。可惜《紅樓研究小史稿》、《紅學史稿》、《紅樓夢研究史論》等書的時序觀念局限於大陸的“革命的紅學”：《紅樓研究小史稿》沒有海外紅學的資料；《紅學史稿》1981 年初版只花了不夠一頁的篇幅就概括了臺、港紅學的情況，1989 年的新版《紅學史稿》則連這一部分也刪去；《紅樓夢研究史論》同樣只關注大陸的情況。[28]

紅學史要兼顧各國各地的紅學，理論上十分困難，甚至幾乎可以說是不大可能，但是，既然號稱紅學史，卻只集中論述中國大陸的紅學概況，便失於偏頗。史學家張舜徽（1911—1992）指中國的舊史“知有大漢而不知有少數民族”，[29]現存的紅學史也有類似的現象。近年，學者的工作，或多或少也能填補這個不足之處，如吳盈靜《清代臺灣紅學初探》（臺北：大安出版社，2004）；康來新有〈可愛與可信——紅樓夢在臺灣的傳播與研究〉；[30]胡文彬《紅樓夢在國外》（北京：中華書局，1993）；姜其煌《歐美紅學》（鄭州：大象出版社，2005 年）；孫玉明（1961 — ）《日本紅學史稿》（北京：北京圖書館出版社，2006）；韓國學者崔溶澈介紹《紅樓夢》在韓國的傳播與翻譯。[31]

戴維·哈克特·費希爾（David Hackett Fischer）在《史家的謬誤》（*Historians' Fallacies*）一書指出史家每每犯以偏蓋全的謬誤（fallacies of generalization）。紅學史著作名義上是紅學史而不是“大陸紅學史”，卻忽略了域外紅學的發展，這便很接近費希爾所謂“壓倒性例外的謬誤”（fallacies of the overwhelming exception)。[32]［2006 年補記］：2005 年陳維昭《紅學通史》注意到跨地域這一點。[33]這是可喜的現象。然而，本書要指出，現存所有的紅學史都無法涵蓋各國有關《紅樓夢》的論述，即使是《歐美紅學》一書，也遠未能涵蓋歐美各國對《紅樓夢》的接受（reception）。[34]這裏可舉一例，德文書 *Hongloumeng：Studien zum "Traum der roten Kammer"*（Bern；New York：P. Lang，1999），是一部三百多頁的論文集，但是，紅學史著作中全未提及。再如，讀者想從現存的"紅學史"專書中查看《紅樓夢》在韓國或泰國的接受情況，恐怕也難遂其願，敗興而回。

本書不是紅學通史，研究時并沒有"全面把握"的野心，所以，本書不會以地域為論述的主軸，但會適當關注中國大陸以外的紅學發展，如余英時、梅節（梅挺秀）、潘重規、皮述民、王關仕、劉廣定、John C. Y. WANG、Lucien Miller、Anthony C. YU 等人的觀點。本書所述所評所論仍然是不夠全面，但肯定可補現存紅學史之不足（但本書不以"全球化視野"為目標。這必須先行說明的）[35]。

另一種疏理紅學史的方式可以補救上述弊病。這就是**以"學派"為本位**的撰史方式。用這一模式寫成的文章有余英時〈近代紅學的發展與紅學革命〉，專書則有劉夢溪（1941 — ）的《紅學》。[36]劉夢溪很明顯受到余英時的影響。[37]劉夢溪按照紅學家採取的研究方法來劃派，將二百多年的《紅樓夢》研究劃分為三大派：考證派、索隱派和小說批評派。這種整理模式將海外紅學流派的發展也包括在內。例如，《紅學》一書就有"海外索隱派的復活"一節，以方法論為經打破了地域的界限。此外，《紅學》一書也注重紅學觀念的探索（參《紅學》第六章）及學者之間的論戰（參《紅學》第七章），所以這種撰史模式可補前述諸種紅學史的不足。

然而，這種整理模式也有它本身的局限。筆者曾發表〈論紅學派別的分歧、名稱與實際〉（載於《香港聯合報》1994年10月30日，第15版），對流行的分派問題提出質疑。費希爾在《史家的謬誤》一書列舉了各種“成分的謬誤”（fallacies of composition），其中一種是“跨派的謬誤”（the fallacy of cross grouping），指史家區分團體或派別攙有其他團體或派別的成分。[38]從紅學的實際情況看，強按研究方法分紅學流派難免犯上“跨派的謬誤”。例如，蔡元培（1868—1940）推求《紅樓夢》書中人物和清初人物的關係，共用三法：第一，品性相類者。第二，軼事有徵者。第三，姓名相關者。這三種方法都是蔡元培自行設定的解讀方式，是名副其實的索隱方法。但是，因為這三種方法都牽涉到歷史人物的考證，所以余英時也承認：“廣義地說，這也是歷史考證，……”[39]

另一個例子是被稱為“考證派主力”的周汝昌（1918— ）。今天，如果我們稱周汝昌為“考證派”，我們是要注意“時間性”的。在《紅樓奪目紅》中，“考證派”周汝昌也大談“隱語”、“廋詞”：《紅樓夢》書中有人名“穆蒔”，“蒔”意為“立”、“更（改）種（植）也”，所以周汝昌聲稱“穆蒔”是暗指康熙朝太子的即立又廢；[40]“穆變音協韻正如‘密’”，密是謚號；[41]又，“脂”音轉為“畸”、古硯變為笏；[42]“女人也稱‘叟’”，“只不過其音微微一轉，由sou念成sao而已”，[43]所以周汝昌認為脂硯齋即畸笏叟；又，“乾”代表乾隆，“坤”代表弘晳……周汝昌所使用的種種“姓名相關”、文字諧音轉訓的技巧，正是傳統的索隱技法（周汝昌如何將“木石前盟”的女主角解釋成史湘雲，留待本書第四章再來分析）。周汝昌的自傳中有一段簡介，稱周汝昌為“考證派主力和集大成者”；[44]在梁歸智（1949— ）所撰的周汝昌傳記中同樣稱周為“‘考證派’集大成者”。[45]然而，從剛剛舉出的實際操作看，周汝昌也十分擅長索隱派的慣技。那麼，將周汝昌歸入“考證派”是否妥當？[46]答案是很明顯的。周汝昌本人恐怕也不以為然。[47]

或謂周汝昌屬於“〔胡適〕**新紅學**”。[48]但是，依筆者的觀察所得，周汝昌研《紅》初期或可編入“〔胡適〕新紅學”，但後來他提倡的“悟”，卻大異於胡適考據學的“有一分證據，只可說一分話”。[49]周汝昌在《紅樓無限情：周汝昌自傳》中大力推崇“悟”，認為有些事情“絕非什麼‘考證’所能盡其能事的了”。[50]他聲稱自己相信“自傳說”，也是自己“悟”，而不是相信“權威”[51]（濤按：自傳說的“權威”是指胡適吧?）。周汝昌的話，我們不必盡信，但畢竟他是夫子自道，明確將“悟”凌駕於“考證”之上，[52]而且亦有所實踐：周汝昌承認他的“脂硯即湘雲”之說，也是他靠“悟”得出來的。[53]凡此種種，都是值得紅學史家細細思考的：**周汝昌屬於“〔胡適〕新紅學”嗎?晚近的周汝昌還屬於“〔胡適〕新紅學”嗎?**[54]

劉夢溪其實也意識到以方法論來區分派別有不妥當的地方。他說：“廣義地說，索隱也是一種考證，考證也是一種索隱。”[55]事實上，“考證派”、“索隱派”紅學家而兼做“小說批評”的大有人在（劉夢溪即已看出“俞平伯所代表的考證派紅學”有與“小說批評派合流”的現象[56]），從事小說批評而兼採考證方法的也不乏其人（宋淇、余英時近之）。因此，劉夢溪自己也承認他自己書中所定的紅學三派有融合的可能。[57]

這樣一來，按“考證”、“索隱”來區分流派只能得到論述上的方便，劃分學派充其量只能道出紅學家的某些特點，有簡化研究對象的嫌疑。至於有人用“鬥爭論紅學”、“政治紅學”來稱呼 1949 年以後的紅學，我們擔心這些標簽的含義也是過分寬泛，因為“反滿說”也大談鬥爭（滿漢鬥爭、朝廷內部鬥爭），也講政治（明末清初的政治）。換言之，鬥爭、政治，不是某家紅學的獨門專利。[附記]：本書不用“考證派”這一名稱，因為考證方法太多學者運用，如果我們將他們劃為一派，其涵蓋範圍大得失去意義。但本書將沿用“索隱派”之名，專指：偏愛搬弄“隱語”、要“索”出“隱”義的紅學家。這樣做，好處是避免以單一方法來替紅學家分派。換言之，本書指稱的“索隱派”可以應用任何方法，包括考證。[58]本書也不用“鬥爭論”、“政治紅學”，其原因留待下文解釋（請參看本書第二章）。

以考證、索隱為主線來分析紅學史當然有它的意義，但是考證、索隱方法是死的，紅學家建立某種學說時可以既採索隱方法，又採考證方法。索隱抑或考證，由人自取，紅學家完全沒有必要固守一種特定研究的方法。紅學家既考證也索隱，又有什麼不可以？紅學家既談實錄，也談虛構，又有什麼不可以？我們相信，紅學家不必因為自己有“××派”的稱謂而自我設限。[59]

因此，更重要的問題是：為什麼紅學家會採取某種方法？目的何在？是什麼因素使他們採取這種（或幾種）方法的？這些都是更深一層的問題。換言之，我們關心的是：某種詮釋成立的條件是什麼？詮釋的最終權威何在（在於詮釋方法，還是在於詮釋者，還是其他）？這就回到我們在卷首標舉的任務：《紅樓夢》的意義是怎樣產生的？意義生成的源頭在哪裏？

本書先指出現存的歷史敘述有一些盲點，接著，自然要嘗試用一種與前人不同的角度來探討上述紅學問題。此外，晚近三部紅學史都有撰者借“編寫歷史”而自我表彰的文字。這難免給人一種印象：撰者借歷史敘述之便“崇已抑人”（參看劉勰《文心雕龍·知音》篇）。筆者未能欣賞這種作風，所以本書將盡力避免這種做法。[60]

3　本書的研究範疇及取向

為了分析影響《紅樓夢》詮釋的各種重要因素，本書會檢視《紅樓夢》由產生到被接受（reception）所牽涉的各個主要環節，換言之，即作者、文本、讀者，尤其注意這三個環節與詮釋活動之間的關係。這樣做，好處是大脈絡比較清晰；缺點是“不夠全面”，不能夠涵蓋《紅樓夢》研究的方方面面（實際上，一部著作要“全面”到“巨細無遺”，那是不大可能的。縱使有人真的嘗試去做，其結果也可能是過分駁雜，焦點不清）。以下對本書這幾個研究範疇稍加申說。

一、首先討論作者問題（authorship）。實際上在討論的過程中我們同時辨明紅學著作中，詮釋權威（authority）的觀念和“獲得作者授權”（authorization）的行為。

《紅樓夢》的早期抄本都附有脂硯齋等人的批語。我們從批語的內容得知，曹雪芹（名霑，約1715—約1763）[61]如果不是《紅樓夢》全書的作者，至少他也曾對此書進行過增刪整飾（學者對這一點聚訟紛紜。詳下文）。但是，早期抄本一度湮沒無聞，而在廣泛流傳的萃文書屋本《紅樓夢》上，既未題作者姓名，脂硯齋等人的批語也幾乎悉數不存，曹雪芹的名字隨批語被削而湮沒。[62]同時，程高本（即萃文書局本，“程高”指程偉元和高鶚）的序言明說：“作者相傳不一，究未知出自何人，惟書內記曹雪芹先生刪改數過。”[63]程高本及其後裔一度風行天下，於是，曹雪芹只屬“刪改者”的說法不脛而走。

因此，清代讀者對《紅樓夢》的作者有許多猜測，而設想不同，對《紅樓夢》的“本事”理解也就跟著改變（詳參本書第二章）。到了1921年，胡適發表〈紅樓夢考證（改定稿）〉一文，提出曹雪芹是《紅樓夢》的作者。胡適的說法至今仍是很有影響力的學說，但質疑者不絕如縷。[64]胡適又提出“高鶚續書說”，也引起了無數爭論。[65]雖然有學者用統計方法認定前八十回後四十回出自同一人之手（如Bernhard Karlgren，CHAN Bing-cho，即高本漢和陳炳藻），但是，後四十回常常被貶低。[66]

一般學者對《紅樓夢》作者的研究，重點在於著作權。國學大師王國維（1877—1927）認為唯一合理的考據題目是此書的作者姓名與作書年代。單世聯在〈知在紅樓第幾層——對紅學史的一個檢討〉一文中考究讀者追查作者情況的心理，他說："迷戀於作品本身的魅力而追究作者及其創作情況，原是一般讀者的正常心理。"[67]另一位專家楊光漢說："讀者的心理是傾向於對作家生平多有了解。"[68]這種看法大致不差，但是，在紅學領域，問題並不是這麼簡單的。從表面看，為《紅樓夢》找出作者是一件獨立的事——"《紅樓夢》的作者是誰"屬於單純的學術問題，與《紅樓夢》的詮釋無關。其實，深入一點看，《紅樓夢》著作權的牽涉面極大，至少涉及下列問題：確立作者這件工作的意義（文本是否獨立自主的?）、確立作者的方法（根據歷史文獻還是從文本的內容來推理?）、"原作者"和增刪者的身份（是不是同一個人?）、作者的經歷和小說內容的關係（"作者"的見識能否寫出小說所呈現的情節內容?）……總的來說，各種詮釋家都熱衷於解說作者的原義（the author's intended meaning），因此，作者一定要"在場"（說詳下文）。

可見，作者問題必然要牽動許多詮釋問題，而且這些問題都關乎對全書的通盤理解。

本書要探討的重點不是著作權本身，而是作者的確立和詮釋活動之間的關係。這樣做一方面避免重複前人的工作，另一方面也可以集中討論受人忽略的課題——作者的詮釋作用（author-function）。

二、承接上一點，我們由作者問題過渡到文本（text）的地位問題。這個問題也涉及文本的"真偽"和"優劣"之辯，也產生"隱"和"佚"的問題。

理論上，各種詮釋無不是文本的產物，文本是詮釋活動的主宰，具有壓倒性的權威。實際上，《紅樓夢》文本的地位往往受其他因素影響。

例如,“高鶚續書說”就長時間影響到詮釋者對《紅樓夢》後四十回的觀感。另外,《紅樓夢》的版本眾多,僅抄本就有十幾個,詮釋的對象不穩定,讀者解讀時所依據的版本也就有左右大局的力量。例如,唐德剛(1920 —)曾提出《紅樓夢》不寫女性的“小腳”,可能是曹雪芹故意迴避,因為旗人是不纏足的。曹雪芹既為旗人,在他的審美觀念中,三寸金蓮也就毫無美感可言。但是曹雪芹又處身於以漢族為主的文化環境中,所以他不敢詬病“小腳”,以免犯眾怒。

由這樣一個“小腳”的細節,論者就想推測出作者的“民族心態”。可見,文本的字眼雖只是個別文本上的小細節,但在詮釋者那兒小細節卻可以“折射出”關乎民族心態的大關節。[69]

然而,《紅樓夢》真的沒有寫“小腳”嗎?試看《紅樓夢》第六十五回怎樣描寫尤三姐:庚辰本、己卯本、夢稿本、蒙府本、戚序本、戚寧本、甲辰本、列藏本都有“綠褲紅鞋,一對金蓮”一句。[70]但此句在通行的程高本上沒有出現。[71]唐德剛自己也已經發現這一事實,所以他提出疑問:“這‘一對金蓮……’是否是雪芹的原文?”[72]實際上,早在清代,評點家已經注意到《紅樓夢》中眾女是否裹腳的問題。[73]到了 2006 年,土默熱也從“大小腳問題”看到:“《紅樓夢》的故事,並非乾隆年間的故事;《紅樓夢》的作者,不是‘旗人’曹雪芹,……”[74]土默熱嘗試從大、小腳問題推出作者是洪昇之論。[75]這樣看來,《紅樓夢》開端明明說“無朝代年紀可考”,奈何論者卻不予重視。那麼,文本的制約力量何在?

由上例可見,詮釋者選定的版本和他們的解釋實有直接的關係。[76]由這一點又引出另一個問題,解讀《紅樓夢》到底有沒有可靠的權威文本(authoritative text)?

例如第七十六回的湘雲吟出上聯“寒塘渡鶴影”,黛玉的下聯在夢稿、蒙府、戚序、戚寧本上作“冷月葬花魂”。庚辰本原抄作“冷月葬死魂”（“死”字顯為誤抄，原筆旁改為“詩”）。列藏、甲辰、程甲等本都作“詩”魂。[77]對於原文當為“花魂”還是“詩魂”，何者較佳，學者的意見不同，議論紛紜。討論過這個問題的學者包括：周汝昌、宋淇（1919—1996）、林冠夫（1936 — ）、胡文彬（1939 — ）、劉恆、蔡義江（1934 — ）、馮其庸（1924 — ）、陳詔（1928 — ）、薛洪勣、季稚躍（1936 — ）、鄭慶山（1936—2007）、王人恩、梁歸智等。[78]只是一字之爭，但所涉問題卻大，如宋淇說：“如果林黛玉說出‘冷月葬詩魂’來，非但與林黛玉的個性不合，而且違反了作者的用意。”[79]馮其庸則力主原作應為“詩魂”，曾多番論及此問題。他認為“閱者萬萬不能辜負雪芹的苦心!”“〔詩魂〕關係到《紅樓夢》一書的思想主題”。[80]宋淇說“作者用意”，馮其庸說“思想主題”，都屬非同小可。從種種不同的詮釋中，我們可以看出，學者往往把異文納入他們自己的詮釋體系之中，把他們認可的文字和他們心目中的作者意圖配合起來（例如和他們對林黛玉的評價相配合[81]）。異文並不完全決定詮釋，相反，有時候是學者的詮釋體系決定應該哪一種文本的文字纔“正確”，並釋出特定的意義。如果詮釋活動是這麼一回事的話，那麼，文本是否能對詮釋活動起制約作用？我們如何看待文本地位（the status of the text）？

上引兩例都屬於較細微的異文校勘工作。事實上，紅學版本學的工作往往是確定某個本子的出現的時間、評定各本的地位（是否權威文本?）、[82]議論傳鈔增删問題、甚至建立各版本之間的系統類屬。[83]這類版本、異文問題，連專注於文學研究的西方評論家也不能全然不顧，例如 Lucien Miller（米樂山）的 *Masks of Fiction in Dream of the Red Chamber: Myth, Mimesis, and Persona*（《紅樓夢中虛構的面具》）特闢一章“The Hung-lou meng Text and Textual Critics”，介紹版本和版本學家。[84]本書要討論的重心不單純是文本的先後、優劣或系統問題，而是集中探究詮釋活動與文本地位兩者之間的關係，以免重複前人的工作。

從下文的考察我們將看出，與文本相關的研究工作與詮釋前設根本就是糾結相纏，難以分割，難以分述。所謂文本有“客觀的自身的結構”，原則上是存在的，但紅學論述的領域中，這恐怕是詮釋的產物。

至於文本的“奧秘”、“空白”，也成了論者筆下的“隱”和“佚”。索隱家的眼睛看著明清史，探佚家的目光投向八十回以後……

三、最後探討《紅樓夢》的“特殊讀者”所引起的詮釋問題。這個方面，西方的“讀者反應批評”（Reader-response Criticism）若干論點對我們的分析頗有幫助。

《紅樓夢》的讀者不計其數，豈能逐一研究？本書要深入探究的“讀者”並不是普通的讀者，而是在《紅樓夢》詮釋史上具有特殊地位的讀者，即脂硯齋和畸笏叟等早期的《紅樓夢》讀者。[85]

所謂“特殊地位”也許需要在這裡加以解釋。（一）“特殊地位”本身並不是我們主觀賦予的，而是《紅樓夢》研究造成的客觀事實。脂硯齋和畸笏叟留下的批語在紅學作者論、版本學、探佚學和後四十回評價方面都佔有重要的地位。（二）如果我們再進一步探究這種“特殊地位”的由來，我們就會發覺脂硯齋和畸笏的地位緣自他們與作者的密切關係。“特殊的地位”是相對於其他清代《紅樓夢》讀者評家而言的。

事實上，自乾隆五十六年辛亥（1791）木活字本《紅樓夢》行世以後，脂硯齋和畸笏叟幾乎完全湮沒無聞。王希廉（1832—1875）、張新之（生卒年不詳）、姚燮（1805—1864）三人的評點本纔是最流行的評本。[86]其餘讀者評家包括哈斯寶、劉履芬（1827—1879）、陳其泰（1800—1864）、王瀣（1884—1944）、黄小田（1795—1867）等人的評點近年也陸續輯印流布。[87]還有孫崧甫評、洪秋蕃評等。[88]這些讀者和脂硯、畸笏一様，都是讀者兼評點家批評家，但他們都與《紅樓夢》作者沒有親密的關係，所以，近代學者對脂硯齋和畸笏叟的重視程度遠遠超過這些後來讀者兼評家。[89]

二十世紀末開始有人重視所謂“評點派”，但以受關注的程度來衡量，與作者無關的“評點派”遠遠不能夠得上脂硯齋和畸笏叟等脂本的評者。[90]有個別“異見人士”費盡九牛二虎之力嘗試“清除”脂硯齋，但是經過多番論述後，還是未能竟其全功。[91]

初步考察近人對脂硯齋和畸笏叟的研究，我們可以歸納出幾個大方向：第一，推究脂硯、畸笏的身份，同時將他們的批語與實證式研究結合起來。從事這方面研究的學者有胡適、俞平伯、周汝昌、吳世昌（1908—1986）、趙岡、戴不凡（1922—1980）等人（詳見本書第四章）。[92]第二，重視評者在小說評點學上的地位。從事這方面研究的學者包括王靖宇、葉朗等。[93]第三，結合西方文學理論來進行研究，可以舉 David Jason Liu（劉大衛）和 Shan Te-hsing（單德興）為例。[94]第四，否定脂批，打倒脂批，如歐陽健、克非等（詳見本書第四章）。第五，整理和綜合性研究，如俞平伯、陳慶浩。

本書的做法和以上諸家都不相同：本書主要是追溯脂硯齋、畸笏叟在《紅樓夢》研究中確立“特殊地位”的過程，以及脂硯、畸笏批語與詮釋問題的密切關係。[95]

在“讀者”這個層面上，本書除了集中力量研究“特殊地位的讀者”外，也借助“讀者反應批評”中詮釋成規（interpretive convention）、詮釋群體（interpretive community）等觀念來進行分析。當然，近代赫赫有名的紅學家如何閱讀《紅樓夢》、如何處理《紅樓夢》的問題，本來就在我們考察的視野之內。

4 結語

本書的做法，不以“時期”為論述的分野，也不以“人物”為主線，而是以“詮釋範疇”為中心，並細繹各種詮釋方法的具體操作的情況。這種做法，用來疏理繁複的紅學現象，有一定的便利之處。

總的來說，不必受制於如何分期纔是“紅學史的真正面貌”這個難題，也不必因“紅學人物”而割裂紅學觀念。

落實到具體、微觀處，本書的做法對某些難題有先天“免疫力”：第一，筆者不必再考慮在時間維度方面“如何分割”的問題（如何將紅學發展妥當地分割成幾個大章節、大段落？是否按政治局勢的發展來劃分？所謂“新紅學時期”是否沒有“舊索隱”的存在？），同樣，敘述上也沒有“如何接續”的問題。[96]第二，不以“人物”為主軸，就不必擔心紅學人物的歸屬是否得宜（例如王國維能否劃入“新紅學”？抑或，他屬於“舊紅學”？又如，周汝昌是否純正的“胡適新紅學考證派”?）。[97]更不用擔心將本書寫成一篇篇的紅學人物述要，也不用擔心過分捲入學者之間的個人轇轕。[98]第三，在空間維度方面：沒有所謂“分區評述”的問題，例如所謂“大陸紅學”、“海外紅學”之類（本書沒有將“全球化視野”視為研究的目標）[99]。

下面我們分三章來討論《紅樓夢》的詮釋問題。研究過程中，參考了一些西方文論，主要是 author-centred criticism（author function），textual criticism，reader-response criticism，而益以符號學（semiotics），但力戒“理論先行”——有學者指王國維論《紅》時犯了硬套理論之病，[100]筆者對“硬套理論”的危險自然有所警惕。

整個研究主體分為三章，這是為了方便敘述，實際上，本書探討的問題並非涇渭分明、毫無交涉的。章與章之間有關聯的地方，本書會在文中注出，請讀者互相參看。

注释：

① 羅蘭·巴爾特：〈結構主義的活動〉，收入其《批評文集》（Roland Barthes，"L'Activite Structualiste". IN Roland Barthes，*Essais Critiques.* Paris：Editions du Seuil，1964），p. 218。

②《紅樓夢》，此名廣為人知，抄本也有題名為《石頭記》的。論者認為此書有"《石頭記》系統"和"《紅樓夢》系統"之分。關於本子的問題，本書第三章將有比較詳細的討論。

③《程甲本紅樓夢》的高鶚（約1738—1815）〈敘〉寫明"乾隆辛亥冬至後五日鐵嶺高敘"，見曹雪芹、高鶚：《程甲本紅樓夢》（北京：書目文獻出版社，1992年3月），頁7。

④ 參馮其庸（1924— ）、李希凡（1927— ）主編：《紅樓夢大辭典》（北京：文化藝術出版社，1990年1月），"紅學詞語"部分。

⑤ 余英時：《紅樓夢的兩個世界》（臺北：聯經出版事業公司，1978年）。趙岡：〈"假作真時真亦假"——紅樓夢的兩個世界〉，《明報月刊》1976年第6期。

⑥ 魯迅：〈《絳洞花主》小引〉，見《魯迅全集》（北京：人民文學出版社，1981年），卷8，頁145。"看見《易》"當指張新之。張新之在《石頭記讀法》中說："全書〔濤按：指《紅樓夢》〕無非《易》道也。"見馮其庸纂校訂定、陳其欣助纂：《八家評批紅樓夢》（北京：文化藝術出版社，1991年9月），頁77。"看見淫"，可舉梁恭辰為例。梁恭辰在《北東園筆錄》中說："《紅樓夢》一書，誨淫之甚也。"見一粟（周紹良、朱南銑）編：《古典文學研究資料彙編·紅樓夢卷》（北京：中華書局，1963年12月），頁14。"看見纏綿"，可舉花月痴人為例。花月痴人在〈《紅樓幻夢》·自序〉中說："〔《紅樓夢》〕情書也。"見《古典文學研究資料彙編·紅樓夢卷》，頁54。"革命家看見排滿"，例如蔡元培（1860—1940），參本書第二章。"流言家看見宮幃秘事"，例如王夢阮、沈瓶庵，參本書第二章。

⑦ 羅伊·J·霍德華：《詮釋學的三個側面》（Roy J. Howard，*Three Faces of Herme-*

neutics: *an Introduction to Current Theories of Understanding*. Berkeley & London: University of California Press, 1982), p. 86。

⑧ 康德:《純粹理性批判》(Immanuel Kant, *Kritik der reinen Vernunft*. Leipzig: Kroner, 1925), p. 12。

⑨ 當然,這四者是交融在一起的,現在我們強加區分,只是為了論述時分清眉目。另外,作品(詮釋對象)或多或少決定了詮釋的大致範圍。關於詮釋者和作品之間主客因素的交融,詳參本書的第三章。

⑩ 詮釋之事,免不了摻入個人的成見,因此,"個人"或"主觀"難以絕對消除。所以,我們的問題是:個人的詮釋有多少客觀基礎,或者,有沒有可能做到更客觀?本書下文將有具體的檢討。

⑪ 以上這四方面,前賢探究已多,故本書不再重述。

⑫ 本書不能夠全面討論已出版的紅學史論著。這裡只是提出一些初步的觀察。此外,與《紅樓夢》內容無甚關係的爭論,諸如曹學中的"丰潤說""遼陽說"、程高本出版地是北京還是蘇州等問題,本書不予述評。主要的原因是這些問題無關乎筆者心目中的詮釋問題,在本書的三大範疇中不能佔一席位。至於本書未能兼顧的課題,將來有機會再來補論。

⑬ 謝玉杰,王繼光主編:《中國歷史文獻學》(北京:民族出版社,1999),頁 111。

⑭《紅樓研究小史稿》(上海:上海文藝出版社,1980 年 1 月),頁 2。

⑮ 韓進廉:《紅學史稿》(石家莊:河北人民出版社,1981 年 11 月初版;石家莊:河北教育出版社,1989 年新版)。

⑯ 這裡只是舉其大輪廓,詳情請參看白盾主編:《紅樓夢研究史論》(天津:天津人民出版社,1997)。

⑰ 這裡只是舉其大輪廓,詳參歐陽健(1941—),曲沐,吳國柱:《紅學百年風雲錄》(杭州:浙江古籍出版社,1999)。

⑱ 這裡只是舉其大輪廓,詳參杜景華:《紅學風雨》(武漢:長江文藝出版社,2002)。

⑲ 另外,類近編年體的紅學紀歷,尚有馮其庸、李希凡主編:《紅樓夢大辭典》(北京:文化藝術出版社,1990)"曹雪芹與《紅樓夢》研究史事繫年"。

⑳ 苗懷明:《風起紅樓》(北京:中華書局,2006)。在筆者心目中,《風起紅樓》

屬“類紀傳體”。史學中的紀傳體，不限於“以人物為主”。

㉑ 苗懷明：《風起紅樓》（北京：中華書局，2006），語見頁 276。

㉒ 参看《紅樓研究小史稿》第二章“脂硯齋的評論”（該書頁 41—81）；《紅學史稿》第二章“《石頭記抄本》和‘脂硯齋’評語”（該書初版頁 41—81、新版頁 42—88）；白盾主編：《紅樓夢研究史論》（頁 189—215）。

㉓ 所謂“不足夠”，只是筆者的觀感。紅學史家可能認為“已經很足夠”。

㉔《紅學百年風雲錄》的範圍比較集中於本子的問題，但是該書花了不少筆墨和力氣在“爭論時應有風度、態度”問題上。

㉕ 指 1954 年中國大陸批判俞平伯（1900—1990）的運動，是自有紅學以來最大規模的批判運動。日人村上哲見在翌年（1955 年）發表〈有關《紅樓夢》研究批判討論的經過及論點〉（「紅樓夢研究をめぐる批判討論の經過と論點」），見日本《中國文學報》第二冊（1955 年 4 月），頁 162—182。此文記錄了批俞經過及論點，並羅列了有關批判文章。可以參看。“紅樓夢事件”是趙聰的說法，參趙聰：《俞平伯與紅樓夢事件》（香港：友聯出版社，1955 年）。“批俞運動”這名稱則取自石棱羽（1924— ），參其〈當代紅學史論三題——關於“批俞運動”的幾點質疑〉，載於《汕頭大學學報（人文版）》，1986 年 2 期（1986 年 5 月），頁 57。

㉖ 潘重規：《紅樓夢新解》（新加坡：青年書局，1959 年）。

㉗ 詳參 D. H. 費希爾：《史家的謬誤》（D. H. Fischer, *Historians' Fallacies*. London: Routledge & Kegan Paul, 1971），p. 126。

㉘“革命的紅學”是余英時的用語，本文姑且借用一下。“革命的紅學”這詞，應該和“紅學的革命”對照著看，纔更有意思。

㉙ 張舜徽：《中國古代史籍舉要；中國古代史籍校讀法》（武漢：華中師範大學出版社，2004），頁 100。

㉚ 載於金瑛、李秀珍編輯：《紅樓夢的傳播與翻譯》（漢城：高麗大學校、鮮文大學校，2004 年 11 月），頁 91—105。該文介紹了吳盈靜、朱嘉雯、蕭鳳嫻對臺灣紅學的研究。此外，劉廣定（1938— ）《化外談紅》（臺北：大安出版社，2006）一書介紹《紅樓夢》在臺灣的出版情況。參看該書第 69—78 頁。

㉛ 崔溶澈的文章刊載於金瑛、李秀珍編輯：《紅樓夢的傳播與翻譯》（漢城：高麗大學校、鮮文大學校，2004 年 11 月），頁 61—90。

㉜ 詳參D. H. 費希爾：《史家的謬誤》（D. H. Fischer, *Historians' Fallacies.* London：Routledge & Kegan Paul, 1971），p. 126。

㉝《紅學通史》（上海：上海人民出版社，2005）。對於《紅學通史》，大陸著名學人的評論呈兩極化。撰者的老師黃霖說："這部通史在保持自己主體性的基礎上具有獨特的個性。"（語見黃霖為《紅學通史》撰寫的序文，頁6）；另一位大陸著名紅學家梁歸智的評語卻是："自負的書生氣"、"自以為是的'點評'"。語見梁歸智：《紅學泰斗周汝昌傳：紅樓風雨夢中人》（桂林：灕江出版社，2006），頁446，頁447。黃、梁兩家各自表述，但其中也有共通點（都談到撰史者的個性）。此外，梁歸智在《紅樓探佚紅》（北京：作家出版社，2007）進一步評陳維昭："有些泥西不化而缺少活學活用，為教條所縛而未能'金鱗透網'，難免文化相對主義嫌疑，因此他的紅學史觀頗有一點悖論色彩……"梁歸智這段評語的著眼點在於學術層面，而不是撰史者的"個性"。

㉞ 姜其煌：《歐美紅學》（鄭州：大象出版社，2005年6月）。此書的正文共166頁。

㉟ 筆者另撰有兩部書稿：《紅樓夢英譯評議》、《紅樓夢譯評之研究》，專論《紅樓夢》在英語世界的情況，以討論英譯、翻譯評論為主。

㊱ 劉夢溪：《紅學》（北京：文化藝術出版社，1990年12月）。

㊲ 在《紅學》一書的〈跋語〉中，劉夢溪也承認從余英時那兒獲得許多觀念和方法。語見劉夢溪《紅學》，頁344。

㊳《史家的謬誤》（*Historians' Fallacies*），p. 236。

㊴《紅樓夢的兩個世界》，頁7。筆者想澄清，"歷史考證"並不是索隱派的全部。

㊵ 周汝昌：《紅樓奪目紅》（北京：作家出版社，2003），頁221，頁229。

㊶ 參看周汝昌致劉心武的信件。劉心武：《紅樓望月》（太原：書海出版社，2005年4月），第18頁。

㊷ 周汝昌：《紅樓奪目紅》（北京：作家出版社，2003），頁293。

㊸ 周汝昌著；周倫苓編：《定是紅樓夢裏人》（北京：團結出版社，2005），頁129。

㊹ 參看周汝昌：《紅樓無限情：周汝昌自傳》（北京：北京十月文藝出版社，2005年3月）的作者簡介。

㊺ 梁歸智：《紅學泰斗周汝昌傳：紅樓風雨夢中人》（桂林：灕江出版社，

2006)，頁 328。周汝昌的《紅樓夢新證》確實做了大量歷史考證工作。然而，他的“考證”也有可商榷處。在《周汝昌夢解紅樓》（桂林：灕江出版社，2005）頁 267 指《紅樓夢》中榮禧堂對聯“就是指的太子胤礽的手蹟”。周汝昌認為曹家涉及胤礽後裔的政變而被抄家，曹雪芹因而懷恨在心著書刺雍正。有學者指出，所謂“胤礽對聯”原出於唐朝詩人。周汝昌號稱“考證派主力和集大成者”，又不乏助手，何以表現如此，值得世人深思。

㊻ 周汝昌對“蒔”的“解釋”，劉心武繼承了下來，參看劉心武《劉心武揭秘紅樓夢》（北京：東方出版社，2005），頁 111。劉心武：《紅樓望月》（太原：書海出版社，2005 年 4 月），頁 253。

㊼ 實際上，周汝昌所做的工作也絕不限於考證。參看本書第三、第四章。

㊽ 本書所謂“胡適新紅學”，指胡適的紅學體系：一、曹雪芹是作者；二、應考證作者的時代、家世與《紅樓夢》的關係；三、重視《紅樓夢》的版本問題。本書所謂“胡適新紅學時期”，大約指 1921 年冬季至 1954 年冬季這段時間。

㊾ 胡適曾說：“有一分證據，只可說一分話。有七分證據，只可說七分話，不可說八分話，更不可說十分話。”語見胡適在 1946 年 3 月 7 日給劉修業的信。參看胡適著，季羡林主編：《胡適全集》（合肥：安徽教育出版社，2003），頁 184—185。

㊿ 周汝昌：《紅樓無限情：周汝昌自傳》（北京：北京十月文藝出版社，2005 年 3 月），頁 175。

51 周汝昌聲稱：“我相信‘自傳說’的理由，是本人的感知，而不是先讀了專家學者的權威論證。”語見周汝昌：《紅樓無限情：周汝昌自傳》，頁 177。這話又見於周汝昌著；周倫苓編：《周汝昌夢解紅樓》（桂林：灕江出版社，2005），頁 160。

52 周汝昌有明文：“悟性——比‘考證’更重要。”語見周汝昌：《紅樓無限情：周汝昌自傳》，頁 178。這話又見於周汝昌《周汝昌夢解紅樓》（桂林：灕江出版社，2005），頁 162。

53 參看周汝昌：《紅樓無限情：周汝昌自傳》，頁 184—188。

54 本段的考慮點主要是研紅的方法。說到對《紅樓夢》的評價、重視程度，則胡、周的分野更加明顯。

55《紅學》，頁 244。

56 参看《紅學》，頁 193—200。

57 参看《紅學》，頁 260—266。

58 本書用“索隱派”這名稱時，為免顯得外延過分寬泛，往往會附加範疇詞如“反滿”之類來澄清，例如“索隱派反滿學說”。但上下文若已清楚，則逕稱索隱派。

59 因此，史家替紅學家劃分派別，未必有意義。

60 本書提出前賢編撰紅學史的局限，目的並不是以一孔之見抹殺前賢的努力，而是簡略地討論各種整理方法的特徵。事實上，“局限”云云，指的只是方面（例如體例），而不是全盤。本書的敘述也有體例和角度，因此同樣也有局限。

61 據徐恭時（1916—1998）統計，關於曹雪芹的生年，共有十種不同年份的說法，計為康熙五十年（1711）、五十四年、五十五年、五十六年、五十七年、五十八年、六十年、六十一年、雍正元年（1723）、二年等。参其〈曹雪芹傳略〉，收入上海市紅樓夢學會、上海師範大學文學研究所編：《紅樓夢鑒賞辭典》（上海：上海古籍出版社，1988 年 5 月），頁 713—748。至於曹雪芹的卒年，主要有壬午（1762）、癸未（1763）年兩個主要說法。二說長期爭論不休，致有 1962 年的“曹雪芹卒年會戰”。另外，也有人提出甲申說（1764）。參劉夢溪（1941— ）：《紅學》（北京：文化藝術出版社，1990 年 12 月），頁 279—280。另逍海：〈曹雪芹生卒年研究述要〉綜合了各家說法，可以參考。逍文見《紅樓夢學刊》1991 年 1 輯（1991 年 2 月），頁 239—251。又，本書所標示的生卒年，參考《紅樓夢大辭典》，頁 834。

62 “程高”指程偉元和高鶚。此外，也有少數學者主張程高本成書的時間在脂本之前。此說恐難成立。

63 曹雪芹、高鶚：《程甲本紅樓夢》（北京：書目文獻出版社，1992 年 3 月），頁 1。

64 例如：戴不凡（1922—1980）在 1979 年發表〈揭開《紅樓夢》作者之謎〉，〈石兄和曹雪芹——揭開紅樓夢作者之謎第二篇〉二文（俱收入戴不凡《紅學評議·外篇》［北京：文化藝術出版社，1991 年 6 月］），提出曹雪芹是在《風月寶鑑》舊稿基礎上改作成《紅樓夢》的。戴說一出，爭論頓起。有關的文章匯集成《北方論叢》編輯部編《紅樓夢著作權論爭集》（太原：山西人民出版社，1985 年 1 月）一書，可以參看。又如趙國棟在 1990 年提出“《紅樓夢》作者不是曹雪芹，而是曹頫”。見其〈《紅樓夢》作者新考〉，《河南大學學報》，1990 年 2 期（1990 年 3 月），頁 34—43。對趙文提出異議的文章包括”：一、孫玉明：〈《紅樓夢》的作者就是曹雪芹——與趙國棟同志商榷〉，《北方論叢》，1991 年 3 期（1991 年 5 月），頁 95—102。二、范鄉之：〈《紅樓夢》作者新考質疑〉，《河南大學學報》，1991 年 2 期（1991 年 3 月），頁 72—75。三、張訓：〈《紅樓夢》作者新考之失誤〉，《河南大學學報》，1991 年 5 期（1991 年 9 月），頁 52—56。四、張俊：〈關於《紅樓夢作者新考》的通訊〉，《紅樓夢學刊》1991 年 2 輯（1991 年 5 月），頁 307—320，等等。有關作者問題，詳參本書第二章。

65 對這一問題的爭論極多，本書勢難逐一述評。按照徐恭時在 1982 年的統計，就此題而發的文章，已有一百三十多篇。參徐恭時：〈續夢貫假與甄真〉，《紅樓夢學刊》1982 年 4 輯（1982 年 11 月），頁 257—282。現在距徐文發表時間已久，發表研究報告的人大為減少，但累積的文獻已遠超一百三十之數。後四十回是否高鶚所續，波及詮釋領域，其詳情見於本書第二章。關於胡適引發的爭論，讀者可參看宋廣波（1970— ）《胡適與紅學》（北京：中國書店出版社，2006）。此書蒙宋廣波贈送，謹此致謝。

66 Bernhard Karlgren（高本漢），“New Excursions in Chinese Grammar”, *Bulletin of the Museum of Far Eastern Antiquities*, No. 24（1952）. Chan, Bing-Cho（陳炳藻）, *The Authorship of the Dream of the Red Chamber based on a Computerized Statistical Study of its Vocabulary.*（Hong Kong: Joint Pub., 1986）. 另外，大陸學者也有用統計學方法的，本書不能詳細討論。關於後四十回的問題，近年尚有：陳林《破譯紅樓時間密碼》（南京：江蘇美術出版社，2006）。

67 見《（複印報刊資料）紅樓夢研究》，1991 年 1 期，頁 74。

68 楊光漢：《紅樓夢：一次歷史的輪回》（昆明：雲南大學出版社，1990），頁 437。

69 同樣道理，書中“成則王侯敗則賊”一句，“王侯”有的本子作“公侯”，論者談“原本”之餘，也引伸到“曹雪芹的膽量識見”。參看趙衛邦：〈紅樓夢五種脂本考異撮要〉，《紅樓夢研究集刊》第 13 輯（1986 年），頁 248。

70 馮其庸主編、《紅樓夢》研究所彙校：《脂硯齋重評石頭記彙校》（北京：文化藝術出版社，1987 年 12 月—1989 年 4 月），頁 3706。甲戌本、舒序本、鄭藏本缺第六十五回。

(71) 關於《紅樓夢》的女性“天足”與“纏足”的問題，前人有許多爭論，本書不打算詳細討論，只在這裡提供一些參考資料。（1）佚名氏《讀紅樓夢隨筆》、王伯沆（1871—1944）這兩家評點中都指書中人物有小腳者。（2）“大腳”“小腳”問題上世紀二十年代末已有爭論。芙萍認為諸釵應多纏足，但也有未曾纏足的。張笑俠不同意芙萍的看法，他認為《紅樓夢》中的女性未纏足。但他們的爭論並未牽涉到版本問題。《紅學》一書對這次爭論介紹頗詳，可參看，見《紅學》，頁 272—274。（3）啟功在 1963 年撰〈讀《紅樓夢》劄記〉一文，也探索“書中究竟寫沒寫纏足?”的問題。參其《啟功叢稿》（北京：中華書局，1981 年 12 月），頁 194。（4）張愛玲（1921—1995）在其《紅樓夢魘》（臺北：皇冠雜誌社，1977 年 8 月）一書中也有討論，她已經注意到版本異文問題。她認為作者可能擔心讀者不接受，所以有意寫得含糊。參《紅樓夢魘》中“《紅樓夢》未完”一章，見頁 17—64。（5）唐德剛在 1980 年又再提出“腳的問題”。宋淇曾與唐德剛爭論，參宋淇：〈小腳與大腳〉，《中國時報》1980 年 7 月 20 日第 8 版。他們的爭論也牽涉到版本問題。（6）郭若愚：〈《紅樓夢》人物的服飾研究（上）〉，《紅樓夢研究集刊》第 10 輯（1983 年 8 月），頁 422 談論到纏足問題。（7）宋德胤：〈《紅樓夢》中的滿俗初探〉也討論到“天足”問題。宋文載於《紅樓夢學刊》1984 年 4 輯（1984 年 11 月），頁 267—292。

(72) 唐德剛：〈曹雪芹底“文化衝突”〉，見周策縱（1916—2007）編：《首屆國際紅樓夢研討會論文集》（香港：中文大學出版社，1983 年），頁 160。

(73) 浦安迪編釋：《紅樓夢批語偏全》（北京：北京大學出版社，2003），頁 581。

(74) 土默熱著；秦軒編：《土默熱紅學：紅樓夢創作真相與作品真諦新探》（長春：吉林人民出版社，2006），頁 372。

(75) 土默熱著；秦軒編：《土默熱紅學：紅樓夢創作真相與作品真諦新探》，第 41 章。當然，土默熱的論據不只小腳問題一項。

(76) 如余國藩《重讀紅樓夢》。其英文原著是 Anthony C. Yu, *Rereading the Stone: Desire and the Making of Fiction in Dream of the Red Chamber* (Princeton, N. J.: Princeton University Press, 1997), p. 69. 其中提到 However the textual problem is to be resolved, ...

(77) 參《脂硯齋重評石頭記彙校》，頁4506。

(78) 討論“花魂·詩魂”這個問題的文章有：（1）周汝昌：〈紅海微瀾集〉，載其《獻芹集》（太原：山西人民出版社，1985年3月），頁162—170。此文撰於1979年，指“葬詩魂”為“大謬”。1983年周汝昌又指程本妄改“詩魂”，全失芹旨。語見其《石頭記會真》（鄭州：海燕出版社，2004），頁295。（2）宋淇：〈論“冷月葬花魂”〉，《香港紅學論文選》（天津：百花文藝出版社，1982年6月），頁166—182。（3）林方直：〈借來詩境入傳奇〉，周策縱編：《首屆國際紅樓夢研討會論文集》（香港：中文大學出版社，1983年），頁256—263。其中頁258—259討論“花魂”／“鳥魂”問題。（4）林冠夫：〈冷月葬花魂〉，《紅樓夢縱橫談》（南寧：廣西人民出版社，1985年12月），頁227—231。（5）胡文彬：〈花魂自比詩魂好〉，《紅邊脞語》（沈陽：遼寧人民出版社，1986年6月），頁27。（6）劉恆：〈“冷月葬詩魂”探源〉，《紅樓夢學刊》1987年1輯（1987年4月），頁263—264。（7）蔡義江：〈“冷月葬花魂”〉，《論紅樓夢佚稿》（杭州：浙江古籍出版社，1989年8月），頁226—229。（8）馮其庸：〈《八家評批紅樓夢》·校後記〉，《八家評批紅樓夢》（北京：文化藝術出版社，1991年9月），頁3014—3018。（9）陳詔：〈詩魂乎?花魂乎?〉，《紅樓夢談藝錄》（上海：上海文藝出版社，1993年12月），頁149—153。（10）薛洪勣：〈“冷月葬花魂”還有更早的淵源〉，《紅樓夢學刊》1985年1輯（1985年2月），頁100。此文未論及“詩魂”，但顯然以“花魂”為原文。（11）季稚躍：〈論列寧格勒藏鈔本《石頭記》的構成及年代〉，《紅樓夢學刊》1987年3輯（1987年8月），頁185—222。該文頁219論及“花魂”、“詩魂”問題。（12）劉廣定：《化外談紅》（臺北：大安出版社，2006），頁200。原稿發表於1998年。（13）鄭慶山：《紅樓夢的版本及其校勘》（北京：北京圖書館出版社，2002），頁619、頁652。鄭慶山指“花魂”是原文。（14）王人恩：〈“寒塘渡鶴影，冷月葬花魂”考論〉，《紅樓夢學刊》2006年第2輯，頁283—302。（15）梁歸智：《紅樓探佚紅》（北京：作家出版社，2007），頁106—108。按：以上為筆者研究中涉獵所見，雖未能囊括無遺，但列出諸家說法至少可方便後學進一步比較、探研。

(79) 宋淇：《紅樓夢識要——宋淇紅學論集》（北京：中國書店，2000），頁189。

(80) 馮其庸：《馮其庸點評紅樓夢》（北京：團結出版社，2004），頁15。

(81) 有研究者認為："'詩'字較'花'字更切合黛玉清高孤傲的個性"，又或"黛玉兩次葬花，更是以花喻己。"参看李均惠：《紅樓夢之謎》（北京：中國廣播電視出版社，2006），頁140。"詩"代表"清高孤傲的個性"、"以花喻己"都是論者的詮釋。

(82) 例如歐陽健等人認為脂本是偽作，毫無權威可言。但是"偽作論"的問題不少，参看蔡義江：《紅樓夢是怎樣寫成的》（北京：北京圖書館出版社，2004），第三章。

(83) 例如梅節認為有《石頭記》系統和《紅樓夢》系統。参看梅節、馬力（1952—2007）：《紅樓耦耕集》（香港：三聯書局，1988），頁156—157。又如，鄭慶山說："我以為甲戌本和靖藏本可算一系。其餘各本皆源於丙子本，另是一系。後者再分己庚、府戚、鄭楊列舒、夢程等四個支系。"語見鄭慶山：《紅樓夢的版本及其校勘》（北京：北京圖書館出版社，2002），頁582。楊傳鏞：《紅樓夢版本辨源》（北京：北京圖書館出版社，2007），同樣用功於區分版本的淵源、系統。

(84) Lucien Miller, *Masks of Fiction in Dream of the Red Chamber*: *Myth*, *Mimesis*, *and Persona*（Tuscon [sic]: Published for the Association for Asian Studies by the University of Arizona Press, 1975）, p. 257—277. Lucien Miller 有譯為"米樂山"，應該是 Miller 自取的漢語名字吧？

(85) 事實上，也有少數論者指脂硯、脂本、脂評不可信，不值得重視。關於這一點，下文適當位置再論。

(86) 参看《八家評批紅樓夢》，頁1，〈小引〉。

(87) 参看（1）哈斯寶：《新譯紅樓夢回批》（呼和浩特：內蒙古人民出版社，1979年2月）。（2）王衛民輯：《紅樓夢劉履芬批語輯錄》（北京：書目文獻出版社，1987年12月）。（3）陳其泰評、劉操南輯：《桐花鳳閣評紅樓夢輯錄》（天津：天津人民出版社，1981年10月）。（4）王伯沆批：《王伯沆紅樓夢批語匯錄》（南京：江蘇古籍出版社，1985年1月）。按，王瀣字伯沆。（5）曹雪芹、高鶚著；黃小田評點；李漢秋、陸林輯校：《紅樓夢》（合肥：黃山書社，1989年1月）。另有清代徐傳經集評《新評繡像紅樓夢全傳》。據報導，此書藏於浙江圖書館。

(88) 参看浦安迪編釋：《紅樓夢批語偏全》（北京：北京大學出版社，2003）。關於評點本的研究，讀者請參看劉繼保（1964— ）：《紅樓夢評點研究》（北京：北京圖書館出版社，2007）。

⑧⑨ 脂硯齋和畸笏叟與《紅樓夢》作者“關係密切”，這一點，學術界是有爭議的。但大多數學者認定如此，這也是紅學界的現實。

⑨⓪ 脂評所引起的爭論很多。由於前人研究已經“非常充分”，以致於專研評點的劉繼保索性不再設專章討論脂評。

⑨① 郝延霖、徐遲在 1979 年已經大力攻擊脂硯齋。其後歐陽健、克非等人接力“倒脂”。關於脂評的相關問題，請參看本書第四章。

⑨② 這裏只是舉幾位名家作為代表。

⑨③ 參看（1）王靖宇：〈脂硯齋評和《紅樓夢》〉，載於阿黛爾·奧斯汀·里基特編：《中國人閱讀文學的方法：由孔子到梁啟超》（John C. Y. Wang，“The Chih-yen-chai Commentary and the *Dream of the Red Chamber*：A Literary Study”. In Adele Austin Rickett ed.，*Chinese Approaches to Literature from Confucius to Liang Ch'i-ch'ao.* Princeton：Princeton University Press，1987），pp. 189—200. 此文有周發祥中譯：〈“脂硯齋評”和《紅樓夢》〉，《紅樓夢研究集刊》第 6 輯（1981 年），頁 333—349。又收入王靖宇：《左傳與傳統小說論集》（北京：北京大學出版社，1989 年 5 月），頁 156—177。另陳荃禮、袁守軍譯：〈脂硯齋評注與《紅樓夢》——脂評文學價值的探討〉，《紅樓夢學刊》1991 年 2 輯（1991 年 5 月），頁 283—305。（2）葉朗：《中國小說美學》（北京：北京大學出版社，1982 年 12 月），第六章是“脂硯齋的小說美學：評點《紅樓夢》”。（3）David L. Rolston（陸大偉），*Traditional Chinese Fiction and Fiction Commentary*：*Reading and Writing between the Lines*（Stanford，Calif.：Stanford University Press，1997）.

⑨④ 參看（1）劉大衛：〈以西方文論的角度分析脂評〉，《淡江評論》（David Jason Liu，“The Chih-yen-chai Commentary：An Analysis in the Perspective of Western Theories of Literature”.）In *Tamkang Review*，V. 10，no. 4（1980），p. 471—493。濤按：David Jason Liu 應該是劉大衛。（2）單德興：〈自許的理想讀者：用依薩的觀點研究三個小說評點家〉，1986 年臺灣大學博士論文。（Shan Tehsing，“The Self-Ordained Ideal Reader：An Iserian Study of Three Hsiao-shuo P'ing-tien Critics”［Unpublished doctoral thesis，1986］）。脂硯齋也是研究對象

之一。此文有關脂批的部分又以〈《紅樓夢》脂評研究〉為名，發表於臺灣《語言文學研究》期刊第二期（“A Study of Chih-yen-chai's Commentary on the *Hong-lou-meng*”. In *Studies in Language and Literature* no. 2〔October 1986〕）頁134—156，但依薩理論的運用部分則被削去。

⑮ 大約是1991年開始，宛情、歐陽健、克非等人提出“脂批不可信”，這看法曾引起大討論。參看歐陽健、曲沐、吴柱國：《百年風雲錄》（杭州：浙江古籍出版社，1999）。但其說有若干點未能得到澄清，因此質疑者不少，所以歐陽健等人至今未能徹底消除脂評的影響力。姑勿論他們的說法能否成立，胡適、周汝昌、俞平伯、馮其庸等紅學家卻是十分重視脂評的。偽託之說對本書的討論亦無影響。(2006年補記)

⑯ 實際上本書論述時也盡量按時序先後，即順敘。但也有倒敘，偶然也有類近於“前敘”（flash forword）的寫法。

⑰ 這似乎也是cross-grouping的問題。

⑱ 苗懷明《風起紅樓》（北京：中華書局，2006）是“以人為主”的。也許因為容易影響別人聲譽，所以苗懷明論述周汝昌的言行時，顯得特別小心（書中有特別的聲明）。

⑲ 從另一個角度看，以上幾點都是本書的“局限”：沒有編年，沒有以紅學人物為中心，沒有全球化視野……

⑳ 1982年葉嘉瑩已指王國維有硬套之病。這一評價至今廣為學者所接受，例如，孫玉明：《日本紅學史稿》（北京：北京圖書館出版社，2006）頁56指王國維該文“存在生搬硬套的弊端”。濤按：這是有爭議的論題。參看郭玉雯：《紅樓夢學：從脂硯齋到張愛玲》（臺北：里仁書局，2004）第三章；俞曉紅（1962—　）：《王國維紅樓夢評論箋說》（北京：中華書局，2004），頁4。又，筆者蒙作者送贈《箋說》，謹此致謝。

第二章
《紅樓夢》作者的身份及其超強的詮釋功能

1　清代關於《紅樓夢》作者的記載及附會

自從胡適在1921年發表〈《紅樓夢》考證（改定稿）〉[①]以來，許多近代的學者都相信《紅樓夢》（《石頭記》）前八十回的作者是曹雪芹。事實上，在胡適之前，曹雪芹的同時人早已肯定曹雪芹是《紅樓夢》的作者。

一般學者最喜歡引用的證據是《紅樓夢》鈔本上的批語。《脂硯齋重評石頭記》（甲戌本）第一回有眉批："若云雪芹披閱增刪，然後〔則〕開卷至此，這一篇楔子又系誰撰？足見作者之筆狡猾之甚。後文如此處者不少。這正是作者用畫家煙雲模糊處，觀者萬不可被作者瞞弊〔蔽〕了去，方是巨眼。"又同回賈雨村中秋詩之旁批道："余謂雪芹撰此書中亦為〔有〕傳詩之意。"[②]

此外，愛新覺羅·永忠（1735—1793）在《延芬室集》中有〈因墨香得觀《紅樓夢》小說弔雪芹〉三首絕句，題目之下標明"姓曹"。[③]據吳恩裕（1909—1979）考證，三絕句作於乾隆（1736—1795）三十三年，即1768年，距曹雪芹卒年僅四至五年。[④]永忠看來也視曹雪芹為《紅樓夢》作者，否則讀《紅樓夢》何需弔曹雪芹？

另外，富察明義（約1740—？）《綠煙瑣窗集》中有《題紅樓夢》詩二十首。詩前有“小引”：“曹子雪芹出所撰《紅樓夢》一部，備記風月繁華之盛。蓋其先人為江寧織府，其所謂大觀園者，即今隨園故址。惜其書未傳，世鮮知者，余見鈔本焉。”[5]一般推測《題紅樓夢》詩撰於1770—1775年。[6]

以上三家的記載，[7]都導向曹雪芹是《紅樓夢》作者的看法。

明義的“小引”曾提及隨園，袁枚（1716—1797）也在《隨園詩話》引用明義的話：“……其〔曹寅，1658—1712〕子撰《紅樓夢》一部，備記風月繁華之盛。明我齋讀而羨之。當時《紅樓》中有某校書尤豔，我齋題云：……”[8]袁枚是當時出名的文人，他的《隨園詩話》又傳播極廣，[9]許多清代論者很可能受到袁枚的影響，他們談到曹雪芹，說法都跟袁枚大同小異。例如，袁枚將曹楝亭（按：曹寅字楝亭）誤為曹“練”亭，又把雪芹說成是曹練亭的兒子。夢癡學人同樣說曹雪芹是“江寧織造曹練亭公子”；陳其元則說：“此書（指《紅樓夢》）乃康熙年間江寧織造曹練亭之子雪芹所撰。”[10]葉德輝也說：“是書（指《紅樓夢》）為曹寅之子雪芹孝廉作，……”[11]清人論《紅樓夢》而引《隨園詩話》的還包括錢靜方、李慈銘、俞樾（1821—1907）、李寶嘉等等。[12]可見袁枚的說法在清代流傳之廣，所以許多人都知道曹雪芹為《紅樓夢》的作者。

雖然清代有不少論者相信《紅樓夢》是曹雪芹寫的，但是他們對曹雪芹的事知道得極少，他們的記載可能都是以訛傳訛，上述夢癡學人、陳其元、葉德輝就是好例子。曹雪芹的事鮮為人知，“曹雪芹”三個字反而變成可資利用的名字。論者往往用“曹雪芹”這個名字來配合或附會他們對《紅樓夢》的看法。例如毛慶臻認為《紅樓夢》“傷風教”，於是作者“曹雪芹”（及其後代子孫）便得到了報應：“作俑者曹雪芹，漢軍舉人也。……入陰界者，每傳地獄治雪芹甚苦，人亦不恤。蓋其誘壞身心性命者，業力甚大，……嘉慶癸酉，以林清逆案，牽都司曹某，淩遲覆族，乃漢軍雪芹家也。”[13]又如梁恭辰認為“《紅樓夢》一書，誨淫之甚者也”。所以曹雪芹“以老貢生槁死牖下，徒抱伯道之嗟，身後蕭條，更無人稍為矜恤，則未必非編造淫書之顯報矣”。[14]據近代學者考證，曹雪芹不是“漢軍舉人”、“貢生”[15]，而是內務府包衣，毛、梁二人只是強拉曹雪芹的“遭遇”來印證他們自己對《紅樓夢》的看法。

這種用作者來配合詮釋的做法，也是清代索隱派讀者慣用的方法。清人於《紅樓夢》的本事有很多猜測，提出種種“家事說”：傅恆家事說、[16]和珅家事說、[17]張侯家說事[18]和明珠家事說[19]等等。其中記載最詳盡的是張侯家事說和明珠家事說。明珠家事尤其流行。單就《古典文學研究資料彙編·紅樓夢卷》所載，提及明珠家事說的超過二十家。

張侯家事說和明珠家事說這兩種說法都拉上曹雪芹來印證自己的說法。例如《賃廡筆記》這樣替明珠家事說找來源：“雪芹初無他種著作，無從參考。嗣閱其父楝亭先生集，知與納蘭氏往還甚密，則容若生平豔史，雪芹以通家無弗知，宜也。”[20]這種說法沒有確證，無非**挾作者以自重**，但在理論上卻要比其他索隱說周密一些，因為其他索隱說只是提出《紅樓夢》影射某家，沒有考慮到作者有沒有可能知道別人的家事。

至於張侯家說，周春在《閱紅樓夢隨筆》承認他參證過《隨園詩話》。周春大概也接受了袁枚的說法，相信曹雪芹是《紅樓夢》的作者，所以他的張侯家事說也和曹家拉上關係：“其曰林如海者，即曹雪芹之父楝亭也。……”[21]他認為“曹”的廋詞是“林”，曹字的異體字與“林”並為雙木：“若不溯二姓之源流，又焉知作者之命意乎?”索隱派愛從“姓名相關”來“揭秘”，這又是一個例子。

以上的論者都相信曹雪芹作《紅樓夢》，但也有另一些讀者不知道《紅樓夢》的作者是誰。例如，蘭皋居士在〈《綺紅樓夢》楔子〉中說："《紅樓夢》一書，不知誰氏所作。"[22]訥山人在〈增補《紅樓夢》序〉中說："《紅樓夢》一書，不知作自何人，或曰曹雪芹之手筆也，姑弗深考。"[23]陳鏞在〈樗散軒叢談〉說："……然《紅樓夢》實才子書。初不知作者誰何，或言是康熙間京師某府西賓常州某孝廉手筆。"[24]事實上，程偉元（約1745—約1818）在萃文書屋《繡像紅樓夢》（封面題名，世稱"程甲本"）的〈序〉中說："《紅樓夢》小說本名《石頭記》，作者相傳不一，究未知出自何人，惟書中記雪芹曹先生刪改數過。"[25]

1927年亞東重排本（題名《紅樓夢》，上海亞東圖書館鉛印本）出現以前，幾乎所有印本都根據程甲本翻印，保留了程偉元的序。[26]讀者如果相信程偉元的話，不再追究，那麼，單單閱讀程甲本《紅樓夢》必定無法知道《紅樓夢》的作者是誰。就連著名的大學者王國維（1877—1927，號靜庵）對曹雪芹的一切也茫無頭緒，所以胡適考出曹雪芹為作者後，蔡元培稱這事可釋王靜庵先生之遺憾。[27]

2 遺民著書說的興起

作者不明確，論者要建構他們心目中的作者也就有種種方便。清末民初出現的三部索隱派論著，都各有自己一套"作者論"來配合他們對《紅樓夢》的解說。這三部著作是：

1. 王夢阮、沈瓶庵的《紅樓夢索隱》（1916年）
2. 蔡元培的《石頭記索隱》（1917年）[28]
3. 鄧狂言的《紅樓夢釋真》（1919年）

2.1 王夢阮、沈瓶庵的設想

王夢阮、沈瓶庵設想《紅樓夢》寫的是清順治皇帝（愛新覺羅福臨，1638—1661）和董鄂妃（1639—1660）的故事。這個董鄂妃又是漢人秦淮名妓董小宛（？—1651）所冒充。因為涉及兩代盛衰，所以作者不敢振筆直書，“於是託之演義，雜以閑情，假寶黛以況其人，因榮寧以書其事”。[29]

不過，作者是誰，王、沈沒有提出明確答案。但是他們心目中顯然有原著者和增删者之分。他們這樣區分原作和改作，重要性有二：第一，他們所定的改作時間和他們對《紅樓夢》的詮釋有密切的關係。他們確定改作時間為“乾嘉”（他們在〈提要〉中引用正文證據：“書中明寫南巡四次，是指高宗〔愛新覺羅弘曆，1711—1799〕時事。在嘉慶〔1796—1820〕時所作可知。”[30]），而把“原著”時間定在康熙中葉，這樣，對他們所說的記“順〔治〕康〔熙〕之逸事”[31]有利。他們認為作者必定要有親身經驗纔能寫出《紅樓夢》，即順治帝和董鄂妃的故事。曹雪芹是乾隆時人，“於明季清初諸女子，事隔百有餘年，斷難親聞親見。意者此書但經雪芹修改，當初創造，另自有人”。[32]很明顯，為了堅持他們的詮釋，乾隆時代的曹雪芹只能擔當增删人的角色。但是，原作完成於康熙時代，其實只是他們的猜想：“揣其成書，亦當在康熙中葉，……”[33]這一個“揣”字，已泄漏了真相，難免令讀者對王、沈的信心大打折扣。

第二，曹雪芹是本書的改作者這一說法，在王、沈的論述中也轉化為對他們有利的情況：他們的讀法是索隱，但為什麼採取這種研讀方法呢？他們設想那是修改者的作法使然——“雪芹先生勢不得已，乃為再修訂，俾愈隱而愈不失其真”。[34]著者和改訂者的作法是“隱”，讀者索“隱”是理所當然的事。

如果我們細檢王、沈的著作，我們可以看出這種**借用作者權威**的做法屢屢出現。例如，〈《紅樓夢索隱》提要〉說：“……特其事為時忌諱，作者有所不敢言，亦有所不忍言，不得已乃以變例出之。假設家庭，託言兒女，借言情以書其書，是純用借賓定主法也。”又說：“作者正以有敢言，不忍言之隱，故於其人其事，一念唯恐人不知，又一念唯恐人易知。於是故作離奇，好為狡猾，廣布疑陣，多設閑文，俾閱者用心全注於女兒羅綺之中，不復暇顧及他事。作者乃敢乘人不覺，抽毫放膽，振筆一書，是又善用喧賓奪主法者。明修暗渡，非尋常文家之能事已也。"[35]其實，著者或改訂者有沒有用上他們所說的筆法？如果有的話，哪些片段有隱情？這兩個問題仍然值得探究。(詳參本書的最後一章。)

孟森（1868—1937）在〈董小宛考〉一文中以確切的史料考出董小宛於順治辛卯年（1651）正月初二日辭世，不會有被掠入宮的事。孟森後來又撰〈世祖出家事實考〉，廣徵博引，證明順治出家為妄說；順治帝的董鄂妃不是董小宛。[36]李秉新等在《清宮八大疑案》中也指出順治帝和董小宛沒有關係。[37]

歷史上既然沒有順治帝和董小宛相戀的事，那麼王夢阮和沈瓶庵說作者"不敢明露"、"愈隱愈不失其真"，看來只不過是"強作者以就我"的詮釋策略而已。

2.2 蔡元培的說法："作者持民族主義甚摯"

王夢阮、沈瓶庵完全沒有指明"原作者"是誰，立場是什麼。蔡元培的《石頭記索隱》則明確指出"作者持民族主義甚摯"。[38]所謂"民族主義"其實是指滿、漢民族觀念的對立。在蔡元培的論述中，《紅樓夢》的作者是站在漢民族的立場來反對滿清的。蔡元培也和王夢阮、沈瓶庵一樣，設想作者故意隱藏"民族主義"的信息："當時既慮文網，又欲另開生面，特於本書以上加以數層障幕，使讀者有横看成峰之狀況。"[39]因此，蔡元培也就有理由採用索隱的讀法。

蔡元培"作者持民族主義甚摯"的說法是很抽象的總體概念，作者的"民族主義"如何影響到作品，蔡元培還有具體的分析。例如，"正統之說"："作者深信正統之說，而斥清室為偽統，所謂賈府即僞朝也。”[40]於是，他把整個賈家的主要人物等同於清廷的官僚機構：

賈政　　=吏部
賈敷、敬=教育
賈赦　　=刑部
賈璉　　=戶部
李紈　　=禮部

其中賈政、賈敷、賈敬、賈璉等於某機構是從語意方法聯想，李紈等於禮部是音近，賈赦等於刑部則兼取音訓義訓（赦之妻氏邢，音同刑；子婦氏尤，即罪尤），正好符合蔡氏第三種索隱方法："姓名相關者"。[41]這種用人名影射的讀法完全基於他構想中作者的"正統"觀念。

我們姑且先不追究（1）蔡元培從何得知"作者深信正統之說"；（2）"作者深信正統之說"會不會影響到小說的內容。單單就蔡氏的論述本身來看，實有"寫法"和"讀法"之別：

1. 作者在"正統"觀念影響下有意應用"姓名相關"的寫法。
2. 蔡元培設定作者有"正統"觀念來配合"姓名相關"的讀法。
3. 作者爲表現其"正統"觀念而設計"姓名相關"的寫法，然後讀者（蔡元培）纔採取"姓名相關"的讀法。

嚴格來說，第一點在蔡元培"無名作者論"之中根本無從證實；第二點完全有可能；第三點如屬實可以是蔡元培最有力的理由。可惜第三點的成立必須依賴第一點，因此第三點也就沒法得到證實。蔡元培似乎沒有意識到這種種可能性，這是他立論的粗疏之處。不過，蔡元培也有指出作者所用的"筆法"，例如：

> 作者於漢人之服從清室而安富尊榮者，如洪承疇〔1593—1665〕，范文程〔1596—1666〕之類，以嬌杏代表之。嬌杏即僥幸。……於有意接近而反受種種之侮辱，如錢謙益〔1582—1664〕之流，則以賈瑞代表之。……敘𡟗嫿將軍林四娘，似以代表起義而死者。敘尤三姐，似以代表不屈於清而死者。敘柳湘蓮，似以代表遺老之隱於二氏者。[42]

蔡元培申說“作者深信正統之說”的時候，是以一個或幾個名字代表一個機構，這裡用“筆法”之說則是用一個人物來影射一類人（“以某某代表之”），基本上都不出“姓名相關”的索隱方法。其間的分別在於：這裡蔡元培明白說出這是作者有意識地應用的寫作技巧。這自然比提出“正統之說”時來得細緻，但是作者是否運用了這種筆法，同樣無從證實。因此，蔡元培的論點，只是建基於假設之上。

蔡氏理論最核心部分，是作者“吊明”、“斥清”立場之說，然而，作者是誰，為什麼作者會有這種立場，蔡元培沒有提出答案，只是籠統說“作者持民族主義甚摯”，所以立論有如築室沙上。往後採取索隱讀法的研究者，則進一步指明作者的種族，卻因此暴露了索隱派“作者決定論”的種種問題。[43]

2.3 鄧狂言與“漢人作者說”的確立

蔡元培沒有指出作者的身份，但是他心目中的作者是反滿的。在清代，哪些人會反滿呢？徐珂《清稗類鈔》：“或曰：‘是書實國初文人抱民族之痛，無可發泄，遂以極哀豔繁華之筆為之，欲導滿人奢侈而復其國祚者。’”[44]所謂國初，是指清朝初年。另，孫渠甫《紅樓夢微言》提出：《紅樓夢》是“勝國頑民怨毒覺羅者所作也”。[45]鄧狂言則更進一步，提出作者可能是吳梅村（吳偉業，1609—1671）。[46]於是，作者的身份、種族和詮釋之間的關係也更形密切。

吳梅村是明朝遺老，因此鄧狂言認為“原本”《紅樓夢》寫的是“明清興衰史”。[47]曹雪芹已是乾嘉時人，因“原本”“文字放恣”、“隱語甚難”、“事實太近”，容易被清廷察覺，不能久存，所以要加以增刪——增入近世聞見，刪去史事明顯者。於是，“明清興衰史”就變成“崇德、順治、康熙、雍正、乾隆五朝史”，即書中的“增刪五次”。[48]

曹雪芹為什麼要這樣做呢？鄧狂言認為曹雪芹雖然生於乾嘉，但是仍然有“遺民之心，甘犯迂儒忠君學說之大不韙”。[49]至於所謂“增刪”，為的是配合“種族思想”，具體的做法是“刪其較為明顯者也”，而不是刪其所指刺。“所謂增者，非直截插入也”，而是“書中所寫之重要人物，必另取一人正以配之”；諷刺順治部分，又“取朝臣之近似者以混之，混之所以避禁忌也”。總之，經過曹雪芹的增刪，故事變得隱而又隱。[50]因為曹雪芹這樣“隱”，這樣“配之”、“混之”，所以鄧狂言為自己的索隱找到了理由。

蔡元培曾經提出“書中‘紅’字多影‘朱’字，朱者，明也，漢也。……寶玉在大觀園中所居曰怡紅院，即愛紅之義。所謂曹雪芹於悼紅軒中增刪本書，則吊明之義也”。[51]鄧狂言的說法和蔡元培如出一轍。鄧氏認為如果曹雪芹沒有“種族思想”，大可讓《紅樓夢》自生自滅，現在曹雪芹本著“遺民之心”，增刪原著，使《紅樓夢》保存下來，是“曹氏增刪之妙，隱之力也”。所以鄧狂言認為曹雪芹是《紅樓夢》的功臣，功勞比寫出原本還要大。

鄧狂言整個詮釋架構都是建築在作者的“種族思想”之上。例如，《紅樓夢》卷首是“此開卷第一回也”，鄧狂言便發揮說“此回本非第一回，而必曰第一回者，即所謂開宗明義，……開宗明義第一事何事？孝也，種族也。便是宣布全書發生之源頭，而因以盡其尾者也”。[52]這種詮釋只能從作者或增刪者具有“種族思想”來理解。

總括而言，民初索隱派的作者論有一條**由隱到顯的脈絡**可尋。較早的王夢阮、沈瓶庵的論述中的作者身份並不確定，到了蔡元培則暗示作者是漢人，鄧狂言更提出是明遺民。他們並沒有提出確鑿的證據來支持他們的“漢人作書說”，只是根據他們對《紅樓夢》的理解來為這部書指派一個“作者”（作者是怎樣的一個人）。這三家又有一個共同的特點，就是認為曹雪芹只是增刪者。曹雪芹的工作也是“隱”，所以他們“索隱”是順理成章的事。

3 《紅樓夢》作者的種族與詮釋的關係

3.1 《紅樓夢》與作者決定論

從以上索隱派的著作看來，《紅樓夢》的作者實有詮釋上的作用。後來（1921 年）胡適發表〈《紅樓夢》考證〉，也是從作者身份入手來追尋《紅樓夢》寫的是什麼。他在〈《紅樓夢》考證（改定稿）〉指責索隱方法“猜謎”、“附會”，提出做《紅樓夢》的考證“只須根據可靠的材料，考定這書的著者究竟是誰，著者的事蹟家世，著書的時代，……”[53]“只須”云云，可見胡適對作者的重視，比起索隱派有過之而無不及。

換言之，胡適一手建立的“新紅學”並不是採取釜底抽薪的策略，否定“作者決定論”，而是像索隱派那樣執著作者身份來立說。後來受胡適影響的“新紅學家”[54]如俞平伯、周汝昌則進一步確定作者的詮釋作用。

3.2 新紅學的“旗人作者說”

胡適的考證，其本意可能只是為了弄清楚“著作權”，但此後的事態發展卻是："著作權"的威力很快就滲透到詮釋領域中，許多研究小説的學者也都承認曹雪芹是《紅樓夢》的作者，例如魯迅（周樹人，1881—1936）也指《紅樓夢》的模特兒是作者曹霑，而不相信蔡元培的説法。於是，就連胡適的論敵"反滿説紅學家"也不能不承認作者問題是個關鍵，也不能不注意"曹雪芹"。

作者的旗人身份主宰其後幾十年的歷史式解讀（historical reading）。我們不是説，胡適考證以後，所有的評家都要處理作者的問題。實際上當然不是如此。也有不少評論者認為"作品自足"（autonomous），他們並沒有多理會作者是誰這個問題。[55]但是，在涉及"《紅樓夢》作者"的詮釋領域中，胡適無疑一手造成了"曹雪芹"的"重生"（rebirth），在詮釋領域的重生。此後，評論家如果要"取消"曹雪芹，是需要花一些力氣的。

3.2.1 胡適的研究和詮釋轉向——"奪取"作者，奪取詮釋權

"考定這書的著者究竟是誰，著者的事蹟家世，著書的時代"是〈《紅樓夢》考證（改定稿）〉一文的重心。[56]以前索隱派都只承認曹雪芹是增刪者。據胡適考證，曹雪芹根本就是《紅樓夢》的作者。設想不同，對《紅樓夢》的詮釋也就有立竿見影的影響。胡適確信"我們看了這些材料（曹雪芹個人和家世的材料），大概可以明白《紅樓夢》這部書是曹雪芹的自敘傳了"。為了證明"自敘傳"的見解，他舉了五條證據。這五條"重要的證據"除第四條外，都涉及他心目中的作者意圖與小説的關係。

第一條和第二條可以歸為一類：都是引用小説的內文作為作者意圖的表述。他的第一條證據引用了第一回開端"作者自云……自己又云……"一段。第二條證據則引用第一回石頭的

話（“自己的事體情理”、“我這半世親聞親見”），胡適認為這都是作者自述其寫作意圖，寫得很“明白”，無須多加申說。[57]

胡適的第三條證據尤其可以顯示他如何建構作者意圖：“自敘”家世。《紅樓夢》第十六回有談論南巡的一大段，其中提及當年太祖皇帝仿舜巡的故事，賈府在姑蘇揚州一帶接駕一次，江南甄家接駕四次。胡適認為這裡說的甄家和賈家都是現實生活的曹家。他舉出的理由是歷史上康熙南巡六次，曹寅接了四次駕，《紅樓夢》差不多全不提起歷史上的事實，但這裡卻鄭重提起，因此，胡適推測作者的創作意圖：“大概是因為曹家四次接駕乃是很不常見的盛事，故曹雪芹不知不覺的——或是有意的——把他家這樁最闊的大典說了出來。”[58]

至於胡適視為“最重要的第五條證據”是“曹雪芹的歷史和他家的歷史”。[59]這條“最重要的證據”又分兩方面講：第一，寶玉必致淪落；第二，賈家必致衰敗。

寶玉淪落一事，胡適僅引證了《紅樓夢》開端“一事無成”，“一技無成，半生潦倒”等話草草說明。這自然是假設作者有“自敘”的意圖，然後以作者的真實處境來推測故事的結局。至於賈家衰敗一事，胡適作了細緻的論述。他的論述理路仍是以曹家事蹟先行，然後引證《紅樓夢》的內文（第七十二回小太監要錢、第五十三回賈珍對烏進孝說入少出多的事、第七十二回借當的事）。他這樣推測作者的意圖：“因為《紅樓夢》是曹雪芹‘將真事隱去’的自敘，故他不怕瑣碎，再三再四的描寫他家由富貴變成貧窮的情形。”[60]

從以上的分析可知胡適採用的批評方法是“傳記式批評”（biographical criticism）。[61]這種批評方法只能借助作者的生平資料，否則無法進行。以前索隱派要利用作者，只需說作者製作了“隱語”，即可搬用拆字猜謎等等手段來解釋一部大書的文字，書外又有無數史事可以拿來配合他的講法。胡適的傳記式批評局限於曹家史事，可資利用的外延（即作者家世、生平）要比索隱派來的狹窄，但他的解釋和作者的關係卻更加緊密。因此，他的解釋在世人心目中也顯得特別可信。

〈《紅樓夢》考證（改定稿）〉一文主要是強調作者的寫作意圖和小說本身的關係，似乎不像索隱派“反滿說”那樣重視作者的種族。但細究之下，胡適也完全沒有擺脫作者種族的影響，例如，他要讀者注意曹家衰敗的歷史，並指出三個要點，其中一個要點就是八旗世家富麗的文學美術環境。他這樣形容八旗世家的獨特之處：“富貴的環境與文學美術的環境合在一起，在當日的漢人中是沒有的，就在當日的八旗世家中也很不容易尋找了。”[62]其中“在當日的漢人中是沒有的”尤其值得注意，因為這樣說強化了旗人世家曹家和小說中賈家的聯繫，是“自敘傳”說的一個外證；同時也暗中否定了索隱派的遺民著書說。

〈《紅樓夢》考證（改定稿）〉一文寫於1921年11月12日，還沒有運用他考出的作者身份為根據來抨擊索隱派。到了1922年5月10日他寫了〈跋《紅樓夢考證》〉一文，該文第二節題為“答蔡孑民先生的商榷”，他說：

> 向來《紅樓夢》一書所以容易被人穿鑿附會，正因為向來的人都忽略了“作者之生平”一個大問題。因為不知道曹家有那樣富貴繁華的環境，故人都疑心賈家是指帝室的家庭，至少也是指明珠一類的宰相之家。因為不深信曹家是八旗的世家，故有人疑心此書是指斥滿洲人的。[63]

這段話開始以作者的家世、種族為基礎來駁斥索隱派的反滿說。[64]此後，其他的新紅學家如俞平伯、周汝昌也同樣執著這種新的作者觀念來攻擊索隱派。據周汝昌的轉述，胡適曾勸周汝昌“不要看得太死。因為小說究竟是小說，不是歷史”。[65]不過，事實證明，胡適沒有能力阻止別人“以曹證賈”。起初，胡適一系與索隱派反滿說的爭議點在“作者種族”這一層。以下我們來看看俞、周的具體言論。

3.2.2 俞平伯對反滿說“民族主義”理論的抨擊

早在1921年7月23日，俞平伯給顧頡剛（1893—1980）的信中就這樣說：

> 他們〔濤按：指紅學家〕所以迷了正路底緣故有兩種：（1）先存了偏見然後去讀《紅樓夢》（如蔡先生自己持民族主義，而謂雪芹亦持之甚摯。其實曹家是漢軍旗，而強迫他去排滿惜明，真是笑話）[66]。

俞平伯的意見可分兩方面來理解：一、認為索隱派先存偏見；二、從作者角度考慮，反滿說不能成立。索隱派的所謂“偏見”，可能受到時代思潮和文化環境影響，這一點余英時在〈近代紅學的發展與紅學革命〉一文已有提到，後來劉夢溪又作了細緻的引申解釋，這裡不贅。[67]但是俞平伯說索隱派“強迫他〔曹雪芹〕去排滿惜明”卻需進一步加以釐清。

第一，在索隱派心目中並無旗人作者的觀念，他們另有一套漢人作者觀來配合“排滿惜明”的見解。

第二，索隱派視曹雪芹為增刪者，也是把他當作漢人，比如蔡元培認為曹雪芹悼紅（紅＝朱明，明朝），鄧狂言說曹雪芹有“遺民之心”。因此，俞平伯的話只說對了一部分。

也許是這個緣故，所以俞平伯在《紅樓夢辨》（1923年）[68]裡雖然指責蔡元培的說法“無確證”、“傅會”（附會）、“偏見”，也只是說：“作者究竟有無這層意思，其實很不可知”，“〔曹雪芹〕未必主張排滿弔明的”。在《紅樓夢研究》（1953年）中，又刪去指責蔡氏“無確證”、“傅會”、“偏見”的話。[69]

可能俞平伯發現他自己冤枉了蔡元培。

3.2.3 周汝昌對“反滿說”的猛烈攻擊

另一位受胡適自傳說影響甚深的紅學家周汝昌對索隱派的攻擊則猛烈得多，他說：

> 從曹世選六傳到雪芹，方見衰落，但看雪芹書裡所寫，幼時家庭，飲食衣著，禮數家法，全係滿俗，斷非漢人可以冒充。綜合而看，清朝開國後百年的曹雪芹，除了血液裡還有“漢”外，已是百分之九十九以上的滿洲旗人，不但“亡國”“思明”的想法，放到他頭上，荒謬得簡直令人發笑；即是“明珠”、“順治”等說法，在一個積世滿洲大家裡生長起來的曹雪芹，中經變落，山村著書，不寫今昔之感，個人家庭之變，而專為別人或宮廷裡寫流水帳，造無數的奇妙謎語去影射前朝的一班名士，以他彼時的處境與心情而論，亦是萬難講通的。我們於充分地了解了雪芹的整個家世背景，便可以正當深刻地了解他個人以及其作品，而不致去信那些荒唐怪誕的“索隱派”的附會；在這裡我們就可以取得基本上的正確認識了。[70]

這段話同時談及作者的身份和著作意圖。胡適說曹府那樣的八旗世家“在當日的漢人中是沒有的”，但還沒有像周汝昌那樣說書中所寫“全係滿俗，斷非漢人可以冒充”。“斷非漢人可冒充”這句話可作兩種解釋：

一、書中所寫全是滿俗，不能強說是漢人習俗。但周汝昌的原文明明是“漢人”，不是“漢俗”，因此這一解大概不是周汝昌的意思。

二、書中所寫全是滿俗，“漢人”無法冒充滿人寫出來。周汝昌這樣說等於把文本的內容和作者身份互相配合。這一論調，在《紅樓家世》中，又再一次強調。[71]

至於周汝昌說“清朝開國後百年的曹雪芹，除了血液裡還有‘漢’外，已是百分之九十九以上的滿洲旗人，不但‘亡國’‘思明’的想法，放到他頭上，荒謬得簡直令人發笑……”，這種說法和俞平伯的說法在思路上是一致的，分別只在俞平伯還不肯下死判語（“〔作者意圖〕其實很不可知”“〔作者〕未必主張……”），而周汝昌則十分肯定旗人作者不可能“反滿”。其實，俞、周二人對於對手的否定，只有程度的分別：俞平伯評對方為“真是笑話”，周汝昌評對方為“荒謬得簡直令人發笑”。周汝昌認為“此書並不‘排滿’，倒是在弘揚滿族文化”[72]（後來，在《紅樓夢新證》修訂版上，上述關鍵文句改為“多係滿俗”、“‘思明’的想法，放到他頭上，令人感覺滑稽”。[73]語氣不那麼激烈了。到了新千年，周汝昌卻聲稱曹雪芹刺滿洲皇帝[74]）。

這種情況正如福柯（Michel Foucault，1926—1984）在〈何謂作者〉一文所說，作者變成某種功能性原則，論者可以按這個原則來進行限定、排斥和選擇（“[the author] is a certain functional principle by which, in our culture, one limits, excludes, and chooses, ...）。[75]周汝昌的見解無疑是藉曹雪芹的特殊身份來排斥他說。其實他和俞平伯一樣，在某程度上曲解了索隱派的“作者論”。因為索隱派“亡國”、“思明”等看法，並不是放在“滿洲旗人”作者的頭上，而是放在他們所設想的“遺民”頭上。[76]

表面看來，自傳說在“破”的層面很成功，反滿說頓時聲氣消沈。在“立”的層面上，自傳說論者並沒有特別提出作者的滿族背景對小說有什麼影響。我們可以說作者的種族只是自傳說論者攻擊索隱派反滿說的工具。

自傳說主要在“曹雪芹的家世經歷”的前提下做工夫，他們正面的理論是：《紅樓夢》是曹雪芹的自敘傳。

簡化來說，自傳說成為主流學說以後的研究趨勢是：**從“種族”範疇縮小到“家世”的範疇**。很明顯，“作者種族”的詮釋作用漸漸消退（不是完全消失），但胡適創立的“新紅學”沒有突破舊有的詮釋成規，只不過是轉移了方向，使研究的方向更清楚，目標比舊說更明確而已。[77]西方文論家 Roland Barthes（巴爾特）指“作者”有限制的作用：“To give a text an Author is to impose a limit on that text, to furnish it with a final signified, to close the writing.”[78]這話中的道理，可與自傳說的境況互相參照。

如果讀者接受曹雪芹是作者的判斷，那麼，胡適、俞平伯、周汝昌的說法在詮釋上也就佔了極有利的地位，原因是：第一，這種說法從“作者”的家庭背景著手，認為家庭環境會影響作者的思想，作者的思想又影響小說創作。這種推論雖然不是嚴密的邏輯推理（仍是沒有必然性），但至少在思路上比較容易為人所接受。第二，當時有關曹雪芹的史料未見豐富，要從文獻中找尋證據來確定曹雪芹對漢滿種族的態度，實際上並不容易（例如，難以尋獲曹雪芹“反滿”的“歷史證據”）。如果學者接受新紅學“著者是曹雪芹”的觀念，那麼，要推翻自傳說這種“種族／家世決定論”，勢難提出直接有力的證據。因此，旗人作者曹雪芹的出現的確對“思漢反滿說”不利。

3.3　索隱派對“旗人作者說”的反應

如果“反滿說”紅學家要削弱胡適一系的推斷，可以採取兩種策略。策略一：根本否定作者對作品有直接影響，堅持“作品自足論”。策略二：推翻“曹雪芹”是作者的說法，也就連帶消除“作者曹雪芹”特殊家世對作品的籠罩和影響，解除“家世決定論”對“反滿說”威脅。

以下分析反滿說紅學家（壽鵬飛、景梅九、蔡元培、潘重規、杜世傑、李知其）對“旗人作者說”的反應。

3.3.1 壽鵬飛和景梅九另立作者

在新紅學自傳說成為主流的情況下，“反滿說”紅學家的辯論策略正好和上述的構想暗合。例如，1927 年壽鵬飛在《紅樓夢本事辨證》中即另立他說，提出：作者是“康熙間某府西席某孝廉”。“某孝廉”即曹一士。[79]

壽鵬飛說：“然則此書作者必非胡氏所考江寧織造瀋陽曹寅之孫曹頫之子曹霑其人矣。又何從而有自述生平之理乎？”[80]在壽鵬飛心目中，既然《紅樓夢》不是曹雪芹所撰，自述生平尚且無從措手，更遑論什麼“種族／家世的影響”。這是第一點，是釜底抽薪之策。

第二，如果說自傳說紅學家不是先從作品入手，而是由作者的獨特角度來看作品，那麼，壽鵬飛卻反其道而行——由作品的內容看作者：

> 即就是書思明譏清之意觀之，亦斷非旂籍滿臣世代通顯感恩清室者所為。當必為明代孤忠遺逸、幽憂志士之所作。與呂晚村〔呂留良，1629—1683〕曾靜〔1679—1736〕輩同其懷抱。而較能自晦者也。[81]

又儼然是“作品為先”、“作品自足”（autonomous）的論調。不過，這種借用小說本身“其義自明”的辯論手法，在壽鵬飛的著作中只是曇花一現。訴諸“作者權威”的做法一直是兩派紅學家慣常的做法，壽鵬飛也不例外。

若問“曹一士是《紅樓夢》作者”有何證據？壽鵬飛說是依據一個名叫馬水臣的同學所說的一句話。若問，這句話何所據？壽鵬飛說馬君“語必有本”。由此，我們看到此論是何等的兒戲，那“有本”也不知道是什麼“本”。

壽鵬飛對作者和增刪者的看法，為另一個索隱派學者所繼承。1934年景梅九（1882—1961）的《紅樓夢真諦》，解釋為何以曹一士為作者：“查書中講書出題均有著落，徒賈政所出‘惟士為能’一題最奇特。以余忖度，則惟士即一士之謂，言一士能作本書也。”[82]

這話有兩點值得注意：第一，他坦承這個說法是“忖度”。第二，在這個“忖度”中，“惟士為能”這四個字必指“能寫《紅樓夢》”嗎？為什麼不是其他書其他事情？這個問題，景梅九欠讀者一個解釋。我們的看法是：“惟士為能〔寫《紅樓夢》〕”，在“能”字後面加上詞語，這種做法，看來與“增字解經”沒有兩樣。[83]“增字解經”卻是“訓詁十弊”之一。

景梅九提出了“三義諦”：第一義諦求諸明清間政治及宮闈事；第二義諦，求之明珠相國及其子性德事；第三義諦，求之於著書及增刪者本身及其家事。[84]所謂“求諸著者”是指求諸曹一士。景梅九所索求出來的仍然不出“種族之隱痛”，例如，《紅樓夢》卷首“滿紙荒唐言”及末回“說到辛酸處”兩絕句，景梅九“頗覺原著者亡國悲恨難堪，而一腔紅淚傾出雙眸矣。蓋荒者，亡也；唐者，中國也。荒唐者，即亡國之謂。人世之酸辛，莫甚於亡國”。[85]

由此可見景梅九所謂“求之於作者”，具體是怎麼個“求”法。原來，最終還是求諸他自己設定的索隱方法（例如音訓，荒＝亡）。[86]

3.3.2　反滿說對自傳說作者論的消解

壽鵬飛雖然想用曹一士來代替旗人作者曹雪芹，但是他所謂作者是“曹一士”卻被論者稱為“於史無徵的主觀臆斷”。[87]僅僅乞靈於小說正文（字謎）來抨擊自傳派的作者論，並沒有多大的反駁力量。至少在一個看重作者意圖的社會中，壽鵬飛的論述顯得乏力。

另一位反滿說論者蔡元培甚至放棄招架，承認胡適對“作者”的論斷：“今胡先生對於前八十回著作者曹雪芹之家世及生平，與後四十回著作者高蘭墅（高鶚，1763—1815）之略歷，業於短時期間搜集許多材料。誠有功於《石頭記》，……”[88]儘管蔡元培已傾向於接受胡適對《紅樓夢》作者的論斷（準確一點來說，他沒有完全接受，仍堅持“未可以全書屬之曹氏”[89]），但他並未接受自傳說。相反，他採取了“以子之矛，攻子之盾”的方法來詰難自傳說。蔡元培立足於“曹雪芹是作者”的基礎，反問胡適：“且使賈府果為曹家影子，而此書又為雪芹自寫其家庭之狀況，則措詞當有分寸。今觀第十七回焦大之謾罵，第六十六回柳湘蓮道：‘你們東府裡除了那兩個石獅子干淨罷了。’似太不留餘地。”[90]

蔡元培提出問題的語氣相當溫和（“似太不留餘地”），他這個論點和思路在後來的反滿說論者手上卻成為攻擊自傳派的重要武器。例如1951年潘重規發表〈民族血淚鑄成的紅樓夢〉一文，指旗人作者不可能大罵自己的民族，不可能大罵本家（詳參本書第三章）。[91]1959年潘重規在《紅樓夢新解》中提出：

> 全書指責賈府養小叔一事，尤其是“一篇之中三致意焉”。如果賈府是影射曹家，曹雪芹何至如此毒罵他的祖先！這正因為清初有文太后下嫁睿親王多爾袞之事。[92]

再如，1977年杜世傑的《紅樓夢考釋》也說：

> 《紅樓》上姓賈的，似乎沒有什麼好人，這是家事說最難成立的一大關鍵，而倡家事說者，對這一點則諱莫如深，自傳固然不以炫耀自己為主，但也沒有理由把自己家人寫得一無善類，試看《紅樓夢》對賈府人的描述，是何等

譏諷。[93]

龔鵬程（1956—　）也有同類的質疑："書中譏刺批判賈府荒淫無恥之事甚多，若真屬自傳，何人忍心如此糟蹋自己的父母親長？"[94]這一點（書中有對曹府有所貶損）確也使"胡適一系的"紅學家產生疑惑，例如，俞平伯在〈讀《紅樓夢》隨筆〉第三十六條中說：

> 無論以楊妃比寶釵，以飛燕比黛玉是貶（第二十七回），即以楊國忠比寶玉也是貶〔參第三十回〕，以《一捧雪》的嚴家來比賈氏也完全是貶（第十八回）。《紅樓夢》對賈府，對賈寶玉，對十二釵之首座釵黛，十二釵之殿軍可卿，這樣的否定；我覺得現在還通行的自傳說，實在有重新考慮的必要。[95]

俞平伯的意思是：假如賈家即曹家，那麼，作者曹雪芹豈不是處處貶損自家人？這在情理上是較難說得通的。但另一位信奉"自傳說"的紅學家周汝昌早有回應，他指出對賈府中人的非議正是"作者自罵"：

> 也曾有人疑惑，像柳湘蓮說東府只有石獅子乾淨，這樣話，如係作者敘自家事，豈有略不為隱諱的道理？所疑未嘗無理，但如第五回曲子，作者自罵：……此乃暗指東府一切曖昧事及秦氏可卿之語，而其脂批云：……請問這是何口氣，是何意旨，是何心情？那些力主雪芹是寫別人隱事、宮闈祕史的讀者，應該讀讀這些，加以體會，或者在意見上稍能改變歟？[96]

在周汝昌的論述中，曹雪芹所寫只限於他自己目睹身經的幾年榮府"末世"，和他未及見的金陵舊事曹寅盛世毫無牽扯，因此，書中處處皆是寫衰，表明今非昔比。[97]換言之，周汝昌認為那些貶損之語只是為了"對比"。[98]

其實，在理論層面而言，俞平伯曾有“愛而知其惡”的說法，也可以反擊反滿說紅學家的質疑。所謂“愛而知其惡”，意即：《紅樓夢》作者愛護賈府卻不避忌寫賈府中人的短處。曹雪芹的寫法，是一種“客觀”、“公平”、“自然”的寫法。用俞平伯的話來說：“《紅樓夢》作者底手段是寫生。”[99]

因此，索隱派紅學家立足於曹雪芹寫作意圖的推論並不能徹底動搖“自傳說”的根基。自傳說又因文獻的增加而得到長足的發展。1927 年，胡適得到甲戌本，1933 年，得見庚辰本，他都借機撰文鞏固他的自傳說（參看本書第四章論脂硯的部分，尤其是“關於脂評的可信性”那節）。二十世紀三十年代開始，故宮博物院的《文獻叢編》陸續出版一批康熙朝曹寅、曹顒、曹頫、李煦等人的奏折硃批，披露了曹氏的家世概況。這些材料，更有利於自傳說的發揮。

五十年代至六十年代上半葉，發現了一些關於曹家的文件，此外，周汝昌出版《紅樓夢新證》（1953 年），內有大量曹家家世的材料（例如列出“曹氏世系表”），其考證更包括了曹家的幾門親戚。五十年代末至六十年代初，吳恩裕先後出版《有關曹雪芹八種》（1958 年）、《有關曹雪芹十種》（1963 年），吳世昌出版英文著作 *On Red Chamber Dream*（1961 年），這些專書都對曹家的家世深入挖掘，填補了曹氏家世的一些空白。當時的客觀情勢是，認同胡適考證的研究者，已經將曹雪芹視為確鑿無疑的《紅樓夢》作者。因此，1962—1963 年之際，中國大陸為曹雪芹逝世二百周年舉辦紀念活動。這又掀起了研究熱潮。其後，周汝昌的《曹雪芹》（1964 年）成為第一部“曹雪芹傳記”。

六十年代後半葉到七十年代上半葉，與曹氏家世有關的文獻史料如縣志、碑記、故宮檔案等等相繼被發現。1975 年和 1976 年，故宮博物院出版《關於江寧織造曹家檔案史料》和

《李煦奏折》，内有曹、李兩家上康熙的奏折。對於這些材料，新紅學家甚為重視，研究報告迭出。

以上種種，已經造成了關於《紅樓夢》“作者曹雪芹”的“既定事實”（大量的文獻和紀念、研究活動），頗具聲勢，其他紅學流派的研究者很難對此視若無睹。因此，反滿說紅學家想推衍他們的反滿說，也難以繞過旗人“作者是曹雪芹”這個關口。

旗人著書之論畢竟是索隱派“〔漢〕民族主義”反滿說的絕大威脅，所以索隱派在指出“文本”和“作者”之間的“矛盾”之外，還嘗試推翻“著者是曹雪芹”的說法，或者“改造”曹雪芹，以求否定自傳說。曹雪芹於是成為索隱派論爭的焦點之一。

消除曹雪芹作者身份的工作，在取徑上又稍有分別：潘重規只承認曹雪芹是增删者；杜世傑以為曹雪芹不過是個化名，曹雪芹三字諧韻“抄寫勤”；李知其認為曹雪芹是個說書人（說詳下文）。

3.3.3　潘重規：原作者是“石頭”（“消解曹雪芹威脅”行動之一）

潘重規的《紅樓夢新解》一開始就否定作者是旗人曹雪芹。他在〈自序〉中說：“《紅樓夢》是一部漢族志士用隱語寫隱痛隱事的隱書，决非旗人曹雪芹所作。”[100]又說：“我細玩全書，覺得此書確是一位民族主義者的血淚結晶。”[101]潘重規的說法大致和蔡元培差不多。但這位“漢族志士”、“民族主義者”到底是誰呢？潘重規沒有提出答案，他認為“遺民”做事，都是默默進行，自然不願將姓名表白於世，所以作者不知何人。[102]後來，他又指出“石頭便是隱名作者的化名”。[103]總之，《紅樓夢》作者姓名是被刻意隱去。

以石頭為作者，至少有三個問題不易解決。第一，視書中角色為真實的人物。這就混淆了虛構與現實的界限；第二，即使我們承認“石頭”真有其人，然而曹雪芹或也可以化名為“石頭”；第三，“石頭”實際上是哪個歷史人物？為什麼“石頭”要編撰那種謎語？潘重規自己說過：“猶如天地會中的人物，他們伸出大二三指代表天，伸出中四指代表地。如果不是天地會中的人物，儘管有時作出同樣的動作，卻不可作同樣的解釋。”[104]既然如此，石頭是反清之士嗎？有什麼歷史證據說石頭是反清之士呢？

我們的問題是：如果作者並沒有編撰謎語（只是後人強要把某些內文作謎語來解讀），那麼，索隱派的解釋方法立即完全落空。對於這種隱含的詮釋危機，潘重規也不是一無所覺的。他解釋《風月寶鑑》為《明清寶鑑》，並舉出旁證如呂留良“清風雖細難吹我，明月何嘗不照人”和徐述夔（1703—1763）“明朝期振翮，一舉去清都”等，認為“《紅樓夢》的作者運用的技巧如出一轍”。[105]關鍵是，我們不知道“石頭”是誰（潘重規沒有向我們讀者說明）。“石頭”未必就運用潘重規所說的“技巧”，《風月寶鑑》也就未必影射“清風明月”。正如潘重規自己也承認：“明月清風本是文章中常用的語言，……它或含隱射，或不含隱射，卻是要因人而異的。”[106]

至於自傳說的核心人物曹雪芹，潘重規只承認他是增刪者。潘重規說：“用庭幃之事，淺俗之語，以便把反滿思想流行在非知識分子之間，這是原作者的用意，與曹雪芹不相干。”[107]他又徵引蘭皋居士、裕瑞（1771—1838）、陳鏞、徐珂（1869—?）等人的說法，認為程高以前確有許多人不承認曹雪芹是《紅樓夢》的作者。但是，潘重規怎樣解釋永忠、明義等人的話呢？潘重規認為永忠和曹雪芹素昧平生，明義和曹雪芹並無直接關係，“說曹雪芹作《紅樓夢》的人物，如永忠、明義之流，都不過是得之傳聞”。[108]所以那些人的話不足為雪芹作《紅樓夢》的證據。

這種辯論方式顯示出潘重規**採用了雙重標準**。如果永忠、明義等人不認識曹雪芹，就沒有作證的資格，那麼，蘭皋居士、裕瑞、陳鏞、徐珂等人離曹雪芹在世的日子更遠，也就更沒有作證的資格。我們難免要問：潘重規為什麼可以用蘭皋居士、裕瑞、陳鏞、徐珂作證？為什麼要厚此薄彼呢？答案思可半矣。（參看本書最後一章）

不認識曹雪芹，就沒有作證的資格，認識曹雪芹的讀者如脂硯齋、畸笏叟等人又怎樣呢？潘重規這樣解釋：“他們在批語中對隱名的原作者，和執筆增刪《紅樓夢》的曹雪芹，都漫無分別的稱他們為作者。批書人對原作者表現極度的崇拜；而對密友曹雪芹則表現得非常親暱。”[109]在我們心目中，潘重規這段話難以理解：既然對“原作者”（事實上，曹雪芹也可以是“原作者”）和“增刪者”一律稱為“作者”，為什麼潘重規又可以區分得出呢？為什麼極度崇拜的話就一定是對“原作者”而發呢？評者不可以崇拜“增刪者”嗎？

潘重規不承認曹雪芹是《紅樓夢》的作者，提出“石頭”來取代曹雪芹。但是“石頭”是什麼人，終無解釋。另一位索隱派反滿說紅學家杜世傑則明確提出《紅樓夢》的作者是吳梅村。杜世傑否定曹雪芹的手法，尤其值得注意。下文我們來剖析一番。

3.3.4 杜世傑：曹雪芹是個化名（“消解曹雪芹威脅”行動之二）

以前的索隱派紅學家雖然不承認曹雪芹是《紅樓夢》的作者，但是他們都沒有否定曹雪芹的存在。到了杜世傑那兒，曹雪芹就成了一個化名。1972 年杜世傑在《紅樓夢原理》提出《紅樓夢》的前身《風月寶鑑》是明遺民所寫，曹雪芹抄寫增刪纔完成《紅樓夢》一書。[110]根據杜世傑的"紅學命名法"，曹雪芹只是"抄寫勤"的諧韻。怎樣證明是諧韻呢？杜世傑說：

> 曹雪芹一詞又頗似抄寫勤的諧韻，依程小泉之原序二云："惟書中記雪岑曹先生刪改數過。"曹雪岑是不是曹雪芹，不得而知，是與不是都可證明曹雪芹（岑）只是一個化名，這位先生目的在取乎抄寫存的諧韻而已，最初的目的，可能是抄寫存藏，故名抄寫存（曹雪岑），結果披閱十載，增刪五次，出現抄寫勤的現象，乃以抄寫勤（曹雪芹）為名。[111]

為什麼"是與不是都可證明曹雪芹（岑）只是一個化名"？杜世傑全無解釋。曹雪芹是不是有諧音影射呢？這一點根本無從證實。根據杜世傑自己一套"紅學命名法"，自然是有的。而"紅學命名法"則是杜世傑一手創立，可以用來自娛，但其他讀者未必接受，價值有限。

後來杜世傑又進一步推衍他這種"諧韻"的讀法。他認為："曹雪芹披閱十載，增刪五次，他不但'抄寫勤'而且增補也勤，因此又號曹芹圃，即'抄勤補'的諧韻，如此解釋，雖嫌穿鑿，但除此也無更好的解釋。而曹雪芹又名曹夢阮，頗似'抄夢圓'的諧韻。圓字應作圓滿解，即完成之意。《紅樓夢》實在是他抄寫完成的，那他根據《石頭記》、《情僧錄》的命名法，就應該名'抄夢圓'（諧曹夢阮）。"[112]

從這話可見，杜世傑雖然娓娓而談，但他也坦承自己有"穿鑿"的時候。

如果"曹雪芹"只是個化名，那麼，他的真實身份是什麼呢？杜世傑認為這個化名為"曹雪芹"的人，或即"康熙間京師某西賓常州某孝廉"。[113]《紅樓夢》是"常州某孝廉"之作，這個說法早見於《樗散軒叢談》，索隱派紅學家壽鵬飛沿用其說，並將“常州某孝廉”等同於曹一士，但他不肯定曹一士即曹雪芹：“惟未考得其有雪芹別號，或因增刪此書，特設此號以自晦歟？”[114]杜世傑則直接將“某孝廉”等同於“曹雪芹”。壽鵬飛主張《紅樓夢》隱宮廷秘史，曹一士為康熙時人，正好拿來配合他的“康熙季年宮闈秘史”之說。[115]杜世傑則設想“某孝廉或者受師友之傳授，得到《紅樓夢》原本，因受南方反清思想之影響，不肯應試干祿，乃以賣文鬻字為生，流落北京，施展才華……，把紅學問世傳奇”。[116]總之，在杜世傑心目中，增刪者“曹雪芹”（常州某孝廉）是有“反清思想”的，和自傳派所設想的旗人曹雪芹大相逕庭。

但是自傳派明明考出曹雪芹是乾隆年間人，怎麼會是“康熙間”常州某孝廉呢？對於這一點，杜世傑認為：“曹雪芹既是一個化名，則乾嘉年間記載雪芹之事，都是不足恃之資料。”[117]單單說“是一個化名”就一筆抹殺了乾嘉間有關曹雪芹的種種記載。但只用一句“不足恃”就想勝過論敵，說服力肯定是不夠的。

總之，在杜世傑的論述體系中，“曹雪芹”這個名字雖然和《紅樓夢》有些關係，但這個“曹雪芹”絕對不是自傳說的旗人曹雪芹。這樣一來，就完全解除自傳派“旗人作者論”對反滿說的威脅（所謂“解除”，指杜世傑想做到的效果）。

杜世傑認為吳梅村纔是《紅樓夢》的原作者。他的論證方法不是提出“同時人的證明”或歷史文獻證明，而仍是從名字入手。他認為：“《紅樓夢》是由吳玉峰、孔梅溪及賈雨村之介紹方傳與曹雪芹，將上列三人之名詞〔字?〕，輪序各就本數取一字，便是‘吳梅村’三字。”[118]此外，吳梅村的“梅”字也被杜世傑拿來證明吳梅村是《紅樓夢》的作者。證明的方法是，“真事隱藏在假雨村中，假語村言根本就是謎。謎梅同音”。[119]所以吳梅村就是《紅樓夢》的作者。

從上面所舉的例子可以看出，杜世傑在處理“曹雪芹”這個名字時，用上他獨特的諧韻讀法來提出否證。要證明吳梅村作《紅樓夢》時，又往往用“諧韻”法來解讀《紅樓夢》的內文，使內文處處關合吳梅村的遭遇。《紅樓夢》的“謎”由吳梅村製作，然後《紅樓夢》的“謎”底又可處處證明《紅樓夢》是吳梅村所作。循環論證的痕蹟昭然若揭。杜世傑還有其他說法來湊合《紅樓夢》和吳梅村，例如：

> 依《梅村行狀》云：“正月旦，先生夢至一公府，主者王侯官服，降階迎揖，出片紙，非世間文字，不可識，謂先生曰：此位屬公矣。”“十二月朔，復夢數人來迎，先生書日示之，故豫知時日，竟不爽。”梅村之前夢有王冠人讓位，後夢有數人來迎，蓋迎者為前夢之王侯冠者，這正是吳梅村的紅樓夢。[120]

杜世傑抓住這一點發揮道：“此夢是否真實，不得而知，但可看出這是一場‘紅樓夢’。吳氏既做過紅樓夢，就應該是《紅樓夢》作者。”[121]這類說法不過是強拉關係，論證過程過分簡單，缺乏說服力：吳梅村的夢，也可以被說成是別的什麼夢，例如“青樓夢”。這裡僅舉一例，以明其他。

事實上，吳梅村是《紅樓夢》作者的說法早由鄧狂言提出，杜世傑不過加以引申比附。可是比附越密，破綻也越大越明顯。

總之，這種說法於史無徵，但索隱派正需要這種“明遺民著書說”來配合他們的反滿說。杜世傑的做法只是更細緻一點而已。較有新意的是他處理“曹雪芹”的手法：一、將“曹雪芹”、“曹芹圃”、“曹夢阮”等名字都加以索隱化（或字謎化，即認為藏有隱語）；二、將“曹雪芹”說成反清士子；三、否定乾嘉時代有關曹雪芹的記載。事實上，將“曹雪芹”索隱化的做法後來的索隱派紅學家也有採用，李知其就是極好的例子。

3.3.5 李知其：曹雪芹是說書人（“消解曹雪芹威脅”行動之三）

李知其持作者不可知論，因此他比杜世傑省事，不必做指明作者是誰的工夫。至於曹雪芹，同樣被李知其索隱化。他設定一套理論來自圓其說：《紅樓夢》是犯忌的反滿小說，作者斷不會寫下真姓名來招禍，所以“曹雪芹”三字不是作者姓名，是謎語。

但李知其這種說法本身即已先假定《紅樓夢》是反滿小說，待證實的命題反而成了論證的大前提。曹雪芹三字是否藏有謎語？這實有商榷的餘地。

李知其既然認為曹雪芹三字藏有謎語，那麼，謎底是什麼呢？李知其認為：“曹是曹魏的曹，以魏字諧讀囈”，“雪”諧“說”，“芹”字諧“人”，“囈說人就是說夢話的人，換言之，就是《紅樓夢》的說書人。”[12]他又認為世人向來把說書人稱作說書先生。曹雪芹在書中也多次被稱為“先生”，因此曹雪芹是說書人。

這個推論本身說服力不夠（例如說“芹”字諧“人”），但無論如何，把曹雪芹說成是說書先生，就切斷曹雪芹與《紅樓夢》的關係（指成書過程上的關係），自傳派的家世決定論也就無從說起。李知其的意圖是否如此，我們不得而知，但客觀上可造成這種效果。

切斷曹雪芹與著作《紅樓夢》的關係只是消極的做法，最值得我們注意的是李知其如何將曹雪芹轉化成對索隱派有利的人物。像杜世傑一樣，李知其也將曹雪芹說成是反滿的作家。杜世傑根據他的諧韻讀法，把“雪芹”二字讀成“寫勤”；李知其則認為：“‘雪芹’這個名字有諧作雪恨之意。”至於“曹”字，李知其認為：“曹諧號，號哭的號，又諧嚎及啕，可知曹雪芹是嚎啕說恨的人，但所哭的不是色情的事一夢消，而是哭國族淪亡之恨。"[123]

"曹雪芹"三字當然可以製造出許多的諧音組合，最根本的問題是為什麼這三個字是化名（或謎語）呢？從上述杜世傑和李知其的例子看來，將"曹雪芹"三個字索隱化字謎化在消極方面可以否定曹雪芹的著作權；積極方面，又可將曹雪芹三字轉化為"反滿"作者的代號。因此，這種"諧韻"讀法只是配合反滿說的手段而已。種種文獻顯示，曹雪芹真有其人，不是化名。[124]這一事實可說是"諧韻"讀法必須面對的問題。當然，他們會不會去面對，那又是另一回事。

總結上文所論，可以看出自傳派紅學家往往執著曹雪芹的旗人身份，推斷曹雪芹不會有反滿意識。反滿說紅學家另有一套作者論來配合他們的說法。但是他們卻不能不理會自傳派的旗人作者論，因為有些反滿說紅學家也默認了自傳派的推論，[125]不然的話他們也不必汲汲否認曹雪芹的著作權，甚至對"曹雪芹"三字做出種種出乎常人意表的詮釋。

換言之，反滿說紅學家在論題上被旗人自傳說牽著走。

3.4 余英時的"調和論"——曹雪芹的"漢族認同感"

其實"旗人作者不可能有反滿意識"的說法本身只是在"作者決定論"影響下的一種推斷。這種推斷表面看來理所當然，其實很難證明。兩派學者因囿於這種推斷，就較少做其他探索，好像一承認曹雪芹是作者，則他的旗人身份一定促使他同情滿清。

旗人不會反滿清，這種推測並沒有必然性。這個說法就好比堅稱"漢人不會攻擊漢人"一樣，既沒有邏輯上的必然性，也與社會現實不符。[126]既然如此，余英時的文章就沿著"旗人叛滿歸漢”這一方向去探索。

余英時首先承認了兩個前設：一，《紅樓夢》的作者是曹雪芹。這一點他早在〈近代的紅學發展與紅學革命〉一文中說得很清楚。[127]余英時說：“就考證派和索隱派雙方的研究成績來看，我們也得承認，《紅樓夢》作者斷歸曹雪芹是一個到目前為止最能使人心安理得（即矛盾最少）的結論。”[128]這個作者觀也貫串他整本《紅樓夢的兩個世界》。二，他吸納了自傳派作者研究的成果，確認了曹雪芹的“種族”——在文化上已是滿族人。

> 近代紅學研究的主要成就是使我們基本上弄清楚了曹雪芹的家世。我們現在確知曹家雖原為漢族，但早已投靠滿洲人；入關以後並隸屬內務府正白旗。換句話說，曹家在文化上已是滿人而非漢人了。[129]

余英時在著作權和作者種族問題上都傾向自傳派（即余英時所稱的“考證派”）。但他和自傳派有一點根本不同。他的調和論突破了“旗人作者不可能反滿”的推斷。

余英時的說法建基於他對曹雪芹“心理過程”的重建。這種心理過程分為三個步驟形成：

1. 曹雪芹意識到自己本是漢人；
2. 文字獄壓迫漢人文士，引起激動；
3. 家恨引出“漢族認同感”。[130]

余英時提出的“心理過程”牽涉到兩個假設。一、曹雪芹的“激動”和“漢族認同感”是一種對外在環境自然和恰當的反應；二、曹雪芹必須把這種“激動”和“認同感”用文字表達出來。余英時引了兩個內證：

1. “大明角燈”（《紅樓夢》第五十三回內文）。
2. “耶律雄奴”（《紅樓夢》第六十三回內文）。

兩個旁證：1. 瑤華批語；2. 靖本批語。兩個旁證都是他人的理解，可按下不表。至於最重要的兩個內證，余英時並沒有仔細剖析。後來趙岡（1929 —　）寫了〈曹雪芹的民族主義思想〉一文質疑余英時的說法。[131]趙岡指出"大明角燈"的"大"字純粹指燈形大小。所以可以有大明角燈，也可以有小明角燈。至於芳官改名耶律雄奴一段，趙岡指出這並不是在諷刺滿人，反而是在"歌功頌德"，顯露旗人征服邊疆民族的優越感。而且後半段還直接引用雍正（清世宗，愛新覺羅・胤禛，1678—1735）《大義覺迷錄》的理論，即強調滿清是"大舜之正裔"，歌頌乾隆的武功。（參看本書第三章）

對於這種種疑問，余英時撰寫了〈曹雪芹的"漢族認同感"補論〉一文，對他前一篇文章所引的內證加以解釋。[132]余英時的做法主要是把《紅樓夢》納入乾隆時代的環境來理解。"大明角燈"在普通語境中須考慮（1）屬讀問題，即"大明"二字不應屬讀；（2）修飾語問題——"大"字與"小"字對比。其實，趙信卿早於 1970 年 7 月 10 日致吳恩裕的信中就提出這種看法。[133]余英時卻認為"大明角燈"一詞不應視為一般詞語，而應放在當時的環境來解釋。因為"'大明'兩字連書在乾隆朝是最犯忌諱的。曹雪芹何不逕寫為'大慶成燈'或'大羊角燈'，而偏偏用'大明角燈'這樣的字眼？"[134]其次，"大明"二字如果毫無問題，程高本也不會單單把"大明"二字刪掉。余英時並斷言，文字獄的特色正是用咬文嚼字的方式來羅織人罪，屬讀問題根本不成作者的自辯理由。所以余英時認為曹雪芹用"大明角燈"一詞顯然是有深意的。

如果我們從余英時的角度看，則曹雪芹用"大明角燈"、"耶律雄奴"等語當然都是有意寫下來弔明、反滿的。但我們進一步思考，即可發現余英時這種解釋本身也並不是全無商榷的餘地。因為，在余英時的理論中，曹雪芹是眼見漢族文士慘遭文字獄壓迫的，這點且是曹雪芹“叛滿歸漢”心理過程的一個條件。[135]那麼，曹雪芹還寫下這些可疑字句來故意向清廷挑釁嗎？索隱派紅學家也往往以清廷文字獄為說，所以在他們的理論中作者只能用“隱語”或“謎語”來暗中諷刺（蔡元培所謂“加以數層障幕”）。索隱派的“隱語”、“障幕”之說成立與否是另一回事，[136]但他們的理論本身並無內在矛盾。如果依照余英時的說法，則曹雪芹在高壓政策下竟敢公開“反滿”，這已不是余英時假設的“有勇氣叛滿歸漢”，簡直是蔡元培的“持〔漢〕民族主義甚摯”了！

從《紅樓夢》的本文看，作者實在深恐招惹文字之禍，他聲明：“〔空空道人〕因見上面雖有些指奸責佞貶惡誅邪之語，亦非傷世罵時之旨，乃至君仁臣良父慈子孝，凡倫常所關之處，皆是稱功頌德，眷眷無窮，實非別書之可比。……因毫不干涉時世，……”[137]要說作者有意公開反滿，他又何以特別說明毫不干涉時世呢？這不是更招人注目嗎？因此，余英時的說法實在值得懷疑。

我們再來檢討“大明角燈”作為“反滿”證據的可靠性。“大明角燈”的“大”字關係至為重要：“大明”二字被刪和連書是“忌諱說”必爭的焦點。關於被刪問題，我們檢查“大明角燈”在各抄本的存缺情況，發現一般學者認為是較早的抄本如庚辰本、蒙府本、戚寧本、列藏本，都寫明“大明角燈”（列藏本“燈”作“燭”），而一般學者認為是較晚出的抄本如夢稿本、甲辰本、程甲本都只是“角燈”（現存己卯本、甲戌本、舒序本缺此回）。[138]這種情況說明，作者屬稿時很可能是寫上“大明角燈”的。[139]這種存缺現象可以有兩種解釋：一、作者並不覺得語涉禁忌；二、作者明知忌諱但仍故意這樣寫。除非我們有可靠的證據證明作者的確是故意這樣寫來反清，否則我們不應完全抹殺第一種可能性。

余英時從“大明”被刪就推斷這兩個字有問題，這當然不無道理，然而刪字有種種理由，是否因語涉禁忌而被刪，仍可深入研究。即使二字的確因忌諱而被刪，那也有可能是傳抄者刪的。因為，據學者研究，這幾個本子都是曹雪芹去世後抄定的。

至於連書問題，我們注意到“明角燈”在《紅樓夢》第十四回也出現過，現存的抄本（庚辰本、己卯本、夢稿本、甲戌本、蒙府本、戚序本、戚寧本、甲辰本、列藏本）[140]都一律作“明角燈”，之前沒有“大”字。如果第五十三回的“大明角燈”是有意反滿的話，則第十四回的“明角燈”卻又不加上“大”字，沒有“反滿”意思。這一點好像又對反滿說不利。

至於“耶律雄奴”的問題，余英時也同樣結合當時的環境來推考作者的本意。他指出“當時凡是涉及‘夷’‘狄’之類歷史上少數民族的字眼都是犯禁的”。[141]這裡所謂“當時”語義不明確。事實上，清世宗曾下令不必避用“夷”“狄”字眼。據《清實錄》中的《世宗憲皇帝實錄》卷一三〇，雍正十一年（1733）四月己卯清世宗下諭內閣：“朕覽本朝人刊寫書籍，凡遇胡虜夷狄等字，每作空白，又或改易形聲，如以夷為彝，以虜為鹵之類，殊不可解。揣其意蓋為本朝忌諱，避之以明其敬慎。不知此固背理犯義，不敬之甚者也。……若昧於君臣之義，不體列聖撫育中外大公之盛心，猶泥滿漢之形跡。於文藝紀載間刪改夷虜諸字，以避忌諱，將以此為臣子之尊敬君父乎？不知即此一念，已犯大不敬之罪矣。嗣後臨文作字，及刊刻書籍，如仍蹈前轍，將此等字樣空白及更換者，照大不敬律治罪。……其從前書籍，若一概責令填補更換，恐卷帙繁多，或有遺漏，而不肖官吏，遂借不遵功令之名，致滋擾累。著一併曉諭，有情願填補更換者，聽其自為之。”[142]可見，在雍正十一年時，至少在理論上，“夷”、“狄”等字眼並不如余英時所說“是犯禁的”。這是 1733 年的事，而《紅樓夢》到乾隆十九年甲戌（1754 年）纔有甲戌本出現。[143]（關於夷狄問題，還可以參看本書第三章有關“芳官改名”的討論）

姑勿論余英時的說法能否成立，事實上，後來的紅學家也開始從曹雪芹“叛滿”這個角度來探索研究，例如，大陸學者劉上生以曹雪芹對清廷有所怨懟（因被抄家）為主軸，敷演出一部幾十萬字的論述。[144]此外，劉夢溪在《紅樓夢與百年中國》也指出“很難說沒有政治態度和種族觀念的複雜因素摻與其中”。[145]

更值得注意的是“旗人作者說”的領軍人物似乎也有改從“叛滿論”之勢：周汝昌對余英時的“兩個世界論”曾多番諷刺，[146]但是，周汝昌同樣也講曹雪芹以小說暗刺雍正了。[147]周汝昌的同道人劉心武（1942 — ）則設想曹家參加廢太子集團密謀“變天”的故事。[148]——以前的“《紅樓夢》反清復明”之論，因為曹雪芹的緣故（種族），似乎只剩下“反清”了。

為什麼“復明”難成氣候？原因也許有二：第一，曹雪芹生活的年代不是明末清初，這一生活年代的時間坐標令“復明說”的說服力打了折扣，也可以說是“先天不足”；第二，學者深信曹家抄家的慘史對曹雪芹的影響，於是，詮釋的焦點由原來的“種族”縮窄至“家世”，由“國”縮窄至“家”。

從這些地方，我們看到“作者曹雪芹”不純粹是著作權的問題，他確實左右著詮釋的路向。

4 馬、列紅學家對作者世界觀的超越

從以上的討論可知，索隱派反滿說和旗人自傳說固然都強調作者對作品的影響，余英時的調和論也不能超出作者的意圖。追尋作者的意圖或作者本意成了一種根深蒂固的詮釋傳統，很少學者會考慮作者意圖應不應該成為詮釋的最終目的。

西方文論家維姆薩特和比爾茲萊（William K. Wimsatt〔1907—1975〕& Monroe C. Beardsley）曾提出“意圖謬誤”之說（intentional fallacy），認為以作者的構思或意圖來判斷一部文學作品成功與否，這不僅辦不到，也是不可取的。（“…the design or intention of the author is neither available nor desirable as a standard for judging the success of a work of literary art.”）。[149]這類概念，似乎較少在傳統的紅學論著中出現過。[150]

然而，1949年中華人民共和國成立後，由於中國大陸學者採用馬克思（Karl Marx，1818—1883）主義的批評理論，卻隱然有擺脫意圖論的傾向。這種傾向，在1954年的“紅樓夢事件”或“批俞運動”中尤其明顯。[151]這次批評運動，是自有紅學以來最大規模的批評運動，對往後中國文評有深刻的影響。[152]關於這次運動的過程和內幕，可參看孫玉明《紅學：1954》（北京：北京圖書館出版社，2003）。[153]本書集中討論運動之中一些詮釋方法和觀念。

“批俞運動”的重要文章收錄在《紅樓夢問題討論集》（以下簡稱《討論集》）一至四集中。[154]根據《討論集》的“出版說明”所說，第一集和第二集主要是批判俞平伯和胡適的文章；第三、四集是“在批判了資產階級唯心論錯誤的觀點方法的基礎上，企圖運用正確的觀點方法來研究《紅樓夢》的文章”。[155]所謂正確的觀點是馬克思主義，其中，還包括列寧等人的觀點。因此，《討論集》的文章可以說代表了1949年以後大陸學者引用馬克思文學批評理論來研究《紅樓夢》的具體成果。余英時稱這一派的研究為“鬥爭論”、“革命的紅學”。[156]實際上，可能稱為“馬、列紅學”要來得更為貼切，因為“馬、列”既是目標，也是方法。個別評論者也許沒有涉獵多少馬、列著作，但是，從宏觀層面看，當時全國上下都是稱許馬、列思想的（還包括恩格斯等），評者論家爭相向馬、恩、列、毛（澤東）靠攏。因此，稱這一個詮釋群體（interpretive community）為“馬、列紅學”，諒無大錯。[157]

這次運動，胡適一系的俞平伯和周汝昌都寫了文章自我批評。馬、列紅學家一下子就奪得詮釋權，或者說，是更強大的詮釋權。

當時的評論家大肆攻擊新紅學（主要指胡適、俞平伯等人的研究，旁及周汝昌等人），目的是在學術界確立馬克思、列寧主義的觀點和方法。[158]但是馬、列紅學家在攻擊胡適一系新紅學之餘，卻承襲了胡適一系新紅學的研究成果，確認曹雪芹為作者，高鶚為續書人。紅學作者論的發展方向是從反滿說的“種族”範疇轉移到自傳說的“家世”範疇（指曹家），而馬、列紅學家由於採用了馬克思主義文學批評理論，所以他們對《紅樓夢》作者的理解，不但跳出了“作者種族之爭”，到最後更幾乎超越了“作者家世”的影響（馬、列紅學家稱為“作者世界觀”的影響）。

4.1 馬、列紅學家論曹雪芹的世界觀

事實上，馬、列紅學家對曹雪芹的世界觀也有他們獨特的看法。按照大部分馬、列紅學家的理解，曹雪芹的世界觀有某部分是落後的。歸納起來說，這些落後成分至少包括：

一、宿命思想。

二、色空、夢幻、虛無思想。

三、留戀封建階級、懷念貴族生活。[159]

至於曹雪芹為什麼會有以上“落後”、“消極”的思想，馬、列紅學家提出兩個原因。第一是“歷史限制”，或者稱為“歷史條件的限制”。[160]具體而言，即曹雪芹生活的年代還看不到新的出路，想不到用什麼新制度來代替封建制度，[161]所以最後安

排賈寶玉遁入空門。第二是“階級的烙印”,[162]這是指曹雪芹出身於“封建貴族的大家庭”,[163]不得不受階級因素影響，所以還懷念留戀過去的富貴生活，不能徹底背叛他所屬的階級。[164]

反滿說和自傳說從作者的身份出發，認為作者對作品會有直接的影響。如果按照這種“作者決定論”的推理方式，馬、列紅學家既然承認曹雪芹有落後、消極的世界觀，那麼，《紅樓夢》也必然是落後、消極的了。然而，在馬、列紅學家眼中，《紅樓夢》超越了這種局限。他們從三個途徑達到這個結論：創作論、作品論、批評論。

(1) 創作論：創作方法戰勝落後的世界觀；

(2) 作品論：作品的客觀意蘊超出了作者的意圖；

(3) 批評論：批評者應揚棄作者世界觀的消極成分，注重積極部分。

4.2 創作論：馬、列紅學家眼中的曹雪芹“現實主義的創作方法”

在馬、列紅學家眼中，曹雪芹能突破他“落後的世界觀”，主要得力於所謂“現實主義的創作方法”。例如，楊蔭安在〈關於曹雪芹的世界觀和創作方法的一些理解〉一文就這樣說：“……我們也可以毫無懷疑地得出結論說，現實主義的創作方法戰勝了曹雪芹的世界觀落後的反動部分，這是‘現實主義的最偉大的勝利之一’。”[165]這種論點在《紅樓夢問題討論集》中屢見不鮮。但是，對於什麼是“現實主義的創作方法”，論者卻說得很籠統。歸納起來，“現實主義的創作方法”指：

- 作者忠於現實生活的描寫。[166]
- 從事實的真象中概括出典型的現象，進而寫出了社會發展的真實來。[167]
- 真實地反映了現實。[168]

- 現實主義並不將已有的事實照樣寫出，而是經過提煉與概括，描寫那可以把握到生活規律的事實。[169]
- 現實主義作者深入了現實生活，忠實於生活真實，在面對客觀現實時就能掌握其中的規律和法則，而把現實的本質反映出來。[170]
- 現實主義方法首先是忠實地反映生活，而不是僅僅依據作者的某些觀念來反映生活。[171]

大致不出於“忠實地反映現實／生活”之類比較空泛的說法。[172]其實，作家採取的創作方法，除非是作者自己說明，否則後人只能推斷。比如，清朝人何嘗有什麼“現實主義的創作方法”？可見這不是清朝人固有的觀念。[173]

有些馬、列紅學家也許是考慮到這點，所以嘗試舉出證據證明曹雪芹採取了“現實主義創作方法”。《紅樓夢》第一回石頭對空空道人說的一番話，常常被論者徵引來說明曹雪芹確實採取“現實主義創作方法”（包括李希凡、藍翎、孫昌熙、林冬平、張戴等）[174]。石頭的話，在李希凡（1927 — ）、藍翎（1931—2005）眼中，是“最明顯地表示了曹雪芹精湛的現實主義見解”。[175]林冬平則說：“這（石頭的話）是曹雪芹的現實主義創作綱領。……從這個綱領我們可以看出曹雪芹的高度的現實主義觀點。”[176]另一位論者張戴甚至認為：“在曹雪芹所處的時代，是不知道什麼是現實主義的。但《紅樓夢》的創作方法卻是現實主義的方法。作者曾說他的寫作只是‘按自己的事體情理，……俱是按跡循蹤，不敢稍加穿鑿，至失其真。’”[177]胡適曾引石頭的話為自傳說的證據，[178]現在馬、列紅學家又把石頭的話當作“現實主義”的宣言。——《紅樓夢》的文字可謂神奇，便於撥用（appropriation）。[179]

從小說內文看，作者有意把自己和石頭分開，石頭實際上是在擔任《石頭記》故事的敘述者。[180]把小說的敘述者和現實世界的作者等同起來，從敘述學的角度看去，並不妥當。[181]《當説者被説的時候：比較敘述學導論》（北京：中國人民大學出版社，1998）一書對這點講得很清楚，可以參看。

上面筆者指出“現實主義的創作方法戰勝落後的世界觀”（以下簡稱“戰勝論”）不是古人固有的觀念。其實這種理論承繼自恩格斯（Friedrich Engels，1820—1895）和列寧（Nikolai Lenin，1870—1924）。馬、列紅學家在提出“戰勝論”後，往往喜歡加上“這是現實主義的最偉大的勝利之一”之類的話來作總結。“最偉大的勝利”這個概念來自恩格斯。恩格斯在致哈克奈斯（Margaret Harkness）的一封信中説過：

> That Balzac was thus compelled to go against his own class sympathies and political prejudices that he saw the necessity of the downfall of his favorite nobles and described them as people deserving no better fate; that he saw the real men of future where, for the time being, they alone were to be found - that I consider one of the greatest triumphs of realism, and one of the greatest features in old Balzac. [182]
>
> **【譯文】** 巴爾扎克〔Honore de Balzac，1799—1850〕就不得不違反自己的階級同情和政治偏見；他看到了他心愛的貴族們滅亡的必然性，從而把他們描寫成不配有更好命運的人；他在當時唯一能找到未來的真正的人的地方看到了這樣的人，——這一切我認為是現實主義最偉大的勝利之一，老巴爾扎克最偉大的特點之一。[183]

直接套用恩格斯這一個觀點的論者，至少包括李希凡、藍翎、端木蕻良、呂一、何其芳、沙鷗、楊蔭安、郭功照。[184]恩格斯認為巴爾扎克的作品是對上流社會必然崩潰的挽歌，巴爾扎克同情注定要滅亡的階級，這是他落後的世界觀；但巴爾扎克還是把他心愛的貴族描寫成不配有更好命運的人，也就是貴族的必然沒落，這是現實主義的勝利。馬、列紅學家從評論的概念到所用的文詞字眼，全部套用恩格斯，例如：

> 儘管曹雪芹對他自己所屬階級的衰敗，還保持一定程度的眷戀和憐憫，因而在鞭撻他所憎恨的人物的時候，還噙著眼淚；但是他的現實主義的創作方法和高度的藝術手腕，卻使人信服地說明一個封建貴族大家庭崩潰和死亡的必然性，也預告了整個封建制度的崩潰和死亡。[185]

除了恩格斯外，列寧也說過列甫・托爾斯泰（Lev Tolstoy, 1828—1910）的學說的內容，是最確切和最深刻意義下的反動，同時又稱托爾斯泰的作品為“俄國革命的鏡子”。[186]西方文學理論家佛克馬和蟻布思（D. W. Fokkema & Elrud Kunne-Ibsch）在《二十世紀文學理論》（Theories of Literature in the Twentieth Century）一書中即指出列寧的觀點和恩格斯的見解（世界觀與作品之間的差異）是一致的。[187]沙鷗、何其芳、楊蔭安都引述過列寧對托爾斯泰的看法。何其芳視恩格斯和列寧為“馬克思主義的經典作家”；[188]楊蔭安則把列寧的評論文章視作“典範論文”。[189]可見馬克思主義文學批評理論在這一派紅學家的心目中佔有極重要的地位。故此，把列寧的說法套用到《紅樓夢》之上，是十分自然的事。

4.3 作品論：作品自身的客觀效果論

馬、列紅學家攻擊俞平伯其中一點是：俞平伯太過注重作者的寫作意圖，[190]沒有認識到《紅樓夢》所創造的典型、所反映的現實已經突破了曹雪芹主觀思想的限制。[191]過分誇大了作者世界觀中某些消極成分。[192]注重作品“客觀效果”的論者，一般都贊成“現實主義創作方法戰勝論”，認為作者的世界觀對其創作的影響不大。所以，他們認為應將“作品”放在首位。

我們可以檢討一下“作品客觀效果論”所認識的“客觀效果”到底是什麼。歸納起來，馬、列紅學家的“客觀效果”大都不離“反封建”的主題，這包括：讀者從《紅樓夢》所寫的封建大家庭感到了封建制度的罪惡。[193]對封建統治階級的強烈憎恨、鄙視等等。[194]

這種“反封建”的“客觀效果”，其實只是某類讀者所領略到的意義。清朝嗜讀《紅樓》者不計其數，其中也包括了“封建階層”的讀者（參閱一粟編《古典文學研究資料彙編·紅樓夢卷》自有分曉），如果“反封建”真是《紅樓夢》的客觀意蘊的話，那麼，封建階層反而喜歡閱讀《紅樓夢》，試問這《紅樓夢》“反封建”還有多少效果可言？因此，如果要確定《紅樓夢》的社會效果，我們至少必須承認“反封建”只是特定時代某類讀者所領略到的“客觀效果”。[195]［2006 年補記］：到了二十一世紀，已經較少中國大陸學者談《紅樓夢》的“反封建”。

馬、列紅學家這種重視效果多於重視主觀願望或動機的觀念，毛澤東（1893—1976）早在 1942 年就已經提出。毛澤東在〈在延安文藝座談會上的講話〉一文中指出：“檢驗一個作家的主觀願望即其動機是否正確，是否善良，不是看他的宣言，而是看他的行為（主要是作品）在社會大眾中產生的效果。社會實踐及其效果是檢驗主觀願望或動機的標準。”[196]

在批俞運動中，毛澤東的“效果論”就常常為論者所徵引。從批俞學者的文章來看，毛澤東的觀點有“破”、“立”兩種作用。第一，在破的層面，毛澤東的觀點被用來攻擊俞平伯的“意圖論”：這包括了劉溶[197]和舒蕪，[198]甚至俞平伯自己也引用這一段話來作自我批評。[199]第二、在立的層面，論者“根據毛主席所指示的原則來研究《紅樓夢》”，[200]提出了《紅樓夢》的“社會實踐效果”：這包括呂一、李定坤。呂一說：“《紅樓夢》二百年來的社會實踐效果，是它受到了人民的重視與熱愛；是以它所揭露的吃人封建禮教制度與封建〔地〕主的虛偽外貌及殘酷本質，以它所描寫的青年一代的沉痛悲劇，搧起人們對封建制度與封建統治階級的仇恨的；……”[201]總之，毛澤東的〈在延安文藝座談會上的講話〉對“效果論”無疑具有極大的影響力。

4.4 批評論：不重視作者意圖的批評方法

“戰勝論”和“效果論”都試圖超越作者的世界觀，原因是他們認識到作者的世界觀有“落後”、“消極”的成分。[202]然而，他們從什麼地方認識到作者的世界觀呢？除了從作者的身世勉強推測之外，其實主要是從作品看出種種“落後的成分”。因此，從“戰勝論”的範疇講，創作方法並不能完全突破世界觀的滲透，相反，世界觀超越了創作方法，使“落後的”東西保留在作品之中，只重視作品的客觀效果也很難完全排除“消極的”因素。例如，孫昌熙認為曹雪芹的創作方法是現實主義的，但他也承認《紅樓夢》有色空思想，有“毒素”。[203]

另一批論者則嘗試從批評者自身的策略入手來超越世界觀或意圖論。這些論者首先就承認作者的世界觀對作品有影響。這樣一來，豈不是有損於這部“古典現實主義的作品”的價值？不然。因為這一派論者極力壓抑、淡化“落後成分”在《紅樓夢》一書的地位。例如，毛星承認《紅樓夢》有色空觀念，但“在全書所佔的地位是很不重要的”。[204]石靈同樣認為“這些夾雜的東西，已經退居到極不重要的地位，至多只是有機體上的一片皮膚，幾絲毛髮”。[205]趙宜人的說法更為確鑿：“在全書描寫現實人生的部分佔著十分之九的篇幅，‘色空’和‘宿命論’思想的散佈只居於極不重要的位置。”[206]和“極不重要”相似的說法是“非本質的”、[207]“極其次要的”、[208]“並不是主要的”、[209]“不佔主要地位的"、[210] "實際地位非常微弱"[211]等等。總之，這一派學者的意見是：

> 這（輓歌情調和色空觀念）作品的糟粕，應該加以認識；但這是作品中十分次要的、附帶的部分，基本上無損於其人物形象的完整，完全不能掩蓋它基本的、主要的、積極的一面，不能掩蓋作品的戰鬥光輝。[212]

至於他們強化或前景化（foregrounding）[213]的成分是什麼呢？霍松林說：

> 人民性的一方面是主要的，起主導性的作用的。他（濤按：指曹雪芹）表現在《紅樓夢》中的同情人民的思想傾向是異常明顯的，我們要強調的、要吸收的正是這一方面而不是相反的方面。[214]

提出這種批評策略的至少還包括禾子和郭功照。[215]這種有所偏重的批評手法實際上等於各取所需［也即"撥用"（appropriation）］。這也是批俞運動的一個重要起因：新紅學考證派也是在從事古典文學的研究，但是新紅學爬梳剔抉出來的元素不為馬、列紅學家所接受，"無所可用"，因為馬、列紅學家要看研究成果"對那個階級有益？對於我們無產階級來說，我們還是要這麼一點功利主義的"。[216]所以馬、列紅學家要取代新紅學派。

上引楊蔭安的話把作者流露出來的"輓歌情調"和色空觀念視為作品的糟粕。這種"去其糟粕，取其精華"的批評策略和毛澤東的思想不無相似之處。毛澤東在〈新民主主義的文化〉一文中說過這樣的話："清理古代文化的發展過程，剔除其封建性糟粕，吸收其民主性精華，是發展民族新文化提高民族自信心的必要條件；但是決不能無批判地兼收並蓄。"[217]毛澤東在〈在延安文藝座談會上的講話〉又說："我們必須繼承一切優秀的文學藝術遺產，批判地吸收其中一切有益的東西，作為我們從此時此地的人民生活中的文學藝術原料創造作品時候的借鑒。”[218]

毛澤東“去其糟粕，取其精華”的主張屢為批俞學者所引用，包括鍾洛、程千帆、峻明、劉綬松、孫昌熙、王佩璋等。[219]吳組緗把毛澤東的主張應用到實際批評上去，得出的結果是：“作者的世界觀裡，很多就是‘封建性的糟粕’，而屬於現實主義的部分，則為‘民主性精華’。”[220]劉綬松則把將“批判地吸收其中一切有益的東西”奉為“接受文學遺產、整理和研究古代文學作品的目的和任務”。[221]可見，上述那種有所去取的批評理論源自毛澤東的主張。

按照這種批評方法，讀者有極大的詮釋自由，作者的權威實際上已蕩然無存。這種情況和羅蘭·巴爾特（Roland Barthes，1915—1980）宣布“作者之死”（“The Death of the Author”）不無相似之處。巴爾特認為“替文本找作者等於為該文本加上限制”（“To give a text an Author is to impose a limit on that text”）。[222]巴爾特宣佈“作者之死”正為詮釋開啟了無限的可能性；馬、列紅學家擯棄“作者落後的世界觀”，也方便他們從《紅樓夢》中選取他們心目中的“意義”。

這正如保羅·利科爾（Paul Ricoeur，1913 — ）在《詮釋理論》（Interpretation Theory）一書所說的“意義超越意圖”（“surpassing of the intention by meaning”）。[223]讀者除了有意識地各取所需之外（例如“民主性精華”），他所得到的意義也可能遠多於作者所預設的（正如利科爾所說：“the text's career escapes the finite horizon by its author. What the text means now matters more than what the author meant when he wrote it.”）[224]“作者（意圖）決定論”實際上已由“讀者（意圖）決定論”取代。在這種情況下，“曹雪芹”對詮釋活動已經沒有多少約束力。後來的論說也都紛紛挪用“曹雪芹”這個名字。（詳參本書最後一章）

學術研究基本上是不斷進步的，今日看來，批俞運動自然有許多缺失和粗糙的地方，這一點已經有許多內地學者作出回顧和反省。[225]我們不能分清批俞運動多少分是學術批評多少分是政治批判，[226]而是盡量從詮釋方法和詮釋效果來回顧這一場學術界的大事。[227]伽達默爾（Hans-Georg Gadamer，1900—2002）在《真理與方法》一書中曾提出理解的歷史性（historicity of understanding），[228]這一論點在學界恐怕已是老生常談，無甚新意，然而今時今日檢討建國之初的大陸紅學，我們不得不說那場運動分明體現出一種歷史性：當時的詮釋成規（interpretive convention）是馬克思文評，詮釋者大都役於此道，可以說是形成了一個理念相近的“詮釋群體”（interpretive community），他們的洞見和不見（insight and blindness）其實都取決於這一套研究方法的得與失。在新千年，我們翻開中國大陸最新的紅學著作，就不容易找到馬克思文評的蹤影，這表示馬克思文評不再享有至高無上的地位，[229]而新的詮釋成規和研究方法並不如建國初期那樣單一（這也是一種新的歷史性），由此，我們幾乎可以想像到，五十年後要做“新時期”紅學的元批評（meta-criticism），困難一定遠比我們回顧批俞運動大得多。那是幾篇，甚至是十幾篇回顧文章纔能理清的論題。[230]

批俞運動後，中國大陸的紅學界流行“市民說”：講的是《紅樓夢》與“資本主義萌芽”的關係，曹雪芹思想代表“新興市民思想”。另外還有“農民說”，但聲勢較微弱。[231]另一方面，上世紀五十年代的“世界觀”話題，一直延續到七十年代：大陸的紅學討論《紅樓夢》的主題，往往離不開“曹雪芹世界觀的局限”，如李希凡《曹雪芹和他的紅樓夢》第五章、《階級鬥爭的形象歷史——評紅樓夢》第八章。[232]

七十年代初，毛澤東說《紅樓夢》是一部政治歷史小說，結果上有好者，下必有甚焉者：從 1973 年開始，中國大陸掀起“評紅熱”，其主要論點有破有立：破者，“《紅樓夢》不是一部愛情小說”；立者，“《紅樓夢》寫的是階級鬥爭”。後來，評紅熱潮更與中國大陸“批林批孔”、“儒法鬥爭”論結合起來。於是，在論《紅》文章中，就出現了這種觀點：“曹雪芹的世界觀，有著強烈的反儒傾向。”[233]1974 年出版的《階級鬥爭的形象歷史——評紅樓夢》也有專門一章名為“對反動的儒家思想的尖銳批判”。[234]

看來，“曹雪芹思想”成了一個“論述空間”，這個空間既可以裝進“新興市民思想”，也可以裝入“強烈的反儒傾向”。[235]

有關“市民說”、“農民說”的詮釋策略，我們留待本書的總結部分再來評說。檢閱這個時期的紅學論述，我們不禁想起西方文論家傑拉爾德·格拉夫（Gerald Graff）所說的“收編”（co-optation）概念。[236]

二十世紀末至本世紀初，“自傳說”脫離被批判的命運，曹學續盛，而具索隱傾向的紅學論著更懂得以曹家為根基來演繹他們的學說。他們大都能在曹雪芹的“效應”下展開索隱工作，雖然他們所“索”出的“隱情”各自不同，但或多或少與曹家、康熙帝、雍正帝扯上關係：趙同的《紅樓猜夢》認為曹雪芹隱寫康熙帝諸子爭奪皇位。[237]邱世亮《紅樓夢影射雍正篡位論》認為曹雪芹隱寫雍正奪位。[238]霍國玲等人的《紅樓解夢》主張曹雪芹隱去雍正帝奪雪芹愛人的故事。[239]馮精志認為《紅樓夢》隱刺雍正、乾隆。[240]劉爍認為曹雪芹在自傳之餘還隱去反滿之意。[241]劉心武認為曹雪芹隱去了“秦可卿的皇族血統”、隱去曹家收留康熙朝廢太子後裔的事。[242]

以上各人的說法頗有具體差異，然而我們發現一個共同點：“曹雪芹”的“影響力”已經不限於胡適一系的紅學家。新的索隱工作，一般而言是在“曹家”、“曹雪芹”籠罩下來進行的。索隱家力求“索”出曹家或曹雪芹的“隱”情。[243]如果索出的不是曹氏家史，也要說成是“曹雪芹”透露的秘史，例如

《曹雪芹披露的宫廷秘聞》（1995 年），我們從書名本身也能看出論者的“借助曹雪芹”的詮釋策略。[244]

曹家被抄家和所謂的“家恨”，成為大部分新索隱的樞紐，這樞紐方便他們在詮釋上通向朝廷政爭。換言之，曹雪芹的歷史性（historicity）成了新興索隱派的“種子”（詮釋的基本因子）。[245]

總而言之，雖然胡適一系和反滿說（或反清廷）紅學家的立場起初是呈敵對狀態的，但是，從他們的詮釋方式看，他們都是“作者決定論”的支持者。新索隱派的“作者論”也許只是論述上的權宜之計，是一種 discourse strategy（論述策略）。實際上，這也就是“為我所用”的策略，即“曹雪芹為索隱家所用”。我們也可以說，他們以“曹家與清廷”來加強本身學說的說服力，客觀上也就是借助“作者決定論”的力量（正因為“作者決定論”廣為人接受）。[246]

5 後四十回的作者與作者的分類功能

《紅樓夢》作者問題的複雜性並不僅僅局限於“是否曹雪芹所作”。曹雪芹之所以成為論爭焦點，主要是因為胡適把他重新“發掘”出來，使曹雪芹不至於被民初索隱派的“明遺民著書說”所掩蓋（或淡化）。然而，胡適的〈《紅樓夢》考證（改定稿）〉除了發掘出曹雪芹之外，還帶出另一個著作權問題：“後四十回的著者究竟是誰?”胡適斷定後四十回是高鶚續作的。（濤按：裕瑞已懷疑程高本的後四十回為續書。但是，胡適的影響力遠比裕瑞的言論為大。）

胡適“高鶚續書說”的論據能否成立，後來的學者意見不一（參看下文）。無論如何，“高鶚續書說”一出，立即影響到學者對整個百廿回本的態度，這點牽涉到文本的穩定性，留待下章詳細探討。我們先來看論者如何立足於“高鶚是續作者”

這一觀點來進行研究。換言之，本章先考察高鶚在詮釋史上的角色，下章再專門討論文本的問題。

反滿說紅學家如潘重規並不贊成高鶚續書的說法。[247]胡適一系的新紅學家則把他當作是續書者。高鶚的情況和曹雪芹的情況不同，各家學說並沒有爭論高鶚的“種族”。不過，後四十回的著作權之爭仍然關係到兩個層面：一、對後四十回的詮釋；二、後四十回的評價問題。

評價的問題與學者對“原作者”曹雪芹和“續書者”高鶚的觀感有著很微妙的關係。至於判斷是否“曹著”方面，各家可謂各走極端：有人認為後四十回保留了大部分原稿，[248]有人認為“沒有曹雪芹一個字”（蔡義江語）。[249]我們閱讀新紅學家的著作可得到一個清晰的印象：他們仍受到“作者決定論”的影響。俞平伯就是一個好例子。

5.1 俞平伯的“性情說”

胡適的〈考證〉發表以後，新紅學家之中研究範圍各有側重：周汝昌比較集中探索曹雪芹的生平和家世，俞平伯則比較集中討論高鶚的續書（指 1954 年之前）。俞平伯評論後四十回，即使認為續書者有根據而作，尚且說：

- 高氏補巧姐傳，可謂一句題外的話也沒有說，只是文筆拙劣，敘述可笑罷了。[250]
- 但他底大病，並不在憑空結撰，卻在文筆拙劣、情事荒唐這兩點上。這個毛病，在四十回中幾乎處處流露，也不僅僅在這兩三回內。即完全有根據，也依然不能藏拙啊。[251]

表面看來，在俞平伯眼中，“敗筆”都是因為續書者高鶚的能力不逮。其實，他並不把“敗筆”的原因簡單歸咎於續書者的才能。相反，他甚至認為把“貌離神合”處歸罪於續作者才短是大錯的。對於原著續書貌離神合的緣由，俞平伯用作者的個性來解釋：

> 凡好的文章都必有個性，而續作大忌就在有個性。因為若續作內有續作者底個性，便失原作者的本意。若行文時完全拋棄自己底個性，而俯仰隨作者底心，不特不可能，亦只是‘尸居餘氣’罷了！[252]

這個論點見於 1921 年 6 月 30 日俞平伯致顧頡剛書，後來擴充成為《紅樓夢辨》的第一篇：〈論續書底不可能〉。這篇文章先以《紅樓夢》第三十五回末黛玉到怡紅院一段缺文為例說明續書的難處，而大部分篇幅卻是“從理論上，申論續書的困難”。[253]俞平伯的論點可以用這句話來總結：“如續書人沒有（和原作者）相似的環境，性情，雖極聰明，極審慎也不能勝任。”[254]出乎意料的是，他對最關鍵的問題——即“曹雪芹和高鶚的性情是不是相近”反而沒有討論。其實，如果我們細心追查，我們就會發現，俞平伯早在給顧頡剛的信中提出：“弟不敢菲薄蘭墅，卻認定蘭墅與雪芹底性格差得太遠了，不適宜續《紅樓夢》。”[255]這個看法，在實際批評的文章裡也再次提到：

- 我們還可以比較高鶚和雪芹底身世，可以曉得他倆見解底根本區別。雪芹是個寒士，是痛惡科名祿利的人，所以寫寶玉也如此。蘭墅是個熱中的人，是進士，是御史（據適之考出），所以非讓寶玉中了舉人，他心裡總有點不痛快。[256]
- 但高鶚為什麼做這件蠢事（指寶玉中舉一事）呢？這實在因他的性格與曹氏不同，決不能勉強的。……雪芹是個奇人，高鶚是個俗人，他倆永不會〔互〕相了解的，偏偏要去合做一書，這如何使得呢！[257]

值得留意的是，在俞平伯著書的時代，對曹雪芹和高鶚的認識遠比不上今日。俞平伯深知曹雪芹是旗人，“高鶚亦是漢軍旗人，距雪芹極近”，[258]所以兩人的背景也有相同的地方。從當時掌握的材料來看，曹雪芹和高鶚最大的分別恐怕是：曹雪芹終身布衣，而高鶚中過進士，當過官。所以，從知人論世的角度看去，俞平伯反復強調這一點，實不足為奇。

在理論層面上，俞平伯再三申說，高氏的失敗不在於才力不及，而在於性格才情上與原作者曹雪芹相差太遠。他甚至說：“蘭墅才情見識，乃我所極崇拜，……”[259]但在實際批評時，卻不時指出高鶚力有不逮，俞平伯貶斥高鶚的話有很多，這裡姑且列舉幾段：

- 高鶚補書，以事蹟論，自然不算錯；只是文章不見高明……[260]
- 總之，高氏不善寫述悲哀這個毛病，到處都流露著。[261]
- 這類（濤按：指賞花妖、鳳姐遇鬼、趙姨娘被鬼迷等）弄鬼裝妖的空氣，布滿於四十回中間，令人不能卒讀。而且文字之拙劣可笑，更屬不堪之至。第一百十六回文字尤惹人作嘔。且上邊所舉，只是些最不堪的，以外這類鬼怪文字遠多呢。……且高續之謬，還在其次，因為謬處可以實在指出，最大的毛病是“文拙思俗”，拙是不可說的，俗是不可醫的。[262]
- 以高鶚的笨筆，來寫八面玲瓏的林黛玉，於是無處不失敗。補書原是件難事，補親見親聞的《紅樓夢》則尤難，高氏不能知難而退，反想勉為其難，真是太不自量力了。[263]

說“文章不見高明”、“不善寫述悲哀”、文字“拙劣可笑”、“笨筆”等等，實際上又不關乎作者的性格，而是關係到作者的才能和文筆。這實際上顯示出俞平伯“作者觀”並不僅僅局限於他所説的性格差異。在他心目中，前後作者實有才能高低之分。“性情差異”只不過是一種理論，進行實際批評時不得不回到“才能高下”。

俞平伯早期（指二十年代）對“高鶚續書説”堅信不疑，他在〈辨原本回目只有八十〉一文説：“《紅樓夢》原書只有八十回，是曹雪芹做的；後面的四十回，是高鶚續的。這已是確定了的判斷，無可動搖。”[264]但到了寫《紅樓夢八十回校本》的序言時（五十年代中），他已改稱後四十回“來歷不明”。[265]因此，他的論著有一個傾向：後四十回中他認為是敗筆、不符“原作者”本意的章節，幾乎都要由高鶚來負責。

後來“高鶚續書説”動搖，又有學者相信後四十回中實雜有曹雪芹的殘稿，這種情況比“後四十回全部出自高鶚之手”的信念來得複雜。周紹良（1917—2005）早在1953年10月寫成〈論《紅樓夢》後四十回與高鶚續書〉一文，提出程、高對百廿回本只作了編輯加工，未曾續書。[266]在學者的文章中，我們可以看出他們的作者觀實際上具有分類的功能（classificatory function）。正如福柯（M. Foucault）所説“（作者的）名字允許人們把某些文本加以歸類、界定，把這些文本與其他文本互相區別，並加以對照”。（“…an author's name…permits one to group together acertain number of texts, define them, differentiate them from and contrast them to others.”）[267]下面我們要考究作者分類的功能是怎麼一回事。

5.2 隱含的作者（implied author）及作者的分類功能

俞平伯撰有〈辨原本回目只有八十〉一文。他的策略是從回目入手，否定後四十回回目，就一併推翻後四十回內文。周紹良卻反其道而行："我們肯定了後四十回回目是曹雪芹擬定了的，也就肯定了後四十回必然已有未定稿，……"[268]這樣一來，周紹良就比俞平伯多出一個任務，即分辨《紅樓夢》後四十回哪些是曹雪芹原稿。

作者的分類功能同樣緣自批評者建構出來的作者觀。俞平伯提出的原作者和續書人性格差異，這種說法後來幾成絕響。後來的批評者除了強調原作者和續書人的才能高低之外，還以：一、經驗；二、思想兩項原則來甄別"原稿"和"補筆"。周紹良和宋浩慶就是極好的例子。

在周紹良的作者論中，作者經驗是寫作的重要元素，在他的論述邏輯中，作者的經驗可以為我們分辨出真偽。試看他如何剔出後四十回的偽筆：《紅樓夢》第八十五回寫賈寶玉為北靜王祝壽，周紹良認為"毫無王府壽誕的氣氛"、"寫得荒謬可笑"。他認為原因是補綴者根本無法想像王府如何慶壽，無法想像王爺又怎樣款待他所欣賞的公府公子。[269]由此可見，作者經驗的匱乏成為判斷偽筆的標準。

續作人"經驗的匱乏"同樣也可以被學者用來剔出"曹雪芹的筆墨"。《紅樓夢》第八十三回寫到賈母、賈政等人入宮向賈妃請安，內文牽涉到朝廷儀注，周紹良認為高鶚沒有機會認識到這些儀注，"因之可以肯定第八十三回是曹雪芹原稿"。[270]同樣道理，元妃薨逝一段："沒有寫得什麼出色之處，但那些朝廷儀注，自非親見親聞者寫不出。高鶚既非皇親，又非國戚，從那裡有這一番經歷？所以斷定這是曹雪芹的原稿。"[271]後四十回寫到抄家一事，向來為紅學家所重視，但到底出自誰人手筆，周紹良有這樣的意見："描寫的這麼詳細，氣氛這麼生動真實，自非身經其境者，或經常聽身歷者反復敘述不辦。而高鶚既未被查抄過，亦沒有去查抄人家的機會，怎麼能寫出來呢？此可斷定為雪芹原稿。"[272]宋浩慶也有同樣的看法，他說："沒有曹雪芹家庭遭遇和個人經歷的人，是寫不出這回文字的（指一百零五回）。”[273]

作家沒有某類經驗就寫不出某類情節，這種說法雖然有一定的道理，但也不是必然的，例如，當代著名小說家白先勇就曾經表示：“小說寫的是人，我要寫的是人的感情，人類共通的七情六慾，而不是自己的感情，與我個人背景無關，也就是說不一定自己受過苦纔會寫人的苦難。”有人問白先勇：“若沒有親身經驗，您怎麼寫得出有關的內容？”白先勇回答：“我曾接受法國《解放報》的訪問時表示，我寫作是希望把人類心靈的痛楚轉換成文字。能夠寫出人類心中想說的話，是小說家的基本功，所以必須仔細觀察，保持好奇的態度，深入別人的心靈。”（2000 年 1 月 6 日演講。地點：臺北市中山女子高級中學。記錄者：陳智弘。）王國維也曾質疑：“如謂書中種種境界，種種人物，非局中人不能道，則是《水滸傳》之作者，必為大盜，《三國演義》之作者，必為兵家，此又大不然之說也。”[274]當代紅學家蔡義江也提醒我們：寫《金粉世家》的張恨水，出身十分貧苦。[275]

“**作者經驗論**”的影響甚大，不限於對後四十回的判斷。即使在對待曹雪芹和前八十回的時候，我們也能看到“作者經驗論”在起作用，例如，在推斷曹雪芹生年時，胡適反對曹雪芹生於雍正二年的說法，因為“最要緊的是雪芹若生的太晚，就趕不上親見曹家繁華的時代了”。[276]這實際上也就是：“若未親歷也就寫不出來。”至少，和胡適對話的周汝昌就是這樣理解的：“那樣雪芹就不大可能寫出《紅樓夢》那樣繁華的內容故事了。”[277]在他們心目中，曹雪芹應該“趕得上繁華”（可以簡稱為“趕繁華”）。

這種“經驗論”一直潛藏在胡適心裡，直到 1959 年，胡適在一次演講中還說過這樣的話：“他（曹雪芹）寫人物，他寫王鳳姐，這個王鳳姐一定是真的，他要是沒有這樣的觀察，王鳳姐是個了不起的一個女人，他一定寫不出來王鳳姐。比如他寫薛寶釵，寫林黛玉，他寫的秦可卿，一定是他的的確確是認識的，……”[278]胡適的言論，表明他的對作者的“信念”。

周汝昌在“雪芹生年”的問題上與胡適相左，但他同樣是認同“經驗論”。他推出曹家“中興說”，即認為曹家在乾隆初年曾一度家業重振，當時曹雪芹十二歲。[279]這似乎也是“趕繁華”的變體，是“作者經驗論”的曲折反映，也關係到“新自敘說”的成敗[280]（有論者如郭玉雯直指周汝昌此說為“揑造”[281]）。按照周汝昌的理解，另一位“胡適新紅學”的追隨者俞平伯“顯然是同情胡先生的‘趕不上繁華’論”。[282]總的來說，這種觀念甚為普遍，分別只是江南的繁華，還是北京的繁華。蔡義江指研究者總把曹雪芹的生年往早的算，主要原因就是認為曹雪芹能“趕繁華”較為合理。[283]如果這是實情，那似乎又是另一種“強作者以就己見”。

新紅學的“自傳說”，特別需要“趕繁華”的支持，因為自傳說需要曹雪芹“親身經歷過繁華”。但是“經驗論”是一把兩刃刀：“經驗論”也可以斬向曹雪芹，斬向自傳說。（詳下文）

有些人嘗試否定曹雪芹的著作權（原作者），他們以曹雪芹未能經歷江南繁華生活為理由（例如戴不凡、趙同、土默熱），[284]徐乃為認為《紅樓夢》不可能是曹雪芹的自傳，該書的原始作者是曹顏；[285]溫雲英指《石頭記》的作者是太子胤礽和太子妃石氏等；[286]皮述民認為曹雪芹年齡太小寫不出來。這是以“經驗論”來否決“自傳說”。[287]皮述民認為經歷過繁華、抄家的李鼎，纔是此書的原作者（寫成前四回和其後若干片段）；因文筆不佳，所以纔央求堂外舅曹雪芹代筆。[288]我們對此表示存疑：曹顏和李鼎雖然較有“繁華經驗”，可惜歷史上找不到他們著《紅樓夢》

的明確紀錄。

回頭再來談後四十回的問題：周紹良用“作者經驗論”來區分真偽，宋浩慶也說过“不經其事的高鶚難得想像”、“非過來人，怎能有此真實文字?”等話。[28]但宋浩慶除“作者經驗論”外，還重視原作者和續書人“思想境界”的區別。在他的分析理路裡面，這一點同樣有分類的作用。他在〈《紅樓夢》後四十回辨〉一文中就常常應用這項原則來辨別真偽。例如，《紅樓夢》第一百零四回寫到賈政進見皇帝，宋浩慶認為這段寫皇帝昏憒，賈政慌恐，“敢於如此譏諷皇帝及其大臣，真可謂千古絕筆，高鶚哪裡有這等思想境界?”再如第一百一十五回寫惜春矢志出家，在宋浩慶眼中，“既反映了賈府肮臟難耐，又為賈寶玉出家作引。這種構思，這種描寫，思想傾向分明，無疑是曹雪芹的筆墨”。[29]其他章節，如第一百一十回寫賈府家破人亡，第一百二十回末的詩句等，他都用作者的“思想境界”來辨別真假。

“作者經驗論”和“作者思想論”都具有分類作用，已如前述。其實這兩項都可以統一在一個大概念下。那就是確認曹雪芹才能無人能及，這可以說是周紹良和宋浩慶的“作者觀”相同的地方。以下舉周紹良的文章為例。

- 〔第八十二回“驚惡夢”一場〕斷然不是任何人能補出來的。[30]
- “〔第八十九回〕顰卿絕粒”一大段，當然非別人所能續者。[31]
- “〔第九十一回〕談裨〔禪〕”一段，和第二十二回《聽曲文寶玉話禪機》遙遙相對，而彼此問答，尤為精彩，借機鋒說出各人心事，這只有曹雪芹纔能寫出，它不是別人可以模仿來的。[32]
- 〔第九十四回寶玉失玉〕關係到後來二十六回整個安排，如果不是曹雪芹，誰會想到這樣設計?[33]

- 〔第一零四回〕從倪二一點小事，引出張華，由過去一些似乎已經完了的事，轉而導致將來賈家被抄之由，這樣安排，自然非曹雪芹想不出。[295]
- 〔第一一九回寶玉辭家的話〕更是驚心動魄，一字千鈞，非曹雪芹寫不出。[296]
- 〔第一百廿回寶玉卻塵緣一段〕的確描繪的不同一般，構想清奇，只有曹雪芹纔能有這樣手筆，絕不是像程、高輩所能想像到而寫得出的。[297]

宋浩慶從觀點到論證的修辭幾乎和周紹良同出一轍："非曹雪芹，誰心中能有如此溝壑"、"非曹雪芹不成"[298]。他們都說得斬釘截鐵。相比之下，高鶚的境界比曹雪芹差多了："高鶚哪裡有這等膽識?"[299]"高鶚哪裡有這等思想境界?"[300]他甚至認為曹雪芹的才能、成就，不要說高鶚，就所有清代白話小說家中，"哪位能夠來得?"[301]

以上這種論述的客觀基礎比較薄弱，因為論情節的優劣，讀者的感受很可能相差甚遠，言人人殊。邱煒萲曾說："或以前八十回為國初人之舊，而後之四十回即雪芹所增入。觀其一氣銜接，脈絡貫通，就舉全書筆墨，歸功雪芹，亦不為過。"[302]邱煒萲這種看法，倒認為後四十回纔是"雪芹"寫的。當今學者也有堅持此見的，如胡文煒說："現在的《紅樓夢》後四十回除了曹雪芹，其他誰也不可能寫得這麼出色。"[303]

美國評論家韋恩·布斯（Wayne C. Booth，1912 —　）在《小說修辭學》（*The Rhetoric of Fiction*）提出"隱含的作者"（the implied author）的觀念，指讀者閱讀作品得出來的作者形象。[304]周紹良和宋浩慶主要是依《紅樓夢》前八十回的文字來構想曹雪芹的"思想境界"和"才能"，其實他們所談論的作者形象（"曹雪芹"）未必是歷史上或真實的作者（historical，real author），反而比較接近布斯所說的"隱含的作者"。

如果我們要按“作者經驗論”和“隱含的作者”來推理演繹，作出詮釋，那麼，《西遊記》的作者只能是神仙佛，是妖魔鬼怪。[305]

基於“高下分明”的作者觀，所以周紹良和宋浩慶堅信真偽可以據此而鑑別，而事實上他們也做了實踐。這種作者觀，推到極端，就會得出下面的說法：

> 不用說，那精彩的部分，當然是曹雪芹的原稿，而笨拙的文字，纔是高鶚的“補遺”。[306]

其實，曹雪芹的文章好，這印象大概是得自《紅樓夢》前八十回，但好與壞並沒有公認的標準。[307]況且我們也難以確定曹雪芹的文章永無敗筆；而高鶚的文章一定笨拙，更是極端的推理。細究之下，周紹良和宋浩慶的立論還基於以下兩項假設：一、後四十回包含曹雪芹的原稿；二、基於第一項假設，只要認定高鶚無法寫出某段，即是曹雪芹的筆墨。

實際上，後四十回有沒有曹雪芹的殘稿在內，仍然有待深入研究，能否得到定論，也是未知之數。因此，第一項假設並不可以作為堅實的立論基礎。其次，認定高鶚無法寫出某段，這也只能是推測。他們的論述常常採取“非高即曹”的策略，認為若非高鶚所作，即等於是曹雪芹的原稿（二分法），高鶚、曹雪芹之外沒有其他人能寫出後四十回。從以上分析可知他們的作者觀基本上是建立在種種假設上。在這種作者觀念下派生出來的作者分類功能，其效力難免使人懷疑。

總之，“非高即曹”的看法未免固步自封，至少在理論上思路上是過分狹窄的。[308]趙岡和陳鍾毅在《紅樓夢研究新編》就提出續書人不是高鶚，後四十回也不是雪芹當年留下的後回遺稿。[309]《紅樓夢》甲辰本1953年在山西發現，此本的序文顯示在程高本刊行之前已經有百二十回的說法。又，周春《閱紅樓夢隨筆》提到乾隆五十五年庚戌（1790）有人購獲《紅樓夢》一百廿回本。[310]據此，“高鶚作後四十回”的說法受到了挑戰。

綜上所論，“作者經驗論”、“作者思想論”、“原作者天才論”都是詮釋活動中左右大局的因素，也是某些人的論述策略。也許，有些詮釋者是役於種種既定的“作者觀”而不自知，卻在那裏對現存文本大做各種各樣的價值判斷。

6 結語

總之，《紅樓夢》的作者問題並不是一般人所想像的那樣只是純粹的著作權問題。從以上的分析可以看出作者的形象如何影響到詮釋活動。

此外，我們也認識到：1921年以來，諸多紅學家都在著作權（authorship）和“作者思想”上用功，令自己的詮釋得到“作者授權”（authorized）的效果，[311]實際上，論者往往是自我授權。他們的目的是攫取詮釋的權威（authority），並借助“作者必定如何如何”（作者權威，authority）來強化一己的論說。簡言之，他們構築“作者”，使自己的解讀看來更具合法性。

有一些紅學史論的注意力純粹在於著作權（authorship），於是，撰史者對於一些紅學現象表示難以理解，例如白盾主編的《紅樓夢研究史論》說：“在《紅樓夢》領域何以一而再、再而三地出現這樣既無新發現的材料，又無充分理由卻定要否定曹雪芹著作權，並有不達目的誓不甘休的趨勢。這不能不使人納罕：這究竟為的是什麼？”[312]這個問題主要是針對七十年代以來的著作權論爭而發的。

從上面的考察也許可以得一點啟示：《紅樓夢》的著作權（authorship）一旦改易，《紅樓夢》的詮釋語境會隨之而大變，例如溫雲英指《石頭記》的作者是太子胤礽和太子妃石氏等，土默熱指作者是洪昇。[313]這也許可以為白盾解答“究竟是為什麼”

這個問題——作者問題不僅是著作權問題，還是重大的詮釋問題。事實上，在“曹雪芹是作者”的大前提下，曹學、曹家傳記說得以虎嘯鷹揚。這說明，“攻克”著作權問題就連帶獲得詮釋的權威（authority）。此後，相同的詮釋策略實非罕見，相反，是甚為常見：“曹雪芹”迭經改造，地位不穩……本書最後一章對這些問題，還有進一步的剖析。

注释：

① 見胡適：《胡適紅樓夢研究論述全編》（上海：上海古籍出版社，1988 年 3 月），頁 75—120。

② 陳慶浩編著：《新編石頭記脂硯齋評語輯校（增訂本）》（北京：中國友誼出版社，1987 年 8 月），頁 12、25。二十世紀末，歐陽健等人指脂本脂評為偽作、不足信。但歐陽健等人的指控詞中亦有漏洞，如謂“造化主”一詞是近代方有。因此“程前脂後”的說法恐怕未能成立。詳下文。

③ 一粟（周紹良、朱南銑）編：《古典文學研究資料彙編·紅樓夢卷》（北京：中華書局，1965 年 7 月），頁 10。宋廣波：《胡適紅學年譜》（哈爾濱：黑龍江教育出版社，2003），頁 30。

④ 參吳恩裕：《曹雪芹叢考》（上海：上海古籍出版社，1980 年 2 月），頁 196。

⑤ 見富察明義、愛新覺羅·裕瑞（1771—?）：《綠煙瑣窗集·棗窗閒筆》（上海：上海古籍出版社，1984 年 4 月），頁 105。又見於《古典文學研究資料彙編·紅樓夢卷》，頁 11。有學者認為這是一部早期的《紅樓夢》。參看馬瑞芳：《從聊齋志異到紅樓夢》（濟南：山東教育出版社，2004），頁 159。

⑥ 周汝昌：《紅樓夢新證（增訂本）》（北京：人民文學出版社，1976 年 4 月），頁 1072。馮其庸：《夢邊集》推測作詩時間再早一點（1758 或稍早）。

⑦ 還有一些同類的記載，不俱引。

⑧ 見《古典文學研究資料彙編·紅樓夢卷》，頁 12—13。

⑨ 王英志：《袁枚與隨園詩話》（上海：上海古籍出版社，1990 年 4 月）頁 156 說：“《〔隨園〕詩話》問世後，更轟動詩壇，洛陽紙貴，……”。司仲敖在《隨園詩及其性靈詩說之研究》（臺北：文史哲出版社，1988 年 1 月）頁 71 也

說：“其（濤按，指袁枚）一生之著述，在古代文士之中數量匪鉅，然流傳極廣，影響之大，更是一時無兩。”

⑩ 取自夢癡學人《夢癡說夢》和陳其元《庸閒齋筆記》，俱見於《古典文學研究資料彙編・紅樓夢卷》，頁 15。

⑪《古典文學研究資料彙編・紅樓夢卷》，頁 16。

⑫ 錢靜方〈紅樓夢考〉，見《古典文學研究資料彙編・紅樓夢卷》，頁 323。俞樾〈小浮梅閒話〉，見《古典文學研究資料彙編・紅樓夢卷》，頁 390。李寶嘉《南亭筆記》，見《古典文學研究資料彙編・紅樓夢卷》，頁 404。

⑬ 毛慶臻《一亭考古雜記》，見《古典文學研究資料彙編・紅樓夢卷》，頁 14。

⑭〈北東園筆錄〉卷四，見《古典文學研究資料彙編・紅樓夢卷》，頁 15。

⑮ 参朱淡文：《紅樓夢論源》（南京：江蘇古籍出版社，1992 年 6 月），頁 30—154“曹雪芹生平述略”。

⑯ 舒敦：《批本隨園詩話》，見《古典文學研究資料彙編・紅樓夢卷》，頁 356。

⑰ 闕名：《譚瀛室筆記》，見《古典文學研究資料彙編・紅樓夢卷》，頁 413。

⑱ 周春（1728—1815）《閱紅樓夢隨筆》，見《古典文學研究資料彙編・紅樓夢卷》，頁 263。

⑲ 清人講明珠家事說的很多，講得比較詳細的是徐柳泉。陳康祺《燕下鄉脞錄》曾徵引徐說，見《古典文學研究資料彙編・紅樓夢卷》，頁 366—387。

⑳ 見《古典文學研究資料彙編・紅樓夢卷》，頁 405。

㉑《古典文學研究資料彙編・紅樓夢卷》，頁 66—67。

㉒《古典文學研究資料彙編・紅樓夢卷》，頁 45。

㉓《古典文學研究資料彙編・紅樓夢卷》，頁 53。

㉔《古典文學研究資料彙編・紅樓夢卷》，頁 53。

㉕ 見《程甲本紅樓夢》（北京：書目文獻出版社，1992 年 3 月）第一冊，頁 1。又見《古典文學研究資料彙編・紅樓夢卷》，頁 31。

㉖ 参魏紹昌（1922—2000）：《紅樓夢版本小考》（北京：中國社會科學出版社，1982 年 9 月），頁 69。

㉗ 吕啟祥、林東海主編：《紅樓夢研究稀見資料匯編》（北京：人民文學出版社，2001），頁 72。

㉘ 據報導，王夢阮、沈瓶庵、蔡元培在印成專書之前，都曾在期刊上先行發表。

参看宋廣波：《胡適紅學年譜》（哈爾濱：黑龍江教育出版社，2003），頁93。

㉙ 王夢阮、沈瓶庵：《紅樓夢索隱》（北京：北京大學出版社，1989年12月），頁9。

㉚《紅樓夢索隱》，頁8。

㉛《紅樓夢索隱》，頁1。

㉜《紅樓夢索隱》，頁9。

㉝《紅樓夢索隱》，頁9。

㉞《紅樓夢索隱》，頁9。

㉟《紅樓夢索隱》，頁5。

㊱ 孟森：〈董小宛考〉，見其《心史叢刊》（長沙：岳麓書社，1985年6月），頁168—194。〈世祖出家事實考〉，見同書頁247—278。

㊲〈順治出家〉，見《清宮八十疑案》（石家莊：河北人民出版社，1988年5月），頁5—104。

㊳ 蔡元培、胡適：《石頭記索隱·紅樓夢考證》，頁6。

㊴ 蔡元培、胡適：《石頭記索隱·紅樓夢考證》，頁6。

㊵《石頭記索隱·紅樓夢考證》，頁7。

㊶《石頭記索隱》第六版自序列出他三種索隱方法，其中之一即“姓名相關者”。語見《石頭記索隱·紅樓夢考證》，頁1。

㊷《石頭記索隱·紅樓夢考證》，頁8。

㊸“作者決定論”這一名稱取自趙毅衡：《新批評》（北京：中國社會科學出版社，1986年），頁81。這名稱的意思指作者決定作品的意義。

㊹ 見《古典文學研究資料彙編·紅樓夢卷》，頁424。

㊺ 見一粟編著：《紅樓夢書錄》（上海：上海古籍出版社，1981年7月第1版），頁192。

㊻ 見《古典文學研究資料彙編·紅樓夢卷》，頁336。

㊼ 見《古典文學研究資料彙編·紅樓夢卷》，頁336。

㊽ 見《古典文學研究資料彙編·紅樓夢卷》，頁336。

㊾ 見《古典文學研究資料彙編·紅樓夢卷》，頁332。

㊿《古典文學研究資料彙編·紅樓夢卷》，頁336。

51《石頭記索隱·紅樓夢考證》，頁7。

52《古典文學研究資料彙編·紅樓夢卷》，頁331。

53《胡適紅樓夢研究論述全編》，頁86。

54"新紅學"是相對於"舊紅學"索隱派而言，尤其是索隱派反滿說。"新紅學"之名是顧頡剛在《紅樓夢辨》的序文中首先提出來的，見《俞平伯論紅樓夢》（上海、香港：上海古籍出版社、三聯書店（香港）有限公司〔聯合出版〕，1988年3月），頁79。後來學界便稱胡適、俞平伯、周汝昌等為"新紅學家"。本書稱"新紅學"，主要指胡適、俞平伯、周汝昌。受胡適影響的人很多，但筆者不追求所謂討論範圍的"全面性"，故本書不逐一涉及。另，俞平伯、周汝昌的詮釋方法和態度隨著時間推移也有很大的變化（與胡適的看法迥異），不是"胡適新紅學"一詞所能完全涵蓋的。

55 例如1922年3月18日上海《時事新報》就有一位吳俊升提出"讀《紅樓夢》只把他當《紅樓夢》讀"的態度。其文見於呂啟祥、林東海主編：《紅樓夢研究稀見資料匯編》（北京：人民文學出版社，2001），頁77。1928年，天津《南開雙周》也有人發表同類意見，參看《紅樓夢研究稀見資料匯編》（北京：人民文學出版社，2001），頁77。

56 初稿刊於1921年5月上海亞東初排本《紅樓夢》上。改訂稿成於該年11月12日。

57《胡適紅樓夢研究論述全編》，頁99。

58《胡適紅樓夢研究論述全編》，頁100—101。

59《胡適紅樓夢研究論述全編》，頁103。

60《胡適紅樓夢研究論述全編》，頁107。

61 Wendell V. Harries, Dictionary of Concepts in Literary Criticism and Theory (New York: Greenwood Press, 1992), p. 15.

62《胡適紅樓夢研究論述全編》，頁104。

63 胡適：〈跋《紅樓夢考證》〉，見胡適《胡適紅樓夢研究論述全編》（上海：上海古籍出版社，1988年3月），頁140。

64 到了1951年，胡適身在美國，繼續以"旗人作者頌揚滿清帝室"之論來批評索隱派的"反滿說"。參看宋廣波：《胡適紅學年譜》（哈爾濱：黑龍江教育出版社，2003），頁330。

65 周汝昌：〈真本石頭記之脂硯齋評〉，《燕京學報》第37期（1949年），頁

145。全文刊於頁121—158。此文收入周汝昌:《石頭記會真》(鄭州:海燕出版社,2004)第十冊。

⑥⑥ 俞平伯:《俞平伯論紅樓夢》,頁62。

⑥⑦ 余英時:《紅樓夢的兩個世界》,頁10。劉夢溪的解釋見其《紅學》,頁153。

⑥⑧《紅樓夢辨》(上海:亞東圖書館,1923年),收入《俞平伯論紅樓夢》,引文見《俞平伯論紅樓夢》,頁179。

⑥⑨《紅樓夢研究》,收入《俞平伯論紅樓夢》。引文見《俞平伯論紅樓夢》,頁460。

⑦⓪ 周汝昌:《紅樓夢新證》(上海:棠棣出版社,1953年),頁133—134。按,《紅樓夢新證》1976年由北京人民文學出版社出版增訂版,分上下二冊。為區別新舊版,本書會在書名後面注明"棠棣版"、"增訂本"。又,《紅樓夢新證》還有1998年北京華藝出版社重印本。

⑦① 周汝昌:《紅樓家世:曹雪芹氏族文化史觀》(哈爾濱:黑龍江教育出版社,2003),頁419。

⑦② 周汝昌撰、周倫苓選編:《周汝昌『紅樓』內外續『紅樓』》(北京:東方出版社,2005),頁198。

⑦③《紅樓夢新證(增訂本)》(北京:人民文學出版社,1976年4月),頁129。華藝版的措辭和增訂本同,見頁96。

⑦④ 1953年,周汝昌嘲笑反滿說為"荒謬",但五十年後,即2003年,周汝昌的《紅樓奪目紅》(北京:作家出版社,2003)卻有一篇"雪芹婉筆刺雍正"。參看其書第224—225頁。此文另收入周汝昌:《紅樓十二層》(太原:書海出版社,2005年1月),頁213。又,周汝昌在《周汝昌夢解紅樓》(桂林:灕江出版社,2005),頁267指《紅樓夢》中榮禧堂對聯"就是指的太子胤礽的手蹟"。周汝昌認為曹家涉及胤礽後裔的政變而被抄家,曹雪芹因而懷恨在心著書刺雍正。其他學者指出,所謂"胤礽對聯"原屬唐人。周汝昌號稱"考證派主力和集大成者",又不乏助手,何以表現如此,值得世人深思。

⑦⑤ 福柯:〈何謂作者?〉,見哈拉里編《文本的策略》,即 Foucault, Michel, "What is an Author?" IN Josue V. Harari (ed.) *Textual Strategies* (Ithaca, New York: Cornell University Press, 1979), p. 159.

⑦⑥ 從1995年周汝昌〈還"紅學"以學〉一文看,他是明白索隱派的"明遺民"

這一點的。參看周汝昌撰、周倫苓選編：《周汝昌『紅樓』內外續『紅樓』》（北京：東方出版社，2005），頁165。

⑰ 俞平伯說："我們總認定寶玉是作者自託（此話大約已無疑義），即可以以曹雪芹著書時的光景，懸揣書中寶玉應有的結局。"見《俞平伯論紅樓夢》，頁4。又，"我們很相信雪芹即寶玉，無論寶玉或出家，或窮困潦倒，總以沒有做舉業，登黃甲，這是無可疑的。因為既可以找雪芹實事做旁證，又可以把本書原文做直證，……"見《俞平伯論紅樓夢》，頁26。

⑱ Roland Barthes, *Image-Music-Text.* Ed. and trans. by Stephen Heath (New York: Hill & Wang, 1977), p. 147.

⑲《紅樓夢本事辨證》（上海：商務印書館，1927年6月），頁23—25。

⑳《紅樓夢本事辨證》，頁24。

㉑《紅樓夢本事辨證》，頁24。

㉒ 景梅九：《紅樓夢真諦》（沈陽：遼寧古籍出版社，1997），頁10。濤按：該書原刊於1934年。

㉓ 參看王引之（1766—1834）《經義述聞》卷三十二"通說"。語見王引之：《經義述聞》（濟南：山東友誼書社，1990），第3140。周大璞將"增字解經"列入"訓詁十弊"之中。參看周大璞：《訓詁學要略》（武漢：湖北人民出版社，1980），第144頁。

㉔ 景梅九：《紅樓夢真諦》（沈陽：遼寧古籍出版社，1997），頁14。

㉕ 語見其"代序二"。見於《紅樓夢書錄》，頁207—208。

㉖ 在景梅九眼中，作者除了有譏清思明的民族思想外，又有所謂"平民思想"，他說："著者曹一士及重訂者曹雪芹，生於清初乾隆之際，目睹滿洲人傾軋猜忌之情形，以及富貴功名之虛偽，且在黃黎洲《明夷待訪錄》出世之後，痛知君禍之奇酷，頗有去君思想，故於本書字裡行間，時露平民色彩。若生於近今，當成一銳進主義者。"見《紅樓研究小史續稿》，頁168。

㉗ 劉夢溪：《紅學》，頁147。

㉘《石頭記索隱》第六版自序。語見《石頭記索隱·紅樓夢考證》，頁2。按，第六版自序1922年2月發表，見於《晨報·副鐫》。

㉙《石頭記索隱》第六版自序。

㉚《石頭記索隱》第六版〈自序〉。見蔡元培、胡適：《石頭記索隱·紅樓夢考

證》，頁5。

⑨1 潘重規：《紅樓血淚史》（臺北：東大圖書股份有限公司，1996年3月），頁104。潘重規認為書中多處“表現作者對賈府的痛恨”，所以他不相信作者以賈府影射曹家，不相信曹雪芹是作者。

⑨2《紅樓夢新解》（臺北：三民書局股份有限公司，1973年9月再版），頁21。本書所附此書頁碼，俱指此一版本之頁碼。

⑨3《紅樓夢考釋》（臺中：〔自印本〕，1977年2月），頁20。

⑨4 龔鵬程：《紅樓夢夢》（臺北：學生書局，2005），頁56。

⑨5《俞平伯論紅樓夢》，頁784。

⑨6《紅樓夢新證》（棠棣版），頁57。

⑨7《紅樓夢新證》（棠棣版），頁575—576。

⑨8 徐乃為：《紅樓三論》（北京：中華書局，2005）設想為曹家內鬨，所以作者心懷敵意抹黑一些曹家人。

⑨9《俞平伯論紅樓夢》，頁191。

⑩0《紅樓夢新解》，頁1。

⑩1《紅樓夢新解》，頁4。

⑩2《紅樓夢新解》，頁25。

⑩3《紅樓夢新解》，頁115。

⑩4 潘重規：《紅學六十年》（臺北：三民書局股份有限公司，1991年1月），頁100。

⑩5《紅樓夢新解》，頁152。

⑩6《紅學六十年》，頁128。

⑩7《紅學六十年》，頁112。

⑩8《紅學六十年》，頁103。

⑩9《紅學六十年》，頁106。

⑪0《紅樓夢原理》（臺中：［自印本］，1972年4月）。

⑪1《紅樓夢原理》（臺中：［自印本］，1972年4月），頁62。

⑪2《紅樓夢考釋》，頁373。

⑪3《紅樓夢原理》，頁64。

⑪4《紅樓夢本事辨證》，頁23—24。

⑮《紅樓夢本事辨證》，頁 27。

⑯《紅樓夢原理》，頁 64。

⑰《紅樓夢原理》，頁 64。

⑱《紅樓夢原理》，頁 71。《紅樓夢考釋》仍保留這種看法，見頁 372。

⑲《紅樓夢考釋》，頁 371。

⑳《紅樓夢原理》，頁 73。

㉑《紅樓夢原理》，頁 73。

㉒ 見《紅樓夢謎（下編）》（香港：[自印本]，1985 年 9 月），頁 443—449。

㉓《紅樓夢謎（下篇）》（香港：[自印本]，1985 年 9 月），頁 445。

㉔ 參《古典文學研究資料彙編·紅樓夢卷》中敦誠、敦敏（1729—　）、張宜泉等人的記載。

㉕ 潘重規在〈近年的紅學述評商榷〉和〈關於紅樓夢的作者和思想問題答余英時博士〉兩篇文章承認曹雪芹不會有反清思想。見其《紅學六十年》，頁 112、頁 128。

㉖ 事實上，《醜陋的中國人》由中國人撰寫，《醜陋的韓國人》由朝鮮裔作家撰寫。

㉗ 收入《紅樓夢的兩個世界》。

㉘ 語見《紅樓夢的兩個世界》，頁 10。

㉙ 余英時：〈曹雪芹的反傳統思想〉，《紅樓夢的兩個世界》，頁 237—238。

㉚《紅樓夢的兩個世界》，頁 192。

㉛《紅樓夢研究專刊》第 11 輯（1974 年 12 月），頁 75。

㉜《紅樓夢的兩個世界》，頁 199—210。

㉝ 見吳恩裕：《有關曹雪芹十種》（北京：中華書局，1964 年 11 月），頁 157—158。

㉞《紅樓夢的兩個世界》，頁 208。

㉟《紅樓夢的兩個世界》，頁 192。

㊱ 如果有"障幕"（動詞）的話，被"障幕"的到底是些什麼？關於這方面，請參看本書的最後一章。

㊲ 曹雪芹、高鶚：《紅樓夢》（北京：人民文學出版社，1982 年 3 月），頁 6。

㊳ 見馮其庸主編：《脂硯齋重評石頭記彙校》（北京：文化藝術出版社，1987 年

12 月），頁 2900。

⑬⑨ 書中甚至還寫宮中有“大明宮”。第十三回：“早有大明宮掌宮內相戴權，先備了祭禮遣人來，次後坐了大轎，打道鳴鑼，親來上祭。”見《紅樓夢校注本》（北京：北京師範大學出版社，1987），頁 211。按，《紅樓夢校注本》的底本為程甲本。該書第 219 頁注釋：“唐代有大明宮，唐高宗時改為蓬萊宮。故址在今陝西長安縣東。這裏是借用其名。”

⑭⓪《脂硯齋重評石頭記彙校》，頁 658。

⑭①《紅樓夢的兩個世界》，頁 209。

⑭② 鄂爾泰、張廷玉等：《世宗憲皇帝實錄》卷 130，見《清實錄》（北京：中華書局，1986 年 11 月），第八冊，頁 696—697。

⑭③ 余英時這種“曹雪芹叛滿歸漢”之說，其後由大陸學者劉上生發揚光大。參看劉上生：《走近曹雪芹：紅樓夢心理新詮》（長沙：湖南師範大學出版社，1997）。劉上生曾有明文表示他“認同”余英時的觀點。參其書頁 231。[2006 年補記]

⑭④ 劉上生：《走近曹雪芹：紅樓夢心理新詮》（長沙：湖南師範大學出版社，1997）。

⑭⑤ 劉夢溪：《紅樓夢與百年中國》（石家莊：河北教育出版社，1999），頁 458。

⑭⑥ 周汝昌：《紅樓小講》（北京：北京出版社，2002），頁 213。後在《紅樓奪目紅》中繼續暗諷。

⑭⑦ 周汝昌：《紅樓奪目紅》（北京：作家出版社，2003）頁 140“罵雍正一朝的罪惡”。頁 225“罵雍正篡位”。

⑭⑧ 劉心武所設想的太子之女，恐怕史無其人。參看鄭鐵生：《劉心武『紅學』之疑》（北京：新華出版社，2006）。

⑭⑨〈意圖謬誤〉，載《語象：詩歌意義研究》（“The Intentional Fallacy”. In W. K. Wimsatt & M. C. Beardsley, *The Verbal Icon: Studies in the Meaning of Poetry*. Lexington: University of Kentucky, 1954）, p. 3。這個說法是“新批評”的重要理念之一，在西方批評界引起不少爭議，讀者請參閱 David Newton-de Molina ed. *On Literary Intention*（Edinburgh: Edinburgh University Press, 1976）。另一本專題論文集是 G. Iseminger ed. Intention and Interpretation（Philadephia: Temple University Press, 1992）。這兩本論文集中，頗有人（例如，E. D. Hirsch

Jr, 1928—)再三強調“作者原意是詮釋目標”。雷蒙德·威廉斯在《馬克思主義與文學》一書中指出人們常常將作者（author）和權威（authority）聯繫起來，這種聯繫產生了重要影響。參 Raymond Williams（1921—1988），*Marxism and Literature*（Oxford：Oxford University Press，1977），p. 192。

⑮⓪ 這絕不是說國人沒有這種理念，有關中國傳統的作者觀，尤其是“所有權式作者觀”的閱讀策略，可舉龔鵬程：〈作者論：中國文人傳統之形成〉為例，此文收入其《文化符號學》(臺北：學生書局，1992)，頁3—46。

⑮① 1954年10月16日，毛澤東寫了〈關於紅樓夢研究問題的信〉，引發這場批判運動。“紅樓夢事件”是趙聰的用語。趙聰著有《俞平伯與紅樓夢事件》（香港：友聯出版社，1955年）。

⑮② 事件馬上引起國際評論界的注意，例如日人村上哲見在翌年就發表〈有關《紅樓夢研究》批判討論的經過及論點〉，《中國文學報》第二冊（1955年4月），頁62—182。(原文用日文撰寫）事件的具體影響，非本書主要論題，此處無暇細論。

⑮③ 筆者蒙此書作者惠贈一冊，謹此致謝。

⑮④ 作家出版社編輯部編：《紅樓夢問題討論集》（一集、二集、三集）（北京：作家出版社，1955年6月）；《紅樓夢問題討論集》（四集）（北京：作家出版社，1955年10月）。

⑮⑤ 引自《紅樓夢問題討論集》（三集）“本書出版說明”。第四集也有相同的“出版說明”。

⑮⑥ 參余英時：《紅樓夢的兩個世界》，頁11。吳曉南沿用了鬥爭論的稱號，見其《釵黛合一新論》（香港：三聯書局，1985年），頁89。另外還有一些學者沿用此名稱。

⑮⑦ 李希凡自己說得很清楚：“從1954年有了一個運用馬克思主義觀點來研究《紅樓夢》的新開端，……”李希凡：《紅樓夢藝術世界》（北京：文化藝術出版社，1996），頁394。又，interpretive community（詮釋群體），實為“讀者反應批評”（reader-response criticism）的觀念，請參看本書的最後一章。

⑮⑧ 杜景華稱1954年的批俞運動為“批判紅學”。此稱呼確實可妥當地描述這次運動的“進行方式”。筆者認為，若以最終目的而論，批俞是為了讓“馬、列”得到主流地位，所以寧願用“馬列紅學”一語。參看杜景華：《紅學風

雨》(武漢:長江文藝出版社,2002)。

⑮⑨ 認為曹雪芹有宿命思想的文章有很多,例如:(1)吳組緗(1908—?):〈評俞平伯先生的《紅樓夢》研究工作並略談《紅樓夢》〉,《討論集》(一集),頁235。(2)李定坤:〈俞平伯關於研究《紅樓夢》的文章是錯誤的著作〉,《討論集》(一集),頁389。(3)趙宜人:〈"色""空"觀念不是《紅樓夢》的主要思想〉,《討論集》(一集),頁401。(4)鄧拓(1912—1966):〈論《紅樓夢》的社會背景和歷史意義〉,《討論集》(四集),頁22。認為曹雪芹有色空、虛無思想的,例如:(1)力揚:〈對表現在《紅樓夢》研究中的胡適派資產階級唯心論展開批判的重大意義〉,《討論集》(一集),頁235。(2)何其芳(1912—1977):〈沒有批評,就不能前進〉,《討論集》(二集),頁27。(3)姚雪垠:〈論俞平伯底美學思想底腐朽性及其根源〉,《討論集》(二集),頁76。認為曹雪芹懷戀封建階級的,例如:(1)韶華:〈從"後四十回底批評"中看俞平伯的資產階級和封建士大夫思想〉,《討論集》(一集),頁221。(2)詹安泰:〈進一步挖掘俞平伯研究《紅樓夢》的錯誤思想〉,《討論集》(一集),頁320。認為曹雪芹懷戀封建家庭的,例如:(1)毛星:〈評俞平伯先生的"色空"說〉,《討論集》(一集),頁343。(2)高蘭:〈批判俞平伯主觀主義的考證方法〉,《討論集》(一集),《討論集》(一集),頁375。(3)李希凡(1927—)、藍翎(1931—2005):〈論《紅樓夢》的人民性〉,《討論集》(三集),頁23。

⑯⓪ 提出這種說法的文章有:(1)毛星:〈評俞平伯先生"色空"說〉,見《討論集》(一集),頁343。(2)李定坤:〈俞平伯關於研究《紅樓夢》的文章〉,見《討論集》(一集),頁389。(3)劉大杰(1904—1977):〈賈寶玉和林黛玉的藝術形象〉,見《討論集》(三集),頁275。

⑯① 參看(1)吳組緗:〈評俞平伯先生的《紅樓夢》研究工作並略談《紅樓夢》〉,見《討論集》(一集),頁235。(2)詹安泰:〈進一步挖掘俞平伯研究《紅樓夢》的錯誤思想〉,見《討論集》(一集),頁320。(3)李定坤:〈俞平伯關於研究《紅樓夢》的文章〉,見《討論集》(一集),頁389。(4)何其芳:〈沒有批評,就不能前進〉,見《討論集》(二集),頁28。(5)陳汝惠:〈向《紅樓夢》研究中的頹廢主義作鬥爭〉,見《討論集》(二集),頁157。(6)劉大杰:〈賈寶玉和林黛玉的藝術形象〉,見《討論集》(三集),頁275。

⑯ 参看（1）王佩璋：〈《紅樓夢》簡說〉，見《討論集》（三集），頁64；（2）楊蔭安：〈關於曹雪芹的世界觀和創作方法的一些理解〉，見《討論集》（三集），頁138。

⑯ 鄧拓：〈論《紅樓夢》的社會背景和歷史意義〉，見《討論集》（三集），頁22。

⑯ 参看（1）王佩璋：〈《紅樓夢》簡說〉，見《討論集》（三集），頁64。（2）何劍熏：〈論《紅樓夢》的主題思想〉，見《討論集》（三集），頁117。

⑯ 見《討論集》（三集），頁141。

⑯ 李希凡、藍翎：〈關於《紅樓夢》簡論〉，見《討論集》（一集），頁49。

⑯ 李希凡、藍翎：〈評《紅樓夢研究》〉，見《討論集》（一集），頁74。

⑯ 力揚：〈對表現在《紅樓夢》研究中的胡適派資產階級唯心論开展批判的重大意義〉，見《討論集》（一集），頁129。

⑯ 余士銘：〈錯在哪裡〉，見《討論集》（一集），頁162。

⑰ 吳組緗：〈評俞平伯先生的《紅樓夢》研究工作並略談《紅樓夢》〉，《討論集》（一集），頁234。

⑰ 周培桐等：〈劉老老是怎樣的一個人〉，《討論集》（三集），頁379—380。

⑰ 從這些引文也可窺見當時論者心目中的"現實主義"是怎樣的一回事。關於"現實主義"，韋勒克（R. Wellek）在〈文學研究中現實主義的概念〉中曾追溯十九世紀以來"現實主義"的用法、解釋和各國的討論。見其"The Concept of Realism in Literary Scholarship". IN Concepts of Criticism（New Haven, Conn：Yale University Press, 1963）。關於中國大陸的情況，參黎活仁（LAI Wood Yan, 1950— ）："Socialist Realism in China"（unpublised Ph. D Thesis, University of Hong Kong, 1988）。

⑰ 進一步說，就算作者自稱用了"現實主義"，他寫出來的作品是否就是"現實主義小說"恐怕也是有待研究的。

⑰ 見（1）李希凡、藍翎：〈評《紅樓夢研究》〉，《討論集》（一集），頁69；（2）孫昌熙：〈從考證方法談到《紅樓夢》的評價問題〉，《討論集》（二集），頁218；（3）林冬平：〈《紅樓夢》的現實主義成就〉，《討論集》（三集），頁129—130；（4）張戴：〈論《紅樓夢》的時代背景和曹雪芹的創作思想〉，見《討論集》（四集），頁32。

⑰⑤ 李希凡、藍翎:〈評《紅樓夢研究》〉,《討論集》(一集),頁69。

⑰⑥ 林冬平:〈《紅樓夢》的現實主義〉,《討論集》(三集),頁29。

⑰⑦ 張戴:〈論《紅樓夢》的時代背景和曹雪芹的創作思想〉,《討論集》(四集),頁32。

⑰⑧ 胡適:《胡適紅樓夢研究論述全編》(上海:上海古籍出版社,1988),頁99。有些反滿說論者指"石頭"纔是作者。

⑰⑨ 關於"撥用",本書的最後一章還有討論。

⑱⓪ 參馬力(1952—2007):〈從敘述手法看"石頭"在《紅樓夢》中的作用〉,見梅節、馬力:《紅學耦耕集》(香港:三聯書店有限公司,1988年1月),頁66。關於《紅樓夢》的敘述問題,這裡不能多說,有關專著自有細論:(1) Wong Kam Ming, *The Narrative Art of Red Chamber Dream* (Ph. D. Thesis, Cornell Uiversity, 1974)。(2) 李慶信:《跨時代的超越:紅樓夢敘事藝術新論》(成都:巴蜀書社,1995)。(3) 王彬:《紅樓夢敘事》(北京:中國工人出版社,1998)。參看本書第二章。

⑱① 作者當然可以借敘述者之口表達自己的看法,但敘述者的看法未必等於作者的看法。趙毅衡(1943—)指出:"把作者等同於敘述者,從敘述學上來說,會漏洞百出。"語見《當說者被說的時候:比較敘述學導論》(北京:中國人民大學出版社,1998),頁4。另參 Wallace Martin, Recent Theories of Narrative (Ithaca and London: Cornell University Press, 1986), Ch. 6—7。

⑱② 貝雷爾·蘭、福雷斯特·威廉斯編:《馬克思主義與藝術》(Berel Lang & Forrest Williams ed. Marxism and Art: Writings in Aesthetics and Criticism. New York and London: Longman Inc. , 1972), p. 50。

⑱③ 見楊炳(編):《馬克思、恩格斯論文藝和美學》(北京:文化藝術出版社,1982年9月),頁803。

⑱④ 參看(1)李希凡、藍翎:〈關於《紅樓夢》簡論〉,見《討論集》(一集),頁49—50。(2)端木蕻良:〈俞平伯資產階級思想的根源〉,見《討論集》(一集),頁179。(3)呂一:〈我對俞平伯在《紅樓夢》研究中錯誤觀點的認識〉,見《討論集》(一集),頁312。(4)何其芳:〈沒有批評,就不能進步〉,見《討論集》(二集),頁22。(5)沙鷗:〈俞平伯的方法論和世界觀是什麼?〉,見《討論集》(一集),頁276。(6)楊蔭安:〈關於曹雪芹的世界觀

和創作方法的一些理解〉，見《討論集》(三集)，頁 149。(7) 郭功照：〈論《紅樓夢》現實主義傾向的實質〉，《討論集》(四集)，頁 131。

⑱⑤ 鍾洛：〈應該重視對《紅樓夢》研究中的錯誤觀點的批判〉，見《討論集》(一集)，頁 86。李希凡、藍翎在〈評《紅樓夢研究》〉一文也認為反映出封建地主階級的必然覆滅是《紅樓夢》現實主義精神的一面。見《討論集》(一集)，頁 71。

⑱⑥ V. I. Lenin, "Leo Tolstoy as the Mirror of the Russian Revolution". IN Pierre Macherey (1938—), A Theory of Literary Production (London: Routledge & Kegan Paul, 1978), p. 299—304。此文有中譯：列寧〈列甫·托爾斯泰是俄國革命的鏡子〉，見中國藝術研究所、馬克思主義文藝理論研究所、《文藝研究》編輯部編：《馬克思主義文藝理論著作選讀》(北京：文化藝術出版社，1990 年 1 月)，頁 285—292。

⑱⑦《二十世紀文學理論》(Theories of Literature in the Twentieth Century. London: C. Hurst & Co Ltd., 1977)，頁 90。特里·伊格頓 (Terry Eagleton, 1943—) 在《馬克思主義與文學批評》中指出：後來匈牙利馬克思主義批評家盧卡契 (G. Lukacs, 1885—1971) 對華特·司各特 (Walter Scott) 的批評，也有類似的結論。参伊格頓：《馬克思主義與文學批評》，即 Terry Eagleton, Marxism and Literary Criticism (Berkeley: University of California Press, 1976), p. 48。

⑱⑧ 何其芳：〈沒有批評，就不能進步〉，見《討論集》(二集)，頁 22。

⑱⑨ 楊蔭安：〈關於曹雪芹的世界觀和創作方法的一些理解〉，《討論集》(三集)，頁 139。

⑲⓪ 例如余冠英：〈為什麼不能從大處著眼〉就指俞平伯"撇開《紅樓夢》的客觀反映而專門探究作者的主觀意圖"，語見《討論集》(二集)，頁 179。

⑲① 姚雪垠：〈論俞平伯底美學思想底腐朽性及其根源〉，《討論集》(二集)，頁 76。

⑲② 参看 (1) 陳汝惠：〈向《紅樓夢》研究中的頹廢主義作鬥爭〉，見《討論集》(二集)，頁 157。(2) 楊蔭安：〈關於曹雪芹的世界觀和創作方法的一些理解〉，《討論集》(三集)，頁 139。

⑲③ 王佩璋：〈談俞平伯先生在《紅樓夢》工作中的錯誤態度〉，見《討論集》(一集)，頁 187。

⑲ 楊蔭安：〈關於曹雪芹的世界觀和創作方法的一些理解〉，見《討論集》（三集），頁 141。

⑲ 聞說曹操（155—220）和武則天（624—705）也能欣賞敵對的文章。但二人都知道敵人的文章是在"反"自己。

⑲〈在延安文藝座談會上的講話〉，《毛澤東論文藝（增訂本）》（北京：人民文學出版社，1992 年 8 月），頁 67。

⑲ 劉溶：〈不能那樣看待《紅樓夢》〉，見《討論集》（一集），頁 62。

⑲ 舒蕪：〈堅決開展對古典文學研究中資產階級思想的鬥爭〉，《討論集》（二集），頁 1。

⑲ 俞平伯：〈堅決與反動的胡適思想劃清界限〉，《討論集》（二集），頁 315。

⑳ 舒蕪：〈堅決開展對古典文學研究中資產階級思想的鬥爭〉，《討論集》（二集），頁 6。

⑳ 呂一：〈我對俞平伯在《紅樓夢》研究中錯誤觀點的認識〉，見《討論集》（一集），頁 312。

⑳ 評論作家是"進步"還是"落後"，被視為馬克思主義文評的特徵之一，特里·伊格頓在《馬克思文學理論讀本》中指出，論者不免有簡化、誤解之嫌。見 Terry Eagleton & Drew Milne（ed.）*Marxist Literary Theory: a Reader*（Oxford: Blackwell Publishers, 1996）, p. 11。

⑳ 孫昌熙：〈從考證談到《紅樓夢》的評價問題〉，《討論集》（二集），頁 217。孫昌熙也有《三國演義》研究，也用了同樣的評價標準，見其《怎樣閱讀三國演義》（濟南：山東人民出版社，1957）。

⑳ 毛星：〈評俞平伯先生的"色空"說〉，《討論集》（一集），頁 344。

⑳ 石靈：〈對《紅樓夢研究》的一點看法〉，《討論集》（一集），頁 412。

⑳ 趙宜人：〈"色""空"觀念不是《紅樓夢》的主要思想〉，《討論集》（一集），頁 401。

⑳ 郭功熙：〈論《紅樓夢》現實主義傾向的實質〉，《討論集》（四集），頁 130。

⑳ 禾子：〈略談《紅樓夢》〉，《討論集》（一集），頁 115。

⑳ 何其芳：〈沒有批評，就不能前進〉，《討論集》（二集），頁 28。

㉑ 張戴：〈論《紅樓夢》的時代背景和曹雪芹的創作思想〉，《討論集》（四集），頁 35。

⑪ 魏猛克：〈從《紅樓夢》問題談起〉，《討論集》（一集），頁 384。

⑫ 楊蔭安：〈關於曹雪芹的世界觀和創作方法的一些理解〉，《討論集》（三集），頁 144。

⑬ 前景化是布拉格語言和詩歌學派在俄國形式主義理論影響下發展起來的概念，用來表示對媒介的不規則使用，從而使要表達的信息突顯出來。本書所指的"前景化"純粹指突現文本某些內容而言。有關 foregrounding 的原本意義，請參考 Jan Mukařovský，"Standard Language and Poetic Language". In P. L. Garvin (ed. and trans.) A Prague School Reader on Esthetics，Literary Structure，and Style (Washington D. C.：Georgetown University Press，1964)，p. 17—30。本書末章對此尚有議論。

⑭ 霍松林：〈試論《紅樓夢》的人民性〉，《討論集》（四集），頁 80。

⑮ 禾子：〈略談《紅樓夢》〉，《討論集》（一集），頁 115。郭功照：〈論《紅樓夢》現實主義傾向的實質〉，《討論集》（四集），頁 132。

⑯ 峻明：〈向誰"抗議"〉，《討論集》（二集），頁 104。

⑰《毛澤東論文藝（增訂版）》，頁 30。

⑱《毛澤東論文藝（增訂本）》，頁 48。

⑲ 參看（1）鍾洛：〈應該重視對《紅樓夢》研究中的錯誤觀點的批判〉，《討論集》（一集），頁 90。（2）程千帆：〈為肅清古典文學研究領域中的資產階級思想而鬥爭〉，《討論集》（二集），頁 47。（3）峻明：〈向誰"抗議"〉，《討論集》（二集），頁 105。（4）劉綬松：〈俞平伯的錯誤思想主要表現在哪裡〉，《討論集》（二集），頁 128。（5）孫昌熙：〈從考證談到《紅樓夢》的評價問題〉，《討論集》（二集），頁 217。（6）王佩璋：〈《紅樓夢》簡說〉，《討論集》（三集），頁 64。（7）山東大學集體討論：〈我們對於《紅樓夢》的初步認識〉，《討論集》（三集），頁 196。

⑳ 吳組緗：〈評俞平伯先生的《紅樓夢》研究工作並略談《紅樓夢》〉，見《討論集》（一集），頁 234。

㉑ 劉綬松：〈俞平伯的錯誤思想主要表現在哪裡〉，《討論集》（二集），頁 125。

㉒〈作者之死〉，《意象—音樂—文本》(Roland Barthes，"The Death of the Author". *In Image-Music-Text.* Ed. and Trans. by Stephen Heath (New York：Hill & Wang，1977)，p. 147。

㉓ 利科爾：《詮釋理論》（Paul Ricoeur，*Interpretation Theory*：*Discourse and the Surplus of Meaning*. Fort Worth Tex.：1976），p. 76。

㉔《詮釋理論》（*Interpretation Theory*），頁 30。

㉕ 舉其大者，如（1）戴知賢：《文壇三公案》（鄭州：河南人民出版社，1989）第二章。（2）劉夢溪：《紅學》（北京：文化藝術出版社，1990）第六章"紅學觀念與方法的衝突"，頁 242—267。（3）胡邦煒：《紅樓祭——二十世紀中國一個奇特文化現象之破譯》（成都：四川人民出版社，1998），第二章第一節"《紅樓夢》與思想改造運動——1954 年的紅學大辯論"。（4）孫玉明：《紅學：1954》（北京：北京圖書館出版社，2003）。單篇論文也有不少，例多不舉。

㉖ 針對政治介入學術的問題，兩岸三地都有人寫過文章，例如：（1）趙聰，前引書。（2）石昌渝：〈政治介入學術的悲劇——對一九五四年批判俞平伯紅樓夢研究的反思〉，《文學遺產》1989 年 3 期，頁 32—37。（3）杜松柏：〈幾番風雨到紅樓——大陸三十年來紅樓夢研究批判〉，載於中國古典文學研究會編：《古典文學》（臺北：學生書局，1992）第三集，頁 327—358。

㉗ 有時候根本是先詮釋效果而後詮釋方法。參看本書第五章。

㉘ 參看《真理與方法》，即 Gadamer，*Truth and Method*. Trans by Joel Weinsheimer and Donald G. Marshall.（New York：Crossroad Publish Corporation，1989），p. 265—300，Part II，II，1 The elevation of the historicity of understanding to the status of a hermeneutic principle（理解的歷史性上升為詮釋學原則）。

㉙ 甘陽在今年的一個訪談中指出："九十年代也比八十年代政治化，拿後現代理論家詹明信作例，因為他有馬克思主義背景，（中國當代的知識分子認為）凡左便是不好，居然因此限制了他學說的推介；正是一種過猶不及……"，語見《明報》1999 年 2 月 22 日"世紀"版。

㉚ 李希凡、藍翎的"封建社會階級鬥爭說"在世紀末已經受到強烈的質疑。參看劉宏彬《紅樓夢接受美學論》（鄭州：河南教育出版社，1992），頁 42—53。又，筆者對"批俞運動"和馬、列紅學的評論文章，曾在香港出版的書籍中刊出——洪濤：〈馬克思文論在紅學作者論中的應用〉，載於黎活仁等編：《方法論與中國小說研究》（香港：香港大學亞洲研究中心，2000 年 9 月），頁 199—222。此稿刊出時頗有排印錯誤。收入本書前作了改正。

㉛ 北京大學中文系:《中國小說史》(北京:人民文學出版社,1978)。

㉜ 李希凡:《曹雪芹和他的紅樓夢》(北京:北京出版社,1973)。洪廣思:《階級鬥爭的形象歷史——評紅樓夢》(北京:人民文學出版社,1974)。

㉝ 上海人民出版社編:《紅樓夢評論集》(上海:上海人民出版社,1975 年),頁 337。

㉞ 參看該書第五章。

㉟ 孫玉明指評紅熱潮中所發表的論文"大都沒有什麼學術價值"。參看《日本紅學史稿》(北京:北京圖書館出版社,2006),頁 130。因此,本書對"評紅熱"不多加評說。

㊱ Gerald Graff,"Co-optation", in The New Historicism. Edited by H A Veeser (London: Routledge, 1989), p. 168—171。尤請注意頁 169—170 的討論。這篇論文的中譯有:葛拉夫(著)、賴守正(譯):〈收編〉,《中外文學》,20 卷 12 期(1992 年 5 月),頁 209—226。另參 Oscar Kenshur, *Dilemmas of Enlightenment: Studies in the Rhetoric and Logic of Ideology* (Berkeley: California UP, 1993), p. 3—46。具體情況,參閱洪濤的博士論文《四大奇書變容考析》(2000 年香港大學哲學博士論文)"流傳篇"。

㊲ 趙同:《紅樓猜夢》(臺北:三三書坊,1980 年)。

㊳ 邱世亮:《紅樓夢影射雍正篡位論》(臺北:學生書局,1991)。

㊴ 霍國玲等:《紅樓解夢》第一集(北京:北京燕山出版社,1989 年;中國文學出版社,1997 年增訂本);第二集(北京:中國華僑出版社,1996 年);第三集(北京:人民文學出版社,1997 年);第四集(北京:新世界出版社,2002 年)、第五集(北京:新世界出版社,2003 年);第六集(北京:東方出版社,2006 年)。霍著認為曹雪芹謀殺雍正,全書隱寫曹雪芹與雍正的轇轕。《紅學通史》作者陳維昭評霍國玲之著作:"與文學創作無異"、"天外作想"。參其《紅學通史》,頁 601,頁 611。又,《紅樓解夢》第五集第 348 頁引周汝昌《紅樓夢新證》(人民文學出版社版)的《八聲甘州》,指該詞為雪芹逝後不久"對曹家故居的記載",考出曹家的"前邸",即原燕京大學之校園的北半部。但到了 2006 年,沈治鈞卻懷疑《八聲甘州》可能是出自周汝昌之手。參看《紅樓夢學刊》2006 年第 3 輯、第 6 輯。[2007 年補記]

㊵ 馮精志:《百年宮廷秘史——紅樓夢謎底》(北京:中國文聯出版社,1992

年)，頁195，頁247，頁260，頁270。主要“理據”是：曹家在康熙諸子奪位時站錯了邊，被雍正整肅後，借小说来发洩家恨。

㉑ 劉鑠：《紅樓夢眞相》（北京：華藝出版社，1993）。劉鑠承認《紅樓夢》“其中很可能有屬於作者自傳性的東西”。（頁159）但“曹雪芹是一個很有氣節的人”。（頁7）

㉒ 劉心武：《劉心武揭秘紅樓夢》（北京：東方出版社，2005），頁196。不過，這個“廢太子的一個小女兒”是否實有其人？劉心武說不出來（沒有提供證據）。但無論如何，劉心武同意曹雪芹寫了一部“帶有自敘性質的作品”。（頁196）

㉓ 也有論者不願擔當“索隱”之名，而自稱是“探佚”。

㉔ 馮精志：《曹雪芹披露的宮廷秘聞》（北京：文化藝術出版社，1995）。作者聲稱他的研究方法是“考隱。意即用考證方法鈎稽《紅樓夢》隱藏的歷史事實”。見其書頁4。性質相同的，還有隋邦森、隋海鷹：《石頭記密碼：清宮隱史》（北京：中央編譯出版社，2005）。此書講的是順治、康熙兩朝。

㉕ 日本紅學家伊藤漱平也走上這條路。

㉖ 胡邦煒：《紅樓夢B面解讀》（重慶：重慶出版社，2002）第一章注意“時代背景”和《紅樓夢》關合處。他的分析較為持平可信，因為胡邦煒所提出的是：康雍乾三朝若干時事可能成為《紅樓夢》的寫作素材。

㉗《俞平伯論紅樓夢》，頁53—68。

㉘ 劉廣定：《化外談紅》（臺北：大安出版社，2006），頁275。

㉙ 蔡義江：《紅樓夢是怎樣寫成的》（北京：北京圖書館出版社，2004），頁245。

㉚《俞平伯論紅樓夢》，頁116。

㉛《俞平伯論紅樓夢》，頁125。

㉜《俞平伯論紅樓夢》，頁45。

㉝《俞平伯論紅樓夢》，頁89。

㉞《俞平伯論紅樓夢》，頁90。

㉟《俞平伯論紅樓夢》，頁40。

㊱《俞平伯論紅樓夢》，頁27。

㊲《俞平伯論紅樓夢》，頁132。

㊳《俞平伯論紅樓夢》，頁91。

㉙《俞平伯論紅樓夢》，頁 40。

⑳《俞平伯論紅樓夢》，頁 108。

㉑《俞平伯論紅樓夢》，頁 112。

㉒《俞平伯論紅樓夢》，頁 135。

㉓《俞平伯論紅樓夢》，頁 140。

㉔《俞平伯論紅樓夢》，頁 92。

㉕ 見《紅樓夢八十回校本》（北京：人民文學出版社，1963 年 6 月），頁 16。序文原刊於《新建設》1956 年 5 期。

㉖ 這篇文章收入他的《紅樓夢研究論集》（太原：山西人民出版社，1983 年），頁 76—92。又，潘重規的《紅樓夢新解》（新加坡：青年書局，1959 年 3 月）也否定"高鶚續書說"。

㉗ 語見《文本的策略》（Textual Strategies），p. 147.

㉘ 周紹良：《紅樓夢研究論集》（太原：山西人民出版社，1983 年），頁 95。

㉙《紅樓夢研究論集》，頁 98。

㉚《紅樓夢研究論集》，頁 97。

㉛《紅樓夢研究論集》，頁 102。

㉜《紅樓夢研究論集》，頁 106。

㉝《紅樓夢探》（北京：北京燕山出版社，1992 年 4 月），頁 159。

㉞《古典文學研究資料彙編·紅樓夢卷》，頁 63。另參俞曉紅：《王國維紅樓夢評論箋說》（北京：中華書局，2004），頁 159。按，筆者蒙作者送贈此書，謹此致謝。

㉟ 蔡義江：《紅樓夢是怎樣寫成的》（北京：北京圖書館出版社，2004），頁 42。

㊱ 宋廣波編校注釋：《胡適紅學研究資料全編》（北京：北京圖書館出版社，2005 年 10 月），頁 289。

㊲ 周汝昌著；周麗苓，周倫苓編：《我與胡適先生》（桂林：灕江出版社，2005），頁 80。

㊳ 宋廣波編校注釋：《胡適紅學研究資料全編》（北京：北京圖書館出版社，2005 年 10 月），頁 374。

㊴《紅樓夢新證（增訂本）》（北京：人民文學出版社，1976 年 4 月），頁 676。

㊵ 沈治鈞、蔡義江對"中興說"提出質疑。參看沈治鈞：《紅樓夢成書研究》

（北京：中國書店，2004），頁 410 指“中興說”為“毫無史料依據”。另參蔡義江：《追蹤石頭：蔡義江論紅樓夢》（北京：文化藝術出版社，2006），頁 2、頁 13、頁 39。應必誠：《紅學何為》（上海：復旦大學出版社，2006）頁 243 對“中興”也表示存疑，並強烈質疑“新自敘說”。值得注意的是應必誠指周汝昌所引魯迅語錄根本不存在，“隨意地虛構權威的語錄言論”。參看頁 266。

㉘① 郭玉雯：《紅樓夢學：從脂硯齋到張愛玲》（臺北：里仁書局，2004），頁 156。

㉘② 周汝昌：《紅樓無限情：周汝昌自傳》（北京：北京十月文藝出版社，2005 年 3 月），頁 165。周汝昌著；周麗苓，周倫苓編：《我與胡適先生》（桂林：灕江出版社，2005），頁 76。

㉘③ 蔡義江：《紅樓夢是怎樣寫成的》（北京：北京圖書館出版社，2004），頁 27。

㉘④ 戴不凡：《紅學評議・外篇》（北京：文化藝術出版社，1991 年 6 月），頁 28。趙同：《紅樓夢醒時》（新澤西：八方文化企業公司，2001），頁 19。土默熱著；秦軒編：《土默熱紅學：紅樓夢創作真相與作品真諦新探》（長春：吉林人民出版社，2006），頁 318，頁 324。土默熱認為原始作者是洪昇。另外，參看白盾：《悟紅論稿》（北京：文化藝術出版社，2005 年 2 月），頁 294。

㉘⑤ 徐乃為：《紅樓三論》（北京：中華書局，2005），頁 100。

㉘⑥ 溫雲英：《紅樓夢作者新證：初論石頭記的作者是太子胤礽和太子妃石氏等》（廣州：中山大學出版社，2003），頁 87。

㉘⑦ 皮述民：《李鼎與石頭記》（臺北：文津出版社，2002），頁 3。

㉘⑧ 不過，皮述民承認：“李鼎怎樣去央求雪芹，以及央求了多久，實在無法推考，……我們推想可以分成三個階段：……”（頁 157）。論點最關鍵之處卻是“無法推考”，實在令人失望。至於曹雪芹的“改寫”，皮述民謂：“怎麼改法，現在自然無從比較，……”（頁 166）這同樣令讀者大失所望。

㉘⑨《紅樓夢探》，頁 163。

㉙⓪《紅樓夢探》，頁 162。

㉙①《紅樓夢研究論集》，頁 96。

㉙②《紅樓夢研究論集》，頁 100。

㉙③《紅樓夢研究論集》，頁 101。

㉙④《紅樓夢研究論集》，頁 102。

㉙⑤《紅樓夢研究論集》，頁 106。

㉖《紅樓夢研究論集》，頁 113。

㉗《紅樓夢研究論集》，頁 118。

㉘《紅樓夢探》，頁 154、156。

㉙《紅樓夢探》，頁 157。

⑳《紅樓夢探》，頁 159。

㉑《紅樓夢探》，頁 154。

㉒《古典文學研究資料彙編·紅樓夢卷》，頁 397—398。

㉓ 胡文煒：《紅樓夢欣賞與探索》（北京：北京圖書館出版社，2006），頁 84。

㉔ Wayne C. Booth，*The Rhetoric of Fiction*，2nd ed.（Chicago：University of Chicago Press，1983），p. 70—75。

㉕ 王國維早已提出同類的質疑。讀者可以參看他的《紅樓夢評論》。

㉖ 曹允中：〈《紅樓夢》後四十回作者問題的研究〉，《中央日報》1966 年 4 月 23 日，第四版。

㉗ 例如，1995 年林語堂稱後四十回與前八十回若合符契。

㉘ 早在 1925 年容庚已經注意到程甲本之前有一百二十回的抄本，認為一百二十回俱曹雪芹所撰。容庚文刊於《北京大學研究所國學門周刊》1925 年 1 卷第 5、6、9、11 期。參看呂啟祥、林東海主編：《紅樓夢研究稀見資料匯編》（北京：人民文學出版社，2001），頁 160 以下。八十年後，還有人認為百二十回出自曹雪芹一人之手。參看克非：《紅學末路》（重慶：重慶出版社，2005 年 1 月）。

㉙ 參趙岡和陳鍾毅：《紅樓夢研究新編》，頁 322。

㉚ 以上兩項信息，都是 1971 年程高本面世前一兩年的事。參看宋廣波：《胡適紅學年譜》（哈爾濱：黑龍江教育出版社，2003），頁 38。

㉛ 論者未必蓄意如此（或有心或無意），但客觀效果卻是如此。

㉜ 白盾主編：《紅樓夢研究史論》，頁 618。

㉝ 關於這個問題，請參看洪濤：〈四大奇書變容考析〉（2000 年香港大學哲學博士論文）。

第三章

《紅樓夢》的文本地位與詮釋問題

——貫通論、有機說、優劣論、結構學、探佚學

1 《紅樓夢》程高百廿回本在新紅學以前的穩定地位

在新紅學出現以前，[①]《紅樓夢》程高本（指程偉元和高鶚所出版的本子）風行天下，百廿回《紅樓夢》是作為一個整體被大多數人接受下來的。此時百廿回本是相當穩定（stable）的詮釋對象。[②]一般讀者心中沒有所謂原著抑或續書的問題。清代的《紅樓夢》讀者不計其數，但是從現存的材料來看，懷疑到後四十回不是原作的讀者寥寥可數。就《古典文學研究資料彙編·紅樓夢卷》所見，提出後四十回是續作的論者極少。[③]一般人提出對《紅樓夢》的看法時，常常是並採前八十回和後四十回，前後貫通，並無疑義。我們以清代的評點家為例說明一下。[④]

清代評點家之中，以王希廉、張新之、姚燮（1805—1864）的《增評補像全圖金玉緣》（俗稱為“三家評本”）最為流行（計有鑄記書局鉛印本、同文書局石印本、上海書局石印本、求不負齋石印本、上海江東書局石印本、上海桐蔭軒石印本）。[⑤]王希廉、張新之都視百廿回為一個整體。例如，“太平閒人”張新之〈《紅樓夢》讀法〉說：

有謂此書止八十回，其餘四十回乃出另手，吾不能知。但觀其中結構，如常山蛇，首尾相應，安根伏線，有牽一髮渾身動搖之妙，且詞句筆氣，前後略無差別，……[6]

“護花主人”王希廉的〈《紅樓夢》總評〉說：“《紅樓夢》一百二十回，分作二十段看，方知結構層次。”他將第七十九回到第八十五回劃分為第十五段，並不覺得不銜接。[7]再如，邱煒萲在〈小說閑評〉中提出：

《紅樓夢》一書，不著作者姓名，或以為曹雪芹作，想亦臆度之辭。若因篇末有曹雪芹姓名，則此書舊為抄本，只八十回。……或以前八十回為國初人之舊，而後之四十回即雪芹所增入。觀其一氣銜接，脈絡貫通，就舉全書筆墨，歸功雪芹，亦不為過。[8]

值得注意的是，張新之和邱煒萲都是從結構上立論。張新之所謂“如常山蛇，首尾相應”，邱煒萲所謂“一氣銜接，脈絡貫通”，可見他們絲毫不覺得全書有什麼不貫通的地方。至於其他評論者，大都對後四十回是否原作提也沒提，從他們的實際評論中我們也可以看出，他們把百廿回視為首尾貫通的整體。

到了光緒三十年（1904），王國維（1877—1927）寫了一篇〈《紅樓夢》評論〉（收入《古典文學研究資料彙編·紅樓夢卷》），也把一百二十回視為一體，而且闡釋時主要還是引用後四十回的文字。[9]蔡元培也是這樣。

2 文本的“貫通”、“內在結構”和“有機說”

《紅樓夢》的文本是否完整，是否前後貫通，這裏面牽涉到好幾個重要的文學觀念，左右著詮釋活動。

2.1 後四十回“續書說”的提出

程高一百二十回本穩定的地位到了1921年胡適發表〈《紅

樓夢》考證（改定稿）〉一文後就開始受到威脅。胡適羅列了四條旁證來支持“高鶚續書說”。[10]但這些旁證畢竟都是外在的，其成立與否都只牽連到“高鶚是不是續書者”的問題，與《紅樓夢》本文的解釋沒有直接關係。事實上，胡適本人更為重視內證。他羅列過四條旁證後補充說：

> 但這些證據固然重要。總不如內容的研究更可以證明後四十回與前八十回決不是一個人作的。[11]

可見在胡適眼中，內證比旁證更重要。他徵引了俞平伯的兩條證據（即寶玉出家和史湘雲結局兩條），再加上他自己的五條證據來論證“照應”的問題：

1. 寶玉出家與第一回自敍的話不合；
2. 史湘雲的結局與“因麒麟伏白首雙星”無照應；
3. 小紅完全沒有結果；
4. 香菱的結果“也決不是曹雪芹的本意”；
5. 鳳姐結局與“二令三人木”無關；
6. 和尚送玉一段，文字笨拙，令人作嘔；
7. 寶玉忽然肯做八股文，肯去考舉人，也沒有道理。

除了第六條外，其他各條都是談到照應的問題。至於“全無照應”的理由主要是續書人失去“作者的本意”。[12]自從胡適發表〈考證〉以來，“文本權威”的問題（concepts of textual authority）就成了《紅樓夢》研究的重要課題。彼得·希林斯伯格（Peter Shillingsburg）在《電腦時代的學術校訂》（*Scholarly Editing in the Computer Age*）一書中提出：

> ...if we are to speak of "authoritative texts," it seems necessary to locate the authority that controls the text. [13]
>
> **【譯文】** 如果我們要講“權威性文本”，我們似乎需要找出控制文本的權威所在。

這正是我們要深入探討的問題。在紅學界中，這個問題的重要性是不容低估的，版本和異文問題也和詮釋問題關係密切、難以分割。（說詳下文）

2.2 俞平伯的“貫通論”與文本地位

胡適在〈《紅樓夢》考證〉一文提出的證據現在看來是粗疏的，他舉出的旁證後來也受到學者的質疑，[14]但是在當時影響很大，新紅學家對胡適的說法也深信不疑。因此，在俞平伯、周汝昌的文章中都幾乎視此為定案。例如，俞平伯說：“《紅樓夢》原書只有八十回，是曹雪芹寫的；後面的四十回，是高鶚續的。這已是確定了的判斷，無可搖動。讀者只〔要看〕一看胡適之先生底〈《紅樓夢》考證〉，便可了然。”[15]

“高鶚續書說”的影響立即波及學者對《紅樓夢》全書的整體詮釋。[16]因為前八十回、後四十回的作者既然不同，那麼百廿回《紅樓夢》的“意義”是不是貫通便成為新紅學家注意的課題。如果說，胡適的工作主要論證“作者是誰”這個問題，以搜尋外證為主，那麼，俞平伯的工作卻主要是尋找內在證據。試看俞平伯的自供：

> 既承認只有八十回的《紅樓夢》，那麼我們就有無數胡思亂想可以發生了！……我現在還沒甚大意見可說。必定要在本書上尋出許多證據，纔有可討論的價值。[17]

從這段話我們可以清楚看出，俞平伯是先有“前後兩橛”的概念亙於胸中，然後纔去書本上找尋證據，而不是發覺種種矛盾然後纔來懷疑後四十回。俞平伯和清代評論家的分歧的基本根源是“百廿回整體觀”和“前後兩橛”的觀念。俞平伯其實有意使前八十後四十“分家”，以“前後兩橛”取代“百廿回整體觀”。他在〈後四十回底批評〉一文中說得很清楚，他批判後四十回的目的是要打破讀者思想上的習慣。因為自從百二十回本通行以來，讀者心目中一向覺得這是一個整體，出於一人之手。他不憚煩勞搜羅後四十回與前八十回的矛盾，目的在於鞏固胡適的“高鶚續書說”，使讀者相信後四十回是另一個人的筆墨。[18]

這樣看來，俞平伯的對後四十回的批評不無循環論證之嫌：先有後四十回是續書的前提，然後在文本中找尋證據，以求加強“續書”之說，墮入了詮釋循環之中（hermeneutical circle）。[19]

前提不同，得出的解釋就不同。例如，俞平伯認為寶玉肯寫八股文，而且後來中舉，與前八十回不協調。王希廉沒有“前後兩橛”之念，他說：“寶玉厭薄八股，卻有意思博取功名，不得不借為梯階。”[20]再如香菱的結局，俞平伯指出：一、第八十回寫香菱內外挫折不堪，請醫服藥無效，是預備後文去世的張本；二、據太虛幻境的冊子暗示，香菱應死在夏金桂之手。程高本並未寫香菱早死，金桂反死在香菱手裏。所以俞平伯說：“大觀園諸人底結局，高氏大都依據八十回中底話補出。只有香菱傳補得最謬，且完全與作者底意思相反。”[21]但清代的評論者對香菱未早死一事，並不覺得與前文不合，如洪秋蕃評第一百二十回香菱結局時說：“以英蓮起，英蓮結……”[22]陳其泰（1800—1864）也說：“香菱起，香菱結。”[23]對於金桂反死在香菱手裏，洪秋蕃評道：“金桂欲毒死香菱，適以自毒。多行不義必自斃，堪以證鄭莊之言。”[24]陳其泰則說：“此回是香菱傳中文字，為後來扶正張本。故以賈雨村遇見甄士隱，遙應首回，預伏末回也。”[25]他們並不覺得這樣的“香菱傳”與前文不統一，反而認為這種寫法是前呼後應，在結構上和情節上都是合情理的。

這些例子完全可以證明，清代評論家和俞平伯的讀法都受到他們的前設（presupposition）所影響，文本意義並不固定。清代評論家的詮釋同樣能因應他們的前設來理解文本，並疏通前後情節，定其意思，從而自圓其說。

清代評論家和俞平伯的讀法使我們不得不重新考慮“文本的客觀地位”的問題。從新紅學對後四十回的攻擊來看，《紅樓夢》後四十回的文本的地位其實決定於外在因素。所謂外在因素，在這裏是指著作權一分為二（原作者／續書者）這個概念。這概念的影響體現在“貫通論”之上：在俞平伯的心目中，文本在原作者控制下有種種貫穿全書的線索，而現存的後四十回無以為繼。本來，文本是否貫通呼應，應當取決於《紅樓夢》的故事本身。可是，俞平伯在撰寫《紅樓夢辨》（1923 年出版）時受到自傳說的影響，所以“貫通論”的論據又有內證和外證之別。所謂“外證”即依賴文本以外的史實為判斷標準，換言之，是自傳說在後四十回的引申。具體的做法有二：一、以曹家的家運來衡量後四十回賈家的遭遇（大局）；二、以曹雪芹的晚年景況來衡量賈寶玉的結局（個人）。所謂“內證”是用閱讀前八十回得到的“雪芹原意”來衡量後四十回，而不是依賴曹家的史實（外證）。

以下各舉一例，說明“貫通論”和外在證據、內在證據的關係。

關於八十回以後有沒有寶玉出家一事，1921 年俞平伯和顧頡剛（1893—1980）通訊時就已談及。起初，俞平伯從內文做出發點，認為“沒有明文說寶玉將來出家”。[26]俞平伯自己也已經注意到前八十回至少有四處透露寶玉將來會出家的消息。但他都以“不必定要寶玉做和尚”、“不必呆指”、“與寶玉無干”等話來自圓其說，——百般不願承認寶玉出家之事。本來在俞平伯的理論中，他所舉的四段情節都有資格做前後“貫通”的內證，但是在這裏都被他輕輕抹去。因為他本人堅信曹雪芹後來只落得貧窮，並未出家。從俞平伯的文章看，他顯然是受到

“外證”的影響，他說：“我們總認定寶玉是作者自託，即可以以曹雪芹著書的光景，懸揣書中寶玉應有的結局。”[27]因此，俞平伯雖有內證，但是在自傳說重視外證風氣影響之下，難免對寶玉出家一事抱著極大的懷疑。後來顧頡剛又多搜羅了兩條內證，俞平伯纔改變看法。顧頡剛所舉的“證據”以甄士隱和智通寺老僧為寶玉將來的影子。這兩條“證據”其實與賈寶玉的結局並無必然的關係，而俞平伯竟然許為“論寶玉出家見地甚高”，究其原因，與外證乏力不無關係。俞平伯的話足以為證：“我們不能因雪芹沒有出家便武斷寶玉也如此。況且雪芹事實我們幾無所知，所以《石頭記》做了半部，作者是出家是病死無從懸揣了。我們不必否認寶玉出家……”[28]這個結論因外證不足，主要是依賴內證得出。但俞平伯“貫通論”重視外證多過重視內證的情況已表露無遺。

另一個例子是後文有沒有賈府被抄家之事。這個論題由顧頡剛提出。起初顧頡剛羅列了八條內證來論證“賈氏的窮，有許多證據可以指定他不是由於抄家的”（1921 年 5 月 17 日致俞平伯信）。[29]俞平伯對有無抄家之事似乎不怎麼在意。到了 6 月 10 日，顧頡剛在討論“舊時真本”時，又說“‘籍沒’一件事雖非原書所有，但書上‘衰敗’的預言實在太多了；……”[30]俞平伯在 6 月 18 日的回信中也贊同顧頡剛的看法，認為“籍沒”是高鶚的手筆。[31]後來俞平伯重新檢討他們為什麼認為沒有抄家之事。他歸納出兩點：“（一）這書是紀實事，而曹家沒有發見抄家的事實（以那時我們所知）。（二）書中並無應當抄家之明文。”[32]這完全證明他們的貫通論建築於外證之上。如果沒有發現抄家的史實，他們就對前八十回中預示抄家的線索視若無睹。甚至顧頡剛承認“衰敗的預言實在太多了”，但他們仍不肯從抄家這一方面去想。後來俞平伯在〈高鶚續書底依據〉中曾搜羅了前八十回中七條內文，在〈後三十回的《紅樓夢》〉中又補充了三條，共十二條內證為抄家之預言。所以俞平伯不得不承認："從本書看，確有將來事敗抄家這類預示，且很覺明顯不煩猜詳。"㉝可見在他們的心目中，貫通論依賴外證多於依賴內證，文本對他們的制約及不上史實（曹府家史）。

然而，當時俞平伯對曹家的事所知有限，書中人物如史湘雲、鳳姐、巧姐的結局如何，完全無法憑史實"懸揣"。因此他討論前後貫通的問題，還是要以文本為依歸。俞平伯曾有一段話談及他的困境：

> 八十回後全是黑漫漫的長夜，而我卻偏要從其間去辨別路途，自然得借重一盞明燈。以我們所知的作者身世是這樣地少，決不夠引路底需要，這使我更添一重困難。現在可勉強當作燈燭的，只有原書八十回。因為一書首尾每有照應，可以由前推後；而且八十回的留下煞尾底暗示又不算很少。㉞

而俞平伯追求首尾"照應"的目的，當然還是要衡量後四十回是不是符合"雪芹原意"。㉟這個問題，又引發了所謂"結構學"和"探佚"的問題。（說詳下文）

2.3　《紅樓夢》的"內在結構"與"有機說"

俞平伯"貫通論"兼采外證和內證，但他也已經發覺外證不足恃。到了余英時（1930—　）則進一步把焦點轉移到作品本身。余英時指出他自己的研究方法是：

> 考證需要材料；材料則愈原始愈可靠。試問還有什麼材料比《紅樓夢》本文更原始、更可靠的？何況我們還擁有大量的所謂"脂批"，可以作為考證的第二手材料呢？我的〈《紅樓夢》的兩個世界〉和〈眼前無路想回頭〉，無論成績是否令人滿意，其實也還是考證之作。換句話說，我

> 所從事的仍是認知的工作，而不是主觀的評論。所不同者，我用的是考證學上所謂的“本證”、“內證”，而不是一般自傳派所恃的“旁證”、“外證”罷了。……我的取徑有點像西方的“結構的分析”。[36]

他不取“旁證”、“外證”的理由是什麼呢？第一，余英時根本就反對把《紅樓夢》當作歷史文件來處理，而強調《紅樓夢》是一本小說，特別重視其中所包涵的理想性和虛構性。[37]第二，新材料的出現有高度的偶然性，而且有極限。一旦新材料不復出現，則整個研究工作勢必陷於停頓，這是新紅學自傳說（余英時稱之為考證派）的內部危機。[38]這一點證以俞平伯的情況，尤非虛言。但是余英時這種不依賴外證的建議只是消極的做法，余英時的目的是要把批評的注意力集中到作品上。

余英時指責的“歷史式研究”（重視“旁證”），其實就是雷·韋勒克（René Wellek，1903 — ）、奧·沃倫（Austin Warren）在《文學理論》一書（Theory of Literature）中的外緣研究（the extrinsic approach）。[39]余英時輕歷史、重作品的傾向表面上看來很像新批評（New Criticism）的做法，同時，新批評也愛談有機論（organism），余英時也談有機性。但是新批評排斥“作者意圖”，余英時卻視“作者意圖”為詮釋目標。[40]下面我們將分析余英時“新典範”提出的任務。

余英時提倡通過紅學革命來建立新典範。新典範是把紅學研究的重心放在《紅樓夢》的創作意圖和內在結構的有機關係上。這種“有機的關係”具體的情形是怎樣的呢？余英時進一步解釋說：

> 新典範假定作者的本意基本上隱藏在小說的內在結構之中，而尤其強調二者之間的有機性。所謂有機性，是說作者的意思必須貫穿全書而求之。[41]

在〈眼前無路想回頭〉一文中又說：

> 新“典範”（按：指通過小說的內在結構來研究《紅樓夢》的創作意圖而言，包括我的“兩個世界論”。）……[42]

換言之，新典範的研究目的是“創作意圖”，而具體的方法是從文本的“內在結構”來追索。余英時這種觀念和西方版本學家湯瑪斯·坦西爾（Thomas Tanselle，1934 — ）的意見可謂不謀而合。坦西爾在〈作者最終意圖的問題〉（“The Problem of Final Authorial Intention”）一文中提出：“……我們要怎樣纔能找到作者心目中的意義呢？要回答這個問題，我們無可避免還要回到作品本身。作者意圖最可靠的文獻證據還是作品本身。”（“How，then，is the author's intended meaning to be discovered? In answering that question，one is inevitably drawn back to the work itself as the most reliable documentary evidence as to what the author intended.”）[43]

所謂文本的“內在結構”指的是什麼呢？余英時提出他的假設：“小說，特別是像《紅樓夢》這樣一部精心創造出來的小說，自然不能沒有整體的構想、通盤的佈局；因此我們不談作者的創造意圖（creative intention）則可，要談便衹能通過全書的內在結構來談。我在〈《紅樓夢》的兩個世界〉所作的便正是這樣的分析。”[44]這裏引一個實例來說明余英時的有機說。余英時在〈《紅樓夢》的兩個世界〉一文中舉了第十七回寶玉和賈政進入園子去題聯額一事，認為這段敍事至少暗涵著兩層深意。其中第二層深意（大觀園即理想世界）就得力於“有機說”。他認為：“大觀園既是寶玉和諸姐妹的烏托邦、乾淨土，則園中亭臺樓閣之類，自非要他們自己命名不可。”[45]但園中建築物太多，當日寶玉並沒有題遍所有聯額。到了第七十六回，纔完全補出當日題額的情況：園內各處，寶玉未及題名的，都由各姐妹完成，尤其是黛玉。余英時認為：

> 第七十六回和第十七回，相去六十回之遙，且就曹雪芹已完成的原稿來說，則幾幾乎婁尾餘香，而前後呼應，如常山之蛇。《紅樓夢》的創作，作者時時有全局在胸，是非常明顯的。[46]

余英時的意思大概就是：賈寶玉和諸姐妹包辦了題額的工作，這件事隱含了作者的意圖——理想世界不容外人來污染。[47]這種意圖須貫串全書而求之，即所謂“有機性”。

這種文本有機性的看法，可以說是余英時新典範的中心理念。他指出：有機性觀念，傳統文人也有，例如他們的論文曾有“常山之蛇，首尾相應”之類的話（我們前面徵引過張新之的話即可證明余英時所言非虛）。但胡適以來的新紅學家反而很少發揮。

余英時提倡有機說，至少有兩層意義：一、研究方向上的意義。是希望以有機說來取代各派紅學的“歷史式研究”（“歷史式研究”即重視《紅樓夢》以外的歷史材料）。有機說的建立意味著研究的方法將由以前的外馳而趨向內斂（指文本之內）。這一觀念，與那個年代西方學者的主張是一致的。我們可以舉 Lucien Miller（米樂山）的 *Masks of Fiction in Dream of the Red Chamber: Myth, Mimesis, and Persona* 為證。[48]二、在材料問題上的意義。余英時認為有機說可以解決“材料危機”，他認為：“新典範所強調的有機說在材料問題上則恰可以解救考證派的危機。八十回的《紅樓夢》和無數的脂評至少可以使紅學家在相當的時期內不必為材料的匱乏而擔憂。”[49]

值得注意的是，《紅樓夢》的前八十回和後四十回同樣是文本，但余英時從來沒有談及後四十回的“有機性”和“內在結構”。所以，余英時的“有機說”大概只是就前八十回而言，並不包括後四十回。余英時的工作和俞平伯的工作正可互補：俞平伯集中探究後四十回與前八十回不能貫通的地方，余英時則展示前八十回的“有機結構”。余英時雖然並不像周汝昌那樣要將後四十回割下來扔到字紙簍裏去，[50]但他的實際研究工作已反映出他對“文本”（八十回抑或百廿回）的取向。在“有機性”的概念影響下，他並不取信後四十回，至少有三個地方可以看出這種傾向。

第一，余英時指出新“典範”的研究（這是余英時極力提倡的研究方向）是“屬於廣義的文學批評”，而從文學觀點研究《紅樓夢》的，以王國維“最早而又最深刻”。也就是引王國維為同志，但他卻指責王國維“並沒有經過‘自傳派’紅學的洗禮，故立論頗多雜採八十回以後者”。余英時顯然不把前八十回和後四十回視為一體。[51]

第二，他的實際分析也顯示出：按照有機說，有些理解《紅樓夢》的主要線索到了後四十回就中斷了。例如他談到兩個世界論的“清濁”部分：“他（指作者）讓我們不要忘記，最乾淨的其實也是在骯髒的裏面出來的。而且，如果全書完成了或完整保全了下來，我們一定還會知道，最乾淨的最後仍舊要回到最骯髒的地方去的。”[52]換言之，程高本的後四十回並不能體現余英時所謂“貫串全書”的主要線索。

第三，也是最重要的一點，是他很重視新紅學家研究後四十回的成果。新紅學考出《紅樓夢》的前八十回和後四十回不出於一手（這可以說是外緣研究）。余英時認為這對於《紅樓夢》內在結構分析是極為重要的。因為新“典範”的研究結果也顯示前後兩部分之間有嚴重的內在矛盾。他說：“在這方面，‘自傳說’的工作還不夠深入，新‘典範’仍大有發揮之餘地。”[53]他指斥“考證派自傳說”“完全用原料來代替創作”，但他卻尊重這派學者對後四十回的研究結論。

從照應論和有機說的角度來研究《紅樓夢》，前八十回的許多線索在後四十回中無法貫通。因此，在俞平伯和余英時的紅學論著中，前八十回和後四十回的地位並不平衡：後四十回的文本地位遠比前八十回低。這種傾向，其實和俞平伯、周汝昌正是一脈相承。而重視前八十回最具體的表現是俞平伯、王惜時校訂的《紅樓夢八十回校本》，[54]後四十回淪為這個本子的附錄。周汝昌更是對程高本的後四十回深惡痛絕。後來，後四十回的評價，又牽涉到曹雪芹八十回後的探佚工作。

即使我們接受了俞平伯和余英時的結論，以"文本"（而且主要是前八十回）為研究的範疇，以作者的"創作意圖"為研究目標，我們並未完成對文本的選擇。事實上我們面對的是好幾個抄本，而且前八十回是不是已經體現了原作者"整體的構想、通盤的布局"（余英時語）仍然值得深入研究。

事實上，余英時最為重視的前八十回，現存的抄本就有許多地方殘缺不全。赫希爾·帕克（Hershel Parker）在《殘本與語象》（*Flawed Texts and Verbal Icons*）一書中提醒我們："'文本本身'往往並未包涵所有文字片段供我們了解作者的意圖。"（"In many cases, however, 'the text itself' does not even contain all the text that is necessary for understanding the author's intention in it."）[55]至於八十回齊全的本子，論者又認為不是作者的稿子，不能完全採信（如戚序本，下詳）。

其次，我們檢校現存的各種抄本就知道前八十回有許多異文，其中不銜接、不協調的地方也有不少。俞平伯曾舉出兩個例子：例子一：據庚辰、己卯本，鳳姐有兩個女兒，分別是大姐、巧姐（見於廿七回、廿九回），但在第四十一回中，卻又說大姐由劉姥姥命名為巧姐。有正本（濤按：有正本的底本是戚張本，俞平伯直接稱有正本為"戚本"），刪去第廿七、廿九回的"巧姐"，但改後卻有文理不通之病。例子二：寶玉的年齡比元春小多少歲？第二回的說法跟第十八回的事實有衝突。有的本子這裡改通了，卻又與別處相矛盾。[56]那麼，談“照應”、“貫通”、“有機性”時，是選取哪一個本子的文字來談的呢？

當今的抄本研究已證明現存的前八十回抄本沒有一個是作者的底稿。[57]所以，即使我們選擇了前八十回為主要研究對象，我們仍然要問：哪一個本子比較接近原稿，體現作者的寫作意圖？如果我們不弄清前八十回的文本情況，那麼，索求作者意圖就無從入手。坦西爾在《版本學與學術校訂》一書中指出：重視作者本意的評論家往往假設文本已經體現了作者的意圖，卻忽視了文本本身的權威（the authority of the text itself）。論者基於訛誤的文本（corrupted text）當然也能分析得頭頭是道，但在這種基礎上談論“作者意圖”是沒什麼意義的。[58]因此，無論我們重視的是作者的意義還是文本的意義（authorial meaning or textual meaning），我們都必須釐清前八十回的文本歧異的現象。

3 前八十回異文研究的各種問題

《紅樓夢》文本的問題，源自成書問題：第一，現存的前八十回，都是出自原作者之手嗎？這是八十回內部的問題。第二，作者是否寫完了整部書？（抑或只有前八十回是出自曹雪芹之手？）這是故事前後的問題。第三，哪一個系統的本子，是秉承作者的原意？這是本子與本子之間的問題。

這“八十回**內部**”、“百廿回**前後**”、“**本子間**”三大範疇，都涉及作者和成書。成書問題，已經有沈治鈞（1960— ）《紅樓夢成書研究》、蔡義江《紅樓夢是怎樣寫成的》、郭浩《紅樓夢成書過程新說》和日本學者船越達志（1969— ）《紅楼夢成立の研究》共四部專著。[59]此外，張愛玲（1920—1995）《紅樓夢魘》和劉世德《紅樓夢版本探微》，也多涉成書問題。[60]有見及此，本書不宜再專注於成書問題，卻不妨集中討論詮釋活動之中，文本問題與作者觀念之間的關係。所謂“作者觀念”指各種涉及作者的信念，人心中的“作者形象”，這兩項都足以影響研究者的詮釋方向和價值判斷。

3.1 “作者原本”與“作者最後定本”的觀念

各種《紅樓夢》版本前八十回內文的歧異，清代的論者已開始注意，[61]1911年至1912年，狄葆賢（1873—1939）的有正書局石印戚序本，比較了戚序本和程高本，在前四十回中，寫有眉批共238條，其中有226條內容是關於戚序本和程甲本的對比。他指出戚本優於程本。[62]俞平伯（1900—1990）的《紅樓夢辨》更有〈高本戚本大體的比較〉一章，也都注意到版本之間的歧異現象。後來抄本陸續出現，抄本系統本身也有接近“作者原本”或“作者最後定本”的問題。

“作者原本”和“作者最後定本”這兩個概念，這裡有必要加以解釋。坦西爾（Thomas Tanselle）在〈作者最終意圖在校勘上的難題〉（“The Editorial Problem of Final Authorial Intention”）一文中說：

> Two basic kinds of situations particularly require further consideration: case where editor must distinguish authorial alteration from alterations made by someone else and must decide what constitutes “authorial intention” at such time; and case where the editor faces alterations unquestionably made by the author but must still decide which readings represent the author's “final intention”.[63]
>
> 【**譯文**】有兩種情況尤其需要深入考慮：一種情況是校訂者必須區分作者作出的更改和他人作出的更改，並決定當時的“作者意圖”是什麼；另一種情況是，種種改動無疑都是出自作者手筆，校訂者必須決定那一種文字纔體現作者

的“最終意圖”。

第一種情況大概就是紅學中的“作者原本”。我們可以用較為通行、較受學者重視的兩個《紅樓夢》校訂本為例說明一下。《紅樓夢八十回校本》（1958 年出版）的〈序言〉說：“由於抄本既零亂殘缺，刻本又是被後人改過的，所以最初就把目的放在兩個地方：（一）盡可能接近曹著的本來面目。……”[64]1982、1998 年中國藝術研究院紅樓夢研究所校注的《紅樓夢》（一般稱為“新校本”）也是以此為目標。林冠夫（1936 —　）在〈掃葉摭零——回顧《紅樓夢》新本的校勘〉一文中說：“……校勘不僅定底本，就是一般校字範圍，基本上也都是在脂評本系統的各本中考慮，目的是校出一個接近於曹著原貌的本子。”[65]學者對抄本作出的研究，一般都會考慮“曹著原貌”和“後人改動”的問題。在西方，也有相類似的討論：菲力浦・科恩編的《魔鬼與天使——文本校訂與文學理論》（Philip Cohen ed., *Devils and Angels-Textual Editing and Literary Theory*）收有希林斯伯格（Peter Shillingsburg）〈自主的作者、文本的社會學及版本學的爭議〉（“The Autonomous Author, the Sociology of Texts, and the Polemics of Textual Criticism”）一文。他提出了以下意見：

> It is a tendency of editors and critics milling at the crossroads to wish for an answer to the problems of interpretation and editing that can be followed by rule. When we ask questions like: To whom does the work of art belong? or By what enabling authority or authorities did it come into being and continue to exist? We think we are trying to see what the work of art is by seeing what gave it existence so that we will know what is the right way to edit. But there are different answers to these questions and, therefore, ways to edit.[66]

【譯文】編訂者與評論家面臨分歧時總希望有某些法則可以依循，以求解決詮釋和校勘的問題。如果我們問：文藝作品是屬於誰的呢？又或者問：文藝作品的出現是源自何種權威呢？我們是從創作的角度來考慮作品的性質，藉此找尋編校的正確方法。然而，上述的問題會有種種不同的答案，因此，也會有種種不同的編校方法。

在大部分《紅樓夢》版本學家的心目中，作者（author）等於權威（authority）。所以，俞平伯《紅樓夢八十回校本》的兩個目的，“接近曹著的本來面貌”先於“文字情節能夠比較完整可讀”。[67]紅樓夢研究所校注的本子也是以“接近曹著原貌”為大前提，其次纔考慮“便於一般讀者閱讀”。[68]這兩個校訂本一個在1958年面世，一個在1982年面世。

其後，“作者原本”一直是學者追求的目標，如蔡義江的“浙江版”《紅樓夢》，其主要精神可從蔡義江的論文題目看出來：〈努力接近曹雪芹原著的面貌——《紅樓夢》浙江版前言〉。[69]同一年，江蘇古籍出版社也出版劉世德（1932— ）校訂的《紅樓夢》，劉世德同樣追求“曹雪芹原文”。[70]此外，鄭慶山的《脂本彙校石頭記》[71]、周汝昌的《石頭記會真》同樣標榜“真”、“原貌”。周汝昌自云：“這部書稿，目的是恢復我中華民族偉大文學巨星曹雪芹的久遭竄亂的《紅樓夢》的原貌和本真。”[72]楊傳鏞（1931—2006）《紅樓夢版本辨源》、林冠夫《紅樓夢版本論》也以“接近曹雪芹原著”為目標。[73]

一般紅學家都會相信現存的抄本要比刻本（程高本）接近“作者原本”，[74]但是面對眾多抄本，我們應該選擇哪個本子呢？近代學者將各抄本劃分為幾個分支系統，因而有“四閱整理本系統”（包括己卯本、庚辰本、列藏本、夢稿本）[75]和“立松軒系統”（包括蒙府本、戚滬本、戚正本、戚寧本）[76]之類的稱號，同時也從中追尋“作者最後定本”，亦即“權威文本”。這種做法與版本學家傑羅姆·麥甘因（Jerome J. McGann）在《現代版本學批判》（*A Critique of Modern Textual Criticism*）一書中提到的西方“古典文獻學”（Classical Scholarship）很相近。麥甘因說：“古典編校者沒有作者的原稿在手，只有一些後來的手抄稿，所以他們構想出一些程式來追尋手抄稿的傳承歷史，目的是藉著稿本出現的年代來剔出文本的訛誤。這種方法的最終目的是清除訛誤，……得出（或接近）迷失的原稿，即‘權威文本’。”（“Lacking the author's original documents, possessing only a more or less extensive set of later manuscripts, the classical editor developed procedures for tracing the internal history of these late manuscripts. The aim was to work out textual errors by revealing the history of their emergence. Ultimately, the method sought to ‘clear the text’ of its corruptions and, thereby, to produce (or approximate) …the lost original document, the ‘authoritative text’.”)[77]

馮其庸（1924 — ）在《論庚辰本》中指出現存庚辰本的底本應是最接近最後定稿的。[78]應必誠（1936 — ）在《論石頭記庚辰本》中也說：“……‘庚辰本’很可能是曹雪芹生前最後的一個定本。”[79]馮其庸和應必誠各有一部專著研究庚辰本，自然有他們的道理[80]（也有論者認為庚辰本“不是可以信賴的抄本”）[81]。不過，庚辰本仍然是未完成的，有未分回、懸空的缺文部分，其他抄本在相應的地方文字出入很大。此外，現存的庚辰本，底本似乎也有幾個。[82]又有人聲稱戚序本為“雪芹臨終的書稿”。[83]此論敢於下“臨終”二字，寫得如同論者目擊曹雪芹逝世時的情景，因此，筆者暫時未敢相信。但前此香港紅學家宋淇（1919—1996）已指戚序本是“最接近原本的抄本之一，而且是比較起來最完整的鈔本，其價值未必在庚辰本之下”。[84]

總之，我們面對的情況是：各本文字，或存或缺，有異有同，何者為作者原稿（包括佚稿重出），何者為後人所補，都需由研究者作出判斷和選擇，但研究者的判斷標準是什麼呢？這些判斷標準是不是有共同遵守的成規？還是各有各的準則？這些準則反映出何種文學信念？這些信念又是不是可以全盤接受？上述種種問題都是很值得我們探討的。

各種《紅樓夢》抄本前八十回的異文比比皆是。限於篇幅，本章勢難全面探究異文牽涉的問題，讀者若關注全部異文，可參看馮其庸主編、紅樓夢研究所彙校的《脂硯齋重評石頭記彙校》（以下簡稱《彙校》），但詮釋的問題卻不能單從異文彙校中看出來。[85]有見及此，下面我們舉出一些具體例子來檢討版本研究中呈現的問題。

3.2　文本的不穩定性與詮釋的關係

在抄本系統中，第一回有兩個下凡歷世的故事：一個是補天石；一個是神瑛侍者（卞藏本作"神英侍者"）。[86]具體情況是：一、補天石的故事：（抄本以甲戌本為代表）石頭變為美玉，由一僧一道（茫茫大士、渺渺真人）攜入紅塵。[87]二、神瑛侍者的故事：甄士隱做夢聽見一僧一道交談，說到赤瑕宮神瑛侍者以甘露灌溉絳珠仙草，絳珠草纔得以久延歲月。近日神瑛侍者意欲下凡，絳珠仙子也要下世為人報灌溉之情。書上那僧說"這一干風流冤鬼，尚未投胎入世。趁此機會，就將此蠢物夾帶於中，使他去經歷經歷"。[88]後來士隱索看"蠢物"，"原來是塊鮮明美玉"，上面鐫著"通靈寶玉"四字。[89]那通靈寶玉就是未得補天的石頭。值得注意的是："灌溉"、"還淚"是神瑛、絳珠之間的事，與通靈玉（石頭、蠢物）無關，通靈玉只不過"夾帶其中"下凡歷世而已。

程高本的文字跟抄本系統很不相同，只有一個下凡的故事。程高本也有石頭變成美玉的故事，但是石頭就是神瑛侍者。我們可以比較抄本（以甲戌本為代表）和刻本（以程甲本為代表）的文字：

> **【甲戌本】**：只因西方靈河岸上三生石畔，有絳珠草一株，時有赤瑕宮神瑛侍者，日以甘露灌溉，這絳珠草便得久延歲月，……[90]

> **【程甲本】**：只因西方靈河岸上三生石畔有絳珠草一株，那時這個石頭因媧皇未用，卻也落得逍遙自在，各處去遊玩，一日來到警幻仙子處，那仙子知他有些來歷，因留他在赤霞宮居住，就名他為赤霞宮神瑛侍者。他卻常在靈河岸上行走，看見這株仙草可愛，遂日以甘露灌溉，這絳珠草始得久延歲月，……[91]

依程高本，石頭既已變成美玉（通靈寶玉），這裡又說是神瑛侍者，顯然有內在矛盾，不像抄本那樣神瑛、石頭各自分明。在抄本中，神瑛侍者的化身是賈寶玉，而石頭的化身是通靈玉。神瑛侍者和賈寶玉的故事是石頭的見聞。所以，石頭在小說中是一個敘述者。依抄本，石頭初見茫茫大士、渺渺真人時已自稱"蠢物"；在士隱夢中，僧人和士隱也稱石頭為"蠢物"。[92]隨著故事發展，石頭也常自稱"蠢物"，向讀者發表議論。如第六回說到千里之外，芥豆之微，有一個小小人家與榮府有些瓜葛。這時石頭就現身說："諸公若嫌瑣碎粗鄙呢，則快擲下此書，另覓好書去醒目。若謂聊可破悶時，待蠢物逐細言來。"[93]又如元妃省親一回，上輿進園時，看到園中繁華景象，石頭又有議論："此時自己回想當初在大荒山中，青埂峰下，那等淒涼寂寞，若不虧癩僧、跛道二人攜來到此，又安能得見這般世面。……"[94]書中又說到大觀園中匾聯俱寶玉所題，但賈府世代詩書，何以竟用小兒戲辭苟且塞責？這時石頭又出來解釋："諸公不知，待蠢物將原委說明，大家方知。當日這賈妃……"[95]在抄本中，神瑛侍者與石頭各自分開，賈寶玉與通靈玉也各自分開。神瑛侍者下凡為賈寶玉，把石頭夾帶在中，所以通靈玉得以留在寶玉身邊。[96]

程高本昧於這層分別，合二為一。程高本雖然已刪去上引石頭的議論，但故事一開始已使石頭、神瑛、通靈玉、賈寶玉混淆不清，所以難免有內在矛盾。最明顯的例子是，寶玉既然與通靈玉是一身，為什麼又寫寶玉佩通靈玉，擲通靈玉？——這又似未曾合一。其他不協調處還有：（一）前面寫石頭因為"不堪入選，遂自怨自嘆，日夜悲號慚愧"，但後面卻說"那時這個石頭，媧皇未用，自己卻也落得逍遙自在，各處去遊玩"。[97]到底石頭是悲是喜？（二）前面寫石頭遇見僧道後，即被那癩僧袖了去，後來也是癩僧與跛道一起"到了警幻仙子宮中，將這蠢物交割清楚"，程高本後來卻又說它到"各處去遊玩"，並且自己"來到警幻仙子處"，成了"神瑛侍者"。[98]

不過詮釋者基於這種有內在矛盾的本子，也能得出他們的說法。以下舉潘重規為例。潘重規說：

> 有人說解釋寶玉為傳國玉璽是穿鑿附會，其實不然。我們細看作者穿穿插插，隱隱約約的告訴讀者，石頭就是寶玉，寶玉就是傳國璽。他首先在第一回敘述青埂峰一塊石頭，鍛鍊通靈，"須得再鐫上幾個字，便是件奇物。"又從甄士隱夢中，指出石頭原來是塊美玉。第八回更從寶釵的口中眼中詳細描寫了這塊美玉，形體大小和《三國志·孫堅傳注》中所載漢傳國璽相同。玉上"莫失莫忘，仙壽恆昌"的刻字，更是漢傳國璽"受命於天，既壽永昌"的翻版。[99]

潘重規說"石頭就是寶玉"，這種印象相信是閱讀程高本系統得來，但這套理論卻不單單利用程高一系的文字。抄本第十六回秦鍾彌留之際，都判命眾鬼放回秦鍾之魂："放屁！俗語說的好，‘天下官管天下民’，自古人鬼之道卻是一般，陰陽並無二理。別管他陰也罷，陽也罷，還是把他放回沒有錯了的。”[100]潘重規發揮說：

> 寶玉的威力可以嚇倒鬼判，正因他是傳國玉璽的緣故。王者官天下，所以說“天下官管天下民”，這正是作者點明寶玉是傳國璽，是代表政權，是天子的身份。不然，寶玉是什麼官？曹雪芹又是什麼官？由於全書中這一類明呼暗喚，旁敲側擊的啟示觸目皆是，所以我說寶玉是影射傳國璽，而不敢相信《紅樓夢》是“曹雪芹自敘”的說法。[101]

潘說依賴“天下官管天下民”一句甚多。但是我們注意到“天下官管天下民”一句只見於庚辰本、己卯本、甲戌本、蒙府本、戚序本、戚寧本五個抄本，連夢稿、舒序、甲辰、列藏本都沒有這一句。如依程甲本，則全無都判喝罵的話；如依程乙本，則只有“那都判越發著急，吆喝起來”，也沒有“天下官管天下民”一句。[102]

因此，潘重規是利用了文本的異文來立說：要將賈寶玉和通靈玉合一，就取程高本的文字，要加強寶玉即“天下官”時，又取抄本系統的文字。——文本不穩定（textual instability）為潘說開了方便之門。詹姆斯·麥克拉法提（James Mclaverty）在〈特性和發言的問題：意圖論者對“文本不穩定性”的反應〉（“Issues of Identity and Utterance：An Intentionalist Response to ‘Textual Instability’”）一文指出“文本不穩定性”的問題可以簡化為兩個問題，其中之一就是：我們說好幾個版本屬於同一個作品是什麼意思呢？（“What do we mean when we say several versions belong to the same work?”）[103]事實上，近年的版本研究已經使我們不得不認同“兩種版本系統（抄本和刻本），兩種紅樓夢”的看法。[104]混合兩種系統來立說，有時會出現“前言不對後語”的情況，例如，據抄本，柳五兒在第七十七回已經死去，但在刻本中柳五兒卻不曾早死，而且還在第七十七回替寶玉解圍，後文（第一百零九回）更有“候芳魂五兒承錯愛”一大回文字。可見抄本和刻本各自有它們的一貫性（consistency），不應勉強混合。史蒂文·馬尤（Steven Mailloux）在〈版本學與“作者的最後意圖”〉（“Textual Scholarship and ‘Author's Final Intention’”）一文中曾經提到要找到“作者原本”三個文本決定（textual decisions），第一個就是要“區分一個作品的不同版本，不使它們混合為一”（distinguishing separate versions of a work that should not be conflated through eclectic means.）。[105]馬尤的意見是就編輯、校勘而言，但他所說的同樣適用於文本批評。[2007 年補記] 沈治鈞：《紅樓夢成書研究》（北京：中國書店，2004）第二章第三章從成書的角度來解釋“石頭·神瑛侍者·賈寶玉”：石頭神話為舊稿，神瑛神話為新稿，作者加以連綴。閱此書，我們想到一點：文本的不穩定性也可能是成書過程造成的，倒不一定是傳抄或編者所造成的問題。[106]

3.3 文本的修訂與作者意圖

據庚辰本，第十三回秦可卿死後，有這樣一段文字，寧府中人的反應在各抄本中各不相同：

> 彼時闔家皆知，無不納罕，都有些疑心。[107]

從版本校勘的角度看，問題出在“納罕”和“疑心”兩個詞上面。這兩個詞在別本的情況是：

1. “納罕”：庚辰、己卯、夢稿、甲戌、舒序、列藏本
   “納悶”：甲辰、程甲、程乙本
   “納嘆”：戚序、戚寧本
   “贊嘆”：蒙府本

2. “疑心”：庚辰、己卯、甲戌、蒙府、舒序、甲辰、程甲本

“傷心”：戚序、戚寧、程乙本

缺“都有些疑心”一句：夢稿本[108]

清人張新之在這一句下評說：“久病之人，後事已備，其死乃在意中，有何悶可納？又有何疑？寫得閃爍。一本作‘都有些傷心’，非是。”[109]可見清代的讀者已經發覺到程甲本上“納悶”、“疑心”與上文久病的描述不協。別本作“傷心”，又分明和上文的“納悶”不能接榫。但是張新之並沒有加以分析。

到了民初，俞平伯明確指出：一、“彼時闔家皆知，無不納悶，都有些疑心”一句，“有些疑心”正與上文“納悶”成文。二、程乙本的“有些傷心”，上與“納悶”文理不協，下與“悲號痛哭”不吻合。[110]三、有正本“納嘆”、“傷心”，或者是因為“納罕／納悶”跟“傷心”不連貫，所以改了。[111]俞平伯根據種種跡象推斷原文必是“納悶”＋“疑心”，這樣纔能構成合理（前呼後應）的句法。由這一句再推斷“秦氏之死不由於病”。這是運用貫通論來討論文本的一個顯例，後來甲戌本上的批語證明秦可卿病死的情節的確是改訂以後纔有的（詳下文）。

儘管如此，俞平伯還是十分注重版本上的憑據，因為當時作“疑心”的本子只有張新之的評本。作“傷心”的本子卻有三個：一、他手上的“新本”（當為程乙本的翻印本）；二，顧頡剛手上的商務版《石頭記》；三、有正抄本。所以俞平伯說：“我依文理推測當然是疑心，但僅僅憑藉這一點主觀作用，根據是很薄弱的。我們必須在版本上有憑據方可。……總之主觀上之我見是深信原本應作‘疑心’兩字，但我沒有找著一部舊本《紅樓夢》做我那書底傍證以前，那我就願意把這證據取消，或暫時闕疑。……何必拉上一個可疑的證據呢？……所以《紅樓夢》的版本也的確重要。”[112]可見俞平伯並非純按已意，在各個本

子上任意選取有利的“證據”來建立己說（與上例潘重規的做法不同）。

俞平伯對“疑心”抑“傷心”的問題能保持客觀，但是他從這一個問題推測作者意圖時卻顯然受到成見影響。

所謂“成見”是指自傳說。自傳說以為《紅樓夢》實錄雪芹家事，所以俞平伯認為曹雪芹在實錄之餘需要有所隱諱：“若明寫縊死，亦不得不寫其因；寫其因，不得不暴其醜。而此則非作者所願，但完全改易事跡致失其真，亦非作者之意。”[113]

其次，俞平伯認為這種寫法“處處旁敲側擊以明之”。[114]俞平伯提出“納罕／納悶”、“疑心”以及太虛幻境冊子上美人自縊等等，都是作者為了維護自傳體實錄的寫法而留下的蛛絲馬跡，即俞平伯所謂“明白處”。[115]

從現存的脂評本看，俞平伯從自傳說出發而推斷出來的“作者意圖”並不準確，因為甲戌本有批語說：“‘秦可卿淫喪天香樓’，作者用史筆也。老朽因有魂託鳳姐賈家後事二件，豈是安富尊榮坐享人能想得到者，其事雖未漏，其言其意則令人悲切感服，姑赦之，因命芹溪刪去。”[116]可見作者並沒有堅持“實錄”的意思，更何況“秦可卿淫喪天香樓”是不是曹家真事（原型）也有待研究。從上引批語來看，刪去天香樓事只是批者的意圖，而且是考慮到秦可卿“魂託鳳姐賈家後事二件”，“令人悲切感服”，所以纔刪去，並不是要故意曲筆暗寫。對於這種情況，版本學家詹姆斯・索普（James Thorpe，1915 —　）在其〈版本學中的美學〉（“The Aesthetics of Textual Criticism”）曾指出：文學作品的作者在創作過程中往往受到他人的牽引和控制，在作品成形的過程中，經過多重修改，作者的意圖就會和其他人的意圖混在一起。（In a quite literal sense，the literary work is often guided or directed or controlled by other people while the author is in the process of trying to make it take shape，and it is subject to a variety of alterations throughout its history. The intentions of the person we call the author thus become entangled with the intentions of all the others who have a stake in the outcome, which is the work of art.)[117]第七十八回林四娘為國捐軀一節，也可能是相同的情況。[118]

另一方面，俞平伯"旁敲側擊"之說也是難以成立的，因為"納罕/納悶"、"疑心"和冊子諸文都可能是作者無暇修改而留下的原稿文字。帕克（H. Parker）在《殘本與語象》一書也討論到這種情況。他指出，未修改的部分如果保留在已修改的語境中，則作者的新舊意圖就可能不協調。（"...when novels are revised, hunks are re-used, unaltered or only slightly altered, and even in extensive revisions it often happens that whole paragraphs or pages or chapters go unrevised. In these cases, what goes unrevised to a greater or lesser extent goes unrethought, unrestructured, carrying its original intentionality in a new context where that intentionality is more or less at war with the different intentionality in the altered or newly written passages."）[119]帕克的話正好說明第十三回的修改情況。

我們舉出這個例子目的不在指責前賢，而是要從他們的解釋中觀察版本學的內在成規（convention）。詮釋學中有"前理解"的觀念，認為詮釋會受到詮釋者的"前理解"所導引（"All interpretation ... is guided by the interpreters' preunderstanding."）[120]當時俞平伯的"前理解"是自傳說，按照這個角度建構出來的"意圖式解釋"（intentionalist reading）並不準確。麥甘因在《現代版本學批判》一書中處處提醒我們作者並不是自主的（autonomous）。"秦可卿事件"正顯示《紅樓夢》的寫作受到他人左右。這是講"作者意圖"必須面對的問題。

俞平伯討論"納罕/疑心"是1921年6月的事。後來他又發現甲辰本、有正本、程甲本及各種坊本第十三回、第十四回有三處“賈門秦氏恭人”作“賈門秦氏宜人”。具體情況是這樣的：

1. 【第十三回】靈前供用執事等物俱按五品職例，靈牌疏上皆寫天朝誥授賈門秦氏恭人之靈位。[121]
2. 【第十三回】對面高起著宣壇，僧道對壇榜文榜上大書世襲寧國公冢孫婦防護內庭御前侍衛龍禁尉賈門秦氏恭人之喪……[122]
3. 【第十四回】前面銘旌上大書：奉天洪建兆年不易之朝誥封一等寧國公冢孫婦防護內庭紫禁道御前侍衛龍禁尉享強壽賈門秦氏恭人之靈位。[123]

這三處庚辰本、己卯本、夢稿本、甲戌本、蒙府本、戚寧本、舒序本、列藏本並作“恭人”。但有四個本子作“宜人”，包括戚序本、甲辰本、程甲本、程乙本。[124]俞平伯認為“宜人”二字是校訂者按照官制來改訂原著，校改後雖然在官制上與賈蓉的五品官銜對應，但是原來的“恭人”是作者的“特筆”，[125]原作者這樣寫是有深意的。

這“深意”是什麼呢？俞平伯認為“三品恭人五品宜人”[126]的做法是常識，秦可卿封“恭人”等於把賈珍的三品職級，移到秦可卿的靈牌、經榜、銘旌上去。這種寫法是沒情沒理的硬來，卻是作者故意賣個破綻給讀者，相當於用另外一種筆墨來寫“淫喪天香樓”，是在暗示賈珍與秦可卿有染。這種“賣個破綻給讀者”的說法和他討論“疑心／傷心”時的思路是一致的。

但俞平伯的推論也不是沒有可議之處。第一，按明清制度，三品文武官員之妻封“淑人”，四品封“恭人”，並不是俞平伯所說“三品恭人五品宜人”（說詳下文）。賈珍是三品官，如果作者要將秦可卿的品級和賈珍拉上關係，他應寫“賈門秦氏淑人”。因此，作者用“恭人”恐怕並不是要將賈珍的品級“無端移到秦可卿的靈牌、經榜、銘旌上去”。換言之，俞平伯的結論（“作者之意也就深切著明到了極處”、“另外用一種筆法來寫這回書”）是建立在錯誤的官制知識上。

第二，即使我們撇開封號的對錯不談，從小說的內在邏輯來看，俞平伯的看法恐怕也不甚通。原因是：如果“恭人”有諷刺意味的話，賈家把“恭人”二字寫上，豈不是自暴家醜？那寧國府是在向世人公佈賈珍和秦氏亂倫！俞平伯的理解恐怕是先有中冓之羞的成見，然後纔懷疑到作者用“恭人”的意圖。這情況，看來就是以“（自己所認定的）作者意圖”來壓倒小說的內在邏輯。

另一位學者啟功（1912—2005）卻從“恭人”一詞推斷出另一種“作者意圖”。啟功認為作者一直都避忌露出清代的特點，官制方面尤其嚴格。啟功和俞平伯一樣，認為原本的“恭人”有特別的作用：

> 有人因為清代五品命婦稱“宜人”，六品命婦稱“恭人”，認為作者這裡是筆誤。於是高、程刻本一系的版本都直接改為“宜人”。要知作者用意正是要使品級和封號差開，纔露不出清代官制的痕跡。改為“宜人”，於清代官制雖對了，而於作者本意卻錯了。[127]

啟功的看法可備一說。不過有兩點值得我們注意：第一點，據明清慣例，四品官的妻子封為“恭人”，五品官的妻子封為“宜人”，六品為“安人”。[128]啟功“清代五品命婦稱‘宜人’，六品命婦稱‘恭人’”，未知其何所本（此說或本諸《元史》？參看《元史》卷八十四、志第三十四，中華版頁2114）。第二點，賈蓉是五品官，秦氏本來應封為“宜人”，但舊俗為了喪禮體面，可以在旗幡、靈牌上將死者的品級提高一級。[129]筆者可以提供一個情況相同的例子：明代小說《金瓶梅詞話》第六十三回的李瓶兒。此回寫西門慶小妾李瓶兒死，西門慶位居五品，卻要寫："詔封錦衣西門恭人李氏柩"，應伯爵再三不肯，但結果還是用了"恭人"二字（見第六十五回）。[130]《紅樓夢》作者或仿此例。

這個例子可以充分說明《紅樓夢》的異文和"推斷作者意圖"之間的密切關係。[131]帕克（Hershel Parker）在討論西方作品時曾指一段文字可能包含互相矛盾的意圖：Sometimes a passage in a text will embody two different and contradictory authorial intentions rather than one.[132]看來，秦可卿之死這一段，似乎也是一個相類似的例子：可能也混合了兩種意圖，即評者的意圖和作者的意圖。現代論者的"賣破綻"之說、"迴避清制"之說，是否屬於作者原意，我們大可存疑。

［2007年補記：］秦可卿案是研紅者津津樂道的話題，推測和索隱很多。[133]例如有人指舊稿中，可卿是賈珍之妻，可卿與賈敬通姦。[134]或謂，可卿與賈寶玉私通。[135]到了劉心武（1942— ），更指秦可卿影射廢太子之女，祭出了"秦學"的名堂。[136]就我們討論的異文問題而言，毛國瑤指戚序有正本上的"宜人"兩字字體瘦小，筆迹不同，是改寫過的。[137]俞平伯本人在1964年6月22日給毛國瑤的信函中說："近來卻另有一想法，認為作者在《紅樓夢》中實處均虛寫。如地名、官名、滿漢服裝等等，封誥也同樣。五品封在清制雖是'宜人'，〔作者〕卻參錯地寫作'恭人'，亦迴避現實，免遭時忌之一道歟？"[138]俞平伯這一想法，頗類啟功。俞平伯給毛國瑤寫信，其事在1964年，估計俞平伯的意見當時或稍後未曾公開發表。啟功序文寫於1979年秋，發表於1987年北師大出版社的本子。[139]俞平伯和啟功彼此間是否有"影響"的關係，筆者不便揣測。又，筆者對於這個問題的討論，曾寫成一文公開發表，見《紅樓夢學刊》總第86輯，2000

年第3辑（2000年8月）。

3.4 文本的殘缺與貫通

《紅樓夢》第廿二回的結尾，各本的分歧不小。據現存的庚辰本，第廿二回止於惜春海燈謎（“前身色相總無成”），上方有朱筆眉批“此後破失俟再補”。[140]可見這一回作者已寫成，在現存庚辰本過錄的時候其底本已破損殘缺。庚辰本另頁（頁509）有批語云：“暫記寶釵製謎云：朝罷誰攜兩袖煙……。此回未成而芹逝矣。嘆嘆。丁亥夏畸笏叟。”可見作者最終也未能將此回補全。現將各本的情況分類排列：

甲、庚辰本、列藏本【回末殘失】

1. 到惜春之謎止。庚辰本上有眉批：“此後破失，俟再補。”

   列藏本無眉批。

2. 庚辰本回末另頁有寶釵更香謎“朝罷誰攜兩袖煙”。

   謎前批“暫記寶釵製謎云：……”謎後批：“此回未成而芹逝矣。嘆嘆。丁亥夏畸笏叟。”列藏本無寶釵詩，亦無庚辰本之批。[141]

乙、蒙府本、戚序本、戚寧本、舒序本【黛玉寶玉無謎】

1. 亦有惜春之謎，謎後還有後文（賈政沉思）。
2. 更香謎“朝罷誰攜兩袖煙”屬寶釵。
3. 賈政看過更香謎後心裡悲戚。賈母遣去賈政。寶玉出來玩笑。

（濤按：此系的特點是黛玉、寶玉無謎）

丙、甲辰本

1. 探春謎以後並無惜春謎，接（黛玉）更香謎“朝罷誰攜兩袖煙”。
2. 更香謎後是寶玉鏡子謎。

3. 鏡子謎後是寶釵竹夫人謎“有眼無珠腹內空”。

4. 賈政覺得竹夫人謎語句不吉，佯作不知。[142]

丁、夢稿本、程高本

1. 眾人所作燈謎與甲辰本同。[143]

2. 賈政看罷（黛玉）更香謎大有悲戚之狀。

3. 賈母遣去賈政。

4. 寶玉出來玩笑。

（濤按：丙、丁的共同特點是都沒有惜春謎。）

第廿二回這幾種結尾形式引起了兩個爭論的課題：一、哪一種纔是作者的原稿。二、文本的貫通問題。我們先剖析第一個問題。鄭慶山（1936—2007）和朱淡文（1943 — ）都以蒙、戚、舒一系的內容是作者原稿。鄭、朱的分歧在於：鄭慶山以為現存蒙、戚、舒是佚稿復出；[144]朱淡文則認為蒙、戚、舒三本的祖本從庚辰本過錄的時間應在此回破失之前。[145]但是，過錄的時間無論是在破失前還是破失後，無非都是為了說明蒙、戚、舒稿子的來源是作者原稿。所以值得我們注意的反而是學者如何確認蒙、戚、舒為“作者原稿”。

鄭慶山的理由可以分為二點：（一）人物描寫方面：蒙、府、舒一系寫寶玉的動作、賈政的心理、賈母、熙鳳、寶釵的神情口吻，“無不相合”。（二）文筆方面：“簡練自然，並無斧鑿痕跡”。[146]朱淡文的理由則可以分為三層：（一）蒙、戚、舒的內容與回目相符合。（二）燈謎符合作者在他處的預示。（三）庚辰本所錄的寶釵燈謎亦在其內。所以“應係作者原稿文字”。[147]

鄭、朱的理由合起來有五點之多，但是，對於蒙、戚、舒一系沒有黛玉燈謎卻沒有多加注意。其實，狄葆賢早就注意到這個現象，他解釋說：“寶釵一謎今本（指程高本）改為黛作，不知作者本意，在寫賈氏失敗之兆，故作謎者為賈氏四姊妹及寶釵，以五人皆賈氏之人也。黛非賈氏人，是以無謎。”[148]這一說或可參考，但也有懷疑的人。例如，那宗訓在其《紅樓夢探索》中說："在當時，寶釵尚未有任何徵象，將成為賈府之人，其身份與黛玉無別。以黛玉之好爭勝要強，如果無謎，不大說得過去。"[149]再如，季陶達也抱怨："黛玉這樣一個頭等重要人物卻沒了燈謎！"[150]因此，蒙、戚、舒的文字是否作者原稿還值得審慎考慮。

那麼丙、丁種結束方式又是不是作者的原稿呢？版本學家一般都認為不是。甲辰本和夢稿本、程甲本有共同的特點：第一，都沒有惜春海燈謎。第二，庚辰本上批語寫明是"暫記寶釵製謎"（"朝罷誰攜兩袖煙"），在甲辰本、夢稿本、程高本中卻屬黛玉。第三，都有寶玉的鏡子謎和寶釵的竹夫人謎。甲辰本和夢稿本、程高本的分歧在於：甲辰本中很簡單寫了賈政佯作不知，眾人散去。夢稿本、程高本中，賈政看過寶釵謎之後，情節和戚本相同：賈政"大有悲戚之狀"，寶玉出來胡鬧。[151]所以夢稿、程高本的燈謎和甲辰本相同，結束的文字則和蒙、戚、舒相同。這兩種結束情節又各自有它們的內在矛盾。矛盾一：甲辰本第二十二回的回目寫明是"製燈謎賈政悲讖語"，而正文卻沒有"賈政悲讖語"的文字，這樣一來，回目正文不相應了。[152]矛盾二：夢稿本、程高本方面，寶玉明明有做燈謎，而下文鳳姐卻說："剛才我忘了，為什麼不當著老爺，攛掇著叫你作詩謎兒。"[153]

這樣看來，乙系和丙、丁二系都各自有本身的缺失或矛盾。學者要斷定其中一系為"作者原稿"都不能忽視這些問題。麥甘因在《現代版本學批判》及《文本的情況》（*The Textual Condition*）中都很強調文本流傳（textual transmission）過程中"文本社會化"（socialization of texts）的情況，他在《文本的情況》中說：

As the process of textual transmission expands, whether vertically (i. e., over time), or horizontally (in institutional space), the signifying processes of the work become increasingly collaborative and socialized.[154]

【譯文】 隨著文本流傳過程的擴大，無論縱向擴散還是橫向擴散，作品的衍意過程會有越來越多人參與其事，也越來越社會化。

我們當然不可以假設作者永無敗筆，但第廿二回各人的燈謎很明顯都有預示各人結局的作用（正如第五回的“金陵十二釵”判詞和警幻《紅樓夢》曲十二支），現存的本子或無黛玉燈謎，或無惜春燈謎，難免使人懷疑現存的本子都是本子流傳過程中後人續補而成。

接著討論的是文本貫通的問題。首先分析學者如何理解燈謎的部分，然後探討他們的詮釋觀念。

一、鏡子謎。大部分學者認為鏡子謎不符合賈寶玉的性格。因為謎面出自《孟子・萬章上》：“象憂亦憂，象喜亦喜”、“舜南面而立，堯帥諸侯北面而朝之”。[155]但是賈寶玉向來不喜歡四書，第七十三回就寫他《孟子》還大半夾生，“若憑空提一句，斷不能接背的”。[156]做燈謎事在二十二回，寶玉卻能巧摘下半部《孟子》中的詞句為謎，實在有點內在的矛盾。蔡義江則提出鏡子謎引用“經”語，而賈寶玉有“封建叛逆者形象所顯示的反儒傾向”，所以是補續者添入。[157]此外，這個謎語也見於馮夢龍《桂枝兒・詠鏡》，朱淡文認為“曹雪芹一般不會直接抄襲古人的作品”，所以這是出於後人之手。[158]蔡義江也有同感。[159]這都顯示了論者心目中的“雪芹形象”（濤按：關於“作者形象”的問題，請參本書第二章和最後一章）。

二、更香謎“朝罷誰攜兩袖煙”該屬寶釵還是屬黛玉？按甲類（庚辰、列藏本）和乙類（蒙、戚系統和舒序本）屬寶釵；按丙（甲辰本）丁類（夢稿、程高本）當屬黛玉。對於這一點，學者的意見有分歧。清代的評家姚燮看了程本系統的安排（謎屬黛玉），評道："第三聯第二語直顰兒自己寫出。"[160]可見他認為此謎很貼合黛玉的處境。另一評家洪秋蕃解得更細：

> 黛玉"更香"云："朝罷誰攜兩袖煙"，謂香玉聯盟是誰手訂，而上下其手，如變幻之煙雲。曰"朝罷"，則責在為官之人可知。"琴裏衾邊兩無緣"，謂賈政事無把握，遂使我與寶玉無琴瑟衾枕之緣。"曉籌不用雞人報"，謂明暗相易，不報主家。"五更無煩侍女添"，謂曖昧而行，並瞞侍女。"焦首朝朝還暮暮，煎心日日復年年。"上句謂寶釵朝夕焦勞，惟圖篡奪；下句黛玉自歎，謂長年抑鬱，恐失婚姻。"光陰荏苒須當惜，風雨陰晴任變遷。"謂人生何常，當惜者節義，一任人事變遷，總宜堅守不移，死而後已。[161]

可見，在程高系統本風行天下的時代，評家讀到此處，自然能為"黛玉更香謎"條分縷析，疏通上下脈絡文義。洪秋蕃更稱讚"燈謎均與各人情事相關合，作者真要嘔出心肝！"這話顯示他也覺得自己能體會作者的用心，能體會"作者的本意"。

《紅樓夢》庚辰本重獲重視後，[162]研究者注意到第廿二回回末破失，並有批語透露："暫記寶釵製謎云：'朝罷誰攜兩袖煙'……"[163]饒是如此，仍有一些論者認為此謎屬黛玉更妥當，如林語堂、于舟、牛武、劉耕路、王士超、梅節、夏荷、郭衛、克非、張福昌均認為此謎切合黛玉身份和情景。[164]梅節先生說："此謎與寶釵無一相合，而與黛玉無一不合。"[165]另一些學者（如周汝昌、鄭慶山、蔡義江、馮其庸）則認為更香謎應屬寶釵。[166]有一批研究者則認為黛玉應該沒有寫謎語纔合情理。[167]另一批研究者的意見則剛好相反：黛玉無謎，於理不合。[168]

諸家對這"更香謎"的解說，完全是根據"內在結構"推導而出，然而無論是按黛玉的情事來關合謎語，還是按照寶釵的處境來鬬合謎語，諸家無不各按他們所感受到的“有機性”來理解此謎的上文下理。就此例而言，作者的本意到底如何？作者原本要將此更香謎判歸何人？各家都能說一套“內在結構”出來。

三、寶釵竹夫人謎淺露陋俗，與寶釵端莊含蓄的形象不合，所以論者以為這也是後人補續。[169]

蔡義江以為鏡子謎的文字宣揚儒家道德，與賈寶玉反儒性格不合。但是，于舟、牛武認為賈寶玉沒有做仕途經濟的燈謎，“從一個側面反映了寶玉的叛逆性格”。[170]再如，蔡義江、朱淡文指出竹夫人謎與寶釵矜持的形象不合，不是原作者手筆。于舟、牛武卻說：“‘竹夫人’，是作者對薛寶釵的為人及其結局的形象性概括。”[171]論者觀點明明是互相矛盾，卻都能得出他們“合情合理”的意義。

歸納以上所述，我們知道學者判斷“作者原稿”的憑藉是文本內部是否貫通。具體而言是以人物形象是不是前後一致作判斷。不過，貫通論本身並無客觀的準則可言，學者從不同的角度出發同樣可以將同一段文字納入他們的詮釋體系中來加以解說。因此，我們可以說，“貫通”與否未必是文本的客觀特性（text's contribution），而是讀者的建構（reader's contribution）居多。[172]

[附記]：關於紅學中的貫通論、有機說等論題，筆者發表過：〈貫通論、有機說與《紅樓夢》的文本地位和詮釋問題〉，載於《紅樓夢學刊》總第104期，2005年第1期（2005年1月5日），頁242—258。

3.5 作者本意與文本的地位

第六十三回，據己卯本、庚辰本、戚序本、戚寧本四本，寶玉到櫳翠庵投了回帖後，緊接著是一大段芳官改妝易名、寶玉大發議論的文字。[173]以下據中國藝術研究院的校註本引錄：

> 因又見芳官梳了頭，挽起纂來，帶了些花翠，忙命她改妝，又命將周圍的短髮剃了去，露出碧青頭皮來，當中分大頂，又說："冬天作大貂鼠臥兔兒帶，腳上穿虎頭盤雲五彩小戰靴，或散著褲腿，只用淨襪厚底鑲鞋。"又說："芳官之名不好，竟改了男名纔別致。"因又改作"雄奴"。芳官十分稱心，又說："既如此，你出門也帶我出去。有人問，只說我和茗煙一樣的小廝就是了。"寶玉笑道："到底人看的出來。"芳官笑道："我說你是無才的。咱家現有幾家土番，你就說我是個小土番兒。況且人人說我打聯垂好看，你想這話可妙？"寶玉聽了，喜出意外，忙笑道："這卻很好。我亦常見官員人等，多有跟從外國獻俘之種，圖其不畏風霜，鞍馬便捷。既這等，再起個番名叫作'耶律雄奴'。'雄奴'二音，又與'匈奴'相通，都是犬戎名姓。況且這兩種人，自堯舜時便為中華之患，晉、唐諸朝，深受其害。幸得咱們有福，生在當今之世，大舜之正裔，聖虞之功德仁孝，赫赫格天，同天地日月億兆不朽，所以凡歷朝中跳梁猖獗之小醜，到了如今竟不用一干一戈，皆天使其拱手俯頭，緣遠來降。我們正該作踐他們，為君父生色。"芳官笑道："既這樣著，你該去操習弓馬，學些武藝，挺身出去，拿幾個反叛來，豈不進忠效力了。何必借我們，你鼓唇搖舌的自己開心作戲，卻說是稱功頌德呢！"寶玉笑道："所以你不明白。如今四海賓服，八方寧靜，千載百載，不用武備。咱們雖一戲一笑，也該稱頌，方不負坐享昇平了。"芳官聽了有理，二人自為妥帖甚宜。寶玉便叫她"耶律雄奴"。（筆者引錄時略改其標點，不避異體字）

據應必誠統計，這段文字共1100餘字。各本或有或無，引起不少爭論。我們先看一看這段文字在各本中的存缺情況：

1. 存缺情況不詳的：甲戌、舒序本（俱缺此回）
2. 存有這段文字的：己卯、庚辰、戚序、戚寧、蒙府本
3. 沒有這段文字的：列藏、夢稿、甲辰、程甲、程乙本[174]

俞平伯撰寫《紅樓夢辨》時，非常厭惡這段文字，他從兩方面來批評這段文字：一、從文學欣賞的角度來批評；二、從文本真偽角度來討論。我們仔細考究他第一個標準，就知道他著眼於（1）人物口吻、（2）文詞、（3）結構三方面，結果得出極負面的評價。這種"文學的"分析反映了俞平伯的鑑賞力，但內裡的信念卻是涉及他對作者寫作能力的信心。然而，"文學的分析"在俞平伯版本判斷標準中，地位及不上"作者意圖"（說詳下文）。

俞平伯發現有正本第五十二回真真國女子詩"漢南"作"滿南"，這條有正本"內證"使他懷疑有正本經人改竄。在俞平伯眼中，有正本這兩個地方似乎都在支持"民族主義"的說法（反滿說）。俞平伯既認定曹雪芹是本書作者，於是他從"作者意圖"的角度來進行論說。他說：

> 以作者底身世，環境，及所處的時代而論，絕不容易發生民族思想。即使是有的，在當時森嚴的文禁下，也決不會寫得如此顯露；以作者底心靈手敏，又決不會寫得如此拙劣。我以這三層揣想，寧認高本為較近真相的，戚本所作是經過後人改竄的。[175]

所謂三層"揣想"，就有兩條涉及作者意圖（一和二），第一層直接涉及，第二條間接涉及。他的第一層揣想和"作者意圖"有不可劃分的關係——以作者（曹雪芹）的身份看，不應寫出這段"民族主義"之文。言下之意即這段文字不是曹氏原文。第二層似乎是外在的因素，和作者無涉。其實不然。因為

這相當於：在文禁森嚴的環境下，作者會不會寫出這樣“顯露”的文字？——仍然離不開“作者意圖”。然後纔是第三層，作者的寫作能力：“作者心靈手敏，又決不會寫得如此拙劣。”也就是以文辭優劣為版本判斷的標準，在俞氏的論點中居於末位。

到了《紅樓夢研究》一書印行時（1953 年），俞平伯對這段芳官改“番名”文字的看法有很大的轉變。在《紅樓夢辨》中他對這段文字的總評語是“全是些夢話”。具體分析說：“全失寶玉底口吻”、“文字十分惡劣，令人作嘔”、“文章前後氣勢，也萬萬不能插入這一節古怪文字”。[176]這樣激烈的語氣，在《紅樓夢辨》中是少有的。到了《紅樓夢研究》，他的總評是“不倫不類”。語氣比以前溫和許多。具體分析也只是說“失卻寶玉平常說話底神氣”。[177]《紅樓夢辨》中立足於作者意圖來判斷的文字刪除淨盡。

在版本異文的判斷上，俞平伯有這麼大的轉變，其中的原因是值得追究的。在 1923 年《紅樓夢辨》出版的時候，俞平伯相信自傳說。自傳說最核心的兩個信念是：一、作者是旗人曹雪芹；二、書中的賈寶玉即曹雪芹。賈寶玉說出帶“〔漢〕民族主義”的話，相當於旗人作者曹雪芹說出。這怎樣可能？於是俞平伯從作者是旗人的角度出發，對“民族主義”的說法持否定態度。這種信念影響到他對版本異文的判斷，並不是什麼出人意表的事，特別是當時他只持有戚序有正本。拿有正本和刻本系統一對校，有正本這段文字只是特有之文，偏偏又有利於“民族主義”，在他眼中自是可疑。到了 1952 年時，俞平伯對“自傳說”已有懷疑，[178]這就削弱了他以作者為本位（author-centred）的研究信念。[179]影響所及，在版本論斷上自然沒有 1923 年（或稍前）那時的堅定立場。

俞平伯在《紅樓夢辨》中推測這段文字是程高本刊行之後竄入有正本。他有兩個理由：一、他懷疑這段文字不是有正本原文，決不是戚蓼生所及見的，因為戚蓼生在清朝為官，不是抱民族主義的人，也決不敢為有民族思想的書作序。二、俞平伯甚至懷疑是有正書局為響應民初的反滿情緒、招徠讀者而加入這段文字。[180]現在證明他兩個推論都成問題。因為這段文字確為戚張本原有（戚張本是有正本底本），[181]戚蓼生應該看過這段文字。其次，有正本是根據原抄本照相石印，只改動過個別文字，不是為招徠讀者而妄改。魏紹昌（1922—2000）《紅樓夢版本小考》中有〈談“有正本”的底本〉一文，可以參看。[182]

俞平伯早年認為這段文字不是作者原文，從現存抄本的存缺情況來看，仍然難以作出判斷。不過，抄本系統的兩大分支系統：四評整理本系統和蒙、戚系統（也就是鄭慶山《立松軒本石頭記考辨》中的“立松軒本”）[183]都有這段文字，說明戚序本的內容並非獨有，俞平伯的“偽作”之說不能輕易成為定說。

總之，我們注意到版本學研究依賴“作者意圖”來作判斷的情況。以俞平伯的例子看，憑著他構想中的“作者意圖”足可以否定文本文字的真實性。

後來的學者對這段文字的解釋可以分成兩派：一派認為是在譏諷滿清，另一派認為是在歌頌滿清（以下姑稱之為“諛滿說”）。認為是譏諷滿清的包括潘重規、吳恩裕、余英時、劉夢溪等；認為是歌頌滿清的包括胡適、胡念貽、趙岡（詳下文）。但是這樣歸納為二派並不能反映問題的複雜性，因為學者對文字存缺的解釋又牽涉到其他問題。

潘重規和胡適就爭論過這段文字的意義。他們的爭論是在著作權的層面上進行的。潘重規 1951 年發表〈民族血淚鑄成的紅樓夢〉一文，指出“耶律雄奴”一段文字是“站在漢人立場，大罵異族”。[184]這個解釋並不是獨立自足的，因為潘重規基於這個解釋來進一步論證著作權的問題。既然是“站在漢人立場，大罵異族”，則不可能出自一個旗人作者之手，“曹雪芹本身是旗人，而代漢人大罵異族”，[185]潘重規認為是不可能的，所以這段文字成了他反對“著者是曹雪芹”的根據之一。我們對此不得不表示存疑：問題是這段文字是不是有反滿的意思？胡適就認為：“這一大段明明是一個旗人作者頌揚滿清帝室的威德。”[186]他的理解恰恰與潘重規相反。周汝昌也指出：曹雪芹心目中的滿族有“光輝的大舜”。[187]此段喻指清廷對付厄魯特噶爾丹，“雪芹寫到‘賈府’中也都有‘小土番兒’，語語皆有歷史事實的背景，……”[188]

我們知道胡適主張《紅樓夢》的作者是旗人曹雪芹，潘重規則認為“此書的作者，必是明代的遺民”。[189]對於這段文字，兩人沒有深入分析，不過他們都能釋出對他們有利的意義，使這段文字成為他們的整體解釋的一部分。周汝昌同樣也是以芳官這段小故事為自傳說添一證據。

這段文字的意義，即使是承認曹雪芹著作權的學者，意見也有分歧。吳恩裕在 1954 年發表〈曹雪芹的《紅樓夢》與政治〉一文中也注意到這段文字，當時他也承認曹雪芹是作者，但是他並不像俞平伯那樣懷疑這段文字是偽稿，反而認為曹雪芹雖隸旗籍，但是，血統上本是漢人，所以他推測曹雪芹是以“大舜之正裔”來打掩護，實際上是在罵清人為異類。[190]吳恩裕的說法引起胡念貽的駁難。胡念貽似乎不承認“大舜之正裔”等話頭是掩護之詞，所以他說：“這一段根本看不出什麼民族思想，只是好玩地把‘當今之世朝廷的功德’大大誇揚了一番。”[191]何其芳（1912—1977）則說：“（曹雪芹）所歌頌的顯然是當時的清朝，是清朝對於國內少數民族的征服。孟軻說過舜是東夷之人，所以賈寶玉稱滿族是大舜之人，所以賈寶玉稱滿族是大舜之正裔。這些歌頌到底是真心話還是敷衍之詞，就很難判斷了。”[192]可見何其芳也主“諛滿說”，但他也懷疑作者在說“敷衍之詞”，不是真心歌頌。

事隔十多年，到了1974年，余英時發表〈關於《紅樓夢》的作者和思想問題〉又再度提及芳官改名耶律雄奴的故事，認為這是曹雪芹叛滿歸漢之證，曹雪芹有“漢族認同感”。[193]這又引出趙岡來爭論。趙岡認為“雪芹是在直接引用雍正《大義覺迷錄》的理論，來肯定滿洲人主宰中原的法統地位”。[194]除余英時之外，陳昭、劉夢溪、郝炘、元之凡、趙衛邦、柳存仁、仇曾升、劉上生都認為這段文字流露了作者的反滿思想，但他們的意見基本上不超出“漢族認同感”和“反話正說”的舊見，這裡不贅。[195]

這段話痛罵異族，各家都無異議。問題是：一、被罵的匈奴是不是影射滿清；二、說話的人（賈寶玉）站在什麼人的立場來痛罵匈奴。潘重規說是“站在漢人的立場”，但我們細讀原文，賈寶玉是自居“大舜之正裔”來“作踐”匈奴的。反滿說和“諛滿說”同樣是把這一段文字放在清朝的背景來理解，但“大舜之正裔”和《大義覺迷錄》有關係，這並不是牽強之辭。清世宗在《大義覺迷錄》中說：

> 且夷狄之名，本朝所不諱。《孟子》云：“舜，東夷之人也；文王，西夷之人也。”本其所生而言，猶今人之籍貫耳。[196]

又說：

> 漢、唐、宋、明之世，幅員未廣，西北諸處皆為勁敵，邊警時聞，烽煙不息。中原之民，悉索敝賦，疲於奔命，亦危且苦矣！今本朝幅員弘廣，中外臣服，是以日月照臨之下，凡有血氣，莫不額手稱慶，歌詠太平。[197]

寶玉則說：

> 這兩種人（濤按：指土番、匈奴），自堯舜時便為中華之患，晉、唐諸朝深受其害。……歷朝中跳梁猖撅〔獗〕

之小醜，到了如今竟不用一干一戈，皆天使其拱手俛頭，緣遠來降。……偺們雖一戲一笑，也該稱頌，方不負坐亨〔享〕昇平了。[198]

寶玉的語氣口吻與清世宗之言實有相似之處。所以，反滿說如果要克服“大舜之正裔”的難題，至少要像吳恩裕那樣以飾詞為說。衡量兩種說法，“大舜之正裔”仿《大義覺迷錄》的說法，是有跡可尋的（吳恩裕本身也承認作者用“大舜之正裔”是指清朝統治者）[199]；而飾詞之說卻是讀者主觀的推測，作者本身是不是用為飾詞，我們不得而知。理論上，趙岡的說法比較有說服力。[200]

實際上，《紅樓夢》歌頌“當今”朝廷的話，也不只六十三回這一段，例如第十六回鳳姐稱讚：“可見當今的隆恩。歷來聽書看戲，古時從未有的。”而賈璉又讚：“如今當今貼體萬人之心……”（藝研院新校本，頁215）。如果說，書中人物的話只能代表人物自己，那麼，我們可以舉其他片段為證：第五十五回敍述文字又說：當今以孝治天下……（藝研院新校本，頁769）第六十三回又說：原來天子極是仁孝過天的（藝研院新校本，頁903）。這些話，也都是對“當今”而發，不但沒有罵，反而捧到了天上去。

再者，清王朝征討邊疆少數民族時，被俘的土番，也確有被當作奴隸來使用的。筆者記得有研究者指出曹寅《楝亭詩鈔》中“南轅雜詩”二十首之十二：“林間繫馬集歸鴉，屋上炊煙指歇家。隨處風光期好語，奚兒爭拾白楊花。”[201]詩中的“奚兒”，很可能就是當年所獲之囚。

俞平伯早年受作者觀念影響，懷疑這段文字不是作者原作，是後來纔竄入有正本的。後來的學者似乎都不認為這段文字是偽作。檢視各抄本，夢稿本、甲辰本、列藏本都沒有芳官改名“耶律雄奴”的事，所以第六十三回再由耶律雄奴改為金星玻璃、温都里納等等情節也同樣沒有出現。[202]但第七十、七十三、七十七回仍保留芳官的改名：雄奴、金星玻璃、耶律雄奴。[203]憑這點我們可以肯定這些抄本原來也必有芳官改名、寶玉大發議論的段落，只是出於某些理由被删去，而後面出現的雄奴、金星玻璃等是未削淨的漏網之魚。[204]

有趣的是，反滿說和諛滿說雙方都能從他們的詮釋基點出發推測這段文字被删的理由。潘重規以為百二十回本删去這段文字，"大約因當時文網日密，雖'宋人言遼金元''明人言元'，涉及異族之誤〔語?〕，都在禁毀之列。這段文字自然非删去不可了"。[205]趙岡則說："雪芹完全模仿《大義覺迷錄》的口氣，來歌頌乾隆的'十全武功'。最後還加上一句'偺們雖一戲一笑也該稱頌。'實在過分肉麻。後人將這一段删掉，倒真是删對了。"[206]

換言之，在潘重規眼中，這段文字被删，是文字本身反滿的證據；在趙岡眼中，則是歌頌朝廷的證據。[207]

無論這段文字因何緣故被删，這個例子說明：一、詮釋者可以因應他們自己對作者身份、文本時代背景的種種假設來決定文字的意義。二、文本被删本身也反映了文本的地位受到了威脅，讀者的詮釋完全可以壓倒文本的權威。世人奉《紅樓夢》為經典，依筆者看，這經典的地位實在不穩!

删除原文似乎是一種很特殊、罕有的做法。其實不然，這裡舉一例為證：近人聶紺弩對芳官改名一段文字有以下意見："這種歌功頌德文字，曹雪芹在寫的時候有什麼特別用意，已不可知，但作為藝術品說，則正是賈寶玉所鄙視的腐儒祿蠹的口吻，用現代的話說，簡直是帝國主義法西斯口吻，與賈寶玉的性格和思想都不相容。難道又有恢復原狀的必要麼?"[208]我們曾在上一節指出馬、列論紅學家有各取所需的傾向，現在我們可以清楚看出另一種閱讀態度——"逆我則死"。《文心雕龍·知音》說：“會己則嗟諷，異我則沮棄”，[209]可以用來說明這種詮釋情景。

以上的分析牽涉到兩個問題：一、作者的寫作心理。二、後人刪削的用意。事實上，我們從夢稿、甲辰、列藏本“失刪”的情況看（即“雄奴”、“金星玻璃”等後文），各本的底本或祖本無疑都有這段文字。但是，確定了這一點不代表四閱整理本系統（己卯、庚辰本）和立松軒系統本（戚序、戚寧、蒙府本）的文字就是原稿。清人范鍇（1764—1845）曾用一舊抄本與程甲本對校。范鍇所見之抄本第六十三回文字也有芳官改名一節，但文字卻比四閱整理本系統和立松軒本系統的文字簡潔，只有五百多字。[210]最引人注意的是，在這個舊抄本中，根本提也沒提過“匈奴”，也沒有“一戲一笑也該稱頌（朝廷武功）”的話。據任少東和趙金銘的研究，己卯本、庚辰本、蒙府本、戚序本比這個抄本多出的文字應係後人所補，[211]但周策縱則認為是被刪簡。[212]這樣一來，“反滿說”和“諛滿說”的立論依據是否作者原稿已成疑問，憑這一段文字推測曹雪芹的“創作意圖”實有張冠李戴之虞。這一點正可印證坦西爾（Thomas Tanselle）的看法：論者基於訛誤的文本也能分析得頭頭是道，但在這種基礎上談論“作者意圖”是沒有什麼意義的。

不管怎樣，這一例子顯示出：文本的意義是不穩定的，讀者的主觀建構在閱讀活動中起了極重大的作用。[213]

［附記］：關於芳官改名易妝這段所引起的爭論，筆者早年曾發表一篇：〈從西方版本學看《紅樓夢》的詮釋問題〉，載於《明清小說研究》1999 年 3 期，頁 121—135。

3.6　文本的優劣真偽之辨與作者功能觀念

朱淡文在《紅樓夢論源》中說：“對《紅樓夢》進行文獻學研究，則其目的不是要概括它的美學價值，而是要探尋、追溯並力圖再現作者曹雪芹的生平和家世，《紅樓夢》的創作背景、情節素材和人物原型，作者的創作思想，《紅樓夢》的成書過程和版本源流等內容。這種研究方法要求研究者盡可能取客觀的立場和態度，重視文獻證據，以作出盡量接近於客觀實際的結論。”[214]這裏有兩個“客觀”：客觀態度和客觀實際。下文打算檢討一些研究上的實際情況，看看文獻學版本學研究中能不能做到“客觀”？在這個領域中，有哪些因素會影響“客觀態度”？學者們的結論和“客觀實際”的關係又是怎樣的？

在《紅樓夢》前八十回中，版本狀況最為複雜的是第六十七回。早在乾隆五十一年（1791），程偉元和高鶚就在“《紅樓夢》引言”中說：“是書沿傳既久，坊間繕本及諸家所藏秘稿，繁簡歧出，前後錯見。即如六十七回，此有彼無，題同文異，燕石莫辨。茲為擇其情理較協者，取為定本。”[215]這一回除存缺問題惹人猜測外，尚有“真/偽”，“繁/簡”之辨，而爭論的核心是“作者原稿”的問題。論家的看法很極端，由“決非曹雪芹的手筆”[216]到“繁簡二系都是曹雪芹手筆”都有支持者。

現在先將各本的存缺情況歸納如下（在某些本子上是第六十四、六十七回並缺）：

（1）存缺情況不明：甲戌本、舒序本、鄭藏本（三本都不超過四十回）。

（2）缺這兩回的：己卯本、庚辰本（底本已缺）。[217]

（3）存有這兩回的：夢稿本、蒙府本、戚正本、戚寧本、夢覺本、列藏本。

我們現在見到的甲戌本止於第二十八回；舒序本，止於第四十回；鄭藏本，僅存第二十三、二十四回。這三本原本必不止目前見到的回數，但後文已佚，無法判斷原本有沒有這兩回。己卯本、庚辰本第六十一至七十回這一冊中缺第六十四、第六十七回，而且分冊目錄上注明：“內缺六十四、六十七回。”[218]可知不是在流傳中散佚，而是過錄時底本已缺這兩回。[219]存有這兩回的本子有：戚正本、戚寧本、列藏本、夢稿本、甲辰本、程高本、蒙府本（蒙府本據程高本過錄），其中第六十四回各本大致相同，但各本第六十七回有重大分歧，文字顯然分為二系，一簡一繁。我們可以把這二系稱為繁系、簡系：

繁系（本）：戚序（有正）本[220]、戚寧本、列藏本[221]、甲辰本[222]；

簡系（本）：夢稿本[223]、程高本[224]、蒙府本。[225]

如果取戚序本和程甲本為二系代表統計，則前者有 10480 字，後者只有 7800 字。[226]繁系有些情節是簡系所無，例如寶玉與襲人討論寶釵應送多少禮物給黛玉纔對；襲人在園子裏遇見素雲送東西給三姑娘；襲人跟鳳姐閑談做小兜肚的事；鳳姐知情後和平兒非議賈珍夫婦。

我們可以從兩方面來檢討這一回的版本問題：一、優劣與真偽之辨；二、繁簡二系的關係及作者問題；三、近年校注本對第六十七回的取捨。

3.6.1 優劣與真偽問題

首先檢討優劣與真偽問題。徐傳經（1831—?）評《新評繡像紅樓夢全傳》，第六十七回回目有行間墨批：“按舊鈔本作‘置外舍賈璉匿新寵，泄機關熙鳳定陰謀’，目存書缺，坊本此回蓋後人所補。”[227]批語明確指出此回為“後人所補”。後來，第六十七回各本或有或無的狀況，引生了真偽問題的辯論：論者或認為繁本近真，或認為簡本近真。認為“繁本是偽，簡本是真”的：周煦良提出戚序本第六十七回是偽作；[228]宋浩慶、朱淡文認為程甲本（簡本）第六十七回是曹雪芹的原稿。[229]這幾家都以簡系為真，繁系為假。認為“繁本是（近）真”的，有韓紹泉、鄭慶山、蔡義江。以下，我們檢討一下他們的論述，來瞭解他們判斷的標準和前設。

首先是對繁系的攻擊。周煦良提出四個理由來支持“繁系是僞作”之說：一、戚序本中只有六十七回沒有回前總批；二、第六十七回敍事非常鬆弛；三、主要人物性格不對頭（包括寶釵、襲人、寶玉、鳳姐）；四、文字上的漏洞和拙劣。他最後總結說：“根據以上列舉的抄本線索，人物性格的描寫、情節上的漏洞以及文字的拙劣，可以肯定戚本六十七回決不是曹雪芹的原稿，而是後人僞作的。”[230]總之，周煦良心目中的“劣筆”都不是出自曹雪芹之手。另一個評論者宋浩慶也在同樣的信念下進行辨別的工作。他也舉出戚本中的“僞作”部分，包括（1）黛玉和紫鵑特點；（2）鶯兒的形象；（3）鳳姐的性格。宋浩慶反問道：“這些，哪裡可能是出自曹雪芹的手筆呢?”[231]總之，周煦良和宋浩慶都對戚序本的文字有懷疑，宋浩慶甚至指出戚序本中異於簡系的文字是後人篡改的異文。[232]

極可注意的是，另一位評論家韓紹泉同樣是討論繁系的本子（列藏本），卻認為繁系異於簡系的文字纔是“實在重要的”，各人的言行也切合心情（黛玉）、特點（寶玉）、性格（鳳姐），所以斷為“雪芹真筆”。[233]舉一個實例看：

> 寶釵說：“……妹妹別怪我說，越怕越有鬼。”寶玉聽說，忙問道：“寶姐姐，鬼在那裡呢？我怎麼看不見一個鬼。”惹得眾人哄聲大笑。[234]

周煦良評論這段文字說：“這些談吐不但庸俗，而且一點不詼諧；寶玉真是這樣談吐，那就和賈環一樣可厭了。”[235]換言之，周煦良認為這段文字不符合寶玉的身份。然而韓紹泉卻說：“它（上引文字）突出地表現了賈寶玉的‘呆氣’，‘有時似傻如狂’。”[236]周煦良用來支持繁系是僞作的證據，韓紹泉恰恰視為是真本的證據。兩種見解可謂針鋒相對。

再看宋浩慶如何論證程甲本（簡系）第六十七回的文字是真本。宋浩慶的邏輯是："劣筆"必不出自曹雪芹之手，相反，如果在"思想性和藝術性"達到很高的境界，則必定是曹雪芹的手筆，脂硯齋、畸笏叟、高鶚之輩是冒充不來的。周煦良列舉種種壞處來支持戚序本為偽作之說，宋浩慶則列舉種種好處，力主簡系為雪芹原稿。例如在寶釵的評論方面、在敘事方面，雙方各執一辭：周煦良指出第六十七回中的寶釵性格不對頭，包括（1）對尤三姐自殺、湘蓮出家態度冷淡；（2）通篇談吐庸俗；（3）反應過敏等。[237]但是，宋浩慶卻可以舉例子"證明"簡系中寶釵的作為和其他各回相協調，第六十七回中寶釵送土儀的作為"完全符合寶釵的性格發展邏輯"。[238]其次，周煦良認為第六十七回敘事"鬆弛"，宋浩慶則認為"敘事含蓄"……因此，宋浩慶得到的結論和周煦良截然相反："我們看到這兩回（程本的六十四、六十七回）無論從思想內容上說，還是從藝術風格上說，都以視為曹雪芹的原著比較合情理。"[239]朱淡文也稱贊簡本："楊藏本（甲辰本）和程甲本的第六十七回情節與前後文融會貫通，描寫人物生動準確且符合人物性格和思想發展邏輯，語言風格亦與前八十回其他各回相同，應係曹雪芹之原稿復出。"[240]

從以上事實可以看出，一段文字是優是劣，首先取決於評論者的評論角度，幾無客觀標準可言。評論者能看出好處的片段，往往被斷為作者原稿；評論者心目中的劣筆，則劃為偽作。總括而言，在"原作者無敗筆"觀念的影響下，評論者心目中的優劣之論和真偽之辨等同了起來。西方版本學家 Jerome J. McGann（麥甘因）編的《版本學與文學詮釋》（*Textual Criticism and Literary Interpretation*）一書有一篇〈版本學的邏輯和天才之道〉（Lee Patterson，"The Logic of Textual Criticism and the

Way of Genius"），題中的天才之道就是指論者往往視原作者為天才。[241]周煦良和宋浩慶無疑都在"原作者（曹雪芹）是天才"的觀念下從事辨偽的工作。

筆者認為，原作者可以是天才，但天才也會犯錯誤。因此，以作者的才能為判斷標準，有一定的道理，但並不是絕對可靠的。如果說，簡系是原作，那麼，簡系也有幾個細節寫得未夠妥帖：

（1）襲人往鳳姐處探病，鳳姐屋裡的豐兒端茶進來，襲人欠身道："妹妹坐著罷。"[242]按：豐兒只不過是鳳姐屋裏的一個小丫頭，地位很低，襲人卻叫她坐著。簡本的寫定者似乎不很瞭解賈府的上下尊卑的規矩：在賈府中，連很有地位的老乳母也不能在主子面前坐下的，如第十六回鳳姐讓賈璉的乳母趙嬷嬷上炕坐，趙嬷嬷執意不肯；設下一杌子，趙嬷嬷還不敢坐，結果只坐了小腳踏。[243]簡本寫襲人請豐兒坐著，不甚妥當。

（2）鳳姐審問興兒之時，賈璉是否在京，第六十七回和第六十八回有矛盾。簡本的編者處於夾縫之中，左支右絀。按照第六十七回所寫，審問興兒時，賈璉已往平安州；按照第六十八回所寫，審問興兒時，賈璉未往平安州。以下是詳細情況。

賈璉往平安州一事，前文已寫得很清楚，如第六十七回薛蟠設宴，宴上有人問起賈璉，薛蟠已交待："璉二爺又往平安州去了，頭兩天就起了身的。"第六十七回襲人訪鳳姐之前，也再次交待賈璉"出門"："［襲人］忽想起鳳姐身上不好，這幾天也沒有過去看看，況聞賈璉出門，正好大家說說話兒。"可見，第六十七回的編寫者也知道賈璉"出門"了。

第六十七回簡本結尾處，鳳姐對興兒道："你從今日不許過去！我什麼時候叫你，你什麼時候到。遲一步兒，你試試！出去罷！"興兒忙答應幾個"是"，退出門來。鳳姐又叫道："興兒！"興兒趕忙答應回來。鳳姐道："快出去告訴你二爺去，是不是啊?”興兒回道:“奴才不敢。”鳳姐道:“你出去提一個字兒,提防你的皮。”濤按:這樣寫,好像賈璉沒有離家遠行,興兒“出去”就可以告訴賈璉東窗事發。簡系為何添上這一節?

原來,第六十八回開頭有以下這段:“鳳姐心下早已算定,只待賈璉前腳走了,回來便傳各色匠役,收拾東廂房三間,照依自己正室一樣裝飾陳設。[準備瞞著賈璉接尤二姐入府]。”如按這第六十八回所寫,第六十七回審興兒之時,賈璉還在京,未往平安州,鳳姐要等賈璉離開纔對付尤二姐。因此,第六十七回尾末的“快出去告訴你二爺去,是不是啊?”看來是呼應第六十八回開頭部分(賈璉動身往平安州之前不知道事情已洩露)。[244]

(3)關於時序。簡系寫道:“襲人剛來到沁芳橋畔,那裏正是夏末秋初,池中蓮藕新殘相間,紅綠離披。”[245]按:從上下文推算,第六十七回的時序,至少已是中秋,而不是“秋初”,因為第六十六回已寫到“八月內湘蓮方進了京”(按柳湘蓮自己的話,是“月中”),入京後還發生了尤三姐自刎、入殮埋葬等事,又過了一段時間,然後纔接襲人此段。如按賈璉再往平安州的時間推算,第六十七回恐怕已接近十月,因前一回(第六十六回)寫平安州節度要賈璉“十月前後務要還來一次”。[246]無論如何,所謂“秋”,按農曆為七、八、九月,此回肯定是八月以後的事,還能算是“秋初”?

以上情節、時序先後照應的問題,都令人生疑,顯示出簡本寫定者對上下文情節的照應工夫不夠。我們不妨問一個問題,那個繁系既與簡系大有雷同之處,會不會也跟原作者有關?

3.6.2 繁簡二系的關係和作者問題

第六十七回所引發的另一個論題是繁簡二系的關係和作者問題。周煦良主要討論戚序本,他認為戚序本這回是偽作(程高本也不是原稿）。宋浩慶則認為程甲本這回是雪芹原稿。但是他們也注意到戚序本和程高本的關係。事實上，繁簡二系不可能是一偽一真，因為本回的結構、場景、人物都很相似。“見土儀顰卿思故里”的部分更是連文字都相近。從種種相同之處看，這兩系很可能有關係：或是由繁系刪節而成簡系，或是由簡系擴充成繁系，或者兩者有共同的淵源。巧合雷同到現存兩系的那種程度，可能性是很低很低的。

對於第六十七回是由繁約簡還是由簡化繁，學者的意見可分為兩種。一種主張是由簡化繁，包括宋浩慶、馮其庸、徐仁存、徐有為等等。[247]這一派的看法都認為簡系比繁系優勝，繁系（以戚序本為代表）和簡系的歧異之處是偽作。但是，由簡化繁的作用何在呢？（認為繁系拙劣大有人在啊！[248]）宋浩慶、馮其庸都沒有提出改寫的理由，徐仁存、徐有為則認為是“基於個人習慣和癖好”。[249]

這派的意見有兩點值得檢討。一、過分肯定文字的傳承過程是由簡化繁，忽略了（或者是否定）由繁本刪節為簡本的可能性。二、在推論二系關係時也受到“原作者天才論”的影響，所以把文本優者定為真本（曹雪芹原稿），劣者為偽作（後人妄改）。

另一派學者也承認簡系的文字較為優勝，但他們卻沒有把優劣之別等同於真偽之辨，而是主張“後出轉精”或各有優劣。這一派的學者包括周煦良、徐高阮、趙岡、王三慶、蔣維錟、胡文彬、鄭慶山。[250]趙岡就質疑過由簡化繁的看法：“如果此人（改訂者）手中已有了這樣精彩的原稿，為什麼還要寫一套拙劣的稿子去代替它？”[251]事實上，我們完全有可能從另一個方向設想：即“繁→簡”（箭頭代表“變為”。下同）。胡文彬在《列藏本石頭記管窺》就提出繁系可能是初稿本，簡系是改稿本。也就是認為兩系都是出於曹雪芹之手。[252]

“繁→簡”的推測雖然較合乎情理，但是，還有一個問題沒有解決，那就是繁系的來源。胡文彬認為繁系第六十七回不是偽作。他的論據來自列藏本：“現在列藏本的發現，說明戚序本的內容並非獨有，其過錄是有根據的。”[253]韓紹泉也有同樣的看法。[254]不過，如果單單以內容非獨有為證據，並不夠說服力。因為這只能說明同屬繁系的戚序本和列藏本有共同的來源（祖本或底本），兩本相同只能說明其血緣關係，不足以說明戚、列一系必定是作者的稿本。如果這種推理過程可以接受，我們也可以說程高本的內容並非獨有（夢稿本也有），以程高本為代表的簡系纔是真本。[255]

“繁本接近原作，由繁刪簡”的看法，近年來得到更多紅學家的支持，如鄭慶山認為：“從總體上看，列［藏］本優於程本……列［藏］本是原文，而程本是改稿。”[256]蔡義江同樣認為“程本是在脂本基礎上刪改而成的”。[257]“繁文本接近原作”。[258]大致上，這些說法仍有“佳者即屬原作”的影子。

事實上，繁本同樣有很不通的地方，例如，戚序本一開頭：“話說尤三姐自戕之後，尤老娘以及尤二姐、賈珍、尤氏並賈蓉、賈璉等聞之，俱各不勝悲痛傷感，自不必說。”[259]這裏的不妥當，絕不是見仁見智的事：第六十六回尤三姐自殺時，尤老娘、尤二姐、賈璉都在現場親歷其事，繁本卻說成是“聞之”！[260]

繁本同樣有時序的問題。襲人在園子遇見老祝媽，因談起果子先熟後熟，那老祝婆子說：“如今方入七月的門，果子都是纔紅上來。……”[261]按，第六十六回柳湘蓮入京已是“八月內”，又經三姐自刎、湘蓮出家等事，如今到了第六十七回，反而是“方入七月的門”？

總結以上的分析，我們得到以下結論：一、不能排除由繁約簡的可能性。二、基於兩系有許多雷同之處，不大可能一真一偽，而可能兩系都出自作者之手（即胡文彬所說的初稿本和改稿本)，或者兩系都不是作者的原稿。由於繁簡兩系對上下文都不甚熟悉（引致不連貫)，筆者認為：這兩系都難以視為定稿。有可能是改寫未定，也有可能是他人試補。[262]

由於蔡義江、鄭慶山認為繁本較佳，近於原作，所以他們的彙校本都以繁本為底本。[263]這是近年的新傾向。

3.6.3 近年校注本對第六十七回的取捨

因為第六十七回的情況很特殊，校注此回時以何本為底本也成為一個考慮點。學術界以前認為簡本為佳，所以一向用簡本為底本。最典型的例子是俞平伯的《紅樓夢八十回校本》。此書“以戚本為底本”，但其實這部《紅樓夢八十回校本》的第六十七回，還是捨棄了戚本原有的第六十七回，而採用簡系的文字。俞平伯在一個注釋中說出他的看法：“第六十七回庚辰本缺；有正本甲辰本大致相同，出於一稿卻很壞；程甲、乙本另是一稿；己卯本亦缺，抄配用程乙本。比較各本還是程甲本好些，我們就採用了它。”[264]紅樓夢研究所校注的《紅樓夢》，認為以抄本較佳，選用庚辰本為底本，因底本無第六十七回，也採用簡系的版本為底本，而不採用戚序本、甲辰本、列藏本等抄本。

近年來，情況有所改變。蔡義江的校注本《紅樓夢》(1994年）首次採取了繁本的文字。[265]蔡義江認為繁本中審問興兒一段有優勝之處：興兒盤算過後和盤托出，鳳姐靜聽，不曾打斷；簡本卻讓鳳姐不斷喝罵冷笑。[266]“兩種版本，兩個鳳姐：一則機關算盡，用心莫測；一則是恃勢逞威，性情浮躁。”蔡義江的總評是：原著注重塑造個性和合乎情理，改筆追求敘事緊湊和情節熱鬧。[267]此外，鄭慶山的《脂本彙校石頭記》也採用繁本，他用列藏本為底本。[268]採用繁系，放棄簡系，在紅學史上，這是一大逆轉。

從各家的論述看來，在《紅樓夢》版本、文獻學研究中，作者觀念實際上是具有分類功能（classificatory function），[269]研究者可以藉作者之名來區分文本的性質。在論證過程中，諸如“這些，哪裡可能是出自曹雪芹的手筆呢”之類的判斷語，並不罕見。這類話語，像是“結論不證自明”，但也可以理解為“用修辭手段”（反問）作為論據，甚至是作為結論。

從以上真偽之辨，我們可以看出學術界的一般傾向是：佳者判為真（原作），劣者判為偽（贗品）。至於繁簡之間的關係，或主張“簡→繁”，或主張“繁→簡”，論者大多抱著這樣邏輯：佳品當屬原作，改得更好亦應歸功於作者；改得更壞，多半屬於後人妄改。

因此，所謂“真偽之辨”、“繁簡關係”基本上就是“優劣之辨”，而“優劣之辨”又取決於學者的好惡和作者形象，主觀的判斷是難以避免的。《紅樓夢》文本研究要達到上文所說的“客觀”，殊不容易。認清這一點，可幫助我們瞭解《紅樓夢》版本學中的詮釋活動。

4 “獨特的結構學”與無形的文本

新紅學建立以來，《紅樓夢》研究中重視原作、輕視偽稿的傾向越來越明顯。上文講過，胡適提出“高鶚續書說”以後，學者面對的問題是：後四十回是否符合曹雪芹原來的構思？新紅學（主要是俞平伯和周汝昌）提出的答案基本上是否定的。既然後四十回不符合曹雪芹原來的構思，那麼，紅學發展的內在理路（inner logic）[270]自然將學者推向另一個問題：曹雪芹原著八十回以後的本來面目是怎樣的？

新紅學家在他們的著作中都有論及“八十回後的《紅樓夢》”。胡適〈考證《紅樓夢》的新材料〉有“從脂本裡推論曹雪芹未完之書”一節，討論了史湘雲、襲人、琪官、小紅、惜春的結局及“誤竊玉”事。[271]俞平伯的《紅樓夢辨》中有〈八十回後的紅樓夢〉和〈後三十回的《紅樓》〉兩篇文章，推測賈氏、寶玉、十二釵等人的結局。[272]周汝昌《紅樓夢新證》（棠棣版）有“從脂批認識曹雪芹”一節，也是專門討論所謂“真本後三十回”的。[273]他們的工作，基本上已經為後來的學者奠定研究方向，也就是程高一百二十回本《紅樓夢》是“真偽糅雜”的。西方也有相同的情況，例如 Hershel Parker（帕克）曾經提出：… nonmeanings，partially authority meanings，and inadvertent，intentionless meanings coexist in standard literary texts with genuine authority meanings.（大意為：無意思的元素、包含一部分作者意思的元素、疏漏而非有意為之的元素，都與真正的作者意思並存於標準的文學文本之中。）[274]

新紅學家追尋“真本後三十回”的工作到了 1954 年“批俞運動”就被打斷了。到了八十年代，探索“後部內容”的工作重新開始，而且開始打出“結構學”和“探佚學”的名號。

“結構學”和“探佚學”的名號雖新，實際上多多少少是上承俞平伯、余英時等人的“貫通論”和“內在結構”（或稱有“有機結構”）。

關於“結構學”。“結構學”一詞出自周汝昌。[275]周汝昌在其〈曹雪芹獨特的結構學〉一文提出曹雪芹運用了“大對稱法”來寫書：一部《紅樓夢》，本分兩扇，折縫落在第五十四與五十五回之間。[276]

〈曹雪芹獨特的結構學〉一文是 1986 年哈爾濱國際紅樓夢研究會的論文。其實我們在周汝昌較早的論著中已經可以找到“分水嶺”說的種子。周汝昌在其《紅樓夢新證（增訂本）》（1976 年出版）曾提出《紅樓夢》全書當以第五十四回為分水嶺，全書共計一百一十回。[277]後來他在〈《紅樓夢》原本是多少回?〉（1978 年）中修訂前說，改稱全書是一百零八回，以五十四回、五十五回之間為“分水嶺”，前後各半，正好是“盛”、“衰”兩大部分。[278]

然而，這一看法恐怕不是周汝昌的創見，因為戚序本第五十五回總評已提出：“此回接上文，恰似黃鐘大呂，後轉出羽調商聲，別有清涼滋味。”[279]但批者只是記下他（或她）的印象，沒有多作解釋。到了1954年，俞平伯發表〈《紅樓夢》下半部的開始〉，也認為全書的分界應在第五十四、五十五回之間，即到五十五回已入下半部。俞平伯此文的任務卻不在於申說“後部內容”，而是要羅列證據證明“五十五回起屬後半部”（他只在討論時略略說第五十三四回暗示賈氏家破人散、寶玉淪為乞丐）。俞平伯也完全沒有前後兩扇、結構對稱的意思。[280]

周汝昌創新的地方在於：他將“大對稱”的觀念應用到結構分析上去。周汝昌在哈爾濱國際《紅樓夢》研討會上發表的論文只不過是“從理論上作了解說”。[281]到了1989年，他的《紅樓夢與中華文化》纔將此義大加發揮，提出“分論”，即將“大對稱”的觀念應用到實際分析上去。具體的創獲包括：提出“數字聯繫”、“時序大對稱”和“四起四結”。所謂“數字聯繫”指曹雪芹上承《水滸》（寫了一百零八名好漢），要寫一百零八名金釵，同時整部《紅樓夢》應為一百零八回，而不是程高本的一百廿回。“時序大對稱”則指《紅樓夢》的“三春”和“三秋”，其中最重要的第三個元宵和兩次正寫的中秋節場面都已落在八十回以後。“四起四結”則指自傳、家亡、人散、“詩格局”的起頭和結束。

“大對稱”觀念對《紅樓夢》研究有什麼重要性呢？周汝昌說：“大對稱是雪芹原書中的章法規律，理解了它，又可以反過來推考八十回以後的情節輪廓、甚至大事件的發生的和重要人物結次局的關係和安排。”[282]（濤按：引文末句中“次”字當為衍文。)

這實際上是新紅學以來探索“八十回後的《紅樓夢》”的延續，只不過以前重建後文的依據大都出自脂批，而周汝昌轉向文本的“結構”索求依據。換言之，這也是一種“內在結構”。

周汝昌筆下的《紅樓》“結構”，似乎變動不居，例如在《紅樓十二層》中他說：“從結構學上講，第七十二回是‘八九’之數，後半部書全由這裡開展，……”[283]看來，後半部由何處開始，可隨強調點的不同而轉移。這觸發我們思考：所謂結構，是不是具有客觀性（objectivity）？周汝昌推崇備至引為同道的漢學家浦安迪（Andrew Plaks，1945 —　），同樣好談《紅樓夢》的“結構”。按照浦安迪的意思，“第四十九、五十回之際為全書的中點”。[284]結構如果是客觀的文本屬性，為何紅學家的認知會是如此的莫衷一是？

周汝昌的結構論能否成立？學者對此反應不一，例如，張錦池基本上表示讚同，[285]王國華的《太極紅樓夢》恐怕也受過周汝昌的影響，但是，邱奇卻提出質疑。[286]無論如何，他的說法實有為“探佚學”張目的作用，也有理論上的重要性。周汝昌自己也察覺到這一點。他說：“如果承認了這（大對稱）是雪芹的結構學的基本規律，那就可以作出多層推斷，那將成為探佚學的最重要的理論根據之一。”[287]

關於“探佚學”。“探佚學”也是周汝昌提出來的。[288]探佚學雖然沒有周汝昌的“結構學”那樣有整齊的經緯脈絡，但基本假設卻很相近，即視“結構”為文本的屬性（identity）。例如，蔡義江說：“《紅樓夢》是用全書有機統一的整體結構來寫的小說。作者在落筆寫一件事、一個人時，總是胸有全局、目光貫始終的。”[289]梁歸智也說：“佚稿研究最根本的依據是前八十回的

《紅樓夢》。八十回後故事發展的必然趨勢，……藝術整體構思的必然趨勢，前八十回都已經充分地顯示了出來。”[289]所謂“有機統一的整體結構”、“藝術整體構思”和余英時“有機性”、“內在結構”、“全局在胸”、“整體的構想、通盤的佈局”之論是十分接近的。所以我們說探佚學是俞平伯、余英時“內緣研究”的延續。到目前為止，探佚的專著有梁歸智《石頭記探佚》(1983年初版)、《被迷失的世界——紅樓夢佚話》(1987年)和幾種綜合改訂本，[290]蔡義江《論紅樓夢佚稿》(1989)[291]和《石頭記探佚》新版(1992年)。[292]較新的探佚專書有丁維忠《紅樓探佚：曹雪芹原續後30回是怎樣的》(北京：京華出版社，2006)、梁歸智《紅樓探佚紅》(北京：作家出版社，2007)。

探佚的工作和版本學有不可分割的關係。[293]程高百廿回本為了配合八十回以後的故事，往往刪改前八十回的文字，以求達到百廿回的一貫性(consistency)。在探佚學者的眼中，這種做法往往去除了文本中特有的伏筆，例如，梁歸智指出第七十回有探春放鳳凰風箏的一段文字，是探春將來遠嫁海外的伏筆，卻被程高本刪去。[294]蔡義江也認為：“我們不能把現在流行的一百二十回本的前後作為一個統一體來看待。”[295]

探佚的邏輯結果是：第一，嚴格區分曹雪芹的《紅樓夢》和程高本的《紅樓夢》，提出“兩種版本系統，兩種《紅樓夢》”的說法。這樣一來，更加促使學者重視抄本系統的文字。第二，探佚研究雖然立足於抄本系統前八十回文字（伏筆、預言、讖語以及“脂批”等等[296]），而目標卻是八十回以後的情節（“曹雪芹原來的構思”）。

“探佚學”影響日漸壯大，曹雪芹八十回以後的“真本”儼然是一種無形的文本，直接威脅到程高本後四十回的地位。[297]（下一章討論脂批時，我們還會再綜合討論“探佚”的問題。）

5 結語：對文本特徵、結構、探佚等問題的思考

回顧近代的《紅樓夢》版本研究，我們可以看出《紅樓夢》的文本地位是不穩定的。

在抄本時代，抄者可以改動《紅樓夢》的文字，造成各版本前八十回文字的分歧。後來（胡適新紅學以來），嚷著說某些片段可刪的聲音也並未滅絕（例如論者要刪去芳官改名易妝那節、要刪去林四娘故事）。[299]檢討過這些言論和詮釋個案，我們可以想像到"文本的不穩定性"（textual instability）是怎樣造成的。

程刻本印行以後，文本似乎固定下來，但後四十回是否"偽作"、在結構上能否與前八十回合成一個整體又引起了新的爭論（胡適新紅學）。要把後四十回切割出來拋棄的聲音，同樣是存在的（例如周汝昌）。

考察過各類文本研究，我們可以斷定：從"內在結構"、"有機性"來理解作品，本身是正當的，因為這免除了挾"外證"來框套於作品的危險，但本書和各種抽樣調查都顯示文本的"內在結構"和"有機性"往往不是完全客觀的"文本特徵"，因為"內在結構"、"有機性"還須靠評家去"發現"和董理。[300]一旦承認這點，那麼，藉"內在結構"所推導出來的"作者本意"，也就不是完全客觀自存的了。評論者的意見必然已滲透其中。評家讀者的權威，有時候會壓倒文本的權威；評家讀者的意圖，也可能假借"作者的意圖"而呈現在世人面前。[301]

至於倚賴前八十回文本暗示或預示（包括脂批）來操作的"探佚學"，能不能稱為一門嚴謹的"學科"？對此，世人尚有懷疑。不論探佚多麼"科學化"、"有根據"，我們都必須承認

探佚涉及想像、推測和臆斷。把探佚發揮到極致的話，前八十回就遍佈所謂“伏筆”、“影射”，這樣一來，在具體操作上也就令人聯想到索隱派的“文本中處處都是隱語暗號”。[302]

探佚學紅學家確實認為《紅樓夢》內文“伏線”、“奇筆”特多，“妙甚奇甚”。[303]種種“奇筆”，天下間只有寥寥幾個專家纔能較正確地領略（探佚家認為是這樣），例如，有人讀到“玉在匱中求善價，釵於奩內待時飛”時，作了“探佚”工作：寶釵後來嫁了賈雨村（濤按：賈雨村，表字時飛）。周汝昌稱此解為“天下之奇，無奇不有，但未有奇過於此者也”。最後他力斥這一“探佚”工作為“胡亂拉扯、嘩眾取寵、自作聰明”。[304]這一批評似乎意味著周汝昌注意到的“雪芹奇筆”是有效的，別人讀到的“雪芹奇筆”就是不一定能成立的（濤按：馮其庸認為寶釵嫁雨村此解符合薛寶釵的性格[305]）。依我們看，周汝昌的批評肯定會得到一些人的認同，但此例同時暴露了探佚工作的主觀性：你說某處是奇筆伏線，我說不是奇筆伏線。如果探佚學是一門嚴格的“學問”，那麼，這種困境應該如何解決？抑或，根本就不需要解決呢？

我們當然不能以“主觀”、“不科學”的評語就一筆抹殺探佚者的工作，因“伏線”、“奇文”還是取自《紅樓夢》文本，但是，就連探佚的專家本身也感受到探佚可以探到漫無邊際的地步，例如探佚的專家蔡義江也稱某些“探佚的結果，無奇不有”、“驚耳駭目”。[306]梁歸智對劉心武的探佚，同樣也有“一系列質疑”，[307]而劉心武卻聲稱：“對八十回後的探佚當然是我最重視的課題。”[308]周汝昌自己坦承：“前邊的‘伏線’，不見後文全然不曉。”[309]既然如此，由第八十一回開始的後文已失，為何探佚家卻又能“曉”得前邊伏線呢？既然如此，被探佚家所認定為“伏線”的，果真為伏線嗎？果真寓有“曹雪芹的匠意”嗎（抑或只是探佚者自行認定的匠意？例如“釵於奩內待時飛”是不是伏線)?"探佚"和"自作聰明"(周汝昌語)之間有沒有較為客觀的判斷標準?[310]周汝昌本人論《紅樓夢》時曾"大感惶惑,一部大書,何處是實,何處是虛,以何標準來分疏呢?"[311]這話我們改動幾個關鍵詞就可以成為探佚學的要害:"一部大書,何處是伏筆,何處不是伏筆,以何標準來分疏呢?"

文藝研究本來就是主客觀融合的活動,不能完全避免主觀成分,更遑論"科學"。[312]探佚巨擘梁歸智強調:從事探佚和研《紅》,必須具有"藝術感悟力和深邃的思考力"。在其他人的心目中,這是放諸四海而皆準的道理,然而,如果過分強調這一點,探佚就偏向於上文所說的"reader's contribution",[313]亦接近於傳統詮釋學中的"心理詮釋"(psychological interpretation)。[314]

如果探佚者人人都自許具有"藝術感悟力和深邃的思考力",自視為曹雪芹的"知己",將異議者貶為沒有"藝術感悟力和深邃的思考力",這又如何?這種局面,探佚學作為一門學問、一門"科學研究",要不要面對呢?[315]這個難題不處理好,雖無妨於探佚的繼續進行,但是,探佚所得的"原著整體精神面貌",恐怕也不易取信於人。這也許是"探佚"要上昇為"探佚學"必須面對的根本問題。換言之,這個"學"的基礎是什麼?是否說到底還是探佚者的"感悟"居多?

探佚的結果難以得到完全的認同,是有原因的:探佚文章中"可能"、"也許"、"大概"、"似"、"似乎"、"或者"等詞使用的頻率甚高,因此,他們的說法、探佚的結果,讀者恐難完全相信。這些詞語在探佚家筆下出現,本身就說明他們自己也不想說得太"實"。既然這樣,為什麼《紅樓夢》的探佚仍然對一般讀者有強大的吸引力?[316]

筆者認同,文學作品的吸引力之一在於在文本結構中留有空白(blank)或未定點(places of indeterminacy)。[317]這些未定點允許讀者發揮想像力來填充。文本一旦激發起讀者的想像力,文本的吸引力自然增加。可能正如西方讀者反應批評家 Wolfgang Iser（伊瑟）所說的那樣：我們只能想見文本中沒有的東西；文本寫出的部分給我們知識，但只有沒有寫出的部分纔給我們想像事物的機會；的確，沒有未定成份，沒有文本的空白，我們就不可能發揮想像力。Wolfgang Iser（伊瑟）在〈閱讀過程：現象學方法〉（“The Reading Process：A Phenomenological Approach”）這篇文章中說：The author of the text may，of course，exert plenty of influence on the reader's imagination-he has the whole panoply of narrative techniques at his disposal-but no author worth his salt will ever attempt to set the whole picture before his reader's eyes. If he does，he will very quickly lose his reader，for it is only by activating the reader's imagination that the author can hope to involve him and so realize the intentions of the text.（【意譯】讀者閱讀時到底如何想像，這可能很受作者的影響，因為作者擁有各種敘事技巧，便於調控。但真正高明的作者並不會在讀者眼前展現故事的全貌。如果作者這樣做，他很快會失去讀者，因為只有通過激活讀者的想像力，作者纔能指望讀者投入故事之中，從而實現他的寫作意圖。）[318]讀者（例如探佚學家）相信現存的《紅樓夢》不是 the whole picture（全貌），這就成了文本為他們留下的想像空間，他們可以去追尋那“從缺的局部”。

在筆者眼中，《紅樓夢》八十回以後，就是一個巨大的空白或未定點。探佚家的探索結果，也往往令讀者感到曹氏《紅樓夢》結構、結局的不凡之處。[319]法國文論家羅蘭·巴爾特（Roland Barthes）曾將文本分為兩類，其中一類就是“可寫的文本”，這類文本讓讀者積極參與文學本身的“活動”和“生產”，可以給讀者一種共同著作的歡樂。[320]我們也可以說《紅樓夢》的文本內部就有這種特徵。

另一方面，我們幾乎可以斷定，探佚學者在各方面的說法要取得大眾的首肯，是相當困難的，因為讀者和“可寫的文本”（*le lisible*）之間的互動是各自殊異的。不過，這正是《紅樓夢》和“探佚”的魅力和生命力之源。

綜上所論，《紅樓夢》的文本和文本結構未必主宰詮釋的結果，相反，有時倒是詮釋者主宰了文本的文字、意義和“結構”。表面上論者追索的是“作者原本”、“作者原意”，實際上往往是以論者一己的詮釋和價值判斷來代替“原本、原貌、原意”。

注释：

① 學術界一般以1921年胡適發表紅學文章為“新紅學”之始。顧頡剛在《紅樓夢辨》的序言中稱王夢阮、蔡元培等學說為“舊紅學”。

② 參閱〈文學意義的穩定性〉一文，即Felix Martinez Bonati，“The Stability of Literary Meaning”. In Mario J Valdes & Owen Miller（eds.）*Identity of the Literary Text*（Toronto：University of Toronto Press，1985），p. 231—245。

③ 以下列出筆者所能看到的有關言論：一、裕瑞在《棗窗閒筆》中說：“細審後四十回，斷非與前一色筆墨者，其為補著無疑。”參一粟（周紹良、朱南銑）編：《古典文學研究資料彙編·紅樓夢卷》（北京：中華書局，1965年7月），頁112。二、許葉芬在《紅樓夢辨》中說：“《紅樓夢》一書，為故大學士明珠故事，曹雪芹原本只八十回，以下則高蘭墅先生所補也。”語見《古典文學研究資料彙編·紅樓夢卷》，頁227。三、陳鏞在《樗散軒叢談》中說：“《紅樓夢》一百二十回，第原書僅止八十回，余所目擊。後四十回乃刊刻時好事者補續，遠遜本來，一無足觀。”語見《古典文學研究資料彙編·紅樓夢卷》，頁350。另張問陶《贈高蘭墅鶚同年》一詩有注云：“傳奇《紅樓夢》八十回以後俱蘭墅所補。”見《古典文學研究資料彙編·紅樓夢卷》，頁20。但學者對於“補”字的解釋不一。有的學者認為“補”字不是“補作”，而是“補訂”之意。當然，《古典文學研究資料彙編·紅樓夢卷》所列是不完全的，但懷疑人數之少可略見一斑。像裕瑞那樣讀原文而察覺到“斷非與前一色筆墨”

的人更是少之又少。

④ 從現存材料看，刻印的評點本早見於嘉慶十六年（1811）的東觀閣本。

⑤ 據馮其庸纂校訂定：《八家評批紅樓夢》（北京：文化藝術出版社，1991 年 9 月），頁 3。

⑥ 曹雪芹、高鶚著，護花主人、大某山民、太平閒人評：《紅樓夢（三家評本）》（上海：上海古籍出版社，1988 年 2 月），頁 5。

⑦《紅樓夢（三家評本）》，頁 12。

⑧《古典文學研究資料彙編·紅樓夢卷》，頁 397—398。

⑨ 1927 年 9 月 3 日至 17 日北平《世界日報》刊出哀梨〈紅學之點滴〉，作者坦承："我們若不是知道這書是兩個人做的，決不會疑心是兩種筆墨，……"語見呂啟祥、林東海主編：《紅樓夢研究稀見資料匯編》（北京：人民文學出版社，2001），頁 185。

⑩ 胡適：《胡適紅樓夢研究論述全編》（上海：上海古籍出版社，1999 年 3 月重印），頁 115。

⑪《胡適紅樓夢研究論述全編》，頁 116。

⑫《胡適紅樓夢研究論述全編》，頁 116。

⑬ *Scholarly Editing in the Computer Age*（Athens：University of Georgia Press，1986），p. 15.

⑭ 例如，陳慶浩：〈胡適之'紅學'批判〉第五節，此文刊於《紅樓夢研究專刊》第八輯（1970 年 9 月），頁 5—52。

⑮ 見俞平伯：《紅樓夢辨》（上海：亞東圖書館，1923）"辨原本回目只有八十"一篇。《紅樓夢辨》收入《俞平伯論紅樓夢》（上海、香港：上海古籍出版社、三聯書店香港有限公司〔聯合出版〕，1988 年 3 月），引文見頁 92。後來也有人認為後四十回非高鶚所續。

⑯ 也有人認為程本後四十回是曹雪芹所寫，例如林語堂。

⑰《俞平伯論紅樓夢》，頁 6。

⑱《俞平伯論紅樓夢》，頁 6。

⑲ 此處並無責備之意，因為這原是詮釋活動中常見的現象。另可參看《批評的循環》，即 David Couzens Hoy，*The Critical Circle*：*Literature*，*History*，*and Philosophical Hermeneutics*（Berkeley：University of California Press，1978）.

⑳《八家評批紅樓夢》，頁 2019。

㉑《俞平伯論紅樓夢》，頁 126。

㉒《八家評批紅樓夢》，頁 3009。

㉓ 陳其泰評，劉操南輯：《桐花鳳閣評紅樓夢輯錄》（天津：天津人民出版社，1981 年 10 月），頁 373。

㉔《八家評批紅樓夢》，頁 2557。

㉕《桐花鳳閣評紅樓夢輯錄》，頁 313。

㉖《俞平伯論紅樓夢》，頁 4。

㉗《俞平伯論紅樓夢》，頁 4。

㉘《俞平伯論紅樓夢》，頁 18。

㉙《俞平伯論紅樓夢》，頁 15。

㉚《俞平伯論紅樓夢》，頁 34。

㉛《俞平伯論紅樓夢》，頁 38。

㉜《俞平伯論紅樓夢》，頁 228。

㉝《俞平伯論紅樓夢》，頁 228。

㉞《俞平伯論紅樓夢》，頁 222。

㉟“雪芹原意”是俞平伯的用語。參《俞平伯論紅樓夢》，頁 26。

㊱〈《紅樓夢的兩個世界》自序〉，見余英時：《紅樓夢的兩個世界》（臺北：聯經出版事業公司，1978 年），頁 6。

㊲《紅樓夢的兩個世界》，頁 15—16。

㊳ 稱自傳說為“考證派”並不甚妥，因為索隱派也做大量的考證工作。參洪濤：〈論紅學派別的分歧、名稱與實際〉，《香港聯合報》1994 年 10 月 30 日，第 15 版。（參看本書第一章。）另一方面，余英時提出來“材料危機”，是很有見地的。到了新千年，我們就看到一些“新論”明明於史無徵，只好找些《紅樓夢》文字出來，搬弄拆字諧韻，希望普羅大眾會去相信那些所謂謎底。連原本的考證大師也再無史料，只好走上“自製謎語自己猜”的路。

㊴ 參看《文學理論》（René Wellek & A. Warren, *Theory of Literature*. 3rd (revised) edition. London: Jonathan Cape, 1966），頁 70—135。

㊵ 從這些地方，我們或可略窺余英時的學術淵源（限於紅學這一支）。另外，陳林的做法，可以和余英時的做法相比較。陳林也“挖掘作者的意圖”，陳林

說："從論述方法上來看，拙文貫穿始終的方法有二：一是'新批評'（New Criticism）的'文本細讀'（close reading），剝筍式地探討情節邏輯，挖掘作者的意圖，進而考察作品的整體意義；……"參看陳林《破譯紅樓時間密碼》（南京：江蘇美術出版社，2006），頁 259。可見，陳林既推崇"新批評"，也重視"作者意圖"。

㊶〈近代紅學的發展與紅學革命〉，見《紅樓夢的兩個世界》，頁 15。

㊷〈眼前無路想回頭〉，見《紅樓夢的兩個世界》，頁 75。

㊸《版本學與學術校訂》（*Textual Criticism and Scholarly Editing*. Charlottesville and London：The University of Virginia，1990），p. 37。

㊹《紅樓夢的兩個世界》，頁 78。

㊺《紅樓夢的兩個世界》，頁 46。

㊻《紅樓夢的兩個世界》，頁 47。

㊼ 陳維昭：《紅學與二十世紀學術思想》（北京：人民文學出版社，2000）對余英時之說（"乾淨土"）有所質疑。參看第 255 頁。

㊽《紅樓夢中虛構的面具》，即 Lucien Miller，*Masks of Fiction in Dream of the Red Chamber*：*Myth*，*Mimesis*，*and Persona*（Tuscon [sic]：Published for the Association for Asian Studies by the University of Arizona Press，1975），p. 15.

㊾《紅樓夢的兩個世界》，頁 17。

㊿ 周汝昌：《紅樓夢新證》（上海：棠棣出版社，1953 年 2 版），頁 584。

51《紅樓夢的兩個世界》，頁 29。

52《紅樓夢的兩個世界》，頁 50。

53《紅樓夢的兩個世界》，頁 25。

54《紅樓夢八十回校本》（香港：中華書局香港分局，1987 年 12 月）。俞平伯在序文中說："我原來整理的只是曹雪芹八十回的《紅樓夢》，續書本不在範圍之內。"見該書第一冊，頁 11。

55《殘本與語象》（*Flawed Texts and Verbal Icons*），p. 226。

56《俞平伯論紅樓夢》，頁 891—892。

57 鄭慶山：《紅樓夢的版本及其校勘》（北京：北京圖書館出版社，2002），頁 325。

58 參看《版本學與學術校訂》（*Textual Criticism and Scholarly Editing*. Charlottes-

ville and London: The University Press of Virginia, 1990), p. 31—32。

59 沈治鈞:《紅樓夢成書研究》(北京:中國書店, 2004)。蔡義江:《紅樓夢是怎樣寫成的》(北京:北京圖書館出版社, 2004)。船越達志:《紅楼夢成立の研究》(東京:汲古書院, 2005)。郭浩:《紅樓夢成書過程新說》(香港:博士苑出版社, 2006)。

60 張愛玲:《紅樓夢魘》(臺北:皇冠出版社, 1977)。劉世德:《紅樓夢版本探微》(上海:華東師範大學出版社, 2003)。

61 例如,張新之在評點時指出:第十三回秦可卿死後,賈府中人的反應一本作"都有些疑心",另一本作"都有些傷心"。下文會詳細討論。

62 文學古籍刊行社重印《戚蓼生序本石頭記》(北京:文學古籍刊行社, 1988 年 8 月)保存了狄葆賢的眉批,可以參看。

63《版本學與學術校訂》(*Textual Criticism and Scholarly Editing.* London and Charlottesville: The University Press of Virginia, 1990), p. 30。

64〈《紅樓夢八十回校本》序言〉,見俞平伯、王惜時校:《紅樓夢八十回校本》(北京:人民文學出版社, 1963 年 6 月),頁 12。

65 見《紅樓夢學刊》1982 年 3 輯,頁 201。

66 菲利普·科恩編:《魔鬼與天使——文本校訂與文學理論》(Philip Cohen ed., *Devils and Angels-Textual Editing and Literary Theory.* Charlottesville and London: The University Press of Virginia, 1991), p. 25。

67《紅樓夢八十回校本》,頁 12。

68〈掃葉摭零〉,《紅樓夢學刊》1982 年 3 輯,頁 210。

69 蔡義江:〈努力接近曹雪芹原著的面貌——《紅樓夢》浙江版前言〉,《紅樓夢學刊》1994 年 1 輯(1994 年 2 月),頁 207—316。

70 劉世德:《紅樓夢版本探微》(上海:華東師範大學出版社, 2003)多處談到"曹雪芹的創作意圖",例如頁 14,頁 100;多處談到"初稿和改稿"問題,例如頁 143,頁 175;多處判斷何者為"曹雪芹的原文(原稿)",例如頁 242,頁 260,頁 269。

71 曹雪芹著;高鶚續;鄭慶山校:《脂本彙校石頭記》(北京:作家出版社, 2003)。鄭慶山說:"去偽存真,不輕改原文,是我遵循的基本原則。"語見鄭慶山:《紅樓夢的版本及其校勘》(北京:北京圖書館出版社, 2002),頁 595。

⑫ 周汝昌:《石頭記會真》(鄭州:海燕出版社, 2004), 第10冊, 頁177。

⑬ 楊傳鏞:《紅樓夢版本辨源》(北京:北京圖書館出版社, 2007), 頁4。林冠夫:《紅樓夢版本論》(北京:文化藝術出版社, 2007), 頁22。

⑭ 二十世紀末, 歐陽健等人提出"程前脂後"之說, 認為脂本比程本後出。《棗窗閒筆》出現"脂硯齋", 歐陽健指其書在民國以後偽造。此說引起學術界大爭論。到了2005年, 胡文彬發現嘉慶抄本不僅出現"脂硯", 還出現了"情不情"(脂本上的文字)。這對歐陽健的說法不利。參看2005年5月出版的《紅樓夢學刊》2005年第3輯中胡文彬〈一部鮮為人知的清代抄本《紅樓夢》——試魁手抄《紅樓夢詩詞選》的特別報告〉一文(頁21—38)。在這篇文章中, 胡文彬報告他在中國藝術研究院圖書館發現了一部清代抄本《紅樓夢詩詞選》。該抄本的抄錄者是"千山試魁", 抄本內的題記揭示抄錄年代在嘉慶三年之前。胡文彬反駁歐陽健等人:"早期抄本《紅樓夢》存在的事實並非由近人發現的十餘種抄本纔為學人所重視。除了舒元煒、戚蓼生、夢覺主人的序文之外, 清人詩文筆記中的無數記載, 同樣是可信的證據。這其中包括永忠、明義、周春、張汝執等人寫下的文字。這些人生存年代有前有後, 所居地域有南有北, 而社會地位更是相去懸殊, 為什麼他們的記載如此的一致? 難道他們都有未卜先知的本事並且聯起手愚弄二十世紀的胡適和他的'弟子'們? 這種認識恐怕有違一般的常識常理, 以至於讓頭腦正常的人有點'匪夷所思'!"(頁33)

⑮ 陳慶浩:《新編石頭記脂硯齋評語輯校(增訂本)》(北京:中國友誼出版社, 1987年8月), 頁90。

⑯ 據《新編石頭記脂硯齋評語輯校(增訂本)》, 頁70—76。

⑰ 傑羅姆·麥甘因:《現代版本學批判》(Jerome J. McGann, *A Critique of Modern Textual Criticism.* Chicago & London: 1983), p. 15。

⑱《論庚辰本》(上海:上海文藝出版社, 1978年4月)。另參其《石頭記脂本研究》(北京:人民文學出版社, 1998年), 頁4。又, 李少清在〈從《石頭記》到《紅樓夢》〉一文中則提出現存甲戌本"極可能是庚辰年後雪芹生前的最後定本", 語見《紅樓夢學刊》1982年1輯, 頁248。鄭慶山:《紅樓夢的版本及其校勘(續篇)》(北京:北京圖書館出版社, 2006)頁21也指甲戌本"是最接近曹雪芹原著的古本《石頭記》"。

⑲《論石頭記庚辰本》(上海：上海古籍出版社，1983年)，頁62。

⑳ 歐陽健等人認為脂本晚出（晚於程本）。但此說大可存疑。

㉑ 劉廣定：《化外談紅》(臺北：大安出版社，2006)，頁167。

㉒ 劉世德：《紅樓夢版本探微》(上海：華東師範大學出版社，2003)，頁238。

㉓ 霍國玲、紫軍：《紅樓解夢——紅樓史詩》（北京：東方出版社，2006)，頁215。

㉔ 宋淇：《紅樓夢識要——宋淇紅學論集》（北京：中國書店，2000)，頁283。林冠夫認為戚序本和蒙府本"都經過了大規模的改動，比起一般的脂本來，失真的情況更為嚴重一點。所以，從校勘的角度來說，戚序本甚至是王府本〔蒙府本〕，都不算是一種最理想、最有價值本子"。語見林冠夫：《紅樓夢縱橫談》(北京：文化藝術出版社，2004)，頁69。

㉕《脂硯齋重評石頭記彙校》(北京：文化藝術出版社，［第一冊］1987年12月；［第二冊］1988年2月；［第三冊］1988年8月；［第四冊］1988年11月；［第五冊］1989年4月)。以下簡稱《彙校》。

㉖ 曹雪芹：《卞藏脂本紅樓夢》(北京：北京圖書館出版社，2006)，頁19。

㉗《脂硯齋甲戌抄閱再評石頭記》（上海：上海古籍出版社，1985年9月)，頁5下。

㉘《脂硯齋甲戌抄閱再評石頭記》，頁10上。

㉙《脂硯齋甲戌抄閱再評石頭記》，頁11下—12上。

㉚《脂硯齋甲戌抄閱再評石頭記》(甲戌本)，頁10上—下。又《脂硯齋重評石頭記彙校》(北京：文化藝術出版社，1987)，第一冊，頁24。

㉛《程甲本紅樓夢》(北京：書目文獻出版社，1992)，頁4。

㉜《脂硯齋甲戌抄閱再評石頭記》，頁4下、11上下。

㉝《脂硯齋甲戌抄閱再評石頭記》，頁82下。

㉞《脂硯齋重評石頭記（庚辰本)》，頁381—382。

㉟《脂硯齋重評石頭記（庚辰本)》，頁383。

㊱ 參馬力：〈從敘述手法看"石頭"在《紅樓夢》中的作用〉，載梅節、馬力：《紅學耦耕集》(香港：三聯書店〔香港〕有限公司，1988年)，頁65—80。

㊲《程甲本紅樓夢》(北京：書目文獻出版社，1992)，頁4。

㊳ 參蔡義江：〈"石頭"的職能與甄、賈寶玉〉，見其《紅樓夢佚稿》(杭州：浙

江古籍出版社，1989 年 3 月），頁 203。

⑲《紅樓夢新解》（新加坡：青年書局，1959），頁 6—7。

⑳《彙校》，頁 790。

⑩①《紅樓夢新解》，頁 15。

⑩② 劉世德：《紅樓夢版本探微》（上海：華東師範大學出版社，2003）對第十六回結尾的形式有專門的研究，可以參看。他主要關注成書的過程。

⑩③ James Mclaverty，“Issues of Identity and Utterance：An Intentionalist Response to ‘Textual Instability’”. IN Philip Cohen（ed.）*Devils and Angels-Textual Editing and Literary Theory*（Charlottesville and London：University Press of Virginia，1991），p. 136。

⑩④ 參梁歸智：〈兩種版本系統，兩種《紅樓夢》〉，見其《被迷失的世界——紅樓夢佚話》（太原：北岳文藝出版社，1987 年 11 月），頁 3—10。

⑩⑤《詮釋成規》（Steven Mailloux，*Interpretive Conventions.* Ithaca and London：Cornell University Press，1982），p. 114。

⑩⑥ 以上論及石頭神話與神瑛侍者的部分，筆者曾發表一文，即洪濤：〈從西方版本學看《紅樓夢》的詮釋問題〉，載於《明清小說研究》1999 年 3 期，頁 121—135。

⑩⑦《彙校》，頁 610。

⑩⑧《彙校》，頁 610。至於程乙本，參看曹雪芹著；陳其泰批校：《程乙本紅樓夢桐花鳳閣批校本》（北京：北京圖書館出版社，2001），頁 410。另外，可以參看 1974 年 6 月人民文學出版社的《紅樓夢》，此書以程乙本為底本，學界簡稱為“舊行本”。“納悶”、“傷心”見舊行本，頁 146。

⑩⑨ 馮其庸、陳其欣（纂）：《八家評批紅樓夢》（北京：文化藝術出版社，1991），頁 284。

⑪⓪ 俞平伯：《俞平伯論紅樓夢》（上海、香港：上海古籍出版社、三聯書店［香港］有限公司，1988 年 3 月），頁 41—42。

⑪①《俞平伯論紅樓夢》，頁 592。注意，俞平伯認為是後人妄改。

⑪②《俞平伯論紅樓夢》，頁 60。

⑪③《俞平伯論紅樓夢》，頁 51。“作者之意”的作者指曹雪芹。

⑪④《俞平伯論紅樓夢》，頁 51。

⑮《俞平伯論紅樓夢》，頁51。“明白處”到底是有意留下還是疏忽，卻是不甚“明白”。

⑯《脂硯齋甲戌抄閱再評石頭記》（上海：上海古籍出版社，1985年9月），頁137下。我們認為脂批很有參考價值，但也有論者認為批者是騙子。

⑰此文收入O. M. 布拉克、沃納·巴恩斯（編）：《文獻學與版本學》（James Thorpe，“Aesthetics of Textual Criticism”. In O. M. Brack，Jr. & Warner Barnes ed. *Bibliography and Textual Criticism English and American Literature*，1970 *to the Present*. Chicago and London：The University of Chicago Press，1969），p. 123。

⑱趙衛邦：〈紅樓夢五種脂本考異撮要〉，《紅樓夢研究集刊》第13輯（1986年），頁256—257。趙衛邦指出：“庚辰本多的文字，並非作者原有，而是後來增加的。”

⑲《殘本與語象》（Hershel Parker，*Flawed Texts and Verbal Icons*. Evanston：Northwestern UP，1984），頁228—229。

⑳理查德·E·帕爾默：《詮釋學：施萊爾馬赫、狄爾泰、海德格、加達默爾的詮釋理論》（R. E. Palmer，*Hermeneutics*：*Interpretation Theory in Schleiermacher*，*Dilthey*，*Heiddeger and Gadamer*. Evanston：Northwestern University Press，1969），p. 51。

㉑《彙校》，頁628。《脂硯齋重評石頭記》（庚辰本），頁278。“冢”庚辰本原抄作“冢”。

㉒《彙校》，頁629。《脂硯齋重評石頭記》（庚辰本），頁279。“冢”庚辰本原抄作“冢”。

㉓《彙校》，頁699。《脂硯齋重評石頭記》（庚辰本），頁298。

㉔《彙校》，頁699。曹雪芹著；陳其泰批校：《程乙本紅樓夢桐花鳳閣批校本》（北京：北京圖書館出版社，2001），頁418。另外，參看舊行本頁150、162。

㉕《俞平伯論紅樓夢》，頁698。

㉖《俞平伯論紅樓夢》，頁698。

㉗啟功：〈紅樓夢·序〉。見曹雪芹著，張俊（1935— ）等注：《紅樓夢（校注本）》（北京：北京師範大學出版社，1987年11月），頁5。然而，該書的注文卻指一些禮儀如打帘子、打千兒（頁61，162）為清代禮節。張愛玲、余英時、宋德胤、郭若愚、金啟孮等人也從書中看到滿俗的痕跡。另參《啟功叢

稿》(北京:中華書局,1981),頁204。

⑫⑧ 據中國歷史大辭典·清史卷(上)編纂委員會編《中國歷史大辭典·清史卷(上)》(上海:上海辭書出版社,1992年11月),頁317,"命婦"條。《明史》卷七十二、〈志〉第四十八:"命婦之號九。公曰某國夫人。侯曰某侯夫人。伯曰某伯夫人。一品曰夫人,後稱一品夫人。二品曰夫人。三品曰淑人。四品曰恭人。五品曰宜人。六品曰安人。七品曰孺人。"引文見於《明史》(北京:中華書局,1974年),頁1736。《清史稿》卷一百十、〈志〉八十五:"文、武正、從一品妻封一品夫人。滿、漢公妻為公妻一品夫人。侯妻為侯妻一品夫人。伯妻為伯妻一品夫人。正、從二品夫人。正、從三品淑人。正、從四品恭人。正、從五品宜人。正、從六品安人。正、從七品孺人。正、從八品孺人。正、從九品孺人。"引文見於《清史稿》(北京:中華書局,1977年),頁3077。

⑫⑨ 參徐珂:《清稗類鈔》(北京:中華書局,1984年10月),《爵秩類》"官員之妻有封典"條,見頁1379。

⑬⓪ 梅節(校訂):《金瓶梅詞話》(香港:夢梅館,1993),頁828,850。崇禎本同。

⑬① 關於"作者意圖",西方學者討論頗多,參閱 David Newton-de Molina ed. *On Literary Intention*(Edinburgh:Edinburgh University Press,1976)。另一本專題論文集是 G. Iseminger ed. *Intention and Interpretation*(Philadephia:Temple University Press,1992)。這兩本論文集中,頗有人(例如,E. D. Hirsch Jr,1928—)再三強調"作者原意是詮釋目標"。雷蒙德·威廉斯在《馬克思主義與文學》一書中指出人們常常將作者(author)和權威(authority)聯繫起來,這種聯繫產生了重要影響。參 Raymond Williams(1921—1988),*Marxism and Literature*(Oxford:Oxford University Press,1977),p. 192。

⑬② 參看〈失去的權威〉一文,即 Hershel Parker, "Lost Authority:Non-sense,Skewed Meanings,and Intentionless Meanings". IN *Against Theory:Literary Studies and the New Pragmatism.* Edited by by W. J. T. Mitchell(Chicago and London:the University of Chicago,1983),p. 76.

⑬③ 關於秦可卿故事的討論,尚有:高陽(1926—1992)指秦可卿案影射蘇州李家,女主角是李鼎之妻。參看其《紅樓一家言》(北京:三聯書店,2001),

頁98。（按：原臺灣版1992年出版。）皮述民：《蘇州李家與紅樓夢》（臺北：新文豐出版公司，1996）也將"天香樓事"視為蘇州李家的醜事，主角可能是李鼎。"刪去天香樓事"意味著"曹家人放李家人一馬"。參看《蘇州李家與紅樓夢》頁22。林冠夫認為"有意留下矛盾"的可能性最小。參看林冠夫：《紅樓夢縱橫談》（北京：文化藝術出版社，2004），頁308。端木蕻良認為刪去"更衣"、"遺簪"之文，纔符合曹雪芹對"靈"與"肉"的哲學思想。見端木蕻良：《說不完的紅樓夢》（上海：上海書店，1993），頁14。

⑭ 郭浩：《紅樓夢成書過程新說》（香港：博士苑出版社，2006），頁53。

⑮ 方瑞（1929— ）：《紅樓實夢：秦可卿之死釋秘》（北京：中國廣播電視出版社，2005），頁54。此書作者方瑞將秦可卿的品級"四品"抑或"五品"讀作"似品""無品"，然後又自省："我是太開玩笑了吧？"見頁27。此等處令人有點啼笑皆非。

⑯ 關於劉心武的秦學，有一部專書提出商榷，就是鄭鐵生：《劉心武"紅學"之疑》（北京：新華出版社，2006）。本書末章亦有討論。又，郭豫適：《擬曹雪芹"答客問"：論紅學索隱派的研究方法》（上海：華東師範大學出版社，2006）頁286評劉心武的說法"查無實據、出諸想像和猜測的說法，屬於編創小說而不屬於科學考證"。

⑰ 毛國瑤：〈談南京圖書館藏戚序抄本紅樓夢〉，見南京師範學院中文系資料室編：《紅樓夢版本論叢》（南京：南京師範學院中文系資料室，1976年5月），頁164。

⑱〈俞平伯致毛國瑤信函輯錄〉，函件原發表於《紅樓》1998年第4期，頁6。鄭慶山也注意到這一封信。參看鄭慶山：《紅樓夢的版本及其校勘（續篇）》（北京：北京圖書館出版社，2006），頁75。

⑲ 後來這序文收入啟功：《啟功給你講紅樓》（北京：中華書局，2006）。

⑳《脂硯齋重評石頭記（庚辰本）》，頁506。

㉑ 參（1）《脂硯齋重評石頭記彙校》，頁1169—1171。（2）《脂硯齋重評石頭記》（庚辰本），頁509。（3）曹雪芹著、中國藝術研究院紅樓夢研究所、蘇聯科學院東方學研究所列寧格勒分所編定《石頭記》（列藏本）（北京：中華書局，1986年4月），頁866。

㉒ 甲辰本沒有寫明更香謎是黛玉所撰，但謎後雙行批語說："此黛玉一生愁緒之

意。”也沒有寫明竹夫人謎屬寶釵，而謎後雙行批語云：“此寶釵金玉成空。”見《甲辰本紅樓夢》，頁685、686。

⑭3 蔡義江認為程高本採用了甲辰本補寫的結尾。蔡義江：《紅樓夢是怎樣寫成的》（北京：北京圖書館出版社，2004），頁244。

⑭4〈論晉本《紅樓夢》〉，《（複印報刊資料）紅樓夢研究》，1990年1期，頁75。

⑭5《紅樓夢論源》（南京：江蘇古籍出版社，1992年6月），頁306—307。

⑭6《（複印報刊資料）紅樓夢研究》，1990年1期，頁75。

⑭7《（複印報刊資料）紅樓夢研究》，1990年1期，頁75。

⑭8《（複印報刊資料）紅樓夢研究》，1990年1期，頁75。

⑭9 那宗訓：《紅樓夢探索》（臺北：新文豐出版公司，1982年9月），頁93。

⑮0 參季陶達：〈對新版《紅樓夢》的兩條建議〉，《紅樓夢學刊》1986年4輯（1986年12月），頁300。

⑮1《彙校》，頁1173—1175。

⑮2 朱淡文認為甲辰本“第二十二回末的補文應出自與曹雪芹無關係的後人”。見其《紅樓夢論源》，頁384。

⑮3《彙校》，頁1176。

⑮4 麥甘恩：《文本的情況》（J. McGann，*Textual Condition.* Princeton：Princeton University Press，1991），p. 58。

⑮5 楊伯峻譯注：《孟子譯注》（香港：中華書局香港分局，1984年9月），頁210、215。

⑮6 曹雪芹、高鶚著，中國藝術研究院紅樓夢研究所校注：《紅樓夢》（北京：人民文學出版社，1982年），頁1032。

⑮7 蔡義江：《紅樓夢詩詞曲賦評注》（北京：團結出版社，1991年7月），頁155。

⑮8《紅樓夢論源》，頁384。

⑮9 蔡義江：《紅樓夢是怎樣寫成的》（北京：北京圖書館出版社，2004），頁280。

⑯0《八家評批紅樓夢》，頁505。

⑯1《八家評批紅樓夢》，頁515。

⑯2《紅樓夢》程高本一度是最流行的本子。庚辰本由徐星署於1932年在隆福寺書攤購得，據說是北城旗人賣出。1933年胡適得見此本，所寫文章亦有論及。

關於此書的來歷，參看馮其庸：《石頭記脂本研究》（北京：人民文學出版社，1998），頁153。按，庚辰指乾隆二十五年，即西元1760年。

⑯③《脂硯齋重評石頭記（庚辰本）》（北京：中華書局香港分局，1977年8月），頁506。

⑯④見林語堂：《平心論高鶚》（臺北：文星書店，1966年7月），頁56；于舟、牛武：《紅樓夢詩詞聯語評注》（太原：山西教育出版社，1980年5月），頁131—132；劉耕路：《紅樓夢詩詞解析》（長春：吉林文史出版社，1986年4月）；王士超：《紅樓夢詩詞解析》，收入邸瑞平等《紅樓夢大觀》（呼和浩特：內蒙古人民出版社，1991年），見頁321—322。夏荷：《紅樓尋真錄》（蘭州：甘肅人民出版社，1993），頁29。張福昌：《脂硯齋批語詳析》（瀋陽：瀋陽出版社，2004年12月），頁208。郭衛：《紅樓夢鑒真》（北京：光明日報出版社，1998），頁54，頁96。克非：《紅學末路：偽本、偽批、巧偽人》（重慶：重慶出版社，2005），頁254。

⑯⑤梅節、馬力：《紅學耦耕集》（香港：中華書局，1988），頁150。

⑯⑥參閱：（a）周汝昌：《紅樓夢新證（增訂本）》（北京：人民文學出版社，1976年4月），頁1035。（b）鄭慶山：《紅樓夢的版本及其校勘》（北京：北京圖書館出版社，2002），頁436—437。（c）蔡義江：〈《紅樓夢》第22回回末考察〉，《紅樓夢學刊》2001年2輯，頁200—214。蔡義江認為：更香語是“對後來事的預言，而非對已知事的描述”，故切合寶釵的情況。（4）馮其庸：〈林黛玉薛寶釵合論〉，見馮其庸著：《馮其庸點評紅樓夢》（北京：團結出版社，2004），頁27。

⑯⑦參看狄平子的批語，見曹雪芹：《戚蓼生序本石頭記》（北京：文學古籍刊行社，1988年8月），頁818—819。另參馮其庸：《石頭記脂本研究》，頁274。

⑯⑧譚立剛：《紅樓夢詩曲新評》（臺北：新文豐出版公司，1992），頁442。那宗訓、季陶達也有相似的看法。

⑯⑨蔡義江：《紅樓夢詩詞曲賦評注》，頁156。朱淡文《紅樓夢論源》，頁384。

⑰⓪見《紅樓夢詩詞聯語評注》，頁132。

⑰①見《紅樓夢詩詞聯語評注》，頁132。

⑰②參看卡勒：〈文學文本的特性·導言〉，載於馬里奧·J.·瓦爾德斯、歐文·米勒編《文學文本的特性》（Jonathan Culler, “Introduction: The Identity of the

Literary Text" . IN Mario J Valdes & Owen Miller ed. *Identity of the Literary Text.* Toronto: University of Toronto Press, 1985), p. 6。

⑰③ 見《戚蓼生序本石頭記》(北京：文學古籍刊行社，1988)，頁2427—2430。為求方便，也可以參看人民文學出版社1982年版第899頁，人民文學出版社1996年第2版，第877頁。

⑰④《脂硯齋重評石頭記彙校》，頁3551。曹雪芹著；陳其泰批校：《程乙本紅樓夢桐花鳳閣批校本》(北京：北京圖書館出版社，2001)，頁1894。另外，可以查看舊行本，頁820。

⑰⑤《俞平伯論紅樓夢》(上海：上海古籍出版社，1988)，頁171。

⑰⑥《俞平伯論紅樓夢》，頁171。

⑰⑦《俞平伯論紅樓夢》，頁451。

⑰⑧ 俞平伯早在1925年1月發表〈《紅樓夢辨》的修正〉一文，已經提出："〔曹雪芹〕自敘生平的分子在全書究有若干？(我想，決不如《紅樓夢辨》中所假擬的這樣多。)"見《俞平伯論紅樓夢》，頁342。

⑰⑨ 該詞取自《文本中的讀者》一書，即Susan R. Suleiman, "Introduction: Varieties of Audience-Oriented Criticism" . In Susan R. Suleiman and Inge Crosman (ed.) *The Reader in the Text.* Princeton: Princeton UP, 1980. p. 20。

⑱⓪《俞平伯論紅樓夢》，頁171—172。

⑱① 参周汝昌：〈戚蓼生與戚本〉，見《紅樓夢新證》(棠棣版)，頁974。

⑱② 魏紹昌：《紅樓夢版本小考》(北京：中國社會科學出版社，1982年9月)。結論見頁24。

⑱③ 關於"立松軒系統"，參鄭慶山：《立松軒本石頭記考辨》(北京：中國文聯出版公司，1992年2月)。

⑱④ 潘重規：〈民族血淚鑄成的紅樓夢〉，收入李辰冬(1907—1983)：《紅樓夢研究》(臺北：正中書局，1977年6月)。引文見頁175。[2007年補記：]後來此文又見於潘重規：《紅樓血淚史》(臺北：東大圖書股份有限公司，1996)，頁28。

⑱⑤ 李辰冬：《紅樓夢研究》，頁174。

⑱⑥《胡適紅樓夢研究全編》，頁224。

⑱⑦ 周汝昌：《紅樓家世：曹雪芹氏族文化史觀》(哈爾濱：黑龍江教育出版社，

2003)，頁 415。

⑱⑧ 周汝昌、周倫岑主編:《紅樓鞭影》(北京: 北京師範大學出版社, 2003), 頁 417。(“周倫岑”, 未知是否“周倫苓”之誤。書此俟考。)

⑱⑨〈民族血淚鑄成的紅樓夢〉, 見李辰冬:《紅樓夢研究》, 頁 176。

⑲⓪ 見《新觀察》十六期 (1954 年), 頁 24。

⑲① 胡念貽:〈評近年來關於紅樓夢研究中的錯誤觀點〉, 見作家出版社編輯部編:《紅樓夢問題討論集 (二集)》(北京: 作家出版社, 1956 年 6 月), 頁 235。

⑲② 何其芳:《論紅樓夢》(北京: 人民文學出版社, 1958 年 9 月), 頁 132—133。

⑲③ 余英時:《紅樓夢的兩個世界》(臺北: 聯經出版事業公司, 1978), 頁 193。

⑲④ 趙岡:〈曹雪芹與民族主義〉, 見其《花香銅臭讀紅樓》, 頁 32。

⑲⑤ 參看 (1) 陳昭:〈《紅樓夢》不避諱論〉,《紅樓夢研究集刊》(上海: 上海古籍出版社, 1981), 頁 218。(2) 劉夢溪:《紅樓夢新論》(北京: 中國社會科學出版社, 1982 年 7 月), 頁 55。(3) 郝炘:〈《石頭記》的主題思想究竟是什麼?〉,《紅樓夢學刊》1983 年 4 輯 (1983 年 11 月), 頁 49—69。(4) 元之凡:〈薙髮案、土番兒、耶律、荳童及其他——試論《紅樓夢》的思想傾向兼議《紅樓夢》的索隱〉,《紅樓夢學刊》1986 年 1 輯 (1986 年 2 月), 頁 223—248。(5) 趙衛邦:〈《紅樓夢稿》校讀札記〉,《紅樓夢學刊》1984 年 4 輯 (1984 年 11 月), 頁 179—194。(6) 馮精志:〈悼紅四題〉,《紅樓夢學刊》1989 年 1 輯 (1989 年 2 月), 頁 243—272。此文後來收入馮精志:《百年宮廷秘史——“紅樓夢”謎底》(北京: 中國文聯出版公司, 1992 年 11 月), 頁 346—377。(7) 柳存仁:〈《紅樓夢》之舊本〉,《紅樓夢學刊》1993 年 1 輯 (1993 年 2 月), 頁 53。(8) 仇曾升:〈“紅樓”婦女隱“足”考〉,《紅樓夢學刊》1993 年 4 輯, 頁 105—112。(9) 劉上生:《走近曹雪芹: 紅樓夢心理新詮》(長沙: 湖南師範大學出版社, 1997), 頁 229。

⑲⑥ 引自《大義覺迷錄》, 見中國社會科學院歷史研究所清史研究室編:《清史資料 (第四輯)》(北京: 中華書局, 1983 年 4 月), 頁 22。

⑲⑦ 引自《大義覺迷錄》, 載《清史資料》第四輯, 頁 22。

⑲⑧ 見《脂硯齋重評石頭記》(庚辰本), 頁 1508。

⑲⑨《新觀察》十六期 (1954 年), 頁 24。

⑳⓪ 張金煌也認為寶玉是在頌揚“聖朝”。參其〈評《紅樓夢》研究中的主觀片面

傾向〉,《(複印報刊資料)紅樓夢研究》1989年2期,頁21。

201《楝亭詩鈔》(上海:上海古籍出版社,1978年12月),頁243([底本]卷五葉十四)。

202《脂硯齋重評石頭記彙校》,頁3559—3561。

203《脂硯齋重評石頭記彙校》,頁4035、頁4224、頁4551。

204 探佚學者從這段番邦論讀出以下信息:"暗暗隱伏八十回以後有大觀園中女子要改成番邦的名字。而將來遠嫁海外番邦的不是別人,正是探春。"參看梁歸智:《石頭記探佚:紅樓夢探佚學初階》(太原:山西古籍出版社,2005),頁7。

205《紅樓夢研究》,頁183。

206〈曹雪芹的民族主義思想〉,《紅樓夢研究專刊》第11輯,頁76。

207 趙衛邦:〈紅樓夢五種脂本考異撮要〉,《紅樓夢研究集刊》第13輯(1986年),頁252認為後人"為避禍而進行了二次刪改"。

208 聶紺弩:〈論俞平伯對《紅樓夢》的"辨偽存真"〉,《紅樓夢問題討論集(一集)》,頁351。

209 引自劉勰著,范文瀾注:《文心雕龍注》(香港:商務印書館香港分館,1960年6月),頁714。

210 見《古典文學研究資料彙編·紅樓夢卷》,頁109—110。

211 任少東、趙金銘:〈苕溪漁隱所見《石頭記》舊抄本〉,《(複印報刊資料)紅樓夢研究》1991年1輯,頁77。

212 周策縱:〈論一部被忽視了的《紅樓夢》舊抄本〉,《紅樓夢學刊》1993年1輯(1993年2月),頁37。此文收入周策縱:《紅樓夢案》(香港:中文大學出版社,2000),頁199—224。

213 例如,探佚學者從這段"番邦論"讀到以下信息:"暗暗隱伏八十回以後有大觀園中女子要改成番邦的名字。而將來遠嫁海外番邦的不是別人,正是探春。"參看梁歸智:《石頭記探佚:紅樓夢探佚學初階》(太原:山西古籍出版社,2005),頁7。

214 參看朱淡文:《紅樓夢論源》(南京:江蘇古籍出版社,1992),頁1。這段話又見於她的論文〈論紅樓夢文獻學研究之前景〉,載於馮其庸主編:《'92中國國際紅樓夢研討會論文集》(北京:文化藝術出版社,1995),頁510。

㉑5《程乙本紅樓夢桐花鳳閣批校本》(北京：北京圖書館出版社，2001)，頁14。

㉑6 季稚躍：《讀紅隨考錄》(北京：北京圖書館出版社，2003)，頁191。胡適(1891—1962)認為曹雪芹死之前“第六十四回、六十七回，都還沒有寫”。語見胡適：《胡適紅樓夢研究論述全編》(上海：上海古籍出版社，1988)，頁325。周汝昌的意見是“第六十七回蓋非雪芹原作，亦出他人(脂硯?)所補”。語見其《紅樓夢新證》(北京：人民文學出版社，1985)，頁208。

㉑7《脂硯齋重評石頭記(己卯本)》(上海：上海古籍出版社，1981年7月)，頁934，第六十七回第十五頁反面有以下字樣：“石頭記第六十七回按乾隆間抄本武裕庵補抄。”庚辰本的情況，詳下文。馮其庸指己卯本此回的文字，實際上是程乙本的文字。語見其《石頭記脂本研究》(北京：人民文學出版社，1998)，頁87。劉廣定亦指六十七回是“依‘亞東乙本’和‘金玉緣本’補抄但偽稱‘據乾隆抄本’”。語見劉廣定：《化外談紅》(臺北：大安出版社，2006)，頁196。

㉑8《脂硯齋重評石頭記(己卯本)》(上海：上海古籍出版社，1981年7月)，頁749。《脂硯齋重評石頭記(庚辰本)》(香港：中華書局，1977年8月)，頁1425。

㉑9 范鍇評見於嘉慶二十二年(1817)刊本。任少東、趙金銘推測：起初第六十七回寫的是“置外舍賈璉匿新寵”(據苕本)，但後來將“置外舍”的內容移到第六十五回。然而第六十七回直到己卯冬月至庚辰秋月定本形成時，仍未修改完成，故缺此回。參〈苕溪漁隱所見《石頭記》舊抄本〉，刊載於《(複印報刊資料)紅樓夢研究》1991年1輯，頁79。這種看法與胡適“還沒有寫”的見解不一樣。

㉒0《戚蓼生序本石頭記》(北京：文學古籍刊行社，1988年)，頁2561—2619。共30頁(59面)。

㉒1 列藏本此回長達34頁(64面)。參看中國藝術研究院紅樓夢研究所，蘇聯科學院東方學研究所列寧格勒分所編：《石頭記》(北京：中華書局，1986)，頁2887—2954。

㉒2 甲辰本此回共28頁(55面)。參看《甲辰本紅樓夢》(北京：書目文獻出版社，1989)，頁2187—2242。

㉒3《乾隆抄本百廿回紅樓夢稿》(臺北：漢聲出版社，1977)共7頁14面。馮其

庸推測，夢稿本的第六十七回是據被删略過的程本系統的本子。見《論庚辰本》（上海：上海文藝出版社，1978 年 4 月），頁 83。

㉔ 見《程甲本紅樓夢》（北京：北京圖書館出版社，2003），頁 1797—1829。上海古籍出版社的《續修四庫全書》亦收入程甲本，此本與北京圖書館的程甲本僅有個別文字差異。程乙本此回比程甲本多出四字，誤植字頗多，如“湘蓮”誤為“湘雲”、“你哥哥”誤為“我哥哥”之類。參看《程乙本紅樓夢桐花鳳閣批校本》（北京：北京圖書館出版社，2001），頁 1999—2031。

㉕《蒙古王府本石頭記》（北京：書目文獻出版社，1986），頁 2577—2618。參看《脂硯齋重評石頭記彙校》，頁 3787—3909。馮其庸指出：蒙古王府本的第六十七回，實際上也是用程甲本系統的六十七回。參《石頭記脂本研究》，頁 105。又，鄭慶山：《紅樓夢的版本及其校勘（續篇）》（北京：北京圖書館出版社，2006）頁 162 也說“蒙府本的乃從程甲本抄來”。濤按：蒙府本此回前後都無總評，與別回大異。有可能所據底本已無此回。

㉖ 參朱淡文：《紅樓夢論源》（南京：江蘇古籍出版社，1992），頁 332。

㉗ 引自胡文彬：《紅邊脞錄》（瀋陽：遼寧人民出版社，1986），頁 142。另參胡文彬：《紅樓夢敘錄》（長春：吉林人民出版社，1980）。

㉘ 周煦良：〈《紅樓夢》第六十七回是僞作〉，刊載於劉夢溪編：《紅學三十年論文選編（下）》（天津：百花文藝出版社，1983 年 4 月），頁 203—211。

㉙ 宋浩慶：《紅樓夢探》（北京：北京燕山出版社，1992 年 4 月），頁 167—176。朱淡文：《紅樓夢論源》（南京：江蘇古籍出版社，1992），頁 332。

㉚《紅學三十年論文選編（下）》，頁 209。

㉛ 宋浩慶：《紅樓夢探》，頁 169。

㉜ 宋浩慶：《紅樓夢探》，頁 169。

㉝〈從列藏本看《紅樓夢》第六十四回和第六十七回各本文字的真僞問題〉，刊載於《（複印報刊資料）紅樓夢研究》1990 年 4 期，頁 67。

㉞ 馮其庸主編：《脂硯齋重評石頭記彙校》，頁 3885。

㉟《紅學三十年論文選編（下）》，頁 207。

㊱《（複印報刊資料）紅樓夢研究》1990 年 4 期，頁 67。

㊲《紅學三十年論文選編（下）》，頁 203—211。

㊳《紅樓夢探》，頁 171。馮其庸也認為程高本一系的文字較佳，很可能是曹雪芹

的舊稿。參其《石頭記脂本研究》，頁121。

㉓⑨《紅樓夢探》，頁175。

㉔⓪ 朱淡文：《紅樓夢論源》（南京：江蘇古籍出版社，1992），頁332。

㉔① Jerome J. McGann（ed.），*Textual Criticism and Literary Interpretation*（Chicago：Chicago University Press，1985），p. 55—92。

㉔②《程甲本紅樓夢》（北京：北京圖書館出版社，2003），頁1818。

㉔③ 關於賈府的尊卑和禮儀，請參看洪濤：〈從《紅樓夢》的英譯看中西禮儀的異同〉一文，此文在“曹雪芹逝世240周年紀念活動暨紅樓夢學術研討會”（中國藝術研究院主辦，2003年10月13—17日）上發表。正式書面發表為〈從《紅樓夢》的英譯看中西禮儀的異同〉，載於《中國古代小說戲劇研究叢刊》（蘭州：甘肅教育出版社，2003年12月），頁63—78。

㉔④ 繫系第六十七回也與第六十八回不銜接，因繫系第六十七回反復提到賈璉不在京，還說興兒沒跟去是讓興兒留下來照看尤二姐。

㉔⑤《程甲本紅樓夢》（北京：北京圖書館出版社，2003），頁1816。

㉔⑥ 潘銘燊推算賈璉是九月二十三日再起驛馬。參看潘銘燊：《石頭記年日考》（香港：香港中國學社，1988），頁22。

㉔⑦（1）宋浩慶：《紅樓夢探》（北京：燕山出版社，1992年4月），頁169。（2）馮其庸：〈評新版影印《脂硯齋重評石頭記》（庚辰本）〉，見《論庚辰本》第四部分，頁81。（3）徐仁存、徐有為：〈《石頭記》第六十四、六十七回的真偽問題（下）〉，刊載於《中外文學》16卷1期（1987年6月1日），頁69。

㉔⑧ 對於此回，俞平伯較早表示“［程］高本是較好的”。參看俞平伯：《紅樓夢研究》（上海：棠棣出版社，1950），頁95。馮其庸也認為繫系戚本“拙劣”，見其《論庚辰本》，頁81。趙岡認為繫系部分文字“惡劣不堪，不但冗長囉嗦，而且不合情理”。語見其《紅樓夢新探》（北京：文化藝術出版社，1991），頁358。

㉔⑨〈石頭記第六十四、六十七回的真偽問題（下）〉，刊載於《中外文學》16卷1期，頁68—69。

㉕⓪ 參看以下文獻：（1）徐高阮：〈關於《紅樓夢》第六十四六十七回〉，刊載於《陽明月刊》第29期（1968年5月），頁52。（2）趙岡：《紅樓夢新探》（北京：文化藝術出版社，1991年），頁359。（3）王三慶：《紅樓夢版本研究》

（臺北：石門圖書公司，1981年1月），頁269。（4）胡文彬：《列藏本石頭記管窺》（上海：上海古籍出版社，1987年6月），頁46。（5）蔣維錟：〈再談列藏本的年代問題〉，刊載於《紅樓夢學刊》1988年3輯（1988年8月），頁245。（6）鄭慶山：〈列藏本《石頭記》底本考〉，刊載於《紅樓夢學刊》1988年4輯（1988年11月），頁179—218。（7）龐英：〈列寧格勒藏抄本《石頭記》第六十七回考析〉，刊載於《（複印報刊資料）紅樓夢研究》，頁127。也認為"兩種系統的文字各有好處"。但是，胡文彬認為繁系的文字優於簡系。鄭慶山也認為列藏本（鄭氏認為是"原稿"）雖煩冗平談，卻也有好處。換言之，胡、鄭沒有說是"後出轉精"，而認為二稿各有得失。另外，魏譚提出"六十四、六十七兩回曾經一度被作者抽出來進行改寫，這便是造成己卯本和庚辰本的底本缺此兩回的原因"。語見其〈《紅樓夢》六十四、六十七回真偽問題探源〉，刊載於《紅樓夢研究集刊》第8輯（1982年5月），頁268—269。

㉛《紅樓夢新探》，頁359。

㉜《列藏本石頭記管窺》，頁46。

㉝《列藏本石頭記管窺》，頁47。

㉞《（複印報刊資料）紅樓夢研究》1990年4期，頁67。

㉟朱淡文認為列藏本的第六十七回來自戚序本（或其底本），但她沒有詳細論證。參看朱淡文：《紅樓夢研究》（臺北：貫雅文化，1991年），頁322。

㊱《紅樓夢的版本及其校勘》（北京：北京圖書館出版社，2002），頁538。

㊲蔡義江：《紅樓夢詩詞曲賦鑒賞》（北京：中華書局，2001），第535頁。

㊳蔡義江：《紅樓夢詩詞曲賦鑒賞》，第537頁。

㊴《戚蓼生序本石頭記》（北京：文學古籍刊行社，1988年8月），頁2561。

㊵此點周煦良、林冠夫已指出。參林冠夫：〈關於紅樓夢六十四回、六十七回的版本問題〉，刊載於《紅樓夢研究集刊》第4輯，頁271—287。

㊶《戚蓼生序本石頭記》（北京：文學古籍刊行社，1988年8月），頁2598。

㊷周汝昌指這兩回是"芹逝後，另筆補入了此兩回"。參看《石頭記會真》（鄭州：海燕出版社，2004），頁288。但他沒有詳細論析。

㊸蔡義江在他的校注本序文中說："若加推究評品，優劣可分，戚序等本的文字反接近原作，而以庚辰本為底本的整理者沒有捨程高而取戚序，這不能不說

又是一大遺憾。”鄭慶山說：“前者（列藏本一系）為原著，後者（程高本）為改寫，……本書以列藏本為底本，……”（頁745）

㉖4《紅樓夢八十回校本》（香港：中華書局，1974），頁31。

㉖5 蔡義江校注：《紅樓夢》（杭州：浙江文藝出版社，1994）。

㉖6 蔡義江校注：《紅樓夢》（杭州：浙江文藝出版社，1994），頁921。

㉖7 紅學家對蔡義江做法有評論，參看呂啟祥：《紅樓夢尋味錄》（太原：山西人民出版社，2001），頁217。

㉖8 鄭慶山校：《脂本彙校石頭記》（北京：作家出版社，2003）。

㉖9 J. V. Harari（ed.），*Textual Strategies*（Itahca，New York：Cornell UP，1979），p. 141—133. 該書中譯名稱為《文本的策略》。

㉗0 這個術語取自余英時：《歷史與思想》（臺北：聯經出版事業公司，1976年9月），頁124。

㉗1 參《胡適紅樓夢研究論述全編》，頁186—191。

㉗2 見《俞平伯論紅樓夢》，頁221—264；頁273—294。

㉗3《紅樓夢新證》（棠棣版），頁583—606。

㉗4 參看帕克〈失去的權威〉一文，即 Hershel Parker，“Lost Authority：Non-sense，Skewed Meanings，and Intentionless Meanings”. IN *Against Theory：Literary Studies and the New Pragmatism.* Edited by by W. J. T. Mitchell（Chicago and London：the University of Chicago，1983），p. 78.

㉗5 其他人也談《紅樓夢》的結構，但似乎沒有稱為“結構學”。

㉗6〈曹雪芹獨特的結構學〉，載張錦池、鄒進先編：《中外學者論紅樓》（哈爾濱：北方文藝出版社，1989年6月），頁259—271。又收入國際《紅樓夢》研討會編委、香港《百姓》半月刊編輯部合編：《紅樓夢大觀》（香港：《百姓》半月刊，1987年9月），頁258—270。後來此文成為周汝昌、周倫苓：《紅樓夢與中華文化》（北京：中國工人出版社，1989年2月）的下篇第一章。見頁179—189。

㉗7《紅樓夢新證（增訂本）》，頁897。

㉗8 周汝昌：《獻芹集》（太原：山西人民出版社，1985年3月），頁124。

㉗9《戚蓼生序本石頭記》，頁2055。又，《新編石頭記脂硯齋評語輯校（增訂本）》，頁621。

⑳《俞平伯論紅樓夢》，頁694。

㉛ 這是周汝昌的用語，見其《紅樓夢與中華文化》，頁192。

㉜ 見《紅樓夢與中華文化》，頁188。

㉝ 語見周汝昌著；周倫苓編：《紅樓十二層》（太原：書海出版社，2005），頁98。

㉞ 浦安迪編釋：《紅樓夢批語偏全》（北京：北京大學出版社，2003），頁588。

㉟ 張錦池：〈再談曹雪芹的結構學〉，《紅樓夢學刊》1993年2輯，頁1—19。

㊱ 邱奇：〈"曹雪芹獨特的結構學"質疑〉，《北方論叢》1992年6期（1992年11月），頁59—68。

㊲《紅樓夢與中華文化》，頁209。

㊳"探佚學"是周汝昌在〈《石頭記探佚》序〉中首次提出的。參梁歸智：《石頭記探佚》（太原：山西教育出版社，1992年10月，第2版），頁3。

㊴《論紅樓夢佚稿》，頁3。

㊵《石頭記探佚》（太原：山西教育出版社，1992年第二版），頁551。

㊶《被迷失的世界——紅樓夢佚話》（太原：北嶽文藝出版社，1987年11月）。新著如：梁歸智：《紅樓探佚紅》（北京：作家出版社，2007）。梁歸智其餘書籍，下文尚有論及。

㊷《論紅樓夢佚稿》（杭州：浙江古籍出版社，1989年）。

㊸《石頭記探佚》（太原：山西教育出版社，1992年第二版）。

㊹ 梁歸智在〈《石頭記探佚》新版前言〉第一節"探佚版本論"中說："探佚的初始研究，本來是從《石頭記》版本研究所生發的。"語見《石頭記探佚》（第二版），頁15。

㊺《石頭記探佚》（第二版），頁26。

㊻《論紅樓夢佚稿》，頁91。

㊼ 關於"脂批"的問題，留待下章討論。

㊽ 中國大陸的電視連續劇《紅樓夢》（王扶林導演，1987年首播）第八十回以後就"本著'忠於原著'的原則，撇開了違背曹雪芹原意的後四十回續書，另闢新徑，依據前八十回原著的伏筆、脂批提示和歷年來紅學研究成果"來編寫劇本。引文見周雷、劉耕路、周岭《紅樓夢——根據曹雪芹原意新續（電視連續劇本）》（北京：中國電影出版社，1987年）的"內容說明"。

㉙ 馮精志：《百年宮廷秘史——紅樓夢迷底》（北京：中國文聯出版社，1992），頁367。

㉚ "內在結構" 看起來似屬於 "文本的內在結構"，但也可能是 "評家所領會的內在結構"。

㉛ 參閱本書的最後一章。

㉜ 筆者想強調："探佚" 和 "索隱" 不是同一回事。但其中分別，只能按個案來評判。此處無暇細論。

㉝《紅樓奪目紅》（北京：作家出版社，2003），頁258。周汝昌指 "茜香羅" 的 "香"，影射 "湘雲" 的 "湘"（二字諧音），所以佚稿中的後事是襲人救濟史湘雲。這種手法，實與索隱派搬弄拆字、諧韻等等沒有分別。

㉞《紅樓奪目紅》，頁152。

㉟ 馮其庸：《馮其庸點評紅樓夢》（北京：團結出版社，2004），頁26。

㊱ 蔡義江：《論紅樓夢佚稿》（杭州：浙江古籍出版社，1989年）中的 "致讀者"。

㊲ 劉心武：《紅樓望月》（太原：書海出版社，2005年4月），頁54。

㊳ 劉心武：《紅樓望月》，頁228。

㊴《紅樓奪目紅》，頁316。

㊵ 例如《紅樓夢》原文第三十一回、第三十二回都寫到榮國府中人知道史湘雲 "大喜了"、"有婆婆家了"。這是不是 "伏筆"？若是 "伏筆"，則史湘雲的夫家不是賈寶玉。抑或，這不是伏筆？——周汝昌是主張 "湘雲嫁寶玉" 的。

㊶ 周汝昌：《石頭記會真》（鄭州：海燕出版社，2004），第十冊，頁116。

㊷ 科學本身，也不是完全客觀的。

㊸ 劉心武在《劉心武揭秘紅樓夢》頁4聲稱他的方法是探佚（"我的研究，屬於探佚學"），為何卻有那麼多學者獻疑呢？會不會就是因為劉心武出力（心力）出得太多？關於對劉心武的質疑，參看公孫冶編：《揭秘與猜謎：劉心武 "秦學" 透視》（北京：文化藝術出版社，2006）。

㊹ 本書的結論對 "心理詮釋"（psychological interpretation）續有討論。

㊺ "探佚是科學研究"，此語出自蔡義江《論紅樓夢佚稿》。

㊻ 周汝昌曾提及讀者最感興趣的是推考八十回後的事。周汝昌：《紅樓十二層》（太原：書海出版社，2005年1月），頁158。

⑰ 英伽頓:《對文藝作品的認識》(Roman Ingarden, *Cognition of the Literary Work of Arts*. Translated by Ruth Ann Crowley and Kenneth R. Olson. Evanston: Northwestern University Press, 1973, p. 50—63.)另參《詮釋學讀本》(*The Hermeneutics Reader*. Edited by Kurt Mueller-Vollmer. Oxford: Basil Blackwell, 1985, p. 193。

⑱ Jane Tompkins (ed.) *Reader-response Criticism: from Formalism to Post-Structuralism*. (Baltimore, Md.: Johns Hopkins University Press, 1980). p. 57.

⑲ 有的探佚學者更關心的是形而上的"原著整體精神面貌"與程高本後四十回的分野。(梁歸智語)。

⑳ 參看 Roland Barthes, *S/Z* (Paris: Éditions du Seuil, 1970), p. 10.

第四章
《紅樓夢》的特殊讀者與《紅樓夢》的詮釋

在討論文本問題和探佚學問題的時候，我們已經看出帶有脂硯齋、畸笏叟批語的本子對《紅樓夢》研究是非常重要的。所謂“批語”，一般學者又稱為“脂批”或“脂評”，是指早期《紅樓夢》抄本中附有的批語。又因為帶有大量批語的幾個抄本題名《脂硯齋重評石頭記》，所以論者又將批語籠統稱為“脂硯齋批語”。〔起初學者的確是籠統地稱之為“脂批”的。例如：周汝昌說：“這些脂本（指甲戌、庚辰、戚序本），都各自保存下一部分寶貴的評語：因為是脂本上的批，故此稱之為‘脂批’。”〕①

其實批語並不只出自脂硯齋一人。“脂評”或“脂批”的定義，學術界差不多已經有了共識，例如：一、楊光漢在〈脂硯齋與畸笏叟考〉的注釋中說：“遵從紅學界習慣，本書將早期脂評《石頭記》上的脂硯和畸笏的評語，統稱為‘脂批’。”②二、孫遜在《紅樓夢脂評初探》一書中說：“我們所說的‘脂評’，應該是指以脂硯齋為代表、包括作者周圍裡的一些人的評語。”③三、馮其庸在〈重論庚辰本〉中說：“我們通常說的脂硯齋評，是包括畸笏叟等與作者同時代、關係較為密切的人的評語，並非僅僅只指脂硯齋一個人的評〔語〕。”④也有一些紅學家認定本子上出現的“重要人物”脂硯齋和畸笏叟是同一個人。

脂評在《紅樓夢》研究中具有特殊的重要性，這種情況，直到二十世紀末歐陽健、克非等人提出異議（“倒脂”）後纔略有變化。[⑤]“倒脂”和“護脂”雙方大爭論的過程，可參看歐陽健、曲沐、吳國柱：《紅學百年風雲錄》（杭州：浙江古籍出版社，1999）。這裏不再贅述。

不過，到了二十一世紀，異議派（應該可以簡稱為“倒脂派”）所期望的震撼性影響並沒有出現。[⑥]歐陽健的“偽作”之說還有不少問題未能解決，甚至反受強大的質疑。[⑦]所以脂硯的地位在老紅學家的心目中仍然穩固，例如，在新千年，周汝昌說：“脂硯在批語中，透露了曹雪芹本人與作書的許多‘底裡’，為任何人所不能知，不能道。所以了解脂硯就成了了解曹雪芹其人、其書的一條‘渠道’。”[⑧]

至於脂本，學界珍視如昔，例如，由胡適帶出國的甲戌本，藏美國康奈爾大學圖書館，2005 年由上海博物館花重金購回。

脂硯、畸笏等人在紅學中的特殊地位和“際遇”，正是我們將要探研的課題。但前賢的研究花了大量的氣力在確認“批者是誰”的問題上（有作者本人、作者的親戚、作者的朋友等說法），[⑨]本書的焦點卻在於批者批語與詮釋之間的關係。

1　脂批的出現及批者身份的特殊性

一般的小說評點，例如，金聖嘆（1608—1661）評《水滸傳》，毛宗崗父子評《三國演義》、張竹坡評《金瓶梅》等等都是在他人完成小說以後纔附加評語上去的，但《紅樓夢》脂評的情況看來十分特殊。

1.1　批語出現的時間特早

脂硯齋等人的批語之於《紅樓夢》的正文，幾乎可以說是和小說同時出現的。據趙金銘考證，脂硯齋初評《紅樓夢》的年代是在乾隆九年甲子（1744）到乾隆十二年丁卯（1747）。[⑩]

甲戌年（1754 年）作者還在修訂《紅樓夢》的時候（後來有"庚辰秋月定本"），脂硯齋等人已經在《紅樓夢》的本子上再度評批，成為"重評"。因此，一開始，脂硯齋等人的批語就和《紅樓夢》的正文一起面世流傳。[11]

但批語出現的時間特早對研究《紅樓夢》有什麼特殊的意義呢？有的學者認為，作者讓批語隨書流傳，顯示作者也贊成批語的內容。例如，梁歸智說："一個不容否認的事實是，在曹雪芹還在世時，《石頭記》就帶著脂批流行了，脂批得到了曹雪芹本人的基本肯定，……"[12]又如，皮述民認為，脂硯以寶玉自居，是雪芹認可的，否則他不能公然批在書上[13]（下文詳加討論）。

因為脂評有"作者生前認可"（?）的優勢，不少紅學家就視脂評者為"作者代言人"。也有研究者從脂批入手來嘗試重組成書的過程，如船越達志：《紅楼夢成立の研究》（東京：汲古書院，2005）第二章第三節（頁 83—97）。

1.2 批者身份的特殊性

《紅樓夢》屬稿的時候，評者已得以加批其上。這應該是批者和作者的關係極為密切之故。《紅樓夢》的主要批者脂硯齋和畸笏叟到底是誰的化名，紅學家至今還沒有公認的答案。但主要批者是曹雪芹的至親好友，這一點應該是沒有什麼問題的。[14]從現存的材料來看，脂硯齋等人不但批書，也擔任整理校對的工作。學者如吳世昌、戴不凡等甚至認為批者參與了創作：提供寫作素材、參與寫作、決定書名、修改正文等等。吳世昌在《紅樓夢探源》（On The Red Chamber Dream，吳世昌自己稱這本書為《紅樓夢探源》）一書中提出：

> Who could be "the author" of this elaborate description? There is a strong suspicion that at least part of it [Ch. 18] might have

come from one who had actually witnessed the scene; and if so, it must have been Chih-yen himself.

【譯文】寫得這麼細緻，“作者”到底是誰？我們懷疑至少有部分文字出自過來人；果真如此，這人應該就是脂硯齋。[15]

後來吳世昌在〈曹雪芹與《紅樓夢》的創作〉一文中更進一步認為脂硯齋寫過初稿：“《石頭記》前二十多回中有些回可能原出脂硯的初稿，……。”[16]皮述民也同意這種看法。他認為“脂硯是寫作《紅樓夢》的發起人，同時是初稿若干回的作者”。[17]另外，《紅樓夢》第二十二回批語云：“鳳姐點戲，脂硯執筆事，今知者聊聊〔寥寥〕矣。不怨夫?”有學者認為“脂硯執筆”就是指“鳳姐點戲”這段文字出自脂硯手筆。例如，王佩璋、趙岡、陳鍾毅、梅挺秀（梅節）等。[18]

認為批者“提供素材”的有吳世昌、王關仕、劉夢溪、李少清等人。吳世昌說：“脂硯親見南巡，也見得到曹寅長女的出嫁；且嫁與郡王，其場面也必相當可觀。追憶記錄並供給這些場面的材料除脂硯外，當無別人。”[19]王關仕也推論：“《紅樓夢》是脂硯齋和曹雪芹二人合作的傑構，脂硯齋草創和提供素材，曹雪芹潤色和補充詩文。”[20]

認為批者“改寫”《紅樓夢》的有戴不凡。戴不凡說：“可以斷言，脂硯齋和《紅樓夢》的關係決不是單純的抄錄批閱關係，他多少是參預了這部小說的改寫工作。”[21]這些說法都是根據批語作出的。從批語的內容看，批者不但知道作者的家世和創作素材，而且也了解小說的創作過程，因此，在重視作者意圖和創作過程的紅學家眼中，批語的價值是極高的：

但這位脂硯，到底是何如人呢？他知道此書的直事底裡如此其清楚，了解雪芹的意旨筆法如此其精徹？一部

《石頭記》，他不啻給作者作代言人，盡洩底奧，此人之重要，較之雪芹本人幾乎要畫等號了。[22]

專研脂評的陳慶浩甚至指出，脂評是《紅樓夢》正文以外紅學的最重要的資料："在考據的範圍內，每一論點的提出和討論，幾乎都不能不涉及脂評的；每一篇文章的提出，也不能不涉及脂評的。"[23]另一位研究脂評的學者孫遜也認為脂評具有"無法比擬的資料價值"。[24]周汝昌甚至提倡成立"脂學"![25]至於批語在《紅樓夢》版本研究上的重要性，馮其庸的話可以代表一般學者的看法："……由於以上這種特殊情況，我們在研究《石頭記》的鈔本和此書的非常豐富的內涵的時候，就特別重視此書的評語。鈔本有沒有評語，評語是多是少，差不多是評價這個鈔本的依據之一。"[26]

2 新紅學以前脂批的命運

從以上資料可以看出當代學者對批語的重視到了什麼程度。在上世纪三十年代，甚至有人認定：脂硯 = 雪芹 = 怡紅公子（例如董康就有此見解）。

但脂批的地位卻不是固定不變的。

事實上，在 1792 年的程高本中，脂批就幾乎被刪削淨盡，幾千條批語僅有寥寥幾條因混入正文而得以倖存。胡適、俞平伯等紅學家起初對脂硯、脂批也不重視。後來，脂硯的地位逐步提高，終於爬升到與曹雪芹平起平坐的地步。這個上升的過程，在《紅樓夢》詮釋史上是非常值得關注的。

2.1 批者的權威

我們可以先檢視一下評者的角色。上文已提及批者在《紅樓夢》的撰作過程中，地位很高。例如：批者可決定書名。甲戌本第一回有這一段文字："……改《石頭記》為《情僧錄》，至吳玉峰題曰《紅樓夢》，東魯孔梅溪則題曰《風月寶鑑》，〔……曹雪芹〕則題曰《金陵十二釵》……至脂硯齋甲戌抄閱再評仍用《石頭記》。”[27]“至脂硯齋甲戌抄閱再評仍用《石頭記》”一句是正文，當為作者原文。[28]這一句標出“脂硯齋”的名號，與書名相應，也反映出脂硯竟能決定書名，可見脂硯的影響力很大。

另外，在上面的引文中“東魯孔梅溪則題曰《風月寶鑑》”一句眉批：“雪芹舊有《風月寶鑑》一書，乃其弟棠村序也，今棠村已逝，余睹新懷舊，故仍因之。”[29]紅學家對於“因之”的“之”字有不同的解釋。吳世昌認為“之”是指“棠村所寫的‘序’”。[30]有學者（如陳慶浩、皮述民、劉夢溪）則認為“之”字應指書名“《風月寶鑑》”。[31]無論“因之”作何解釋，同樣反映出脂硯齋並不是普通的批者：書名或序文的去留，他有權定奪（“故仍因之”）。

以上兩例雖已足夠說明批者地位之高，畢竟都不涉及正文。但甲戌本第十三回有回末總評：“‘秦可卿淫喪天香樓’，作者用史筆也。老朽因有魂託鳳姐賈家後事二件，豈是安富尊榮重享人能想得到者，其事雖未漏，其言其意則令人悲切感服，姑赦之，因命芹溪刪去。”[32]倘屬實，則原來的《紅樓夢》“淫喪”情節被砍掉了，不見於現存任何一個本子。甲戌本第十三回末頁就有一條眉批說：“此回只十頁，因刪去天香樓一節，少卻四五頁也。”[33]此批所述如屬實，則反映出在成書過程中批者充當了重要角色。周汝昌認為今存《紅樓夢》本子有些是脂硯“動手補足的”。[34]

參照一些學者研究的結果，現存的抄本中，庚辰秋月定本可能是曹雪芹生前最接近完整的一個本子。[35]就批語來講，現存庚辰本的批語，在傳世的抄本中，無論從內容到形式都是一個最完備的本子。據統計，庚辰本共有批語 2229 條，包括庚辰年以後的批語。[36]所以現存庚辰本可謂集批語之大成。

不過，後來的抄存者卻沒有那麼重視批語，脂硯齋、畸笏叟的名字也漸漸在《紅樓夢》的本子上消失。以下我們略述具體的情況。

2.2 脂評的消亡及其重大影響

首先值得我們注意的是“脂硯齋”的名字從小說正文中消失。甲戌本獨有的“至脂硯齋甲戌抄閱再評仍用《石頭記》”一句，在現存的其他本子上了無蹤跡。

其次，脂硯的名字被剔出書名。早期的抄本和四閱評本都題《脂硯齋重評石頭記》，蒙、戚系統和列藏本只題《石頭記》，刪去“脂硯齋重評”五個字。

再次，脂硯在批語末的署名，在蒙、戚系統中也被刪去，而代以數目相同的虛字。[37]例如，第十六回庚辰本雙行夾注：

- 問得珍重，可知是外方人意外之事。脂研。
- 於閨閣中作此語，直與擊壤同聲。脂研。
- 再不略讓一步，正是阿鳳一生斷〔短?〕處。脂硯。
- 寫賈薔乖處。脂硯。
- 阿鳳欺人處如此。忽又寫到利弊，真令人一嘆。脂硯。[38]

在戚序本（民初俞平伯等人當時看到的是上海有正書局的石印本）和《蒙古王府本石頭記》中作：

- 問得珍重，可知是外方人意外之事也。
- 於閨閣中作此語，直與擊壤同聲者也。
- 再不略讓一步，正是阿鳳一生絕斷處。
- 寫賈薔乖處如見。
- 阿鳳欺人處如此。忽又寫到利弊，真令人一嘆也。[39]

可見“脂硯”或“脂研”的名號都沒了蹤影。[40]這類例子尚多，詳細情況可參閱《戚蓼生序本石頭記》及《蒙古王府本石頭記》。

再看批語的數目。一般學者都認為抄本中題名《紅樓夢》的是較晚出的本子。現存本子題名《紅樓夢》的有：甲辰本、舒序本、夢稿本、程高本。[41]另外《鄭振鐸藏殘本紅樓夢》回首題《石頭記》，版口魚尾題《紅樓夢》。[42]這些本子的批語數目比庚辰本少，原因是過錄者不重視（或忽視）批語，並加以刪削。在題名《紅樓夢》的本子上，批語被越刪越少，最後更幾乎全部消失。我們可以考察一下批語消亡的情況。

據陳慶浩統計，甲辰本共有批語203條。[43]甲辰本的批語比其他本子上的簡約，馮其庸認為是被刪簡過的。[44]更值得注意的是第十九回總評明說要刪批："原本評註太多，有擾正文，刪去似俟觀者凝思入妙，愈顯作者之靈機耳。"[45]也許是這個緣故，所以甲辰本從第三十八回以後，幾乎全無批語，只有第六十四回有混入正文的回前總批和批註各一條（有研究者認為批語涉及朝廷禁忌，故被刪）[46]。

夢稿本的評語同樣經過大量刪削，只剩下三十條。從各種痕跡看，抄者也是有意刪批：其他本子上的混入正文批，在夢稿本上被刪去；甚至原來的正文，也被當作批註刪去。[47]俞平伯在〈談新刊乾隆抄本百廿回紅樓夢稿〉一文歸納出三種"刪批的情況"：一、原刪。指他本有批，夢稿本沒有抄進去。二、後刪。指所存復被塗點。三、失刪。倖存而未被塗去。[48]可見夢稿本抄閱者也有意去除批語。

舒序本的批語則全被刪除。不過，舒序本現存第一至四十回，原本第四十一回以後有沒有批語，現在不得而知。現存鄭藏本也同樣沒有批語。[49]到了程高本，批語也幾乎被刪除殆盡，只有六條混入正文批得以倖存。[50]

程高本是許多後來本子的祖本，程高本沒有脂硯等人的批語（倖存者在程高本上為正文），後來的本子自然也沒有。[51]脂批從此湮沒無聞。問題是：為什麼程高本不附脂硯等人批語呢？這至少有兩個可能：（一）程高本的底本本來就沒有批語。趙岡就這樣看。周汝昌也曾有這種看法。[52]（二）程、高動手刪批。俞平伯即如是說。後來周汝昌也改從此說。[53]

程、高刪批當然是有可能的事，因為批語透露了不少八十回以後的情節，這些情節顯然和程高本的後四十回的內容不協調，如果程高本附有批語，難免啟人疑竇。

無論程、高有沒有刪批，批語不見於程高本這一事實在《紅樓夢》詮釋史上的影響極為重大。上文我們已經指出程高百廿回本在新紅學以前的地位是相當穩定的，清代評論家大都視百廿回為一整體，其原因和脂批之湮沒大有關係。

3 新紅學時期的脂評研究

3.1 脂評重出

程刻本刊印以後，流行天下，批語就開始被埋沒。到了1911年，有正書局出版一部八十回的《石頭記》，是一本附有批語的抄本，脂批纔重現於大眾讀者眼前。這本八十回本的《紅樓夢》前面有德清戚蓼生的序，因此胡適在〈《紅樓夢》考證（改定稿）〉中稱這本書為“戚本”，但這本《石頭記》開卷戚序筆跡和後面正文出於一手，說明石印底本已經不是戚氏所得原抄，[54]因此也有紅學家稱為“有正本”。

有正本的書名很值得我們留意，因為它影響到學者對待批語的態度。有正本書名《原本紅樓夢》，封面題簽為《國初鈔本原本紅樓夢》，並不像後來出現的抄本那樣題為《脂硯齋重評石頭記》。另外，後來出現的其他抄本中，批語之下或有脂硯齋的署名，但在有正本完全見不到（上文已經舉過一些例子）。[55]因此學者並不知道批者是誰，例如，顧頡剛在1921年給俞平伯的信上說："有正本不知是誰批的，是何時批的?"[56]批語本身也沒有立即引起學者的注意。

到了1921年，胡適在〈《紅樓夢》考證（改定稿）〉纔提到有正本的批語。但是他的著眼點完全不是批語的內容本身。他顯然假設《紅樓夢》"原本"是白文本，帶有批語反而是本子晚出的標誌，所以他說："這本（指有正本）已有總評，有夾評，有韻文的評贊，又往往有'題'詩，有時又將評語鈔入正文（如第二回），可見已是很晚的鈔本，決不是原本了。"[57]這正如他初聞《脂硯齋重評石頭記》一名時，就以為"重評"等於晚出，大概沒有多大的價值（下詳）。

也許受到這種"晚出"的成見影響，他在〈《紅樓夢》考證（改定稿）〉中，並沒有深入考察有正本脂批的內容。因為學者都不重視有正本批語，所以俞平伯在1922年4月29日據戚本批語撰寫了〈後三十回的《紅樓夢》〉一文，指出戚本行世十年之後，並沒有人提到批語所示的後文故事，"這使我被迫著去寫定這篇文字"。[58]在新紅學家之中，俞平伯可以說是注重有正本批語的第一人。

俞平伯〈後三十回的《紅樓夢》〉一文基本材料完全出自有正本的批語，但他和顧頡剛一樣，不知道這些批語出自誰人：

> 戚本底評注，不知是誰做的?（第四十一回末，詩評署立松軒）也不知是否一人做的？看他們（?）說話相呼應，即不是一人，也必是同時人。他們（?）底年代，也決不晚於高鶚。[59]

這成了他三點"惋惜"的其中一點，也連累他頗費了些篇幅推度評書人的年代。[60]俞平伯這篇文章最值得注意的是：因為批者的身份不明，所以他把批語提到的後文故事當作是續書的一種。同時，也因為不了解批者和作者的密切關係，所以批語提到的某些事實和觀點如果和俞平伯自己的觀點相左，他就表示懷疑。例如，批語提到“後之三十回”，俞平伯推測是指八十回再加三十回，但他本人卻認為三十回不夠篇幅收束後文，所以他覺得“實在很可疑”，不太相信脂批所示。俞平伯在〈八十回後的《紅樓夢》〉說：“依本書八十回內所敘的事比〔來?〕看，似八十回至多可當全書之半，至少可當全書九分之四。”[61]另一個例子是批語提到後文襲人“供奉玉兄”，並不寡情。這和俞平伯對襲人的看法不同，所以他認為這是個“大錯”，認為“評書人一味頌揚，未免太不善於讀書了!”[62]總之，在俞平伯撰寫這篇文章之時，批者的身份不明，批者和作者的親密關係不彰，批語也就沒有特殊的重要性。

批者身份牽涉批語的權威，這一點可從俞平伯的〈後三十回的紅樓夢〉（修訂稿）中看出來。修訂稿在 1950 年 10 月 28 日寫成。[63]由原稿到修訂稿前後相距二十八年，其間又發現了甲戌本和庚辰本，這兩個抄本都題為《脂硯齋重評石頭記》，比對之下，俞平伯知道戚本的批語也是“脂評”，所以他二十八年前對批語的疑惑打消了不少。

同樣是後半部有多少回的問題，二十八年前俞平伯認為程高本用了四十回來收結後文，尚且太迫促，“收尾時簡直像記帳目”，[64]所以對戚本批語提到的“後三十回”[65]，大表懷疑，認為“豈不是分外急促了”。到了寫修訂稿的時候，“脂硯齋”的名號已確立了，所以俞平伯早年“分外急促”的疑問也就不見提起。

同樣是對襲人的評價，二十八年前俞平伯不同意批者。批者對襲人“有憐惋之意，無貶誚之詞”，俞平伯不以為然，認為批者“太不善於讀書”，“成見太深”。[66]後來脂批的權威確立，俞平伯雖然還懷疑批者之見是不是等同於作者之意，但他也不得不承認他早年的看法“這是我們的一種偏見”。[67]俞平伯對批語態度的改觀，實在和批者身份、批語權威不無關係。[68]

由俞平伯的例子可以看出：批語的權威其實取決於批者的身份。所以，新紅學家如何指明批者的身份，是很值得我們回顧和探討的課題。

3.2　批者的身份與批語權威的建立

在追溯紅學家如何指明批者的身份之前，我們要先問一個問題，那就是：紅學家始終查不出脂硯齋、畸笏叟的真姓名（找不到文獻上的記錄），為什麼指明批者身份成為可能的事？

3.2.1　讀者反應批評（Reader-response criticism）的啟示

簡·湯普金斯編《讀者反應批評——從形式主義到後結構主義》（Jane P. Tompkins ed. *Reader-response Criticism-From Formalism to Post-structuralism*）[69]收有讀者反應批評家諾曼·霍蘭德（Norman Holland，1927—　）〈整體·個性·文本·自我〉一文（“Unity Identity Text Self”），其中的論點也許可以幫助我們說清這個問題。霍蘭德在這篇文章中指出：

> ...all of us, as we read, use the literary work to symbolize and finally to replicate ourself. We work out through the text our own characteristic patterns of desire and adaptation.[70]
>
> **【譯文】**我們在閱讀時都利用文學作品來象徵自己，並最終複製了我們自己。我們藉著作品體現出富有我們自身特點的慾望和適應的模式。

因此，他把詮釋視為個性的一種功能（“interpretation is a function of identity.”）[71]。又說：“作為讀者，我們每個人都會附加不同的外在信息，每個人都會找出他個人關心的特殊主題。”（“As readers，each of us will bring different kinds of external information to bear. Each will seek out the particular themes that concern him.”）[72]

另一位提倡主觀批評（Subjective Criticism）的讀者批評理論家戴維·布萊奇（David Bleich，1940 — ）的閱讀模式（models of reading）也包括了“影響式反應”（affective response）和“聯想式反應”（associative response）。所謂“影響式反應”指讀者“讀詩時的真實反應（包括恐懼、滿足、激憤）等”（the actual affect he felt while reading the poem）；[73]“聯想式反應”則指受“影響式反應”引發的過往經驗。[74]事實上，《紅樓夢》抄本上的批語都體現出批者的強烈個性和身份特徵（例如對母子之愛有極大的感觸、對大家庭生活和門第出身特別敏感）。[75]同時，批語也記錄了批者的“影響式反應”和“聯想式反應”。前者如：

> 第九回寫寶玉上學，忽想起未辭黛玉，忙至黛玉房中作辭
>
> 【戚序本雙行夾批】妙極，何頓挫之至。余已忘卻，至此心神一暢。一絲不走。[76]
>
> 第七十三回寫下人向邢夫人唆說探春
>
> 【庚辰本雙行夾批】殺！殺！殺！此輩耑生離異。余因受其蠱。今讀屯〔此〕文，真欲拔劍劈紙。[77]
>
> 第十三回寫鳳姐分析寧府五病
>
> 【庚辰本眉批】讀五件事未完，余不禁失聲大哭。三十年前作書人在何處耶？[78]

此等例子舉不勝舉。至於“聯想式反應”（associative response），請看：

> 第八回寫眾人誇寶玉的字法越發好了

【甲戌本眉批】余亦受過此騙，今閱至此赧然一笑。[79]

第十三回醉金剛借錢給賈芸一段

【庚辰本眉批】余卅年來得遇金剛之樣人不少，不及金剛不少，惜書上不便歷歷注上芳諱，是余不是〔足〕心事也。壬午孟夏。[80]

第廿八回寫寶玉與薛蟠等人喝酒

【庚辰本眉批】大海飲酒，西堂產九臺靈芝日也。批書至此，寧不悲乎？壬午重陽日。[81]

這類批語就是布萊奇所說的“聯想式反應”。因為批語流露出批者的鮮明特徵和他們對往事的無限感慨，所以紅學家對批者的身份特別感興趣，甚至把批者和小說中的人物相比附，提出脂硯齋即史湘雲（周汝昌力主此說，說詳下文），或脂硯齋就是書中的賈寶玉（胡適、吳世昌主此說，說詳下文）。這些說法和“傳記說”的關係尤其密切，是檢討《紅樓夢》詮釋問題不可忽視的課題。下面首先檢視“批者的身份與批語權威”的問題。

3.2.2 關於脂評的可信性：胡適的“堂兄弟說”與“作者自注”

上文已提到，胡適在〈《紅樓夢》考證（改定稿）〉中雖然注意到批語的存在，但是他不大重視這些批語的價值。

1927 年，有人要把甲戌本讓給胡適，這個抄本題為《脂硯齋重評石頭記》。胡適起初因書名“重評”而掉以輕心，後來檢視原件，纔重視起來。[82]1927 年 8 月 12 日，胡適在〈與錢玄同書〉中開始引用甲戌本的脂批來討論兩件事：1. 曹雪芹的生年；2. 秦可卿之死的真相。〈與錢玄同書〉並不是學術論文，論證很簡單，但是至少他已留意到：一、批者的身份的特殊性（“批者是曹雪芹的本家，與雪芹是好朋友”）；二、下批的時間（“其中墨評作於雪芹生時，朱批作於他死後”）。[83]不過，胡適在這一年內並沒有對有正本和甲戌本的批語做過細緻的研究。因此，他在同年年尾寫的〈重印乾隆壬子本《紅樓夢》序〉一文，也像俞平伯一樣，把有正本批語提及的後文故事當作是續書的一種。[84]

胡適在 1928 年 2 月 12 至 16 日寫成〈考證《紅樓夢》的新材料〉一文，對批語作比較深入的探究。[85]這時他手上的甲戌本是海內孤本（全名為《脂硯齋重評石頭記》，胡適在文章中簡稱為“脂本”），所以只有他纔能從事甲戌本和有正本的比較研究。甲戌本和有正本的差異之處正涉及批者的身份。首先，甲戌本書名標明是“脂硯齋重評”，比有正本清楚。其次，甲戌本的第一回在“滿紙荒唐言，一把辛酸淚”一詩之後，有以下文字：“至脂硯齋甲戌抄閱再評仍用《石頭記》。出則〔處?〕既明，且看石上是何故事。”其中“出則既明”以下文字有正本也有，但這句之前十五個字是甲戌本獨有。[86]這立即使我們注意到兩個重要的消息：第一，批者是脂硯齋。第二，批者下批時作者還在世（乾隆十九年，即公元 1754 年）。但胡適的著眼點顯然不在批語本身，而是從批語的內容推度《紅樓夢》的著作時間。

胡適在這篇文章中引用的第一條脂批是：“能解者方有辛酸之淚哭成此書。壬午除夕，書未成，芹為淚盡而逝。余嘗哭芹，淚亦待盡。每意覓青埂峰再問石兄，奈不遇癩頭和尚何！悵悵！……甲午八月淚筆。”[87]和上一個例子一樣，胡適注意的仍是批語中有關作者卒年的消息，而不是批者和作者的關係。

胡適徵引的第二條批語是：“雪芹舊有《風月寶鑑》之書，乃其弟棠村序也。今棠村已逝，余睹新懷舊，故仍因之。”[88]於是他得出結論，認為《風月寶鑑》是《紅樓夢》的初稿，而棠村即正文中的孔梅溪。

從以上分析可以看出胡適對作者的創作過程極為重視。但批語的內容處處提及作者，而且顯示出批者對作者的寫作過程瞭如指掌，可見批者和作者的關係很密切。所以他先是推測："脂硯齋是同雪芹很親近的，同雪芹弟兄都很相熟。我並且疑心他是雪芹同族的親屬。"[89]再看過《紅樓夢》第十三回秦可卿託夢於鳳姐的幾段批語後，胡適得出這樣的結論："看此諸條，可見評者脂硯齋是曹雪芹很親的族人，第十三回所記寧國府的事即是他家的事，他大概是雪芹的嫡堂弟兄或從堂弟兄，——也許是曹顒或曹頎的兒子。松齋似是他的表字，脂硯齋是他的別號。"[90]我們注意到這話中胡適的判斷語"很親的族人"。

〈考證《紅樓夢》的新材料〉一文的第五節題為"脂本與戚本"。這一節提出了批語研究的重要結論。胡適用甲戌本校有正本，結果得出兩個結論：

> (一)《紅樓夢》的最初底本是有評註的。
>
> (二)最初的評註至少有一部分是曹雪芹自己作的，其餘或是他的親信朋友如脂硯齋之流作的。

第一個結論的重要性有二：一、這個結論反映出脂批是與抄本同時面世的，胡適本人也已經意識到這點。二、胡適在提出第一個結論的同時，也認為甲戌本和有正本的評註同出於一個有評的原本，"但脂本（甲戌本）為直接鈔本，而戚本（有正本）是間接傳鈔本"。[91]甲戌本和有正本是不是同源，姑且按下不表。純粹從批語研究的角度來看，胡適這個結論等於為有正本的批語找到了作者。當時，有正本是唯一較易得到的抄本，[92]學者如果不知道批者是誰，研究工作恐怕難以展開。

胡適第二個結論的論據雖不見得有力，但它的重要性並不比第一個結論低。胡適提出兩條理由來支持"作者自註"的說法：一、作者自加評註本是小說家的常事；二、有許多評註全是作者自註的口氣。第一條理由說是“常事”，卻沒有提出證據，難以令人信服。作者也不一定要“自加評註”。第二條理由只是胡適個人的印象，例如，第一回“無材補天，幻形入世”的評註云：“八字便是作者一生慚恨。”胡適判斷為：“這樣的話當然是作者自己說的。”但“當然”兩字別的讀者卻未必以為然。周汝昌和吳世昌就不同意胡適的看法。[93]

胡適後來又談到甲戌本和有正本的總評，他說：“原本不但有評註，還有許多回有總評，寫在每回正文之前，與這第一回的序例相像，大概也是作者自己作的。還有一些總評寫在每回之後，也是墨筆楷書，但似是評書者加的，不是作者原有的了。”[94]這裡一處用“大概”，一處用“似是”，更顯得胡適說法只是推測，並沒有強而有力的證據來支持他的“作者自註”的說法。

不過，無論如何，胡適因為得以參照甲戌本的批語，所以他對批者身份的結論（部分出自作者、部分出自作者親友如脂硯齋）比起俞平伯的推測（俞平伯說“評書人應和雪芹並世而行輩稍晚”）確實得多。

更重要的是，因為批者的身份比以前清楚，所以胡適也比俞平伯更信賴批語，最明顯的例子是襲人嫁琪官一事，批語說他們夫婦依舊“供奉玉兄，得同終始”。俞平伯早年指批者“不善於讀書”、“成見太深”，認為程高本中襲人的結局“不失雪芹底意思”。[95]胡適完全取信批語，結論正好與俞平伯相反：“高鶚續書大失雪芹本意。”[96]可以說，批者身份的確立等於批語權威的確立。

此外，胡適因仔細研究過脂本（甲戌本）獨有的批語，再加上他已了解到批者和作者很親近，所以相信脂硯齋曾看過曹雪芹的佚稿。脂批提及的後文故事，正是雪芹佚稿的故事，而不是如俞平伯所說的“續書”。換言之，胡適這篇文章**開始為批**

語建立起權威，也把批語的研究推進了一大步。

到了1933年，胡適得見徐星署所藏的《脂硯齋重評石頭記》一書（庚辰本）。同年1月他寫成〈跋乾隆庚辰本《脂硯齋重評石頭記》鈔本〉一文，修訂了他對批者身份的看法。胡適注意到庚辰本墨批有“鑑堂”及“漪園”的簽名；硃批簽名的共有四個：脂硯、梅溪、松齋、畸笏。關於“鑑堂”和“漪園”，胡適推測是後來的收藏者，因缺乏資料，所以沒有加以考證。至於用硃筆批書的四個人，對於脂硯齋身份的看法，提出重大的修改，其他三人也沒有加以深究。1928年他推測脂硯是曹雪芹的堂兄弟，“現在看了此本（庚辰本），我相信脂硯齋即是那位愛吃胭脂的寶玉，即是曹雪芹自己”。[97]他在這篇文章提出的論據不再重複“小說家的常事”和“作者自註的口氣”一類的說法。他提出三個新的理由。

第一個理由得自批語本身。庚辰本第二十二回記寶玉生日，鳳姐點戲，有硃批云：“鳳姐點戲，脂硯執筆事，今知者聊聊〔寥〕矣。不怨夫?”[98]“脂硯執筆”一語怎麼解釋，紅學家意見不一（在上文的注釋中我們已經提過了）。胡適顯然把“脂硯執筆”一語理解為脂硯執筆替鳳姐點戲，他說：“鳳姐不識字，故點戲時須別人執筆，本回雖不曾明說是寶玉執筆，而寶玉的資格最合。”[99]所以他把批者脂硯齋等同於書中的寶玉，而寶玉又即是作者曹雪芹。第二條理由卻是從批者的名字想起。胡適認為“‘脂硯’只是那塊愛吃胭脂的頑石，其為作者託名，本無可疑。”[100]第三條理由是出自胡適的假設，但他卻說得十分肯定：“其時《紅樓夢》剛寫定，決不會已有‘紅迷’的讀者肯費這麼大的氣力去作此種詳細的注釋。所謂《脂硯齋評本》即是指那原有作者評註的底本，不是指那些有丁亥甲午評語的本子，……”[101]

細究之下，胡適提出的三條理由都有問題。第三條理由是胡適的假設，不能作為硬證。第二條理由推論過分簡單，不免使人生疑。首先，“脂硯”是不是應解作“愛吃胭脂的頑石”呢？這裡已有商榷餘地。周汝昌就曾指出：“不但說‘脂硯’即‘愛吃胭脂’一點，覺得有些滑稽，即說硯臺便是那塊愛吃胭脂的頑石，也嫌牽強。假使雪芹真個自己起上這麼一個意義的齋名，則雪芹也很夠使人肉麻的了！”[102]周汝昌的話並不是沒有道理的。況且書中所寫愛吃胭脂的是寶玉，不是石頭。把石頭混同寶玉是程高本的錯誤，實在講不通。至於第一個理由，關鍵在於如何理解“脂硯執筆”四個字。王佩璋早在1957年已經指出“‘點戲是不用寫戲名的”。[103]後來戴不凡也引用《紅樓夢》第十一回賈敬生日時鳳姐點戲的原文：“……尤氏叫拿戲單來讓鳳姐兒點戲。……鳳姐兒立起身來，答應了一聲，方接過了戲單，從頭一看，點了一出《還魂》，一出《彈詞》”，他指出鳳姐看得懂戲單。另外，舊日點戲只是用手指點或口頭吩咐，不用“執筆”。[104]因此，脂硯（寶玉）執筆代鳳姐點戲的說法是說不通的。

總括胡適對批者身份的探究工作，我們可以看出一個清晰的脈絡。他先是認為脂硯齋是作者的本家或朋友，後來又提出堂弟兄說，進一步認為批語有一部分是作者手筆，最後更把脂硯等同於作者。胡適重視批語，其實最重視涉及著作情況的條目。他在〈與錢玄同書〉提到甲戌本的批語，認為“有許多處可以供史料”。[105]在〈跋乾隆甲戌《脂硯齋重評石頭記》影印本〉一文中，又說：“甲戌本的第十三回是這本子裡最有史料價值的一卷，此回有幾條硃筆的總評、眉評、夾評，是一切古本《紅樓夢》都沒有保存的資料。”[106]他並沒有正面評估批語的價值，但他把批者等同於作者，也許他自己沒有意識到，實際上是把批語的權威大大提高。在批者身份和批語價值的關係方面，俞平伯的認識要比胡適來得深。以下我們就要剖析俞平伯的看法。

3.2.3 俞平伯的猶豫："評者之意"與"作者之意"的分野

在撰寫《紅樓夢辨》時，俞平伯根本不知道有脂硯齋這個人，他也完全沒有"作者自註"的想法。當時他並沒有其他材料可資考證，所以他只能依賴批語本身來推測批者身份。《紅樓夢》第十八回有下面這段批語：

> 按近之俗語云："能〔寧〕養千軍，不養一戲。"蓋其言優伶之不可養之意也。大抵一班之中，此一人技藝稍優出眾，此一人則拿腔作勢唬眾恃強，種種可惡，使主〔人〕逐之不捨，責之不可，雖欲不憐而實不能不憐，雖欲不愛而實不能不愛。余歷梨園子弟廣矣，各各〔個個〕皆然。亦曾與慣養梨園諸世家兄弟談議及此，眾皆知其事，而皆不能言。今閱《石頭記》載"原非本角之戲，執意不作"二語，便見其恃能壓眾，喬酸姣妒，淋漓滿紙矣。復至"情悟〔語〕梨香院"一回，更將和盤托出，與余三十年前目睹身親之人，現形於紙上。使言《石頭記》之為書，情之至極，言之至確，然非領略過乃事，迷陷過乃情，即觀此茫然嚼蠟，亦不知其神妙也。[107]

值得注意的是同一段批語，俞平伯在《紅樓夢辨》和《紅樓夢研究》卻有不同的解釋。《紅樓夢辨》中，俞平伯主要用這段批語來確定批書的年代和批書人的身份。他的結論是批書的年代在（甲）清乾隆中葉；（乙）在程高本刊行以前。至於批書人的年代，俞平伯認為"評書人應和雪芹並世而行輩稍晚"，"總之，我們不能不承認，這是很早的《紅樓夢》評注"。[108]到了《紅樓夢研究》出版時，俞平伯雖然知道脂硯齋評《石頭記》的事，但是脂硯齋是什麼人仍有待研究。先前（1922 年 4 月）

俞平伯從家蓄伶人一事推論批者生於乾隆中葉物力殷富之時；而批語中的“三十年前”，俞平伯解釋為“評書三十年前，他沒有讀過這書”。其實這樣解釋並不妥當，因為批語明明說“與余三十年前目睹身親之人，現形於紙上”，是指《紅樓夢》小說所寫的人物，和批者三十年前在現實生活中遇到的人物極為相似，並不是指三十年前批者沒有讀到《紅樓夢》。因為俞平伯誤解了批語，又因為他把批書的時間定在程高本以前，所以他的結論是：“或者是在三十年前，連《紅樓夢》鈔本也是沒有的；若這樣，評書人應和雪芹並世而行輩稍晚。”[109]到了 1950 年 10 月 28 日，俞平伯修訂有關章節，也許是發現了這個錯誤，所以上面的說法全被刪去。他的思路也完全不同：家蓄伶人一事，意味著當時批者至少已二十歲；“三十年前”相對於作批語的三十年後，批者下批時起碼有五十歲：但雪芹只活了四十歲。可見所謂脂硯齋大概與作者同時，輩分還早些。[110]

將俞平伯前後兩個結論相比較，就知道批者和作者“同時”這個看法是前後一致的，其間的分別是“行輩稍晚”和“輩分還早〔高〕些”。俞平伯推論的根據雖然只是區區一條批語，但他實際上已否定作者與評者同為曹雪芹的說法，觀點前後近三十年始終一貫。

作者與評者到底是不是同一個人，這個問題之所以重要，是因為批者的身份直接影響到學者對批語的採信程度，也就是影響到批語的價值。《紅樓夢研究》（1952 年）出版之前，關於批者的身份，主要有胡適的說法和周汝昌的說法，俞平伯既然要運用批語來研究後三十回，自然不能迴避批語的可信性問題：

> 脂硯齋究係何人，疑莫能明。或以為雪芹底族兄弟，後來又以為即作者（濤按：這是胡適的說法）。或以為是書中的史湘雲（濤按：這是周汝昌的說法），鄙人未敢信以為然。[111]

關於批者即“史湘雲”一說，他簡單說“未敢”相信，沒有論證。[112]俞平伯的工作主要還是以自己的分析否定了胡適的“作者評者寶玉合一”說。

俞平伯和胡適討論批語有一個共同點，就是不大理會其他批者的身份，把注意力放在脂硯的身份上（他們最大的分歧是胡適把脂硯等同於作者，而俞平伯視脂硯為另一人）。但這樣做顯然簡化了批者的問題。因為無論脂硯與作者是一是二，我們仍然不能對畸笏和“諸公”的批語熟視無睹。單就這條俞平伯頗為倚重的批語來說，下批的是脂硯齋還是畸笏叟，還是其他人，恐怕還大有可議之處（戴不凡就認為這條批語是出自畸笏叟。[113]余英時卻認為這條批語“決不是曹家人批自家事”，而可能是敦敏或敦誠所批[114]）。

但是，在那個時候，俞平伯的工作是有意義的，因為批者數目多少，和區分批者與作者這兩件事之間，顯然是後者較為重要。理由如下：

第一，區分作者和批者牽涉到批語價值的估定。批語如果出自作者之手，那批語在極重視作者權威的研究者心目中即具有無上權威。（參閱本書的結論）。

事實上，新紅學家差不多都是“以作者為中心的評論家”〔author-centered critics，該詞採自蘇珊·R.·蘇萊曼〈《文本中的讀者》導論：觀者導向批評的各種流派〉（Susan R. Suleiman, “Introduction: Varieties of Audience-Oriented Criticism”）[115]〕。如果批語不是作者自己寫下的，那麼，批語所說，不過代表了一個批評者的意見。雖然批者跟作者很親近，但批者的意思畢竟不等於作者之意。這也是俞平伯反複強調的一點（說詳下文）。

第二，以單純研究批語而論，當以區分作者與批者這個大問題為先，批者的數目問題是區分之後的次要工作，可以不涉及作者問題。

因此，俞平伯用批者年齡來區分作者與批者，對於批語的權威實有立竿見影的效果。小說正文和批語既然不是出自一手，那麼，論者自然不必奉批語為金科玉律。依胡適的看法，脂硯之意等於作者之意；在俞平伯的眼中，脂硯和作者之意實不能等同：

> 本篇雖為後半部輯佚，材料悉本"脂評"，而脂評與作者之意，中間是否仍有若干距離？……我們固應當重視"脂評"，但若逕以它代作者之意，亦未免失之過於重視了。[116]

由《紅樓夢辨》到《紅樓夢研究》，俞平伯都將脂硯齋和作者分開。但他後來卻又傾向於相信批語中有作者的自註。1954 年俞平伯在《新建設》發表〈《紅樓夢》簡論〉一文，提及《紅樓夢》第二十五回的一條批語。原文敘小紅事，正文說："展眼過了一日。"批語："必云'展眼過了一日'者，是反襯紅玉'挨一刻似一夏也，知乎？"[117]這"知乎？"的口吻大啟俞平伯的疑竇："他說'知乎？'好比問著咱們，'知道麼？'但他又怎麼會知呢？這很奇怪。我近來頗疑脂硯齋即曹雪芹的化名假名。不然，作者作書時的心理，旁人怎得知。"[118]他又認為"脂庚本在二十二回'山木自寇''源泉自盜'下都有注，是作者自己注的。""這文（指〈芙蓉女兒誄〉）脂庚本有注，亦出作者之手，……"[119]〈《紅樓夢》簡論〉不是專論批語的文章，只是簡單提出了他的看法。俞平伯的看法詳見〈《脂硯齋紅樓夢輯評》引言〉。在〈引言〉中，他再次提到脂硯齋的身份："脂硯齋雖至今不能斷定為何人，但'脂評'裡有部分的批注，看它的情形口吻，可能是作者自己做的。"[120]他又再舉庚辰本的一條批註。《紅樓夢》第二十六回正文：

> 那寶玉便和他說些沒要緊的散話。

【庚辰本雙行批注】妙極是極，況寶玉有何正緊〔經〕可說的。

【雙行批注下再雙行批注】此批被作者偏〔騙〕過了。[121]

俞平伯認為這條雙行夾批甲戌、庚辰、有正三本並見，是地地道道的“脂批”，不是後人或收藏者所加。但是，“這兒正文下面的雙行批，名為脂批，並非脂批，而下面的再雙行注，纔是真的脂批。作者既已批過，脂硯齋或他人再批，便寫在作者原批的下邊。”[122]至於這條批上批為什麼不寫在行間或書眉，俞平伯表示他也不明白。他最後得出結論：“不管怎樣，這條小字的批已說明所謂‘脂批’，確乎夾有作者的手筆在內，且跟脂批混而不分的；……”[123]

俞平伯的看法表面上有點接近胡適的看法，實際上他並不像胡適那樣極端，他整體意見可以用他自己的話來概括：“回答第一個問題（脂硯齋是誰?），以證據缺乏，很感困難，脂硯是否即曹雪芹的化名我不敢說，有一點確定的，即所謂真的脂評，有作者的手筆在內。但這並不等於說脂硯齋即曹雪芹。”[124]和胡適一樣，俞平伯並沒有嘗試全面區分批語中哪些是作者的手筆，哪些是脂硯齋的批語。

對於批者身份和批語價值的關係，俞平伯卻顯然比胡適具有更高的洞察力。他早年曾說過：“評註原未必佳，且謬語極多，……”（1922 年 4 月，〈後三十回的《紅樓夢》〉）[125]“其中有許多極關緊要之評，卻也有全沒相干的，翻覽即可見矣。”（1931 年 6 月 19 日，〈脂硯齋評《石頭記》殘本跋〉）[126]但他也察覺到估定批語價值和批者的身份有不可分割的關係。〈《脂硯齋紅樓夢輯評》引言〉中有兩段話最可反映他對批語的態度：

- 對上列三個問題（脂硯是誰？畸笏是誰？脂硯畸笏是一是二?），我可能的解答不過如此，到底沒有說出誰是誰非；但咱們卻不妨信賴這些批注。因為他們一小部分為作者自評，其大部分出於作者最近的親屬。無論從哪一方面來估價，總歸是非常高的。[127]

- 從“寫者”“年月”各方面看，對這脂評都是肯定的。[128]

雖然如此，俞平伯的態度很慎重，他並不盲目信任脂批，因為他不認為批注可以百分百代表作者的意思。批語中有好幾條稱讚襲人，如十九回夾批“孝女義女”，第二十一回雙行批注亦稱她為“賢女子”，等等。俞平伯認為這與《紅樓夢》本文不相應，他舉出第七十七回為證。這回寫到晴雯被逐，寶玉好像懷疑襲人暗中陷害。俞平伯認為這裡“不但有了不滿之意，簡直形於辭色，指明了襲人暗害晴雯”。[129]俞平伯的看法並不是沒有商榷的餘地：一、原文寶玉的口吻只是懷疑，並沒“指明了襲人暗害晴雯”，俞平伯把懷疑的程度過分誇大了。二、原文的話只是寶玉的看法，俞平伯顯然把寶玉的意思等同於作者意圖。俞平伯要讀者注意批者之意不全等於作者之意，卻沒有想到書中人（寶玉）之意是不是等同作者之意。如果這裡俞平伯是受自傳說的成見影響而忽略了這種細緻的區別，那是令人遺憾的事。

無論如何，俞平伯從襲人一例得出的結論是：“試問，這可否能夠把脂評與《紅樓》正文同樣估價，或進一步用脂評把咱們對這正文的看法改變過來呢？我想，不應當這樣做的。”“（對於脂評）重視可以，過於重視又不成。”[133]總括而言，在俞平伯眼中，脂批幾乎取得與正文相同的地位，不過他也同時強調正文和批語之間仍有“距離”。讀者對正文的詮釋如果和批者的詮釋有衝突，那批者的看法終不免要靠後居於次要的地位。[134]

然則，在進行實際批評時，俞平伯是怎樣運用批語的？這裡引兩個例子說明一下。第一，《紅樓夢》極受詮釋者重視的是“作意”。在這方面俞平伯也有他個人的看法。他認為《紅樓夢》雖亦牽涉到種族、政治、社會等問題，但主要的對象是家庭，而家庭中主要的人物是寶玉和十二釵。但這種作“傳記”的“作者意圖”有沒有佐證呢？俞平伯徵引了甲戌本《紅樓夢》第二回的眉批：

> 蓋作者實因鶺鴒之悲，棠棣之威，故撰此閨閣庭幃之傳。[132]

然後說：“簡單說來，《紅樓夢》的作意不過如此。”[133]可見他認為批者掌握了“作者之意”。

另一個例子：1952年俞平伯將《紅樓夢辨》（1923年出版）修改成《紅樓夢研究》，他在〈後三十回的《紅樓夢》〉徵引了庚辰本第四十二回總評：“釵玉名雖二個，人卻一身，此幻筆也。今書至三十八回時已過三分一有餘。故寫是回使二人合而為一。請看代〔黛〕玉逝後，寶釵之文字便知余言不謬矣。”[134]俞平伯很重視這條批語：

- 這最後一條四十二回底總評，戚本是沒有的，卻特別重要。
- 這對讀《紅樓夢》的是一個新觀點。釵黛在二百年來成為情場著名的冤家，眾口一詞牢不可破，卻不料被作者要把兩美合而為一，脂硯先生引後文作證，想必黛玉逝後，寶釵傷感得了不得。他說“便知余言不謬”，可見確是作者之意。[135]

俞平伯為什麼重視這條批語？因為批語所說“確是作者之意”。俞平伯後來在〈“壽怡紅群芳開夜宴”圖說〉一文推衍“兩美合一”之說，認為“《紅樓》一書中，薛林雅調稱為雙絕，雖作者才高殊難分其高下，公子情多亦曰‘還要斟酌’，豈以獨鍾之情遂移並秀之實乎”。[136]這就是有名的“釵黛合一”之說（在1954年的“紅樓夢事件”中，這一說法成為眾矢之的。

參《紅樓夢問題討論集》第一至三集。但余英時、吳曉南則支持此說[137]）。究其淵源，薛林並秀難分高下之說其實出自脂評。從此例可見脂批、作者之意和詮釋《紅樓夢》的密切關係（即俞平伯所謂“對讀《紅樓夢》的是一個新觀點”），也可以看出俞平伯對批語的信任程度。[138]

3.2.4 周汝昌的“脂硯即湘雲”：“取其所需”、“循環論證”的詮釋策略

新紅學家之中，對批者身份提出確實答案的，除了胡適外，還有周汝昌。胡適的答案有前後兩個：（一）堂兄弟；（二）作者曹雪芹自己。

周汝昌起初（1948 年）也深信胡適的“作者自注”之說，他為胡藏甲戌本所寫的跋以無比肯定的語氣力證“脂批即雪芹原批”。[139]周汝昌還嫌胡適的說法不夠透徹，曾撰寫文章“欲恢而廣之”。[140]

但後來周汝昌又另立新說，力指脂硯就是史湘雲，他稱這個見解為“湘雲說”。[141]歷來研究者對“湘雲說”的意見不一，但他們大都只集中檢視“脂硯”和“湘雲”本身——即脂硯齋是不是書中的史湘雲，對於“湘雲說”和《紅樓夢》詮釋問題兩者之間的關係反而沒有予以足夠的重視。

周汝昌建立湘雲說所引用的批語極多，這裡不能逐一剖析，只能加以歸納撮要。周汝昌首先就不同意劉銓福、裕瑞和胡適的說法。在非難胡適“堂兄弟說”的同時，也為他自己的“湘雲說”鋪路。周汝昌的論據主要是：一、書中幾次女眷大聚會中，批者都在場，找不出一個“堂兄弟”來。二、批者知道怡紅院中的女兒細事，“堂兄弟”豈能知道。三、批者地位相當於釵黛，又不在寧榮之數，家庭背景又與曹家無異。四、批者兼喪父母，而且跟大娘度日。五、批者似特別珍重湘雲的消息。

“湘雲說”其實是如何解釋脂批的問題，而這個問題又和詮釋《紅樓夢》（是不是傳記式小說）有直接的關係。例如，批語中有好幾條提到“怡紅細事”，其實完全可能是一個普通讀者閱讀時的按語，而周汝昌卻認為批者是書中人，而且在怡紅院住過，所以知道“怡紅細事”。另一條周汝昌很倚重的批語是《紅樓夢》甲戌本第二回的批語：“先為寧榮諸人當頭一喝，卻是為余一喝!”[142]周汝昌據這條得出批者“不在寧榮之數”的結論。[143]於是他就找尋書中榮寧以外的人物來配合這個結論，最後找到史湘雲。我們仔細分析就發覺這樣解釋批語不無問題：首先，一個普通讀者也“不在寧榮之數”，何必是史湘雲？第二，這條批語絲毫看不出女子口吻。所以無論如何不能依據這條批語來設定條件，然後再找榮寧以外的女性來對號入座。

從以上例子可以看出，好些批語完全可能是普通讀者的反應，而周汝昌都認為批者定是書中人。這可以說是把自傳說的理論應用到批語研究上去，令許多批語都變成具有特殊的意義。這樣一來卻也顯示出這種解釋批語的方法令人難以首肯。例如，周汝昌認定批者兼喪父母，根據的是以下批語：“普天之幼年喪母者齊來一哭!”“昊天罔極之恩，如何得報？哭煞幼而喪父母者!”“未喪母者來細玩，既喪母者來痛哭!”[144]嚴格來講，不能憑這類批語就認定批者兼喪父母。批語中用上同類表達形式的也有不少，上引某事“哭煞”某類人，就有相類似的“愧殺”，見於第一回甲戌眉批“愧殺近之讀書假道學矣”。[145]某類人“齊來一哭”、“來痛哭”就有相似的“來看”、“同來一哭”、“齊來一玩”等等，見第八回甲戌夾庚辰眉批：“不學紈褲來看。”[146]第二十一回庚辰本批語：“好平兒，遍天下懼內者來感謝。”[147]第二十四回庚辰本批語：“爭奪者同來一看。”[148]第二十四回庚辰本批語：“爭名奪利者同來一哭。”[149]第二十四回甲戌本批語：“小人乍得意者齊來一玩。”[150]第三十九回已卯本批語：“不知教訓者來看此句。”[151]第四十一回蒙府批語：“好充懂得者的來看。”[152]第四十四回庚辰本批語：“懦夫來看此句。”[153]根據丁廣惠的歸納，用“×××（者）來看、聽、一哭”這種形式的批語就有21條。[154]若強按傳記說的邏輯（從批語推測評者身份）去看待，那麼，批者豈不是也是“假道學”、“鄙薄師傅者”、“小人乍得意者”、“懦夫”等等？無論如何，上述的推論方式是不嚴謹的，也是不可靠的。因此，把批者的反應視為幼喪父母的證據，充其量只能是一種可能的詮釋，批者未必就是孤兒。況且，指批者為孤兒，又與其他批語相矛盾（說詳下文）。

概括地說，周汝昌的理論是建基於兩個前設：一、批者有那樣的反應，一定是孤兒；二、據傳記說，批者一定被寫入書中，即書中人物真有其人。

依我們看，第一個假設用批語來規限批者的身份，第二個假設用了《紅樓夢》的內文來印證批者的身份。我們已經認識到第一個假設並不是無懈可擊的定解，那麼，第二個假設就失去確定的前提。在沒有確定前提的同時，批書人（脂硯齋）是書中人（史湘雲）的理論還必須借助另一個假設（傳記說），那麼這個說法就益發顯得沒有說服力。

批語的內容也顯示批者未必幼年喪父，《紅樓夢》第二十三回寫到“忽見丫環來說老爺叫寶玉。寶玉聽了，好似打了個焦雷，登時掃去了興頭，臉上轉了顏色”。庚辰本有行側批云：“多大力量寫此句，余亦驚駭，況寶玉乎？回思十二三時亦曾有是病來，想時不再至，不禁淚下。”[155]可見批者十二三歲時，還有害怕嚴父的經驗，而史湘雲“襁保中父母嘆雙亡”〔《脂硯齋重評石頭記》（庚辰本），頁116〕，二者身世並不吻合。論者如果要說批者幼年父母雙亡，那麼，更不應忽視這條批語。

但是，我們關心的並不是批者到底是誰的問題，我們關心的是批者身份轉移，怎樣左右學者對批語和《紅樓夢》本身的理解。周汝昌對於這點也不是毫無所覺的，所以他說：“若承認這點（脂硯齋就是史湘雲），然後有許多批語，以前不太注意的，便發生新的意義。”他舉出的例子是湘雲出場，批書人似特別標舉，是自已特為珍重之意。[156]更為重要的是“湘雲說”與《紅樓夢》八十回以後故事的關係。運用脂批來重構八十回以後的故事，由俞平伯首開其端，胡適也曾加以補充。對脂批所示的事跡，俞、胡二人都視為曹雪芹的原稿佚文。但是周汝昌的“湘雲說”卻和“舊時真本”的結局相結合，另立新說。

關於“舊時真本”，俞平伯《紅樓夢辨》中有〈所謂“舊時真本”《紅樓夢》〉一篇，討論《臞蝯筆記》和《續閱微草堂筆記》中提及的一種“舊時真本”。這“舊時真本”寫到榮寧二府籍沒以後，備極蕭條，寶釵早卒，寶玉無以為家，至淪為擊柝之流；史湘雲則為乞丐，後來和寶玉結為夫婦。關於湘雲的歸宿，俞平伯面對著的三種本子都不相同。這三種本子是：一、程高本；二、有正本批語中的“續書”；三、“舊時真本”。俞平伯並無成見，因為他當時並不知道有正本批語提到的後文故事是曹雪芹的佚稿。他比較滿意有正本批語所述：沒有寶湘成婚之事，湘雲後來應嫁衛若蘭。[157]

但是周汝昌則深取“舊時真本”，傾向相信它是曹雪芹的真書。周汝昌把這種“舊時真本”寶湘成婚的事跡與他的“湘雲說”配合起來，把小說與歷史互相類比參照。“舊時真本”寫到寶湘成婚，而在自傳說的理論裡面，寶玉相當於現實世界的曹雪芹，那麼史湘雲在現實世界中必有相應的人物，就是脂硯齋。於是曹雪芹和脂硯齋也必如書中所寫是夫妻的關係。表面看來，周汝昌的做法是用小說“舊時真本”的情節來重建歷史事跡，其做法稍為出人意表。細究之下就知道他先有自傳說的成見在胸，所以假定作者必定如實把歷史寫成小說，在這種邏輯下，把小說還原為歷史也就不是什麼奇怪的事。

周汝昌本來極為重視脂批，而且提出脂硯齋對書中的湘雲似乎著意標舉，特為珍重。[158]但是，脂硯多次提及後文的故事，何以對寶湘成婚這樣的大事不著一字呢？（照周汝昌的理論，是曹雪芹與脂硯齋自己的大事）他這樣勉強加以辯解：

> 因為《筆記》所敘並不甚詳，要想從脂批裡去找事跡來對勘這個真本之真，本不容易，因為脂批本意不在於預示所有後來情事，我們現在藉以得知的零星片段，不過偶因必要而涉及，流露可窺罷了。我們因此不能要求脂批內必該亦有湘雲乞丐，寶玉擊柝和重圓的提示。[159]

這種說法也未嘗無理，然而脂批沒有玉、湘成婚的提示，卻不只一次提及寶玉、寶釵成婚。庚辰本第三十一回回前總批說："金玉姻緣已定，又寫一金麒麟，是間色法也。何顰兒為其所感？……"。[160]（"何顰兒為其所感？"別本作"何顰兒為其所惑？"）早在1921年，俞平伯在〈《石頭記》底風格與作者底態度〉一文中就已注意到"間色法"，他不把批語當作是"湘雲成婚"之說。[161]王靖宇在"The Chih-yen-chai Commentary and *the Dream of the Red Chamber*: A Literary Study"（〈脂硯齋評和《紅樓夢》〉）一文解釋"間色法"："'Mixing the colors' 間色法. This is a diversionary measure on the part of the author to make his writing appear elusive. In Chapter 31, for example, we see Tai-yu fret over the fact that Hsiang-yun (River Mist) possesses a gold unicorn, apparently for fear that she may be destined to marry Pao-yu (金玉良緣 'the auspicious match of gold and jade'), when the author's intention all along is actually to have Pao-chai married Pao-yu in the end."[162]（陳荃禮、袁守軍的譯文："'間色'法：作者這一轉移人們注意力的手法，使其作品的某些部分令人一時難以捉摸。例如第三十一回中，我們看到身有金麒麟的史湘雲很使

黛玉發愁，她生怕應了金玉良緣之說，致使寶玉與湘雲結合，而作者的意圖卻是最終讓寶玉和寶釵結合。”[163]）此外，陳詔撰有〈間色法〉一文，也是這樣理解這條脂批。[164]王關仕先後撰〈間色法論〉、〈再論間色法〉二文，引《論語》、傳奇《桃花扇》的用法，指出：“間色是僅次於主要的腳色……史湘雲和薛寶釵比較，則史為次要的腳色，即屬於次於正色的間色。”[165]王關仕的意見，引人注目。

我們知道，脂評作者曾提及金聖嘆批語。如果從評點傳統來看，“間色法”應該是承繼金聖嘆批《水滸》之語：“魯達之戒刀也，伴之以禪杖，武松之戒刀也，伴之以人骨念珠，此又作者故染間色，以眩人目也。”（《第五才子書》第十六回回首總評）[166]這樣看來，“間色”只屬於“伴”；所謂“眩人目”則有迷惑人的意思，近於脂評的“為其所惑”。

梅節認為湘雲嫁衛若蘭，後來婚姻關係未能維持，最終應入於薄命司。[167]再看脂批：

> 第二十回【庚辰本雙行夾注】
>
> 寶玉久坐忘情，必被寶卿見棄，杜絕後文成其夫婦時無可談舊之情，有何趣味哉。[168]
>
> 第二十一回【庚辰本雙行夾注】
>
> 若他人得寶釵之妻，麝月之婢，豈能棄而而〔為〕僧哉？玉一生偏僻處。[169]

在周汝昌理論中，脂批誠然極為寶貴，因為，他認同批語是作者至親的人寫下的。但是，在“脂硯齋即史湘雲”和“曹雪芹和脂硯齋是夫妻”的籠罩之下，批語的“寶釵之妻”反而成為“湘雲說”的障礙、難關。

為了繞過寶玉有“寶釵之妻”這一難關，周汝昌只好設想寶釵早死，寶玉遁入空門，其後，寶玉又“還俗”，娶了湘雲

(參看周汝昌《紅樓奪目紅》一書)。[170]但是，庚辰本回前總批："琪官雖係優人，後回與襲人供奉玉兄寶卿得同終始者，非泛泛之文也。"[171]這批卻沒有說是"玉兄湘雲得同終始"。"玉兄寶卿同終始"，也難以解釋為寶釵先死。

從一芹一脂是夫妻的角度來看批語，許多批語在周汝昌眼中似乎都是夫妻的口吻。例如周汝昌所舉："能解者方有辛酸之淚，哭成此書。壬午除夕，書未成，芹為淚盡而逝，余嘗哭芹，淚亦待盡!""知眼淚還債，大都作者一人耳。余亦知此意，但不能說得出。""讀五件事未完，余不禁失聲大哭！三十年前作書人在何處耶?""'少年色嫩不堅牢'，以及'非夭即貧'之語，余猶在心。今閱至此，不禁大哭!"這都成了妻子哭丈夫的例子。[172]

但是，"'少年色嫩不堅牢'"一批，在有正本第一零六頁是雙行夾批。[173]據周汝昌自己的意見，"凡庚辰本戚本〔有正本〕的雙行夾註，皆係用墨筆與正文一氣鈔成者，該都出脂硯之手，也就是附於《脂硯齋重評石頭記》定本的原評"。這種雙行夾批和甲戌本、庚辰本的眉批行側批"乃是後來又加上去的評語"不同。[174]周汝昌這個看法是合理的，俞平伯早就如此說，[175]後來王佩璋和趙岡、陳鍾毅都有相同的看法。[176]問題是，庚辰年（1760）曹雪芹根本還在人世，據周汝昌的研究結果，曹雪芹卒於癸未年，亦即公元1764年2月1日，[177]那麼，脂硯何以已經在那兒哭雪芹呢？可見把這類批語放在"妻子哭丈夫（即脂硯哭雪芹）"的語境來理解難免有先入為主之嫌。

後來周汝昌傾力鼓吹"脂硯實即書中之湘雲，本是李家女傑"的說法，[178]強調寶玉、湘雲終成其婚配。周汝昌在《紅樓奪目紅》將此"湘雲說"推至極點："總括一句：在雪芹筆下與寶玉意中，只有湘雲方是相當於正妻的身份品位——而並非'續弦'之可比。"[179]這樣說來，脂批說的寶玉寶釵"後文成其夫婦”，原來不大可信？寶釵也不是“正妻品位”？至於黛玉，周汝昌坦白承認：“我不喜歡她。我對她不僅僅是不喜歡，還有時發生反感。”[180]然而，《紅樓夢》第一回正文“勾出多少風流冤家來”，甲戌本有夾批：“餘不及一人者，蓋全部之主惟二玉二人也。”[181]此批“全部之主惟二玉二人”，自然不能獲得周汝昌的青目。脂評對周汝昌當然是很重要，但與“湘雲說”矛盾的批語卻難獲得周汝昌重視。這樣對脂評有所取捨，實在給人一種“順我者生、逆我者死”的感覺。

周汝昌費了不少力氣想將“木石前盟”解釋成湘雲和寶玉之間的“盟誓”。[182]他聲稱“木石前盟”的“木”是指“李”，是湘雲“原型姓李”的那個“李”。我們查看《紅樓夢》的《紅樓夢曲·終身誤》，原文是這樣的：“都道是金玉良緣，俺只念木石前盟。空對著，山中高士晶瑩雪；終不忘，世外仙姝寂寞林。”向來“雪（薛）、林”並舉，周汝昌對於最後“寂寞林”這個“林”字，避而不談。若非刻意避而不談，何以視若無睹？周汝昌為了在詮釋上讓讀者接受寶玉和湘雲的“木石前盟”，就費力在“木”字上用功解說：所謂“湘雲原型姓李”的“李”字，上半是個“木”，然而，在其他讀者的心目中，林黛玉的“林”字，構造上同樣也有“木石前盟”的“木”，何以周汝昌卻不予一顧？周汝昌沒有解釋，我們讀者也難以明白。

這是什麼詮釋策略？在一般人眼中，周汝昌如此對待脂批和正文，是“選擇性”的重視。參照“讀者反應批評”（reader-response criticism）的看法，這是從文本中“作出選擇並加以重組”（activities of selection and organization）。[183]（關於這種“詮釋策略”，本書最後一章有詳細評析。）

檢視周汝昌建立湘雲說的經過，我們可以說“湘雲說”正好墮入“詮釋循環”（hermeneutical circle）之中。理查德·帕爾默在《詮釋學——施萊爾馬赫、狄爾泰、海德格、加達默爾的詮釋理論》（Richard Palmer, *Hermeneutics: Interpretation Theory in Schleiermacher, Dilthey, Heiddeger and Gadamer*）一書中說：

> What we understand forms itself into systematic unities, or circles made up of parts. The circle as a whole defines the individual part, and the parts together form the circle. ...By dialectical interaction between the whole and the part, each gives the other meaning; understanding is circular, then. Because within this "circle" the meaning comes to stand, we call this the "the hermeneutical circle."[184]
>
> **【譯文】**我們的理解本身構成了有系統的統一體，構成由部分組成的循環。這個循環由整體來界定部分，部分相結合又構成這個循環。……藉著整體和部分之間辯證的相互作用，整體和部分就互相賦予意義。因此，理解是循環的。因為意義在循環中誕生，我們將這個循環稱為"詮釋循環"。

錢鍾書（1910—1998）在《管錐編》中說："積小以明大，而又舉大以貫小；推末以至本，而又探本以窮末；交互往復，庶幾乎義解圓足而免於偏枯，所謂'闡釋之循環'（der hermeneutische Zirkel）者是矣。"[185]周汝昌從個別批語（部分）建構出"湘雲說"（整體），又從"湘雲＝脂硯＝芹妻"的角度（整體）來解釋個別批語（部分），正是"積小以明大，而又舉大以貫小"，兩者互相依賴，互為因果。但錢氏所說"庶幾乎義解圓足"，周氏湘雲說卻未能做到。實際上，批語的內容已超出這個循環之外（難以與"湘雲說"完全合拍）。除了以上指出的問題外，吳世昌、趙岡、陳鍾毅都曾詳論"湘雲說"的破綻，讀者可參看吳世昌的《紅樓夢探源》和趙岡、陳鍾毅的《紅樓夢研究新編》。[186]

周汝昌自稱“湘雲說”是“平生在紅學上，自覺最為得意而且最重要的一項考證”。[187]為了這個“最得意”的“本”，其他“末”都可以另作解釋（或重新解釋），例如“白首雙星”，周汝昌認為不是指寶、湘，是寶、湘的綰合人衛若蘭、馮紫英。[188]衛、馮都是男性，但“雙星”在中國文學中向來指牛郎織女，於是，周汝昌後來又改稱：“寶、湘的綰合人……是一對夫婦。”（語見1979年的文章）但“白首”又作何解釋？1981年周汝昌又具體到：“此‘白首雙星’，恐怕是馮紫英、衛若蘭這一流人的父母。”[189]到了2003年，周汝昌在《紅樓奪目紅》第163頁又說“寶、湘二人也終竟為‘白首雙星’”，在第270頁也說他們“結為‘雙星’”。

對此我們不禁生出一連串疑問：雙星究竟指誰？是寶玉和湘雲？是衛若蘭、馮紫英？是馮、衛之父母？周氏前後說法多所遊移，把持不定。[190]曾經有紅學史家指周汝昌的特點是堅持《紅樓夢》的“實錄”，我們從他這“最重要的一項考證”來看，卻發現周汝昌並不是“實錄一派”。[191]如此前後說法變來變去，恐怕也令探佚的愛好者無所適從。

有服膺周氏“兩星綰合論”的研究者認為“雙星”指賈芸和小紅。又疑“白首”指劉姥姥。[192]其後，這“金麒麟姻緣”的故事再有“發展”，所涉的人物也增至十幾個（共計除了衛若蘭、馮紫英及其父母外，還包括劉姥姥、巧姐、板兒、賈芸、小紅、茜雪、倪二、馬販子王短腿、蔣玉菡、柳湘蓮）。[193]再往後“探佚”發展，“金玉姻緣”還包括妙玉、甄寶玉。[194]

在我們心目中，姑勿論相關人物是不是這麼多，單看“白首雙星”何所指的問題，我們已發現探佚家的判斷遊移不定。從旁觀者的角度審視：探佚者實是費盡心力“構想”所謂金麒麟姻緣，於是，其他大小人物（末）也都被拉攏過來“服務”

於此“婚事”（本）。然而，探佚家把過程說得越詳細，就越顯得此說是“費力而成”。從好處想，這婚事的細節越多，金麒麟姻緣越趨“完善”；從壞處想，細節越多代表揣想越多，難免造成反效果。

探佚專家說探佚是一門“科學”（強調科學態度，追尋雪芹原本精神）。[195]就這大方向而言，探佚工作的意義非凡。但在細節上，探佚者推測、臆斷的成份實在不少。諸如“金麒麟姻緣”的諸多細節，到底是曹雪芹的構思居多？還是探佚家的“功勞”居多？（換一個視角，當然也可以說成是“非探佚者”沒有那種創造性的“靈心慧性”，因此，沒法體會“曹雪芹的高層次的精神文化活動”。）

探佚探出的“佚稿”細節越多，可能越啟人疑竇。[196]探佚的細緻化恐怕要面對這一困局。

3.2.5 依附作者的權威

總結上文探討的問題，我們可以看出，批語的權威源自批者的身份。皮述民曾說：“詳閱批語，沒有人不承認這些批語的權威性，也因而沒有人不承認脂硯齋（或稱脂硯、脂研、脂齋）其人對《紅樓夢》一書的重要性。”[197]此話似乎說得太過絕對，而且皮述民沒有指出：批者的重要性、批者的權威其實是源自作者。

西方讀者反應批評盛行以來，有“隱含的讀者”、“虛構的讀者”、“理想的讀者”、“超級讀者”等等名目（implied readers，fictive readers，ideal readers，superreaders——參《讀者反應批評》〔*Reader-response Criticism*〕等書），但無一可形容脂硯、畸笏這種和作者有親密關係的讀者。我們在討論文本問題时曾經提過：余英時認為要談作者的本意，文本是最可靠的材料。事實上，新紅學家也很重視作者意圖，而批者剛好是作者的

“本家人”，“了解雪芹的意旨筆法如此其精徹，一部《石頭記》，他不啻給作者作代言人，盡洩底奥”。[198]所以，批語就成為“作者意圖”極可靠的證據。我們在討論作者問題時又徵引過維姆薩特和比爾兹萊（Wimsatt & Beardsley）“意圖謬誤”之說，他們的論點之一就是“作者本意”是不可得的（not available），丹尼斯·達頓（Dennis Dutton）在〈意圖主義何以長留不去?〉（“Why Intentionalism Won't Go Away”）回顧他們（維姆薩特和比爾兹萊）的學說時說：

> The analytic school says to intentional criticism that we cannot ever know with certainty what authorial intentions are or were...[199]
>
> **【譯文】**分析學派批評意圖式評論說：我們永遠不會知道作者的本意到底是什麼……

因為脂評者和作者的親密關係，在許多紅學家心目中，脂批正好解決了作者意圖可不可得（availability）的問題。至少，在許多人眼中，有了脂批，後世的讀者可以“接近”（have access to）作者的意圖。

二十世紀九十年代，脂硯、畸笏等人被指“不是作者的至愛親朋”，也不是《紅樓夢》創作的“知情者”、“參與者”。[200]脂評身上的作者權威一消失，脂硯其人就被打成“作惡多端罄竹難書的脂硯齋”，[201]脂硯等人的言論也隨之淪為紅學中的“霧瘴”[202]（諷刺的是，“倒脂派”的立論根據主要也是來自脂本，而且他們本身也相信若干條脂批）。

上面我們考察過俞平伯如何引用脂批說明“釵黛合一”的“作者之意”。接下來我們要考察一下胡適如何運用脂批來說明“作者自敘生平”、周汝昌如何用脂批說明“自傳的事實”。

4　脂評的詮釋問題：自傳說和反自傳說的對立

上節勾勒的主要限於批者身份與批語價值之間的關係。但我們已經發現批語研究一開始已經與《紅樓夢》的詮釋分不開。俞平伯早已注意到批語與作者意圖的關係。至於周汝昌，他的"湘雲說"本身已經和"自傳說"合流。追溯根源，運用批語來鞏固自傳說的做法始於胡適。

4.1　脂批與著作權的確立、自傳說的完成

胡適在〈考證《紅樓夢》的新材料〉一文中已引用《紅樓夢》第十三回的兩條批語："曲指三十五年矣"、"三十年前事，見書於三十年後。"[203]他認為："此等處皆可助證《紅樓夢》為記述曹家事實之書，可以摧破不少的懷疑。"[204]他舉出的具體例子有：一、元妃省親的批語。甲戌本第十六回前總評："借省親事寫南巡，出脫心中多少憶惜〔昔〕感今！"[205]胡適指出這條批語關合康熙南巡、曹寅四次接駕的故事。認為批語正好證實了他在〈《紅樓夢》考證〉一文的假設。二、賈政升員外郎的批。胡適在〈《紅樓夢》考證〉中用曹家世系來比較第二回冷子興說的賈家世次，當時他指出賈政是次子，先不襲職，又是員外郎，與曹頫一一相合。現在看見甲戌本第二回行側批"嫡真實事，非妄擁〔擬〕也"，[206]他認為是得到意外的好證據。最後，他從批語研究中得出以下的結論："故《紅樓夢》是寫曹家的事，這一點現在得了許多新證據，更是顛撲不破的了。"[207]

胡適只是簡單引用兩條批語來加強一下他在〈《紅樓夢》考證（改訂稿）〉中的說法。周汝昌則把這種工作推到極致。他的《紅樓夢新證》（棠棣版）第八章第三節〈從脂批看紅樓夢之寫實性〉完全是引用批語來鞏固"自傳說"。此後，批語就成為詮釋者爭奪的陣地。

〈從脂批看紅樓夢之真實性〉可以劃分為兩大部分。第一、確立作者；第二，確立“原書意旨”。第二部分以第一部分為基礎。周汝昌開宗明義就表明：

> 現在這一部考證，唯一目的即在以科學的方法運用歷史材料證明寫實自傳說之不誤。及至看了三個真本的脂批以後，覺得對於此書的作者與意旨二問題，已經表白得清楚無比，我們如果對以上二問題再懷疑惑或還想駁辯，幾乎是愚蠢得可笑了。有了這些寶貴的材料，無假外求，從本身便可獲得解除一切烏煙瘴氣的證據，費力的考證，反顯得拙笨起來。[208]

在檢討周汝昌的看法之前，我們可以先回顧一下胡適如何建立“著者是曹雪芹”的說法。胡適的證據只有兩條：第一條出自《紅樓夢》的內文，即“後因曹雪芹於悼紅軒披閱十載，增刪五次，纂成目錄，分出章回，……”和第一百二十回曹雪芹傳授《紅樓夢》的緣由。第二條他自己稱為“旁證”，即袁枚《隨園詩話》卷二的一條。[209]這兩條證據其實並不那麼有力。[210]俞平伯對“著者是曹雪芹”的說法又沒有羅列其他證據（因為“旁證”是不容易找的）。所以當時周汝昌整理脂批來加強“著者是曹雪芹”的說法，自有它的歷史重要性。

周汝昌引用了八條脂批來“申著作權”，後來索隱派紅學家針對這些批語幾乎逐條提出了商榷，這裡羅列有關批語，並加上編號，方便下文評議。

1. 第一回【甲戌本眉批】

> 若云雪芹披閱增刪，然後〔則〕開卷至此這一篇楔子又係誰撰？足見作者之筆，狡獪之甚！後文如此處者不少。這正是作者用畫家煙雲模糊處。觀者萬不可被作者瞞弊〔蔽〕了去，方是巨眼。[211]

2. 第一回【甲戌本眉批】

雪芹舊有《風月寶鑑》之書，乃其弟棠村序也。今棠村已逝，余睹新懷舊，故仍因之。[212]

3. 第一回【甲戌本眉批】

書未成，芹為淚盡而逝![213]

4. 第二十二回末【庚辰本回末總評】

此回未成而芹逝矣，嘆嘆！丁亥夏，畸笏叟。[214]

5. 第二回【甲戌本雙行夾批】

只此一詩便妙極！此等才情，自是雪芹平生所長。余自謂評書，非關評詩也。[215]

6. 第一回雨村詩【甲戌本行側批】

這是第一首詩，後文香奩閨情，皆不落空。余謂雪芹撰此書，中亦有〔為?〕傳詩之意。[216]

7. 第十三回末【甲戌本回末總評】

"秦可卿淫喪天香樓"，作者用史筆也。老朽因有魂託鳳姐賈家後事二件，豈〔原作嫡〕是安富尊榮坐享人能想得到處？其事雖未漏，其言其意，則令人悲切感服，姑赦之，因命芹溪刪去。[217]

8. 第七十五回【庚辰本回前總批】

乾隆二十一年五月初七日對清。缺中秋詩，俟雪芹。[218]

裕瑞在《棗窗閒筆》中曾提出曹雪芹不過是得到前人著作，"刪改五次"而成為現存的《紅樓夢》，[219]周汝昌就引用第一條批語來非難裕瑞的說法。[220]其他批語，在周汝昌眼中，都是"文義自明"，所以周汝昌也沒有加以申說。他最後得出結論說："此外的脂批雖多提'作者'，而不稱名，但以上八條，用來證明作者之即曹雪芹，已然是足夠而且多餘了。"[221]總之，這些批語使許多紅學家相信曹雪芹是《紅樓夢》的作者。例如，李辰冬說："《紅樓夢》為曹雪芹所寫，無疑作了定論；尤其《脂硯齋重評石頭記》本的發現，更使這種定論成了鐵案。"[222]

但是徵引脂批來加強"著者是曹雪芹"的說法，和詮釋《紅樓夢》有什麼關係呢？我們可以觀察到的是，如果周汝昌不先徵引批語點明曹雪芹即作者，那麼，諸如"實點一筆，余謂作者必有"、"作者與余，實實經過"（甲戌本側批）一類批語中的"作者"都沒法指明，自傳之說也就無從說起。

因為有這一層關係，所以脂評中提到的"作者"無不指向曹雪芹，再加上許多批語都似乎在揭示"作者"的寫作素材、人物的原型，所以周汝昌說："我讀了脂批，益發自信並非自己獃頭死看（把小說完全當歷史）。《石頭記》如果不是百分之百的寫實，那只是文學上手法技巧的問題，而絕不是材料和立意上的虛偽。"[223]因此，〈從脂批看紅樓夢之寫實性〉這一節的第二件工作就是歸納批語，論證《紅樓夢》是"精裁細剪的生活實錄"。[224]周汝昌研究批語得出幾個要點，因引用的批語太多，無法在這裡逐一羅列，只好綜述幾個要點。

> 一、"凡此可見書中人物聲口，以至極細微的閒事閒話，也皆係寫實，而非虛構。"
>
> 二、賈妃真有其人。
>
> 三、批語處處提點讀者：作者之意，原只寫末世。
>
> 四、"寶玉即是作者自寫其照。"
>
> 五、書中景物往往是當日實景。[225]

從上面的討論可知，新紅學"著者是曹雪芹"、自敘傳說兩個核心論點似乎都可以從各抄本上的批語得到支持。

總之，脂批的重出和自傳說的完成有極密切的關係。這種密切的關係一旦建立，影響極大，後來**連紅學大家也無法扭轉**

大局。[226]最顯著的例子是俞平伯。俞平伯在1920年代以後便不相信《紅樓夢》是曹雪芹的自傳了，但是由於自傳說因脂硯齋評語的發現而大為流行，他已無力遏止這一股狂潮，只好保持沉默來表示異議。[227]

4.2 索隱派的反攻：索隱派的“增刪說”和“暗合說”

新紅學家之中，以周汝昌對批語的研究最為深入，他得出的結論與自傳說的關係也最為密切。但是，周汝昌脂批研究的結論未能在學術界成為定論，後來還受到自傳派以外的紅學家攻擊。索隱派紅學家潘重規就是好例子。

周汝昌的《紅樓夢新證》（棠棣版）1953年出版，六年後（1959年）潘重規刊行《紅樓夢新解》一書，內有〈脂評《紅樓夢》新探〉一文，很明顯是針對新紅學派批語研究的結論。這個傾向可以從他的論文結構看出來。“新探”的“新”字，是相對於自傳說（舊）而說的。〈新探〉一文介紹過脂評本的概況之後，第二節標題〈脂硯齋是誰〉，實際內容卻是羅列胡適、俞平伯、周汝昌的說法。然後第三節〈我對脂評的看法〉申論己見（“新探”）。這一節批語研究，完全是反自傳說的。潘重規主要從三方面入手來攻擊新紅學派的批語研究。

第一，索隱派反滿說的駁論之一：對批者身份的質疑

上文我們已經知道脂批的權威來自批者的特殊身份。自傳說紅學家對於批書人脂硯齋的身份，結論雖不一致，但他們都相信脂硯至少是作者的親屬，所以他們視批語為極珍貴的史料。索隱派反滿說紅學家並不接受自傳說紅學家對批者身份的結論，所以批語的權威也相應減低。潘重規就認為“脂硯齋僅是《紅樓夢》的一個普通讀者”。[228]對於自傳說紅學家的說法，他全不同意：

許多人從批書人的口氣，看成和書中人有種種親屬關係似的，什麼是作者自已，作者的家族，作者的後妻，加以種種推測，實在都是誤把批書人催眠狀態中的囈語當作實話，……[229]

但究竟脂硯是什麼人呢？潘重規的結論是：旗人。至於脂硯的個人背景，潘重規的看法可以歸納為以下幾點：一、"旗人世家子弟"；二、"略通文墨"，"漢學的程度實在有限得很"；三、"脂硯齋的眼光識解，實在平庸凡近得很"。[230]因此，潘重規指出"脂評中的附會"、指出脂硯的註釋音義典故"穿鑿"、"錯誤"。這樣一來，自傳說紅學家極為倚重的批語，其價值就被潘重規大大貶低。

第二，索隱派反滿說的駁論之二：從脂評看著作權問題

"自傳說"立足於"著者是曹雪芹"的前提。批語也有好幾次提及"雪芹"。周汝昌在〈從脂批看紅樓夢之寫實性〉一節羅列八條批語以後，有這樣的結語："……像這樣單純的問題（著者是曹雪芹），一望可知，本用不著多費筆墨，……。"[231]周汝昌視他所引的幾條批語為曹雪芹著書的鐵證。索隱派的學者深知"自脂硯齋評本發現以後，似乎雪芹作《紅樓夢》的說法，越發成了定論"。[232]索隱派要否定自傳說，只要打破"著者是曹雪芹"的說法，即可釜底抽薪，使自傳說再無立論的基礎。因此，索隱派對涉及作者問題的批語另有解釋（下列批語，周汝昌曾用來支持"著者是曹雪芹"的論點，批語的號碼按周汝昌徵引時的次序編定。出處上文已注明，不再重複）。

3. 第一回【甲戌本眉批】

書未成，芹為淚盡而逝！

4. 第二十二回末【庚辰本回末總評】

此回未成而芹逝矣，嘆嘆！丁亥夏，畸笏叟。

周汝昌用這兩條批語來證明作者即曹雪芹。但潘重規認為“未成”只是未補成之意，因為：一、批語早已說明“此書百回”，百回大文是書已完成，雪芹只是增刪別人的“百回大文”；二、至於“此回（第廿二回）未成而芹逝矣”，潘重規解釋為“原作是完成了的全書，增刪原作的曹雪芹只〔增刪〕到二十二回便已逝”。[233]

仔細分析，就知道潘重規排除了“百回大文”出自曹雪芹之手的可能性。為什麼曹雪芹不能寫出“百回大文”？潘重規並沒有解釋。

至於雪芹增刪的證據，潘重規引了甲戌本第十三回末和庚辰本第七十五回末的兩條脂批：

7. 第十三回末【甲戌本回末總評】

“秦可卿淫喪天香樓”，作者用史筆也。老朽因有魂託鳳姐賈家後事二件，豈〔原作嫡〕是安富尊榮坐享人能想得到處？其事雖未漏，其言其意，則令人悲切感服，姑赦之，因命芹溪刪去。

8. 第七十五【回前總批】

乾隆二十一年五月初七日對清。缺中秋詩，俟雪芹。

按照潘重規的說法：第一條是“〔雪芹〕刪除原本的明證”[234]，第二條“是有意增補原本的明證”。[235]

潘重規這樣理解這兩條批語自是他的一家之見。問題出在“原本”是不是曹雪芹所撰。據潘重規的意見，“原本”和曹雪芹無關。我們的疑問是：為什麼一口咬定曹雪芹不是“原本”作者？潘重規提出“原本”的作者是“石頭”，認為“石頭便是隱名作者的化名”。[236]這是把小說的內文（《紅樓夢》第一回內文）當作實事來讀而得出來的結論。這種看法並不妥當，因為“石頭”是小說中的人物，未必實有其人。孫遜《紅樓夢脂評初探》一書歸納了脂批中“石兄”一詞的用例，指出“石兄”其實是指青埂峰下的石頭，即後來的通靈玉。因為石頭記錄了《紅樓夢》這個故事，所以批者把石頭當成作者。[237]孫遜的意見顯然比潘重規的說法合理。另一方面，即使我們接受“石頭”真有其人、“石頭”是原作者化名的說法，我們仍然要問：為什麼“石頭”一定不是曹雪芹的化名？這是潘重規立論的不周密之處。[238]再看：

1. 第一回【甲戌本眉批】

若云雪芹披閱增刪，然後〔則〕開卷至此這一篇楔子又係誰撰？足見作者之筆，狡獪之甚！後文如此處者不少。這正是作者用畫家煙雲模糊處。觀者萬不可被作者瞞弊〔蔽〕了去，方是巨眼。

2. 第一回【甲戌本眉批】

雪芹舊有《風月寶鑑》之書，乃其弟棠村序也。今棠村已逝，余睹新懷舊，故仍因之。

對“雪芹舊有《風月寶鑑》一書”，潘重規認為“曹雪芹的《風月寶鑑》寫了些什麼雖不得而知，但可斷定決不是《紅樓夢》，因為批語明說‘睹新懷舊，故仍因之。’正謂雪芹舊作和《石頭記》別號同名，為了追念逝者，故不把重複的書名改掉，決不能說曹雪芹著《風月寶鑑》即是《紅樓夢》”。[239]潘重規的理論可圖解如下。

無名氏 —撰→《石頭記》（別名《風月寶鑑》）
曹雪芹 —撰→ 《風月寶鑑》

潘重規這種說法引起余英時的質疑。余英時認為沒有理由說曹雪芹“舊有《風月寶鑑》之書”不是《紅樓夢》。潘重規後來撰文為己見辯護。余、潘論爭分兩個層次進行。第一個層次的論據出自《紅樓夢》正文。甲戌本楔子上說“吳玉峰題為

《紅樓夢》，東魯孔梅溪則題曰《風月寶鑑》”，余英時據此指出《紅樓夢》和《風月寶鑑》顯然是同一作品的兩種不同名稱。[240]

潘重規回答說：“……原有《石頭記》一書，至吳玉峰題曰《紅樓夢》，孔梅溪題曰《風月寶鑑》，又至曹雪芹則題曰《金陵十二釵》。這部書當然和棠溪〔村〕作序的《風月寶鑑》不同，否則不應該吳玉峰題名於前，而曹雪芹題名於後。所以我判斷這是不同的兩部書。”[241]

潘重規理由是很不充分的。余、潘兩人都結合小說正文來理解批語，但余英時認為書只一本，不過題名不同而已；潘重規則以為因為不同的人題名，書即不同。揆諸情理，題名的人是誰跟小說內容是否不同沒有必然的關係。據《元明清三代禁毀小說戲曲史料》，《紅樓夢》曾因以《金玉緣》一名印行，題書名的人不同，而書則是同一本（情節幾乎全同）。[242]可見題書名者不同不足為據。

余、潘爭論的第二個層次在於批語中的“新”、“舊”及“因之”的“之”究竟何指。潘重規把“新”當作別號《風月寶鑑》的《紅樓夢》，把“舊”當作曹雪芹“舊作”的《風月寶鑑》，而“之”則指“重複的書名”，即《風月寶鑑》。余英時質疑說：“只有同一本書先後因修改之故而內容有異，纔可以稱之為‘新’‘舊’。作者和內容都全不相同的兩部同名著作斷無所謂‘新’‘舊’。”[243]

對於新舊的問題，潘重規的回應是：“正是因為棠村為曹雪芹作序的《風月寶鑑》稱之為舊；曹雪芹後來刪定的《石頭記》中出現《風月寶鑑》的題名，自然可以稱之為新。”[244]

余英時質難的焦點在於“新”、“舊”應理解為內容的新舊；潘重規則以為曹雪芹舊作《風月寶鑑》纔是“舊”的含義，曹雪芹新刪定的《紅樓夢》也有別名《風月寶鑑》，所以稱為“新”。潘重規這樣一說當然是內容全不相同，卻無法解釋

"因之"是何意思。試想:《紅樓夢》一書既然已經有《風月寶鑑》為別名,何需因襲所謂"雪芹舊作《風月寶鑑》"一名?更何況《風月寶鑑》跟《紅樓夢》在內容方面全不相同(這是潘重規的說法),用同一個書名豈不混淆?

一般學者都認為曹雪芹的《風月寶鑑》與《紅樓夢》有關係。有"初稿"和"吸納"二說。一、認為《風月寶鑑》是《紅樓夢》的初稿,包括胡適、吳世昌等。胡適說:"《風月寶鑑》乃是雪芹作《紅樓夢》的初稿。"[245]吳世昌也認為:"'新'是指'增刪'五次後的新稿,'舊'正是上文所說的'舊有《風月寶鑑》'之'舊'稿。"[246]二、"吸納"之說,例如張壽平在〈《紅樓夢》脂批評議〉一文中提出:"原來的《風月寶鑑》已經被曹雪芹攙入了《紅樓夢》中",儘管"原來的《風月寶鑑》斷不能和《紅樓夢》初稿相提並論"。[247]皮述民的意見和張壽平很相似。[248]而"雪芹舊有《風月寶鑑》之書"的"有"字作"著作"解,古文中亦不乏其例,段熙仲、潘君昭〈談《風月寶鑑》的作者〉列舉甚夥,讀者可以參看。[249]因此,潘重規對著作權的看法有種種破綻,不能完全駁倒自傳說紅學家。

第三,索隱派反滿說的駁論之三:寫實性問題

潘重規的〈脂評《紅樓夢》新探〉有"脂評的'嫡真實事'"一節,他對脂批的解釋與自傳說紅學家不同:"其實脂評所謂真人實事,只是誇張《紅樓夢》作者筆下描寫人物事態的逼真。"[250]所以他認為自傳派紅學家誤讀了批語:

> 《紅樓夢》作者閱世深,材料豐,雖是虛構之境,在文學上講來,卻道地是寫實,在脂評家的腦海中便彷彿是"嫡真實事"。胡周諸氏根據脂評家的印象,看成賈寶玉實是曹雪芹,賈府實是曹家,其實脂評評者並無這個意思。[251]

平心而論,自傳說紅學家如周汝昌對批語的解釋不無偏頗

之處，例如《紅樓夢》第二回冷子興演說時初提寶玉的幾個好姊妹時，甲戌本有行側批："實點一筆。余謂作者必有。"[252]周汝昌用這條批語來證明《紅樓夢》"皆係實寫，而非虛構"。[253]其實"余謂作者必有"，雖然講得肯定，但"余謂"、"必有"四個字卻告訴我們批者其實也是在推測："余謂"，只能代表批者個人的說法；"必有"，語氣十分肯定，卻需受制於前面的"余謂"。再如，第三十九回敘劉姥姥與賈母初見，互相稱呼，己卯本有雙行夾批："神妙之極，看官至此，必愁賈母以何相稱，誰知公然曰老親家，何等現成，何等大方，何等有情理，若云作者心中編出，余斷斷不信。何也？蓋編得出者斷不能有這等情理。"[254]在周汝昌眼中，這也是《紅樓夢》"寫實傳真"的證據之一。[255]其實，"若云作者"一批翻成白話，就是："如果有人說作者只是憑空想像，編造出這個稱呼，我絕對不肯相信〔此說〕。為什麼不信呢？因為作者憑空捏造是不能寫得這樣合乎情理的。"這句話告訴我們批者講的只是"信"與"不信"的問題。批者本人恐怕也未曾親歷其境，否則他（或她）也不必說"余斷斷不信"。

周汝昌的批語研究雖然不夠周圓，但是潘重規所謂情理上的"逼真"卻也並不完全切合批語的實際情況。

我們斷不能否認批語所指的"實事"有部分確是指情理上或藝術的逼真，如上面批語論稱謂一節，"蓋編得出者斷不能有這等情理"，無疑是指情理上的逼真。對於講到"藝術真實性"的批語，葉朗在他的《中國小說美學》一書中曾加以羅列、申說，這裡不贅。[256]潘說之所以有不通的地方，在於這套理論過分敵視自傳說紅學家對批語的看法，結果走向了另一個極端：自傳說紅學家（周汝昌）極端強調批語中提到"實事"；潘重規則極端強調批語提到的事都不是實指，而是文學作品的"真實"、人物言行切合身份的"真實"。實則有許多批語完全不可以這樣解釋，姑且舉幾個例子：

第二十五回：馬道婆向賈母胡謅。

【甲戌本行側批】一段無倫無理信口開河的渾話，卻句句都是耳聞目睹者，並非杜撰而有。作者與余實實經過。[257]

第二十八回：寶玉說王夫人叫金剛菩薩支使糊塗了。

【庚辰本行側批】是語甚對，余幼時所聞之語合符！傷哉！[258]

第七十四回：平兒與鳳姐議論借當一事。

【庚辰本雙行夾批】蓋此等事，作者曾經，批者曾經，實係一寫往事，非特造出，故弄新筆……[259]

這一類批語明指小說的素材出自作者和批者的共同經歷，並不是因為作者的描寫技巧高明而稱讚"形跡逼真"，所以潘重規的理論並不適用於這類批語。潘重規因為不承認小說有取材自作者親身經歷的地方，所以對許多批語就要另尋解釋：

第十七回：寶玉帶著奶娘小廝們一溜煙就出園來。

【庚辰本行側批】不肖子弟來看形容，余初見之，不覺怒焉，謂作者形容余幼年往事；因思彼亦自寫其照，何獨余哉。信筆寫之，供大眾同發一笑。[260]

第二十一回：寫四兒也是個乖巧不過的丫頭。

【庚辰本雙行夾批】又是一個有害無益者。作者一生為此所誤，批者一生亦為此所誤，於開卷凡見如此人，世人故為喜，余反抱恨。[261]

第四十八回：寶釵說到薛蟠出外吃虧也許要比在家省事。

【庚辰雙行夾批】作書者曾吃此虧，批書者亦曾吃此虧，故特於此註明，使後人深思默戒。脂硯齋。[262]

第七十七回：王夫人叫寶玉一年後搬出大觀園。

【庚辰本雙行夾批】……若無此一番更變，不獨終無散場之局，且亦不大近乎情理。況此亦此〔是〕余舊日目睹親問〔聞〕、作者身歷之現成文字，非搜造而成者。[263]

對於這一類批語，潘重規的意見是："脂硯齋幼年情況，有與書中暗合者，……"[264]這種批者經歷與書中情節暗合的說法或許可通，卻還有值得注意的地方：一、如果"暗合"只是寥寥幾處，我們自然可以心安理得接受潘重規的說法，但實際上批者經驗與書中情節吻合的遠不止上引幾處。二、姑且接受潘重規的說法，批者的經歷只是與書中情節暗合，作者並沒有取材自批者的經歷，我們仍然不可以忽視"彼（作者）亦自寫其照"的問題。以上四條批語都明白點出作者自身確有書中所寫的經歷，所以這些批語內容遠遠超出潘重規的"暗合"之說，對自傳說反而更為有利。[265]

從上文分析可以看出，潘重規的批語研究雖然有合理的成分，但仍然沒有做通盤的考慮。潘著 1959 年出版，回溯紅學史，潘重規是用批語來反擊自傳說的先驅人物之一。但是他的"新探"不能徹底推翻新紅學的批語研究。到了 1961 年，吳世昌出版英文本《紅樓夢探源》（*On The Red Chamber Dream*）。他的批語研究，從另一個角度來非難自傳說。

4.3 "合傳說"及其論證方法

根據潘重規的"增刪"之說，曹雪芹不是《紅樓夢》"原本"的作者，又據他的"暗合"之說，好像曹家的家事一點也沒有成為《紅樓夢》的素材。另一位紅學家吳世昌（1908—1986）並沒有像潘重規那樣否定曹家家事與《紅樓夢》故事的關係。但是對於周汝昌"寶玉即雪芹"的自傳說，吳世昌研究過批語後，提出了異議。

吳世昌，與周汝昌並稱為"紅樓二昌"，撰有英文版《紅樓夢探源》一書，其中有“Chih-yen as the Model for the Hero of the Novel”（“脂硯是小說主角的原型”）一節。[266]這一節最主要的論點是：寶玉的故事一部分取自作者本人，一部分取自脂硯。（the stories of the hero Pao-yu were partly those of the author and partly those of Chih-yen）。[267]最引人注意的是吳世昌引用的例子有一些是周汝昌引過的。我們可以比較一下他們兩家對批語的解釋：

第二回智通寺門口“眼前無路想回頭”對聯：

【甲戌本聯下批】先為寧、榮諸人當頭一喝，卻是為余一喝。[268]

周汝昌據此條認為批者“不在寧榮之數”。[269]吳世昌的解釋適得其反。他認為脂硯在小說寧榮兩家中頗有地位。（“So Chih-yen seemed to have occupied a key position in the two Mansions ...”）[270]他更進一步指出“回頭”出自佛教典故“苦海無邊，回頭是岸”，與雪芹後文佚稿寫寶玉“懸崖撒手”有關。脂硯說“為余一喝”，而寶玉後來出家，可見寶玉一角有“脂硯的成分”在內（the‘Chih-yen’element in the personality of the hero）。[271]

周、吳二人對這條批語的詮釋正是確立“湘雲說”和“合傳說”的關鍵所在。周汝昌因為將批者排除出“榮寧之數”，所以專門尋找“非榮寧本姓”的小說人物來坐實批者的身份，結果他找上史湘雲。吳世昌卻視批者為榮寧中人，而且脂硯對“想回頭”一句的反應又和寶玉的出家拉上關係。因此，他認為寶玉一角有脂硯的成份在內。[272]

再如，第三回寫寶玉容貌，甲戌本有眉批：“‘少年色嫩不堅勞，以及‘非夭即貧’之語，余猶在心，今閱至此放聲一哭。”[273]周汝昌以為寶玉即雪芹，所以這條批語是“脂硯痛哭雪芹”。吳世昌則以這是脂硯自傷，這回寫的寶玉形貌，正是脂硯幼時的情況，所以一提起來他就傷心。（There cannot be any doubt that the description of Pao-yu in the novel was that of Chih-yen in his boyhood.）[274]

另外，庚辰本第十七、十八回（按：此兩回未分開）寫到寶玉“三四歲時已得賈妃手引口傳教授了幾本書”[275]這段文字有行側批云：

> 批書人領至此教，故批至此竟放聲大哭：俺先姐先〔仙〕逝太早，不然，余何得為廢人耶！[276]

周汝昌引用過此批來證明賈妃實有其人。[277]吳世昌則更進一步，認為書中的賈妃必是曹寅之女，書中的寶玉即現實世界中的脂硯。曹寅之女出嫁之前，教過脂硯，那時曹雪芹尚未出世。[278]因此吳世昌說：“原來‘元春’是批書人脂硯的‘先姊’，這裡的‘寶玉’是批書人脂硯自己！”[279]

基於這類批語詮釋，吳世昌得出結論說：“書中主角（指寶玉）未必是作者自己，主角的故事也可以取材自脂硯或其他人，……。”（“the hero in it was not necessarily always the author himself, that part of the stories about the hero might have been those about Chih-yen Chai or others, …”）[280]因此，他的說法可以稱為“合傳說”。吳世昌有關合傳說的論述都見於1961年的英文版《紅樓夢探源》。實際上他所引的例子都為了說明批者（吳世昌認為脂硯齋和畸笏叟是同一個人）以寶玉自居。到了1962年，吳世昌在《新華月報》發表〈我怎樣寫《紅樓夢》探源〉，進一步否定《紅樓夢》的“自傳”成分，提出“他傳說”。吳世昌說：“‘寶玉’不是雪芹自敘，作者用少年時代的脂硯為模特兒。”[281]

除了吳世昌之外，趙岡也是“合傳說”的支持者。吳世昌的英文版《紅樓夢探源》1961年出版，到了1963年，趙岡出版

《紅樓夢考證拾遺》，也提出“書中的寶玉是兩個人（脂硯和雪芹）的共同寫照”。[282]趙岡對上引“批書人領至此教”一批的詮釋和吳世昌分別不大，他說：“脂硯沒有兄弟，自幼由其大姐教讀，後來大姐去世，學業因此荒廢。”[283]

合傳說比自傳說（寶玉 = 雪芹）要來得合理，否則上引“作者曾經，批者曾經”、“因思彼亦自寫其照，何獨余哉?”等批語就難以解釋。但合傳說也不是全無問題的。以下我們姑且按“傳記說”的邏輯來分析。

首先，吳世昌對“批書人領至此教”一批的解釋就有商榷的餘地。吳世昌認為賈妃就是批書人的“先姊”，而這“先姊”又即賈寅的女兒。但批者明明說“先〔仙〕逝”太早，而不是“出閣”太早，可見批書人的姐姐早卒（因而未出嫁）。批書人的姐姐出嫁後早死遲死跟批書人的學業已全無關係，因為她無論如何也不可能再教弟弟讀書了。這一點與曹寅之女的經歷不吻合。因此，“批書人領至〔過〕此教”的意思是指批書人的經歷也像書中的寶玉那樣，曾經得過姐姐的教育。[284]我們不能憑這條批語來確定《紅樓夢》的“傳記”成份。同樣道理，“為余一喝”，“余猶在心”等語中的“余”恐怕亦不能解為“批書人以寶玉自居”，而可能是隨便一個批書人因書中描寫而聯想到自身而已。

即使我們撇開“先〔仙〕逝”和“出閣”的分別不談，暫且假設小說中的賈妃是取材自批書人的“先姊”，我們仍不能視“脂硯等於寶玉”的說法為定解。因為吳世昌是在“脂硯齋和畸笏叟是同一個人”的前提下來立論的。吳世昌在英文版《紅樓夢探源》中徵引了下列批語：

第二十二回：【庚辰本眉批】

鳳姐點戲，脂硯執筆事，今知者聊聊〔寥寥〕矣。不怨夫?【隔兩行眉批】前批書〔知〕者聊聊，今丁亥夏只剩朽物一枚，寧不痛乎?[285]

按照胡適的理解，書中人與書外人的關係是這樣的：

書中執筆者 = 脂硯 = 寶玉 = 作者（曹雪芹）

在上面我們已經説過這種解釋不通。吳世昌的做法和胡適不同，他將兩條批語放在一起處理。吳世昌認為“鳳姐點戲”一批是出自脂硯手筆，稍後一條批語出自畸笏。吳世昌説：“畸笏叟自稱‘朽物’，明白承認‘前批’中‘執筆’的脂硯就是他自已。這是一條結論性的證據。”（“the‘dotard’Ch'i-hu，admitted that he was the previous commentator Chih-yen. This evidence is conclusive.”）[286]吳世昌在《紅樓夢探源外篇》中更進一步説：“那次看戲的都是女客，只有寶玉是男的，則為鳳姐執筆的正是寶玉。”[287]趙岡在《紅樓夢考證拾遺》也是藉這兩條批語來確立“脂硯即畸笏”之説。[288]但是，陳毓羆早在 1962 年已不贊成把畸笏和脂硯齋混為一談。[289]到了 1965 年 7 月 25 日，周汝昌在香港《大公報》發表〈紅樓夢版本的新發現〉一文，文內徵引了南京毛國瑤所錄靖藏本批語。上引“鳳姐點戲，脂硯執筆事”一批在靖藏本作：

- 鳳姐點戲，脂硯執筆事，今知者聊聊〔寥寥〕矣。不怨夫?
- 前批知者聊聊〔寥寥〕。不數年，芹溪、脂硯、杏齋諸子皆相繼別去。今丁亥夏只剩朽物一枚，寧不痛殺?[290]

此批一出，“脂硯即畸笏”的説法頓成疑問。[291]第二條批語應該是出自畸笏，理由有二：第一，畸笏常自稱“朽物”；第二，丁亥夏正是畸笏批書的時間。畸笏既然説脂硯“別去”，則脂、畸一定不是同一個人。周汝昌就首先承認：“筆者舊日撰文，據種種情況揣斷批者兩處署名‘脂硯’‘畸笏’，實似一人。今據此批，舊説或誤。我曾推凡‘丁亥夏’批，似乎都出畸笏之手；

今此批若果也出畸笏之手，則畸笏明言脂硯亦在‘相繼別去’諸人之數，似非一人矣。”[292]而上引“批書人領至此教”一批究竟是出自畸笏還是出自脂硯，也就值得重新考慮。事實上，趙岡在1967年已將此批劃歸畸笏。[293]戴不凡詳細研究過“畸批”的特徵後，也認為此批出自畸笏。[294]畸笏和脂硯不是同一個人，安知“批書人領至此教”不是他批的？這樣看來，如果要找寶玉的原型（吳氏所謂“模特兒”），則畸笏也應在考慮範圍內。當然，此批沒有署名，也有可能是其他批者手筆。這樣一來，即使我們勉強追隨“傳記說”的理路，我們也要承認寶玉一角至少已經超出了“二人合傳”的範圍。

合傳說對《紅樓夢》研究最重要的貢獻在於確認《紅樓夢》中的人物到底是取材自什麼人。事實上，批語絕非出自一手，這是十分明顯的，試看甲戌本第二回的眉批：

> 余批重出。余閱此書偶有所得，即筆錄之，非從首至尾閱過，復從首加批者。故偶有復〔複〕處。且諸公之批自是諸公眼界，脂齋之批亦有脂齋取樂處。後每一閱亦必有一語半言加批評於側，故又有於前後照應之說等批。[295]

可見現存的批語中含有“諸公之批”。周汝昌、吳世昌因脂、畸批語有相同的特徵而把脂、畸視之一人，這未必合理。如果批語全出一人之手（脂硯=畸笏），而書名已點明《脂硯齋重評石頭記》，那麼，他（或她）根本沒有必要在批語後面再署上大名。正因為“諸公”都在書上加批，所以脂硯、畸笏纔需要署上名號來加以區別。[2006年補記]：周汝昌在2003年出版的《紅樓奪目紅》認為脂、畸為同一人。該書第293頁中说：“脂”音轉為“畸”，“硯”變稱為“笏”。這種文字轉化的論證方式，實與索隱派同一機杼（傳統的索隱派慣用拆字、諧音等手段來釋出“深意”）。

另一方面，我們也絕不能因為脂硯、畸笏的署名最多就把其他沒有署名的批語統統撥歸他們名下。難道未署名的批語中就一定沒有松齋、棠村、梅溪（“諸公”）的手筆嗎？因此，如果學者一定要從“作者與余實實經過”一類的批語來確認人物原型的話，只考慮脂硯、畸笏是不足夠的。我們既無法知道每一條批語的作者，那麼我們也就沒法將寶玉坐實為現實世界上的某幾個人。換言之，“合傳說”在這裡出現了研究方法上的難題。

其實批語本身已顯示“傳記說”不無問題。例如：第十九回有兩條批語評寶玉：

> 【己卯本雙行夾批】按此書中寫一寶玉，其寶玉之為人，是我輩於書中見而知有此人，實未目曾睹者。又寫寶玉之發言，每每令人不解，寶玉之生性，件件令人可笑；不獨於世上親見這樣的人不曾，即閱今古所有之小說傳奇中，亦未見這樣的文字。於顰兒處更為甚，其囫圇不解之〔中〕實可解，可解之中又說不出理路。合目思之，卻如真見一寶玉，真聞此言者，移之第二人萬不可，亦不成文字矣。余閱《石頭記》中至奇至妙之文，合〔全〕在寶玉、顰兒至痴至呆囫圇不解之語之中，其詩詞雅〔啞〕謎酒令奇衣奇食奇文等類，固他書中未能，然在此書中評之，猶為二著。[29]

> 【己卯本雙行夾批】這皆是寶玉意中心中確實之念，非前勉強之詞，所以謂今古未〔有〕之一人耳。聽其囫圇不解言，察其幽微感觸之心，審其痴妄委婉之意，皆今古未見之人，亦是未見之文字；說不得賢，說不得愚，說不得不肖，說不得善，說不得惡，說不得正大光明，說不得混帳惡賴，說不得聰明才俊，說不得庸俗平〔凡〕，說不得好

> 色好淫，說不得情痴情種，恰恰只有一顰兒可對，令他人徒加評論，總未摸著他二人是何等脫胎，何等心臆，何等骨肉。余閱此書亦愛其文字耳，實亦不能評出此二人終是何等人物。後觀情榜評曰："寶玉情不情，黛玉情情。"此二評自在評痴之上，亦屬囫圇不解，妙甚![27]

這兩條評語在庚辰本、有正戚本和蒙府本都是雙行夾批，[28]正是周汝昌、王佩璋、趙岡等人所說的"脂硯手筆"。按照紅學家的說法，脂硯既然和作者那麼親近（據周汝昌的意見），甚至是寶玉的原型（吳世昌、趙岡等人主此說），何以對寶玉一角這麼不了解？提倡傳記說的紅學家向來都不大重視這兩條批語。其實，寶玉一角自然有可能取材自作者自身和批者，這一點我們無需否認，但從以上兩條批語明說"實未目曾睹者"、"今古未〔有〕之一人"。對於寶玉的言行，批者連連說"不解"，可見寶玉的形象無疑是超越了批者的認識範圍。

5　結語：偽陳述與真歷史

值得我們注意的是：批者雖說"實未目曾睹者"，但"合目思之，卻如真見一寶玉，真聞此言者"。這種情況正說明寶玉一角具有"藝術的真實性"，而未必有"歷史的真實性"或"科學的真實性"。新批評家 I. A. 理查茲（I. A. Richards，1893—1979）在《文學批評原理》（*Principles of Literary Criticism*）一書中把語言的使用區分為"科學性的"（scientific）和"情感性的"（emotive）。科學的語言指陳真實事物和信息，與客觀事物相對應；情感性的語言激發人的情感，與客觀事物不一定完全對應。[29]前者是真實的陳述，是科學的真實，後者是"偽陳述"（pseudo-statement——有關偽陳述的說法，參閱理查茲《詩歌與科學》〔*Poetries and Sciences*〕一書，[30]尤其是〈詩歌與信念〉一章），是藝術的真實。從上面勾勒的脂評接受史可以看出，近代的紅學家處理脂批時，都非常重視“科學的真實”，因此脂評和“傳記說”可謂相得益彰：自傳說的完成固然倚重脂批，其他“傳記說”如合傳說（寶玉 = 雪芹、脂硯）、他傳說（寶玉 = 脂硯齋），也倚賴批語而誕生。我們當然無法確定寶玉到底取材自多少人，但可以肯定這一個角色有虛構成分，否則，處處都是紀實，批者何需標舉“實實經過”之事？同理，我們雖然無法確定《紅樓夢》到底採納了多少曹家的事蹟，但可以肯定《紅樓夢》不是曹家家事的翻版。如果書中所寫都是曹家的事，批者也就不必特別指出某事是“嫡真事實”。[301]

更重要的是，我們不必過分強調《紅樓夢》寫的盡是“科學的真實”，因為文學作品只需有“內在的必然性”（internal necessity——理查茲語），讀者覺得合乎情理，就具有“內在的可接受性和說服力”（“internal acceptability or ‘convincingness’”）。[302]正是因為寶玉的言行有“內在的必然性”，所以批者雖然未見其人，不解其語，但亦不得不承認“移之第二人萬不可，亦不成文字矣！”

許多紅學家都很重視脂評裡提及的“真人”“真事”，好像一部《紅樓夢》不“真”就沒有意義。由此，我們似乎又窺見中國小說閱讀的“歷史化”（historicised）傾向。[303]事實上，**脂本的若干條評語也進一步鞏固這種歷史化的讀法**。然而，《紅樓夢》畢竟是一部文學作品，只要它有本身的邏輯，形成獨立自足的世界，就具有藝術的真實性，也就有其存在的理由，不必倚仗其他歷史文獻（例如脂批）來取得證明其歷史的真實性。上面我們曾引述理查茲的言論，他是從讀者反應的角度來討論真實性的（伊麗莎白・弗羅因德在 Elizabeth Freund，The Return of the Reader-Reader-response Criticism 就視理查茲為讀者反應批評的先驅者[304]），而脂硯等人作為《紅樓夢》的第一批讀者，除了為紅學家揭示出許多“科學的真”、“歷史的真”之外，也為我們揭示了“藝術的真”、“偽陳述”。假如我們不是以“各取所需”的態度來研究批語和《紅樓夢》的話，我們對這兩方面實在不應有所偏廢。

上文我們指《紅樓夢》的文本地位是不穩定的。實際上，脂硯齋、畸笏叟在歷史上的地位同樣是不穩定的：由“重評”的極盛，到甲辰本的明刪；由俞平伯、周汝昌的擡舉，到歐陽健、克非等人的貶抑……“盛—衰—盛—衰”的命運軌蹟清晰可辨。脂本上的批語非常龐雜，不能盡信，也不能完全毀棄。香港紅學家梅節主張“區隔”之論（作者與批者應予區隔），這與俞平伯的態度相似。此一立場是值得重視的。[305]

至於世紀之交的“倒脂”活動，演至極端，則專門挑選一些批語出來加以貶損，標簽為“謊言”、“作偽”、“低級趣味”、“胡言亂語”，一筆抹殺脂批的價值，最終走到取消脂硯其人的存在的地步（如克非認為脂硯只是存在於“脂本”上，現實世界並無其人）。實則脂批的蕪雜、前言不對後語等“毛病”，一方面與批語出自眾手有關（所謂“諸公”），[306]另一方面這些批語原本是私人之物，只在小圈子裡流傳，不是廣泛流通供人鑽研的出版物，因此顯得凌亂，批語的主觀性情緒化言語亦復不少（私人空間的話語，很可能如本書所說的是 affective/associative responses）。世人實不宜以正式出版物的標準來衡量。[307]

在新千年，學術界普遍對“倒脂派”表示得漠不關心。究其原因，同樣與“倒脂派”的“選擇性重視”、“前理解”、“詮釋循環”大有關係。

“選擇性重視”、“前理解”、“詮釋循環”是詮釋活動中常見的現象，問題只是我們對此是否一無所覺懵然不知，抑或竟是刻意為之走向極端。關於這一層，留待本書的末章再來作一個總結。

注释：

①《紅樓夢新證》（棠棣版），頁534。

② 見劉夢溪編：《紅學三十年論文選編（下）》（天津：百花文藝出版社，1984年7月），頁289。

③ 見其《紅樓夢脂評初探》（上海：上海古籍出版社，1981年11月），頁25。

④ 見《紅樓夢學刊》1993年1輯（1993年2月），頁137。

⑤ 參看以下專書：(a) 歐陽健：《還原脂硯齋：二十世紀紅學最大公案的全面清點》（哈爾濱：黑龍江教育出版社，2003）。(b) 克非：《紅樓霧瘴：玩味脂硯齋》（成都：四川文藝出版社，1997）。(c) 張福昌：《脂硯齋批語詳析》（瀋陽：瀋陽出版社，2004）。(d) 克非：《紅學末路：偽本、偽批、巧偽人》（重慶：重慶出版社，2005）。早在1979年徐遲《紅樓夢藝術論》已經不信脂批，但言論未及後來克非等人那般激烈。《紅樓夢藝術論》對學術界的影響似乎也很不明顯。

⑥ 參看歐陽健等人：《紅學百年風雲錄》（杭州：浙江古籍出版社，1999）。在新千年，倒脂派續出新書。克非《紅學末路》最後一句話是："《紅學末路》可能引發一場關於新紅學生死的大爭鳴、大論戰。"（頁452）但是，在現實世界中，"大爭鳴、大論戰"並沒有發生。

⑦ 參看陳曦鐘：《紅樓疑思錄》（北京：新華出版社，2000）。

⑧《紅樓奪目紅》（北京：作家出版社，2003），頁292。

⑨ 指脂硯是作者朋友的說法較少，其中楊興讓的說法可作為代表。楊興讓：《紅樓夢研究》（西安：三秦出版社，2002）指脂硯是張宜泉。

⑩ 參看趙金銘：〈脂硯齋初評《石頭記》是在什麼年代〉，《紅樓夢學刊》，1986年第4輯，頁293—299。

⑪ 馮其庸在〈甲辰本紅樓夢序〉中指出："……如果要瞭解《石頭記》的原始面貌的話，那就必須注意到它的正文和它的批語幾乎是一體的，不可分割的。"語見《甲辰本紅樓夢》（北京：書目文獻出版社，1989年10月），頁8。

⑫《石頭記探佚》(第二版)，頁327。

⑬ 見皮述民：《紅樓夢考論集》（臺北：聯經出版事業公司，1984年6月），頁36。

⑭ 歐陽健、克非、張福昌等人對此有所懷疑，但學術界認同他們的人似乎不太多。

⑮ 吳世昌：《紅樓夢探源》(Wu Shih-Ch 'ang, *On The Red Chamber Dream-A Critical Study of Two Annotated Manuscripts of the XVIIIth Century*. Oxford: Oxford University Press, 1961)，p. 90。

⑯ 見其《紅樓夢探源外篇》(上海：上海古籍出版社，1980年12月)，頁75。

⑰ 參其《紅樓夢考論集》（臺北：聯經出版事業公司，1984），頁37。皮述民：《李鼎與石頭記》(臺北：文津出版社，2002)，進一步認定脂硯齋是李鼎。他提供了蘇州李家的素材供曹雪芹寫成小說。

⑱ 批語見《新編石頭記脂硯齋評語輯校（增訂本)》，頁410。以下是這些學者的意見：(1) 王佩璋說“點戲是不用寫戲名的，可能是說‘鳳姐點戲’這段文字是脂硯齋寫的”。參王佩璋：〈曹雪芹的生卒年及其他〉，見《文學研究集刊》第五冊（1956年5月），頁236。趙岡、陳鍾毅、梅挺秀（梅節）的意見和王佩璋一樣。參閱（2）趙岡、陳鍾毅：《紅樓夢研究新編》，頁188—189。(3) 梅挺秀：〈析“鳳姐點戲，脂硯執筆”〉，載《紅樓夢學刊》1984年4輯(1984年11月)，頁229—240。(4) 嚴冬陽：〈《紅樓夢》的批語和批書人〉，見《臺灣紅學論文選》(天津：百花文藝出版社，1981)，頁681。但趙寧不同意把“脂硯執筆”解為“脂硯撰稿”。參其〈釋“鳳姐點戲，脂硯執筆”〉，見《紅樓夢研究集刊》第3輯（1980年)，頁318。歐陽健也不同意，參歐陽健：《還原脂硯齋：二十世紀紅學最大公案的全面清點》(哈爾濱：黑龍江教育出版社，2003)，頁210。鄭慶山認為“是圈點戲名，還是寫作點戲文章，皆不好解”。參看鄭慶山：《紅樓夢的版本及其校勘（續篇)》(北京：北京圖書館出版社，2006)，頁315。

⑲《紅樓夢探源外編》(上海：上海古籍出版社，1980年12月)，頁14。

⑳ 王關仕：《紅樓夢研究》（臺北：東大圖書股份有限公司，1992年)，頁109。李少清在〈從《石頭記》到《紅樓夢》〉一文也認為脂硯齋為《紅樓夢》提供了素材。語見《紅樓夢學刊》1982年1輯（1982年2月)，頁264。劉夢溪

的意見参其《紅樓夢新論》，頁 173。

㉑ 見其《紅學評議·外篇》（北京：文化藝術出版社，1991 年 6 月），頁 146。

㉒《紅樓夢新證》（棠棣版），頁 547。

㉓ 陳慶浩：《新編石頭記脂硯齋評語輯校（增訂本）》，導論部分頁 3。

㉔《紅樓夢脂評初探》，頁 1。

㉕ 参周汝昌、周建臨：《紅樓夢的歷程》（哈爾濱：黑龍江人民出版社，1989 年 8 月），頁 138。

㉖ 引自〈甲辰本紅樓夢·序〉，見《甲辰本紅樓夢》，頁 19。又見馮其庸〈論夢敍本〉，《湫石集》（長沙：岳麓書社，1993 年 5 月），頁 180。歐陽健、克非等人對此持有異議。

㉗《脂硯齋甲戌抄閱再評石頭記》（甲戌本），頁 9—10。

㉘ 當然也有人不以為然。甚至有人認為"脂本"都不可信。

㉙《新編石頭記脂硯齋評語輯校（增訂本）》，頁 9。

㉚《紅樓夢探源外編》，頁 11。

㉛ 参（1）《新編石頭記脂硯齋評語輯校（增訂本）》，導論部分頁 105。（2）《紅樓夢考論集》，頁 22。（3）劉夢溪：《紅樓夢新論》頁 175 說："他所要'因之'的僅僅是《紅樓夢》的書名。"

㉜ 参《新編石頭記脂硯齋評語輯校（增訂本）》，頁 243。《乾隆甲戌脂硯齋重評石頭記》（臺北：臺灣商務印書館，1961 年 5 月），頁 137。

㉝ 見《脂硯齋甲戌抄閱再評石頭記》（甲戌本），頁 137 下。又，《新編石頭記脂硯齋評語輯校（增訂本）》，頁 243。

㉞ 周汝昌：《紅樓十二層》（太原：書海出版社，2005 年 1 月），頁 133。

㉟ 参馮其庸：《論庚辰本》，頁 37。

㊱ 参應必誠：《論石頭記庚辰本》（上海：上海古籍出版社，1983 年 8 月），頁 94。為何庚辰本有庚辰年後的批語？原因可能是庚辰年後，還有人在本子上加批。

㊲ 鄧遂夫指刪除批語中所有脂硯齋署名的人，就是畸笏叟。参看曹雪芹著；脂硯齋評；鄧遂夫校訂：《脂硯齋重評石頭記：甲戌校本》（北京：作家出版社，2000），頁 26。

㊳ 見《脂硯齋重評石頭記》（庚辰本），頁 331（第一、二條）、頁 336（第三、

四條）、頁337。又，《新編石頭記脂硯齋評語輯校（增訂本）》，頁277、278、284（三條）。

㊴《戚蓼生序本石頭記》（有正本），頁540（第一、二條）、頁549、頁550、頁550—551。曹雪芹《蒙古王府本石頭記》（北京：書目文獻出版社，1987年），頁562（第一、二條）、頁571、頁572（第四、五條）。

㊵歐陽健認為是"戚序本原無署名，作偽者抄戚序本，在抄本上加上脂硯名字"。這種看法至今未獲得廣泛的認同。蔡義江指"砍去批語的尾巴而改成署名"沒有必要，在道理上講不通。參看蔡義江：《追蹤石頭：蔡義江論紅樓夢》（北京：文化藝術出版社，2006），頁367。又，嚴格來說，脂研和脂硯是有分別的，但考慮抄寫的情況，有些研究者就將二名視為一體。

㊶少數學者聲稱"程先脂後"，即程高本在先，脂本是後出的（甚至是據程甲本抄寫的）。參曲沐：《紅樓夢會真錄》（臺北：弘毅出版社，1996）。

㊷參曹雪芹：《鄭振鐸藏殘本紅樓夢》（北京：書目文獻出版社，1991年12月）。

㊸《新編石頭記脂硯齋評語輯校（增訂本）》，頁82。鄭慶山在〈讀夢覺本《紅樓夢》批語札記〉一文中則統計到有248條。這是因為計算方法不同：因抄寫位置問題，一大片文字可視為一條批語，也可以視為兩條批語。鄭文載於《紅樓夢學刊》1988年3輯（1988年8月），頁249—278。

㊹〈甲辰本紅樓夢·序〉，《甲辰本紅樓夢》，頁19—21。

㊺《甲辰本紅樓夢》，頁565。又見於《新編石頭記脂硯齋評語輯校（增訂本）》，頁758。

㊻金明：〈脂評為什麼被刪除〉，《紅樓夢研究集刊》第4輯（上海：上海古籍出版社，1980），頁328。

㊼參陳慶浩：《新編石頭記脂硯齋評語輯校（增訂本）》，導論部分頁84—85。

㊽《俞平伯論紅樓夢》，頁1086。

㊾參《紅樓夢》（舒元煒序本），收入《古本小說叢刊》編輯委員會編輯：《古本小說叢刊》（北京：中華書局，1987年6月）第一輯。

㊿參《程甲本紅樓夢》，頁83—84回前總批、頁371"史湘雲"、頁460"見於《蜀都賦》"、頁460"見於左太沖《吳都賦》"、頁952"一笑"、頁2414—2415"為察姦情，反得賊贓"。又，《新編石頭記脂硯齋評語輯校（增訂本）》，頁1—4、239、304（兩條）、頁550、頁667。

⑤1 程高本系統本身也吸引了另一批人寫下評語。詳參曹立波:《紅樓夢東觀閣本研究》(北京:北京圖書館出版社,2004)。

⑤2 参看以下資料:(1)趙岡說:"高鶚與程偉元得到的確是一個沒有脂評的前八十回抄本,……"見其《紅樓夢考證拾遺》(香港:高原出版社,1963年),頁64。(2)周汝昌的看法見《紅樓夢新證》(棠棣版),頁564。

⑤3 参(1)《俞平伯論紅樓夢》,頁923。(2)周汝昌:〈紅樓夢劉履芬批語輯錄·序〉,見王衛民輯:《紅樓夢劉履芬批語輯錄》(北京:書目文獻出版社,1987年12月),頁3。

⑤4 参周汝昌:《紅樓夢新證》(修訂本),頁974。

⑤5 趙岡、陳鍾毅曾推測有正本沒有脂硯名號的原因。他們認為:"最有趣的是有正本將批語中的'脂硯'、'脂硯齋'、'脂硯齋評'、'脂硯齋再筆'等署名都刪掉而代以其他的字,如'來矣'、'寫出來矣'、'奈何'、'者也'、'如見'、'妙甚'、'確甚'等。據我們推測這些都是戚蓼生所改。戚蓼生的叔叔戚朝桂手中有一塊傳家寶硯,是雍正皇帝賜給戚朝桂之父戚麟祥的。這塊硯傳到戚朝桂手中,他便因此而自號'硯齋'。戚蓼生買得這個八十回石頭記鈔本,上面都已抄就這許多'脂硯齋'的署名。他恐怕別人誤會這些批語是他叔父戚朝桂所作,就把這些署名全都塗去,而在原來的地位上代以其他的字。如果原來的署名是兩個字,則代以'來矣','者也'等兩個字,如果原來的署名是四個字,則代以'寫出來矣'等四字。這樣就露不出來塗改後的空檔。這些塗改之處,到了石印本上,已經看不出痕跡了。"見《紅樓夢研究新編》,頁87。

⑤6《俞平伯論紅樓夢》,頁41。

⑤7《胡適紅樓夢研究論述全編》,頁109。

⑤8《俞平伯論紅樓夢》,頁280。

⑤9《俞平伯論紅樓夢》,頁274。

⑥0《俞平伯論紅樓夢》,頁275—276。

⑥1 見《俞平伯論紅樓夢》,頁223。

⑥2《俞平伯論紅樓夢》,頁291—292。

⑥3 據《俞平伯論紅樓夢》,頁294。

⑥4《俞平伯論紅樓夢》,頁279。

⑥⑤《俞平伯論紅樓夢》，頁544。

⑥⑥《俞平伯論紅樓夢》，頁292。

⑥⑦《俞平伯論紅樓夢》，頁554。

⑥⑧誤解有正本評註，這是《紅樓夢研究》要改正《紅樓夢辨》的兩個錯誤之一。參〈《紅樓夢研究》自序〉，見《俞平伯論紅樓夢》，頁371。

⑥⑨簡·湯普金斯編：《讀者反應批評——從形式主義到後結構主義》（Jane P. Tompkins ed. *Reader-Response Criticism-From Formalism to Post-structuralism.* Baltimore and London：The Johns Hopkins University Press，1980）。

⑦⓪《讀者反應批評》（*Reader-Response Criticism*），p. 124。

⑦①《讀者反應批評》（*Reader-Response Criticism*），p. 123。

⑦②《讀者反應批評》（*Reader-Response Criticism*），p. 123。

⑦③戴維·布萊奇：《解讀和情感：主觀批評導論》（David Bleich，Readings and Feelings：*An Introduction to Subjective Criticism.* Urbana，Ilinois：National Council of Teachers of English，1975），p. 33—38.

⑦④参《解讀和情感：主觀批評導論》（David Bleich，*Readings and Feelings*：*An Introduction to Subjective Criticism*），p. 39—48。

⑦⑤参《新編石頭記脂硯齋評語輯校（增訂本）》，導論部分頁103—116。

⑦⑥《戚蓼生序本石頭記》，頁325。又，《新編石頭記脂硯齋評語輯校（增訂本）》，頁199。

⑦⑦《新編石頭記脂硯齋評語輯校（增訂本）》，頁661。

⑦⑧《脂硯齋重評石頭記》（庚辰本），頁284。又《新編石頭記脂硯齋評語輯校（增訂本）》，頁242。

⑦⑨《新編石頭記脂硯齋評語輯校（增訂本）》，頁174。

⑧⓪《新編石頭記脂硯齋評語輯校（增訂本）》，頁443。

⑧①《新編石頭記脂硯齋評語輯校（增訂本）》，頁518。

⑧②《胡適紅樓夢研究論述全編》，頁158。

⑧③《胡適紅樓夢研究論述全編》，頁147。

⑧④《胡適紅樓夢研究論述全編》，頁148。

⑧⑤見《胡適紅樓夢研究論述全編》，頁158—191。

⑧⑥参《脂硯齋甲戌抄閱再評石頭記》（甲戌本），頁9下。又，《戚蓼生序本石頭

記》(有正本),頁11。

⑧7 批語見《新編石頭記脂硯齋評語輯校(增訂本)》,頁12。又見《脂硯齋甲戌抄閱再評石頭記》(甲戌本),頁9上。另外,紅學家對這段批語的斷句不一,現直錄胡適的引文。參《胡適紅樓夢研究論述全編》,頁162。

⑧8《新編石頭記脂硯齋評語輯校(增訂本)》,頁12。又,《脂硯齋甲戌抄閱再評石頭記》(甲戌本),頁9上。

⑧9《胡適紅樓夢研究論述全編》,頁163。

⑨0《胡適紅樓夢研究論述全編》,頁164。

⑨1《胡適紅樓夢研究論述全編》,頁164。

⑨2 直到1953年10月,俞平伯輯成《脂硯齋紅樓夢輯評》一書時,比較易得的脂本只有戚序有正本。所以他標示批註所屬的正文,不得不引自有正本。參俞平伯:〈《脂硯齋紅樓夢輯評》引言〉一文,見《俞平伯論紅樓夢》,頁919—932。

⑨3 參閱(1)《紅樓夢新證》(棠棣版),頁579。(2)《紅樓夢探源》(*On The Red Chamber Dream*), p. 59。

⑨4《胡適紅樓夢研究論述全編》,頁178。

⑨5《俞平伯論紅樓夢》,頁292。

⑨6《胡適紅樓夢研究論述全編》,頁186。

⑨7《胡適紅樓夢研究論述全編》,頁200。

⑨8《新編石頭記脂硯齋評語輯校(增訂本)》,頁410。又見《脂硯齋重評石頭記》(庚辰本),頁487。

⑨9《胡適紅樓夢研究論述全編》,頁200。鄧遂夫認為脂硯替鳳姐寫過戲單。參看曹雪芹著;脂硯齋評;鄧遂夫校訂:《脂硯齋重評石頭記:甲戌校本》(北京:作家出版社,2000),頁60。

⑩0《胡適紅樓夢研究論述全編》,頁201。

⑩1《胡適紅樓夢研究論述全編》,頁202。

⑩2 見《紅樓夢新證》(棠棣版),頁563。

⑩3〈曹雪芹的生卒年及其他〉,見《文學研究集刊》第五冊(1956年5月),頁236。

⑩4 見戴不凡:《紅學評議·外篇》(北京:文化藝術出版社,1991年6月),頁

143—144。

⑮《胡適紅樓夢研究論述全編》，頁147。

⑯《胡適紅樓夢研究論述全編》，頁322。

⑰《戚蓼生序本石頭記》，651—652。另見《新編石頭記脂硯齋評語輯校（增訂本）》，頁332—333。

⑱《俞平伯論紅樓夢》，頁276。

⑲《俞平伯論紅樓夢》，頁276。

⑩《俞平伯論紅樓夢》，頁542—543。

⑪《俞平伯論紅樓夢》，頁542。

⑫《俞平伯論紅樓夢》，頁543。

⑬ 参《紅學評議·外篇》，頁111。

⑭ 参〈敦敏、敦誠與曹雪芹的文字因緣〉，見《紅樓夢的兩個世界》，頁167。

⑮ 参蘇珊·R·蘇萊曼、英奇·克羅斯曼編：《文本中的讀者》（Susan R. Suleiman and Inge Crosman ed. *The Reader in the Text*. Princeton：Princeton University Press，1980），p. 20。

⑯《俞平伯論紅樓夢》，頁554。

⑰《新編石頭記脂硯齋評語輯校（增訂本）》，頁455。

⑱《俞平伯論紅樓夢》，頁846。

⑲《俞平伯論紅樓夢》，頁848、849。

⑳《俞平伯論紅樓夢》，頁920。

㉑《新編石頭記脂硯齋評語輯校（增訂本）》，頁479。

㉒《俞平伯論紅樓夢》，頁927。

㉓《俞平伯論紅樓夢》，頁927—928。

㉔《俞平伯論紅樓夢》，頁927。

㉕《俞平伯論紅樓夢》，頁274。

㉖《俞平伯論紅樓夢》，頁357。

㉗《俞平伯論紅樓夢》，頁926。

㉘《俞平伯論紅樓夢》，頁930。

㉙《俞平伯論紅樓夢》，頁930。

㉚《俞平伯論紅樓夢》，頁931—932。

⑬¹ 余英時的立場和俞平伯很接近。余英時說："我們如何去適當地了解每一條所謂脂批固是一個問題，但更重要的則是我們不能離開《紅樓夢》正文而迷信脂批。這是方法論上的一大關鍵。脂批對原書推斷有誤之處並不少見，因此頗有自行更正或經他人駁正之事。脂批誠甚寶貴，但祇要它與正文發生正面的衝突便失去了它的可靠性。"語見其《紅樓夢的兩個世界》，頁 82。

⑬²《新編石頭記脂硯齋評語輯校（增訂本）》，頁 51。

⑬³《俞平伯論紅樓夢》，頁 851。

⑬⁴《脂硯齋重評石頭記》（庚辰本），頁 955。又，《新編石頭記脂硯齋評語輯校（增訂本）》，頁 575。

⑬⁵《俞平伯論紅樓夢》，頁 550。

⑬⁶《俞平伯論紅樓夢》，頁 568。

⑬⁷ 参（1）余英時：《紅樓夢的兩個世界》，頁 118。（2）吳曉南：《釵黛合一新論》（香港：三聯書局，1985）。

⑬⁸ 在 1954 年的"批俞運動"中，馬、列紅學家就指俞平伯過分信賴脂批，所以俞平伯在〈堅決與反動的胡適思想劃清界限〉一文中"自我批評"說："脂硯齋至今不知何人，還不能定為作者，以"脂評"來直接代替《紅樓夢》，豈不是以他人之意代替作者之意麼？所以即就追求作者的意圖來說，也是不嚴肅的。"見《紅樓夢問題討論集（二集）》，頁 217。

⑬⁹《石頭記會真》，第十冊，第 57 頁。全文載於頁 56—77。這篇跋寫於 1948 年 10 月 29 日。

⑭⁰《紅樓夢新證》（棠棣版），頁 549。

⑭¹ 参《紅樓夢新證》（棠棣版），頁 565 的注文。

⑭²《脂硯齋甲戌抄閱再評石頭記》（甲戌本），頁 25。又見《新編石頭記脂硯齋評語輯校（增訂本）》，頁 42。

⑭³《紅樓夢新證》（棠棣版），頁 552。

⑭⁴ 参《紅樓夢新證》（棠棣版），頁 553。

⑭⁵《脂硯齋甲戌抄閱再評石頭記》（甲戌本），頁 16 上。又，《新編石頭記脂硯齋評語輯校（增訂本）》，頁 27。

⑭⁶《新編石頭記脂硯齋評語輯校（增訂本）》，頁 297。

⑭⁷《新編石頭記脂硯齋評語輯校（增訂本）》，頁 403。

⑱《新編石頭記脂硯齋評語輯校（增訂本)》，頁451。

⑲《新編石頭記脂硯齋評語輯校（增訂本)》，頁451。

⑳《新編石頭記脂硯齋評語輯校（增訂本)》，頁455。

㉑《新編石頭記脂硯齋評語輯校（增訂本)》，頁568。

㉒《新編石頭記脂硯齋評語輯校（增訂本)》，頁572。

㉓《新編石頭記脂硯齋評語輯校（增訂本)》，頁589。

⑭ 丁廣惠：〈脂評畸笏批考辨〉，收入張錦池、鄒進先編：《中外學者論紅樓》（哈爾濱：北方文藝出版社，1989年6月），頁735。

⑮《脂硯齋重評石頭記》（庚辰本），頁515。

⑯《紅樓夢新證》（棠棣版），頁555。

⑰ 參《俞平伯論紅樓夢》，頁286。

⑱ 歐陽健：《還原脂硯齋：二十世紀紅學最大公案的全面清點》（哈爾濱：黑龍江教育出版社，2003）頁214卻指“有關史湘雲的批語簡直少得可憐”。

⑲《紅樓夢新證》（棠棣版），頁558。

⑳《脂硯齋重評石頭記》（庚辰本），頁707。又，《新編石頭記脂硯齋評語輯校（增訂本)》，頁525。

㉑ 俞文載於北京《學林雜誌》（北京），第一卷第三號（1921年11月5日）。《紅樓夢辨》中卷，第十篇，俞平伯自己曾引述他這篇舊文。（見《俞平伯論紅樓夢》頁224。）

㉒ 王靖宇：〈脂硯齋評和《紅樓夢》〉，載阿黛爾・奧斯汀・里基特編：《中國人閱讀文學的方法：由孔子到梁啟超》（John C. Y. Wang, “The Chih-yen-chai Commentary and the *Dream of the Red Chamber*: A Literary Study”. In Adele Austin Rickett ed., *Chinese Approaches to Literature from Confucius to Liang Ch'i-ch'ao*. Princeton: Princeton University Press, 1978), p. 213。

㉓ 陳荃禮、袁守軍：〈脂硯齋評注與《紅樓夢》——脂評文學價值的探討〉，《紅樓夢學刊》1992年2輯（1992年5月），頁298。此文另有周發祥譯〈“脂硯齋評”和《紅樓夢》〉，《紅樓夢研究集刊》，頁333—349。譯文又收入王靖宇：《左傳與傳統小說論集》（北京：北京大學出版社，1989年5月），頁156—177。

㉔ 見其《紅樓夢談藝錄》（上海：上海文藝出版社，1993年12月），頁

158—161。

⑯⑤ 王關仕:《紅樓夢指迷》(臺北:里仁書局,2003),頁47。

⑯⑥ 金聖嘆評、文子生校點:《第五才子書施耐庵水滸傳》(鄭州:中州古籍出版社,1985),第268頁。

⑯⑦ 梅節、馬力:《紅學耦耕集》(香港:三聯書店有限公司,1988年1月),頁95。

⑯⑧《脂硯齋重評石頭記》(庚辰本),頁449。又,《新編石頭記脂硯齋評語輯校(增訂本)》,頁380。

⑯⑨《脂硯齋重評石頭記》(庚辰本),頁468。又,《新編石頭記脂硯齋評語輯校(增訂本)》,頁394。

⑰⓪ 寶釵早死,寶玉出家後又還俗,這二事也不知有何根據(指《紅樓夢》內文何處明示)。

⑰①《新編石頭記脂硯齋評語輯校(增訂本)》,頁507。

⑰②《紅樓夢新證》(棠棣版),頁560—561。歐陽健認為"少年色嫩不堅牢"批語顯示脂硯齋"可能亦有沉湎女色之事"。語見歐陽健:《還原脂硯齋:二十世紀紅學最大公案的全面清點》(哈爾濱:黑龍江教育出版社,2003),頁118。

⑰③《戚蓼生序本石頭記》(有正本),頁106。又見於《新編石頭記脂硯齋評語輯校(增訂本)》,頁79。

⑰④《紅樓夢新證》(棠棣版),頁540。

⑰⑤ 俞平伯在1954年已經說:"以批注種類而論,在正文下的雙行批注最早,也最重要。這些比較靠得住是脂評,多在雪芹生前,從底本過錄,而底本又出於作者的原稿。"語見俞平伯:《脂硯齋紅樓夢輯評》(上海:上海文藝聯合出版社,1954年),頁9。香港太平書局本,頁4。

⑰⑥ 參看(1)王佩璋認為雙行夾批的下批時間是"在己卯、庚辰等年之前,不是後人加的"。參其〈曹雪芹的生卒年及其他〉,《文學研究集刊》第五冊(1957年),頁231。(2)趙岡、陳鍾毅認為雙行墨筆小字的批語是己卯以前的舊批。參其《紅樓夢研究新編》,頁118。

⑰⑦ 參《紅樓夢新證》(棠棣版)第五章"雪芹生卒與《紅樓》年表",尤其是頁203。

⑱《紅樓奪目紅》（北京：作家出版社，2003），頁213。

⑲《紅樓奪目紅》（北京：作家出版社，2003），頁93。

⑳《紅樓奪目紅》（北京：作家出版社，2003），頁86，頁283。

⑱《新編石頭記脂硯齋評語輯校（增訂本）》，頁17。

⑱《紅樓奪目紅》（北京：作家出版社，2003），頁211—213。

⑱ 參閱《隱含的讀者》，即 Wolfgang Iser，*The Implied Reader*：*Patterns of Communication in Prose Fiction from Bunyan to Beckett*（Baltimore：Johns Hopkins University Press，1974），p. 282。

⑱《詮釋學》（*Hermeneutics*），p. 87。

⑱ 錢鍾書：《管錐編》（北京：中華書局，1979年），第一冊，頁171。

⑱ 吳世昌、趙岡和陳鍾毅的主要反對理由是：有些批語不是女性口吻、經歷。參（1）《紅樓夢探源》（*On The Red Chamber Dream*），頁56—59。吳世昌：《紅樓探源》（北京：北京出版社，2000），頁86—88。（2）趙岡、陳鍾毅：《紅樓夢研究新編》，頁121—125。又，鄭慶山：《紅樓夢的版本及其校勘（續篇）》（北京：北京圖書館出版社，2006）頁311也表態說："不會因此說脂硯齋是女性"。

⑱ 周汝昌：《天·地·人·我》（北京：十月文藝出版社，2001），頁180。這番話又見於周汝昌著；周倫苓編：《周汝昌夢解紅樓》（桂林：灕江出版社，2005），頁163。

⑱ 周汝昌：《紅樓夢新證》（增訂版），頁921。

⑱ 周汝昌：《石頭記會真》（鄭州：海燕出版社，2004），第10冊，頁259。濤按，《石頭記會真》第10冊收錄了周汝昌歷年所寫的文章。

⑲ 梁歸智：《紅樓探佚紅》頁86："巧姐成了'織女'，板兒是'牛郎'，也是'雙星'"。

⑲ 周汝昌堅持"寶湘成婚"，其餘似乎可變。關於"雙星"的指涉問題，周汝昌前後提供幾種說法（人物）。《紅樓夢》只有"雙星"，只有兩個人，而周汝昌的說法有好幾個版本好幾個人。這不能說是"實錄"吧？充其量，只能算是每個階段周汝昌都有"當時的實錄"。但這樣一來，"實錄"恐怕就沒有太大的意思了吧？

⑲ 梁歸智：《石頭記探佚：紅樓夢探佚學初階》（太原：山西古籍出版社，

2005)，頁33。

⑲③ 梁歸智：《石頭記探佚：紅樓夢探佚學初階》，頁47、頁136。

⑲④ 梁歸智：《石頭記探佚：紅樓夢探佚學初階》，頁69—71。

⑲⑤ 梁歸智：《石頭記探佚：紅樓夢探佚學初階》，頁267。

⑲⑥ 這裡面，當然還涉及自傳說的理路：曹雪芹是不是也有類似"金麒麟姻緣"？曹雪芹是不是做過和尚，後又還俗又娶妻？

⑲⑦《紅樓夢考論集》（臺北：聯經出版事業公司，1984年6月），頁31。這一判斷，在作者執筆之時，可能是正確的。後來，情況有所改變。

⑲⑧《紅樓夢新證》（棠棣版），頁547。

⑲⑨〈意圖主義何以長留不去?〉，見安東尼·卡斯卡爾迪編：《文學與哲學問題》，(Dennis Dutton，"Why Intentionalism Won't Go Away". IN Anthony Cascardi ed. *Literature and the Question of Philosophy*. Baltimore：Johns Hopkins UP, 1987)，p. 197。

⑳⓪ 克非：《紅學末路》（重慶：重慶出版社，2005年1月），頁72。

⑳① 曲沐為歐陽健《還原脂硯齋》所寫的"序"。語見《還原脂硯齋》，頁5。關於攻擊脂硯的言論，讀者可以參看歐陽健、克非等人的著作。

⑳② 克非：《紅樓霧瘴：玩味脂硯齋》（成都：四川文藝出版社，1997）。不過，歐陽健、克非等人的"偽作"之說卻講不出那個"脂硯齋集團"（偽造集團）具體是哪些人。克非又有《紅學末路》（重慶：重慶出版社，2005年1月）一書，克非的主張是：甲戌本、己卯本、庚辰本三個脂本都是曹雪芹以後很晚的偽本；脂批是偽批，脂硯齋是"巧偽人"、是製造偽文物（脂本）謀利的低級騙子；脂本之殘，是騙子故意弄殘的。庚辰本、己卯本，是在同一間土作坊裡，同一時間內，由同一個騙子製造而成的。它們產生的順序依次是庚辰本、己卯本、甲戌本。克非對炮製脂本過程，多次作了詳細的描述：如何雇抄手、脂硯齋如何刻薄、如何流水作業、如何搶時間等，言之鑿鑿，如同親睹（頁154，頁293）。對騙子"刻意弄殘本子"的盤算過程心路歷程，克非也能深入騙子的腦中紀錄下來（頁265）。但是克非沒有交待他對"騙子"的事，為什麼會知道得那麼清楚。其次，這"騙子"騙人的具體情況如何？能騙得到多少錢？克非只給了一個推測："當初從脂硯齋手裡購買甲戌本的人，必定出了大價錢。"（頁158）在這種情況下，對於克非的推測，我們只好存而

不論。

⑳③《新編石頭記脂硯齋評語輯校(增訂本)》,頁232、頁242。

⑳④《胡適紅樓夢研究論述全編》,頁164—165。

⑳⑤《新編石頭記脂硯齋評語輯校(增訂本)》,頁267。

⑳⑥《新編石頭記脂硯齋評語輯校(增訂本)》,頁47。

⑳⑦《胡適紅樓夢研究論述全編》,頁166。

⑳⑧《紅樓夢新證》(棠棣版),頁566。

⑳⑨《胡適紅樓夢研究論述全編》,頁87。

⑳⑩ 參考陳慶浩:〈胡適之"紅學"批判〉,《紅樓夢研究專刊》第8輯(1970年9月),頁7—10。

㉑⑪《脂硯齋甲戌抄閱再評石頭記》(甲戌本),頁9下。又,《新編石頭記脂硯齋評語輯校(增訂本)》,頁12。

㉑⑫《脂硯齋甲戌抄閱再評石頭記》(甲戌本),頁9上。又,《新編石頭記脂硯齋評語輯校(增訂本)》,頁12。

㉑⑬《脂硯齋甲戌抄閱再評石頭記》(甲戌本),頁9下。又,《新編石頭記脂硯齋評語輯校(增訂本)》,頁12。

㉑⑭《脂硯齋重評石頭記》(庚辰本),頁509。又,《新編石頭記脂硯齋評語輯校(增訂本)》,頁426。

㉑⑮《脂硯齋甲戌抄閱再評石頭記》(甲戌本),頁22上。又,《新編石頭記脂硯齋評語輯校(增訂本)》,頁36。

㉑⑯《脂硯齋甲戌抄閱再評石頭記》(甲戌本),頁14下。又,《新編石頭記脂硯齋評語輯校(增訂本)》,頁25。

㉑⑰《脂硯齋甲戌抄閱再評石頭記》(甲戌本),頁137下。又,《新編石頭記脂硯齋評語輯校(增訂本)》,頁243。

㉑⑱《脂硯齋重評石頭記》(庚辰本),頁831。又,《新編石頭記脂硯齋評語輯校(增訂本)》,頁669。

㉑⑲《古典文學研究資料彙編·紅樓夢卷》,頁113。

㉒⑳《紅樓夢新證》(棠棣版),頁568。

㉒㉑ 參《紅樓夢新證》(棠棣版),頁570。

㉒㉒ 見李辰冬:《紅樓夢研究》,頁1。但朱鳳玉和張壽平對上列批語另有解釋。參

(1) 朱鳳玉:〈紅樓夢脂硯齋評語新探〉(臺灣中國文化學院中國文學研究所碩士論文, 1979 年), 頁 229—232。(2) 張壽平:〈紅樓夢脂批平議〉, 見蔡元培等:《石頭記索隱》(臺北: 金楓出版有限公司, 1987 年 5 月), 頁 224—235。

㉓《紅樓夢新證》(棠棣版), 頁 570。

㉔ 這是周汝昌的用語, 見《紅樓夢新證》(棠棣版), 頁 570。

㉕《紅樓夢新證》(棠棣版), 頁 570—583。

㉖ 當然也有一些"新紅學家"(如周汝昌) 對脂批與自傳說的信念並沒有多大的動搖。

㉗ 這是俞平伯當面告訴余英時的, 參看 (1) 余英時:《紅樓夢的兩個世界》, 頁 2。(2) 余英時在《紅樓夢》座談會上也提過俞平伯的立場, 參胡文彬、周雷:《紅學世界》(北京: 北京出版社, 1984 年), 頁 50。

㉘ 潘重規:《紅樓夢新解》, 頁 104。

㉙ 潘重規:《紅樓夢新解》, 頁 90。

㉚ 潘重規:《紅樓夢新解》, 頁 95—108。"眼光識解"這句總評, 見於第 106 頁。

㉛《紅樓夢新證》(棠棣版), 頁 570。

㉜《紅樓夢新解》, 頁 112。

㉝《紅樓夢新解》, 頁 115。

㉞《紅樓夢新解》, 頁 118。

㉟《紅樓夢新解》, 頁 119。

㊱《紅樓夢新解》, 頁 115。

㊲ 孫遜《紅樓夢脂評初探》, 頁 124—126。

㊳ 據第 7 條批語, 批者必定知道"原作者"的寫作素材, 否則他怎麼會說"作者用史筆也"? 而連潘重規也承認批者和曹雪芹是很親近的, 然則批者了解曹雪芹的寫作素材也是平常事。據此, 我們不能一口咬定說曹雪芹不是"原作者"。總的來說, 這條批語對"原作者不是曹雪芹"的說法不利。

㊴《紅樓夢新解》, 頁 122。

㊵《紅樓夢的兩個世界》, 頁 189。

㊶《紅學六十年》, 頁 127。

㊷《紅樓夢》改題《金玉緣》事參〈《紅樓夢》訟案〉, 原刊於 1947 年 10 月 29

日《中央日報》“上海通”副刊第246號，後收入王利器輯錄：《元明清三代禁毀小說戲曲史料》（上海：上海古籍出版社，1981年2月），頁162—164。

㉔³《紅樓夢的兩個世界》，頁189。

㉔⁴《紅學六十年》，頁127。

㉔⁵《胡適紅樓夢研究論述全編》，頁163。

㉔⁶《紅樓夢探源外篇》，頁11。

㉔⁷ 見蔡元培等：《石頭記索隱》（臺北：金楓出版有限公司，1987年5月），頁225。

㉔⁸ 皮述民：《紅樓夢考論集》，頁26。另外，李金華則認為《紅樓夢》是根據《風月寶鑑》改寫成的。參李金華：〈關於曹雪芹的創作經歷問題〉，《紅樓夢學刊》1982年3輯（1982年8月），頁163。

㉔⁹ 段熙仲、潘君昭：〈談《風月寶鑑》的作者〉，《紅樓夢研究集刊》，第8輯（1982年3月），頁259—264。《風月寶鑑》與《紅樓夢》的關係，學者提出許多說法。然而，《風月寶鑑》一書並未傳世，其內容為何，不得而知，所以學者的說法往往只是推測，沒有確實的證據。這不是本書的中心議題，故不詳論。

㉕⁰《紅樓夢新解》，頁90。

㉕¹《紅樓夢新解》，頁91。

㉕²《新編石頭記脂硯齋評語輯校（增訂本）》，頁50。

㉕³《紅樓夢新證》（棠棣版），頁573。

㉕⁴《新編石頭記脂硯齋評語輯校（增訂本）》，頁568。

㉕⁵《紅樓夢新證》（棠棣版），頁583。

㉕⁶ 葉朗：《中國小說美學》（北京：北京大學出版社，1982年12月），第六章是“脂硯齋的小說美學：評點《紅樓夢》”。

㉕⁷《新編石頭記脂硯齋評語輯校（增訂本）》，頁458。

㉕⁸《新編石頭記脂硯齋評語輯校（增訂本）》，頁513。又《脂硯齋重評石頭記》（庚辰本），頁634。

㉕⁹《新編石頭記脂硯齋評語輯校（增訂本）》，頁664。又《脂硯齋重評石頭記》（庚辰本），頁1800。

㉖⁰《新編石頭記脂硯齋評語輯校（增訂本）》，頁293。又《脂硯齋重評石頭記》

（庚辰本），頁349。

㉖①《新編石頭記脂硯齋評語輯校（增訂本）》，頁393。又《脂硯齋重評石頭記》（庚辰本），頁467。

262《新編石頭記脂硯齋評語輯校（增訂本）》，頁600。又《脂硯齋重評石頭記》（庚辰本），頁1106。

263《新編石頭記脂硯齋評語輯校（增訂本）》，頁679。又《脂硯齋重評石頭記》（庚辰本），頁1906。

264《紅樓夢新解》，頁97。

265 蔡義江：《紅樓夢是怎樣寫成的》（北京：北京圖書館出版社，2004）頁88指出脂評也有說《紅樓夢》是虛構的話。

266 關於吳世昌的學歷、學術簡介、與周汝昌的轇轕，可參看梁歸智：《紅學泰斗周汝昌傳：紅樓風雨夢中人》（桂林：灕江出版社，2006），頁288。

267《紅樓夢探源》（*On The Red Chamber Dream*），p. 91。

268《脂硯齋甲戌抄閱再評石頭記》（甲戌本），頁25上。

269《紅樓夢新證》（棠棣版），頁552。

270《紅樓夢探源》（*On The Red Chamber Dream*），p. 91。

271《紅樓夢探源》（*On The Red Chamber Dream*），p. 91。

272 實際上，"為余一喝"的"余"，也可以是一個與作者全不相干的局外人。試想想：一個局外人，即普通讀者，為什麼就不能寫下"為余一喝"這樣的批語？

273《新編石頭記脂硯齋評語輯校（增訂本）》，頁79。

274《紅樓夢探源》（*On The Red Chamber Dream*），p. 92。另参《紅樓夢探源外篇》，頁15。

275《脂硯齋重評石頭記》（庚辰本），頁383。

276《脂硯齋重評石頭記》（庚辰本），頁383。又，《新編石頭記脂硯齋評語輯校（增訂本）》，頁320。

277《紅樓夢新證》（棠棣版），頁574。

278《紅樓夢探源》（*On The Red Chamber Dream*），p. 87—89。

279《紅樓夢探源外篇》，頁14。

280《紅樓夢探源》（*On The Red Chamber Dream*），p. 90。

㉘1《紅樓夢探源外篇》，頁16、475。

㉘2《紅樓夢考證拾遺》，頁43。

㉘3《紅樓夢考證拾遺》，頁42。

㉘4 皮述民：《蘇州李家與紅樓夢》（臺北：新文豐出版公司，1996）認為脂硯齋即李鼎。皮氏的說法，書此備考。

㉘5《脂硯齋重評石頭記》（庚辰本），頁487—488。又，《新編石頭記脂硯齋評語輯校（增訂本）》，頁410。

㉘6 吳世昌的話（中文）取自《紅樓夢探源外篇》，頁175。這段話其實是譯括號內的文字。括號內的文字見《紅樓夢探源》（*On The Red Chamber Dream*），p. 55。另參吳世昌：《紅樓探源》（北京：北京出版社，2000），頁83。

㉘7《紅樓夢探源外篇》，頁15。

㉘8 趙岡說："……後面這條批雖未署名畸笏，但確係出於畸笏之手無疑。畸笏既然說'前批知者寥寥'，可見前面的批也出於自己之手。換言之脂硯就是畸笏。"見《紅樓夢考證拾遺》，頁26—27。

㉘9 參陳氏〈曹雪芹卒年問題再商榷〉。此文原載於《光明日報》1962年6月10日《文學遺產》第四一八期，後來收入陳氏與劉世德、鄧紹基合著之《紅樓夢論叢》（上海：上海古籍出版社，1979年3月），頁264—273。

㉙0《新編石頭記脂硯齋評語輯校（增訂本）》，頁410。

㉙1 關於靖藏本的問題，可參看裴世安、柏秀英、沈柏松編：《靖本資料》（上海：石言居，2005）。濤按：此書為裴世安先生所贈。謹致謝忱。

㉙2 見周汝昌：〈《紅樓夢》版本的新發現〉，《大公報》，1965年7月25日，第十二版。周汝昌後來又堅持脂硯齋和畸笏叟是同一個人。參看其《紅樓奪目紅》等書。

㉙3 參趙岡：〈從靖應鵾藏鈔本《紅樓夢》談紅學考證的新問題〉，收入胡文彬、周雷編：《海外紅學論集》（上海：上海古籍出版社，1982年），頁437。但他後來又改說"寫此批者一定是曹天祐，也就是脂硯"。引文見《紅樓夢研究新編》，頁133。

㉙4《紅學評議·外篇》，頁115—116。

㉙5《脂硯齋甲戌抄閱再評石頭記》（甲戌本），頁22下。又，《新編石頭記脂硯齋評語輯校（增訂本）》，頁22。

㉖《脂硯齋重評石頭記》（己卯本），頁 374。又，《新編石頭記脂硯齋評語輯校（增訂本）》，頁 337—338。

㉗《新編石頭記脂硯齋評語輯校（增訂本）》，頁 349。又《脂硯齋重評石頭記》（己卯本），頁 384—385。《新編石頭記脂硯齋評語輯校（增訂本）》，頁 349。

㉘見（1）《脂硯齋重評石頭記》（庚辰本），頁 406、417。（2）《戚蓼生序本石頭記》（有正本），頁 664—665、頁 681—682。（3）《蒙古王府本石頭記》，頁 688—689、頁 705。

㉙見 I. A. 理查茲《文學批評原理》（I. A. Richards，*Principles of Literary Criticism*. London：Routledge & Kegan Paul Ltd.，1974），p. 267—271。

㉚《詩歌與科學》（*Poetries and Sciences*. London：Routledge & Kegan Paul，1970.）一書在初版時名為《科學與詩歌》（*Science and Poetry*，1926）。

㉛余英時在《紅樓夢的兩個世界》頁 179 也提出類似的意見。

㉜《文學批評原理》（*Principles of Literary Criticism*），p. 270—271。

㉝參看洪濤：〈四大奇書變容考析〉（2000 年香港大學哲學博士論文）。簡言之，中國傳統小說往往有強烈的"史傳特性"，因此，解讀時的"歷史化"（historicised）傾向，似乎也比較順理成章。此處未能詳論。

㉞參伊麗莎白·弗羅因德：《讀者的回歸——讀者反應批評》（Elizabeth Freund，*The Return of the Reader-Reader-response Criticism*，London：Methuen，1987）第一部分"先驅者"（Part I Precursors）。

㉟梅節：〈曹雪芹、脂硯齋關係探微〉，《河南教育學院學報（哲學社會科學版）》2005 年 4 期頁 40—48，頁 71。

㊱連"倒脂派"如克非也承認這點。甲戌本眉批："余批重出。余閱此書，偶有所得，即筆錄之。非從首至尾閱過復從首加批者，故偶有復處。且諸公之批，自是諸公眼界；脂齋之批，亦有脂齋取樂處。後每一閱，亦必有一語半言重加批評於側，故又有於前後照應之說等批。"見曹雪芹：《乾隆甲戌脂硯齋重評石頭記》（臺北：臺灣商務印書館，1961 年 5 月），頁 23 反面。

㊲關於脂評，比較持平公允的評論家當數陳慶浩。參看陳慶浩：《新編石頭記脂硯齋評語輯校（增訂本）》（北京：中國友誼出版社，1987 年 8 月）。

第五章
總括及批評

1　意義的來源及詮釋的目標

我們在導論部分提出本書要探究的是：《紅樓夢》的意義是如何誕生的？詮釋者如何得出他們的理解？在緊接著的三章中我們追溯了《紅樓夢》由產生到被接受的情況，即作者、文本、讀者和詮釋的關係。有了這個基礎，現在我們可以從兩個角度來探討本書引論部分提出來的問題：

（一）《紅樓夢》詮釋者的詮釋目標是什麼？

（二）詮釋者用什麼方法或手段來追尋他們的詮釋目標？有什麼因素影響詮釋的結果？

我們先來探討第一個問題。從以上各章的討論我們可以觀察到一個貫穿各個紅學範疇的詮釋目標：作者的意義（author's meaning）——即《紅樓夢》的作者要表達些什麼。

本書第二章整章探討的就是作者身份及其意圖對詮釋活動的影響，這裡不贅。新千年的索隱派仍然如此：2002 年王以安的《細說紅樓》稱"《石頭記》可說是臺灣記"。[①]同意王以安此論的讀者估計不會很多，但王以安同樣堅稱他"揭露作者原意"。[②]

在文本研究的層面，"作者本意"也是詮釋者非常關心的課題。從本書第三章的討論我們可以看出，百廿回《紅樓夢》在新紅學出現之前是一個很穩定的詮釋對象。在胡適新紅學時期，《紅樓夢》後四十回卻遭到紅學家的唾棄。原因很簡單：新紅學家閱讀前八十回所得出的"作者本意"無法在後四十回中得到貫通。以俞平伯為例，他的著作就不時表達出"續《紅樓夢》者在這一點上（指寶玉出家事）並沒有雪芹底原意"、[3]"那曉高蘭墅對於這點（指香菱死在金桂手裡）竟粗心得很，把雪芹原意顛倒了"[4]這類看法。顧頡剛說俞平伯"屢屢對於高鶚不得曹雪芹原意之處痛加攻擊"。[5]這個論斷是不錯的。另一個好例子是余英時。余英時曾檢討過近代紅學的發展，他指出：以往的紅學家都很依賴歷史材料，讓邊緣問題佔據了中心問題的位置。因此，他強調文本的"有機性"和"內在結構"，希望使紅學的取向由外馳轉向內斂。值得注意的是，余英時的"內在研究"雖然與其他紅學家的"外緣研究"判然有別，但這只是研究取向上的分別。因為，余英時所謂"有機性"、"內在結構"的最後歸向仍然是"作者本意"："作者的本意大體仍可從作品本身中去尋找，這是最可靠的。"[6]另外，晚近十多年興起的版本研究，探索的目標也是"作者的最後定本"，換言之，也就是追尋體現"作者最終意圖"的本子。這是就《紅樓夢》的整個本子（八十回或百廿回）而言。在個別文本問題上，如秦可卿之死一段、芳官改名一段、第六十七回優劣等問題，無不牽涉到作者意圖或作者觀念。可見在近代《紅樓夢》研究中的文本問題並不能獨立自主，斬斷與作者觀念的聯繫。

在"特殊讀者"的研究方面，"作者本意"也是極重要的觀念。本書第四章指出，脂批受紅學家重視的原因是批者和作者有密切的關係。新紅學家之中，周汝昌和俞平伯都很重視批語。周汝昌說：

> 但這位脂硯，到底是何如人呢？他知道此書的直事底

裡如此其清楚，了解雪芹的意旨筆法如此其精徹？一部《石頭記》，他不啻給作者作代言人，盡洩底奧，此人之重要，較之雪芹本人幾乎要畫等號了。[⑦]

可見脂硯齋是以“了解雪芹的意旨筆法”而受到周汝昌的重視。周汝昌提出的“湘雲說”視批者為曹雪芹的妻室，所以在他心目中，批者有資格做作者的“代言人”。至於俞平伯，他早在1922年的批語研究中已經開始追問批語是否接近“作者的意義”。起初俞平伯誤會批者評論的對象包括一部續書，所以他說：“（續書）作者距雪芹極近，或和他同時，所以很容易從各方面窺測雪芹底意思。他所補的，雖未必處處和原意相符，也總是‘不離其宗’，要比我們在百餘年之後，妄自猜測，事半功倍了。”[⑧]現在我們已經知道批語並不是在評論“續書”，俞平伯的話完全落空，可是，我們仍然可以從他這一段話得知他注意的是“雪芹底意思”。到了1950年，俞平伯再次討論批語，他的問題是：“脂評與作者之意，中間是否仍有若干距離？”[⑨]1953年俞平伯又編了《脂硯齋紅樓夢輯評》一書，在〈引言〉中他關心的仍然是：“批注能否百分之百代表作者的意思呢？”[⑩]由1922年到1953年超過三十年時間，俞平伯關心的一直是脂批與“作者本意”的問題。其他倚仗脂批而建立的種種“傳記說”，最終都是要證明作者有“寫實”的意圖，對涉及“偽陳述”的批語反而不甚重視。[⑪]

這樣看來，說“作者本意”是近代紅學最重要的詮釋目標之一，諒不為過。這種取向，與西方的傳統詮釋學的旨趣有相近之處。傳統的詮釋學中兩個很有影響力的思想領袖施萊爾馬赫（Schleiermacher，1768—1834）和狄爾泰（Dilthey，1833—1911）都將作者的本意視為詮釋的目的。施萊爾馬赫在《詮釋學：手稿》（*Hermeneutics*：*The Handwritten Manuscripts*）之中提出心理詮釋的觀念（psychological interpretation），要求詮釋者進入形成作者原意的心理狀態。[12]狄爾泰繼承了施萊爾馬赫的觀點，他在〈闡釋學的興起〉（Die Entstehung der Hermeneutik）一文中說："闡釋活動的最後目的，是比作者理解自己更好地理解他。"（Das letzte Ziel des hermeneutischen Verfahrens ist，den Autor besser zu verstehen，als er sich selber verstanden hat.）[13]狄爾泰的學說，又為E·D·赫希（E. D. Hirsch，1928—　）所繼承。[14]赫希提出了"（作者）心理重建論"（psychological reconstruction）：

> The interpreter's primary task is to reproduce in himself the author's "logic", his attitudes, his cultural givens, in short, his world. Even though the process of verification is highly complex and difficult, the ultimate verificative principle is very simple-the imaginative reconstruction of the speaking subject.[15]
>
> **【譯文】**解釋者的首要任務是重建作者的"邏輯"、態度、文化，簡言之，即重建作者的世界。雖然驗證過程非常複雜和困難，但最終的驗證原則卻是很簡單的，即憑想像建構出陳述的主體。

許多紅學家雖然沒有明確提出"（作者）心理重建論"，但是他們實際上也是在從事"（作者）心理重建"（參看本書第二、第三、第四章）。這一點既已明確，現在剩下來的問題是赫希所謂"驗證過程"（the process of verification）。換言之，即詮釋方法的問題，也就是本章開頭提到的第二個問題。下一節我們要集中檢討詮釋方法的問題，並補論各章未及討論的環節。

2　評《紅樓夢》的詮釋方法

從以上幾章的討論看來，我們知道許多近代紅學家都信奉"作者決定論"，這批紅學家包括大多數清末民初的索隱派紅學家、1921年之後的新紅學家、1954年以後的馬、列紅學家（他們已先對作者思想有所“掌握”)。在這種“作者決定論”的詮釋觀念影響下，如果作者的身份、立場、心理等等比較清楚的話，那麼，對作品的解釋也就較容易達到一致的意見。可是，事實並不如此理想。本書的第二章曾指出，《紅樓夢》面世後百多年，作者是誰一直是很不明確的。所謂“不明確”可從兩方面來加以解釋。一是像程偉元那樣，不知道《紅樓夢》的作者是誰。二是從明義〈《題紅樓夢》小引〉或袁枚《隨園詩話》或其他傳說知道曹雪芹是《紅樓夢》的作者。但即使是第二種情況，這些讀者對曹雪芹的了解也是有限之極。他們或將曹楝亭誤作曹練亭，或將曹雪芹視為曹寅之子，[16]或說曹雪芹是“漢軍舉人”、“貢生”，或說曹雪芹即常州某孝廉(参看第二章)。即使中國大陸 1963 年舉辦過紀念曹雪芹的活動，其後，質疑“曹雪芹是作者”的聲音仍不絕於耳。[17]

在這種作者身份不明朗的情況下，論者要進行“作者心理重建”，往往需要先有“前設”(presupposition)——作者是什麼人。例如，反滿說紅學家的第一個前設是“作者是明遺民”，從這一點出發來進行“心理重建”，就形成了第二個前設：明遺民必具有仇清之心。例如，蔡元培雖然沒有指出“原作者”是誰，卻敢斷定“作者持〔漢〕民族主義甚摯”，“作者深信正統之説”，曹雪芹在悼紅軒增刪《紅樓夢》是“弔明之義也”(引文出處俱見第二章的注釋)。再如，鄧狂言假設作者是吳梅村，增刪者是曹雪芹。除了第一前設和蔡元培不同之外，其餘前設和推論的理路和蔡元培分別不大。值得注意的是在他們的論述中，曹雪芹的身份不明朗，但他也有“遺民之心”(鄧狂言的說法)，也在那裡“弔明”(蔡元培的說法)。[18]

這種論述方法很接近詮釋學中“佔為己有”(appropriation，或譯“挪用”、“撥用”)的概念。保羅・利科爾(Paul Ricoeur)在《闡釋學與人文科學》(*Hermeneutics and the Human Sciences*)

中說：

"Appropriation" is my translation of the German term "Aneignung". Aneignen means to make one's own what was initially "alien".[⑲]

【譯文】我用"據為己有"來翻譯德文中的"Aneignung"。Aneignen 的意思是化先前異己的東西為自己的東西。

蔡元培和鄧狂言都把"曹雪芹"轉化成對己說有利的人物。在後來的索隱派反滿說紅學家更把這種"撥用"、"轉化"的詮釋策略運用得出神入化。例如，壽鵬飛有將曹雪芹等同於常州某孝廉曹一士之意（但他也不敢肯定，參第二章）；杜世傑則強行將兩者合為一人，而某孝廉又"受南方反清思想之影響"，因此，"曹雪芹"就有寫"反清小說"的"資格"。另一位索隱派紅學家李知其對"曹雪芹"三字的解讀也極有"撥用"的嫌疑。他用"諧韻讀法"得出"曹雪芹是嚎啕說恨的人"，而所哭的是"哭國族淪亡之恨"。因此，李知其筆下的"曹雪芹"就有了反清的"心理"，與李知其對《紅樓夢》的解釋剛好相配合（蔡、鄧、杜、李之理論詳見第二章）。杜、李的詮釋不同，而手段同為"撥用"，將"曹雪芹"轉化成對索隱派有利的人物。

這種"明遺民→仇清之心"的前設只是"心理重建"的一個層面。"撥用"作者心理的程序並不是這麼簡單的，因為，按常理推斷，僅有"仇清之心"而無"反清之舉"，則我們從何處認識作者之心？換言之，在索隱派的詮釋機制裡，僅有"仇清之心"而未有具體行動，"仇清之心"仍然無從說起。因此，在第二前設"仇清之心"之上，還需要有第三種前設，即"仇清之心"必然轉化為"反清之舉"（例如"起義"、"宣傳"），而《紅樓夢》就被說成是"反清之心"付諸語言（verbalization）的結果。在這個基礎上出現了第四個前設：在清室高壓政策下寫反滿小說必然要採取某種寫作技巧，即索隱派反滿說所謂“隱語”或“謎語”。由早期的索隱派紅學家王夢阮、沈瓶庵、蔡元培到後來的潘重規、杜世傑、李知其無不如是說。我們可以用符號學家羅曼·雅各布森（Roman Jakobson，1896—1982）在〈語言學與詩學〉（“Language and Poetics”）[20]一文標舉的溝通模式來說明索隱派的做法。雅各布森提出溝通的六個要素：發訊人（addresser）、收訊人（addressee）、背景（context）、信息（message）、接觸（contact）、語碼（code）。這六要素，符號學中稱為“符指過程”的六要素。按照索隱派的推理邏輯，“遺民作者”是發訊人（addresser），但是信息卻經過特別編碼（encode），成為“隱語”或“謎語”，所以索隱派紅學家作為收訊人（addressees）進行解碼工作（decode）在索隱派眼中是情理中事。

依我們看，發訊人和收訊人對溝通過程中的背景、信息和語碼的理解未必一致。例如，發訊人在反滿的背景下從事編碼的工作（因而《紅樓夢》藏有反滿的訊息），這些情況（背景、語碼、信息）都是收訊人（索隱派紅學家）單方面作出的假設——發訊人未必有這種意圖。更致命的是，這套理論的最基本的前設“作者是明遺民”的說法也無法證實，所以跟著的三個前設（仇清之心、反清之舉、製作隱語）也同樣沒有根據。因此，我們可以說索隱派反滿說紅學家的“心理重建”在“作者民族心理”和“寫作心理”兩方面都有“撥用”作者的嫌疑。“作者心理重建論”本以作者為“客觀的”研究對象，但在實際上，在索隱派的紅學論述中，作者卻成了撥用的對象（object of appropriation）。

民初索隱派不承認曹雪芹是《紅樓夢》的作者，而新紅學則確認曹雪芹為作者。這樣一來，似乎使“作者心理重建”的目標明確了許多（因為曹雪芹僅一個，明遺民則以萬數）。可惜曹雪芹的事情流傳下來的並不多。新紅學發軔之時，俞平伯已經說："關於曹雪芹底事蹟，我們知道的很少；……"[21]他給顧頡剛的信上形容為"幾無所知"（1921年5月21日）。到1963年大陸舉辦紀念曹雪芹活動時，學者說："歷史上有關曹公本人的資料實在是少得不能再少。"[22]上距俞平伯說那番話五十多年，毛國瑤也還如此說。[23]余英時則說："對於曹雪芹本身，我們的知識依然非常貧乏，甚至他的生卒年歲也還在莫衷一是的階段。"[24]（這話是在1976年11月10日說的。[25]）這種情況連曹學專家也直言不諱。吳恩裕在1978年7月說："有關曹雪芹的傳記材料非常缺乏。"[26]周汝昌在1979年河北大學中文系的學術報告會上，也曾表達相同的看法。再過十幾年，1991年4月7日，曹學巨擘馮其庸還在慨嘆："（曹雪芹）除了有半部書留下來外，其他種種，幾乎完全是空白。"[27]又過了十幾年，2004年，沈治鈞說："目前我們在這方面的知識還相當有限。"[28]直到2006年，梁歸智說："有關曹雪芹本人的歷史材料是奇缺的。"[29]總之，各種學術背景的學者都異口同聲，坦白承認這個事實。[30]

這種情況令我們想起西方哲學家的學說：波蘭哲學家羅曼·英伽登（Roman Ingarden，1893—1970）認為作品結構由不同的層次（stratum）組成，其中有許多未定點（places of indeterminacy），需由讀者在閱讀中予以充實，使之具體化（concretization）。[31]如果我們借他的概念來討論曹雪芹，我們也可以說曹雪芹的思想、立場等等仍然有許多"未定點"可供填充。換言之，作者的形象、立場、心理仍然有許多"具體化"（concretization）的可能性。例如，曹雪芹是旗人，依照胡適、俞平伯、周汝昌所說，曹雪芹不可能反滿。吳恩裕、余英時雖然也承認曹雪芹是《紅樓夢》的作者，但按照他們的"心理重建"，曹雪芹卻有反滿譏清的傾向（余英時的看法，參閱本書第二章。

吴恩裕的看法，參閱第三章“芳官改名”部分。周汝昌的看法前後有變，參閱本書第二章）。

另一方面，馬、列紅學家也承認曹雪芹為《紅樓夢》的作者，不贊成索隱派的看法，但他們的“心理重建”的手段卻跟反滿說紅學家有相似之處。馬、列紅學家一方面致力於超越作者的“世界觀”，另一方面也將“曹雪芹”加以“轉化”（本書第二章未曾提及此點，此處略加補論）。他們大力強調《紅樓夢》所反映出來的“社會矛盾”、“反封建”傾向和“階級鬥爭”。他們有一種說法是“當時根本矛盾和根本問題只能是封建地主階級和農民之間的矛盾”，《紅樓夢》是現實主義小說，正反映出這種矛盾，因此，楊蔭安認為：

> （曹雪芹）不自覺地或不完全自覺地被那成為“時代動力的一種精神”，無疑地也就是正在醞釀著起義的農民階級的革命精神所浸染著，激動著。……正是農民群眾的革命情緒，構成曹雪芹深廣的社會批判的主要動力。[32]

劉大傑也很重視作品中農民與地主的矛盾，認為《紅樓夢》“深刻”地描寫了“地主家庭的荒淫腐朽的生活”（這就是紅學史上的“農民說”）。反滿說紅學家杜世傑說曹雪芹受到“反清思想”的影響，而主張“農民說”的劉大傑也運用了相同的“撥用”手段，說“曹雪芹”受到“農民生活思想的影響”。[33]據學者考證，曹雪芹曾住於京郊，有可能接近農民。但是，說“當代農民群眾的階級鬥爭對曹雪芹有重大的影響”[34]卻有“撥用”曹雪芹之嫌。試問：如果曹雪芹“有農民群眾的革命情緒”的話，那麼，他為什麼把“黃巾赤眉”（按照“農民說”的內在邏輯，黃巾、赤眉是“農民起義”）稱為“流賊”？[35]為什麼要賦詩歌頌鎮壓農民起義的恆王和林四娘？（參看《紅樓夢》第七十八回）[36]對於此節，大陸的紅學家處境多少有點尷尬。[37]

馬、列紅學中又有“市民說”。“市民說”同樣重視社會“矛盾”和“鬥爭”，只是起來鬥爭的“階級”不是農民階級，而是市民階級。“市民說”認為《紅樓夢》反映了“新興的工商業市民階層和封建統治勢力的矛盾”。[38]這一派學者提出論點後，也不忘借用作者權威來鞏固己說。例如谷峪說：

> 曹雪芹就是在這種思想（指新興市民）的影響下，根據自己對現實社會的體會、觀察的一些生活見解寫了《紅樓夢》，……[39]

鄧拓說：

> 曹雪芹就是屬於貴族官僚家庭出身而受了新興的市民思想影響的一個典型的人物。……曹雪芹究竟是站在什麼立場上來反封建的呢？應該說他基本上是站在新興的市民立場上來反封建的。[40]

其他主張“市民說”的論者評家（包括張戴、楊向奎、霍松林、李希凡、藍翎等人[41]）也說“曹雪芹”受新思想影響，這裡不逐一徵引他們的文字。總之，從反滿說到農民說到市民說，**論述的策略竟略無分別**：他們只需要說曹雪芹“受反清／農民／市民思想影響”，即可將古人“曹雪芹”收為己用，鞏固他們的說法。

曾有學者指出“從七十年代到八十年代，隨著對曹雪芹評價的不斷拔高，曹雪芹被越來越神聖化；……”[42]這話是著眼於曹雪芹著作權的維護。筆者從另一個角度觀察：神聖化指作者的能力被提升到超凡境地，例如有論者稱曹雪芹是“一個驚人的天才……，是古今罕見的一個奇妙的‘複合構成體’——大思想家、大詩人、大詞曲家、大文豪、大美學家、大社會學家、大心理學家、大民俗學家、大典章制度學家、大園林建築學家、大服裝、陳設專家、大音樂家、大醫藥學家……他的學識極廣博，他的素養極高深。這端的是一個奇才、絕才……”[43]總之，“道盡了雪芹的崇高無比”。[44]這種言論固然令人側目，也許正反映了論者對曹雪芹真心的崇拜。[45]然而，曹雪芹被神聖化的“效果”使曹雪芹幾乎成為一個“千面英雄”，地位超然，易得大眾欽敬。於是，在詮釋活動中，曹雪芹的“角色”也極有“妙用”：在詮釋者筆下，曹雪芹可以是民族英雄著書反滿，也可以是階級鬥爭的先鋒（參與“反封建”），也可以是“現實主義者，唯物論者”[46]，也可以是對抗暴君的勇者……神聖化在詮釋活動中的影響是作者威望的暴昇，而作者威望是各種論說所希望憑借之力。結果，**“曹雪芹”就成為一個“論述空間”，其“可塑性”極高**。各種各樣的詮釋者都想利用這一“空間”。新近的例子是劉心武的“揭秘”。劉心武認定：“在曹雪芹寫《紅樓夢》的時候，這個生活原型使他不能夠迴避，他覺得應該寫下來，於是就塑造了一個秦可卿的形象。概而言之，秦可卿的原型就是廢太子胤礽的女兒，廢太子的長子弘皙的妹妹。”[47]誠如其他學者所論：劉心武所提出的這個“生活原型”，於史無徵，換言之，連原型也極可能不存在。這樣一來，我們不禁心存疑竇：劉心武所說的“覺得應該寫”是曹雪芹“覺得”還是劉心武自己在那兒“覺得應該寫”？抑或，真相會不會是：劉心武硬要“指派”曹雪芹去“覺得”？[48]

總而言之，在“作者決定論”的影響下，許多紅學家都做過“作者心理重建”的工作。表面上，似乎“作者的意義”是一種制約詮釋的因素，使紅學家不作他想。而實際上，所謂“作者的心理”本身不過是詮釋者的建構（interpreter's constructions）。“作者”在詮釋領域中是個“游移不定”的人物（就“著作權”和“著作心理”層面而言），不但不足以制約詮釋行為，反而**淪為可資利用的人物**。

以上是利用曹雪芹“思想的空白”、“心理的空白”來推衍論者自己的詮釋。這種“利用空白”的詮釋手段，也可以施用於其他方面，例如“歷史的空白”：孔祥賢指《紅樓夢》暗寫呂四娘劍斬雍正，“皇帝被刺，正史上不可能記載，故曹頫提供的信息就特別有價值了”。[49]這就是“正史空白”的妙用，教人難以反駁。若有人獻疑說沒歷史證據，他可以答道：“有，只是沒有記在紙張上。有，只是現在不存在了。”再如霍國玲等人聲稱“曹雪芹的戀人竺香玉”被雍正所佔，而關鍵人物“竺香玉”卻在史籍上查不到，卻有所謂“竺香玉被從史籍中抹去後所留下的空白”。[50]再如，劉心武指曹雪芹家與乾隆朝的“弘皙逆案”有關，《紅樓夢》隱寫此案，“乾隆在撲滅這個事情後，銷毀了有關檔案，以維護自己的尊嚴”。[51]“處理完此事後，肯定是乾隆授意銷毀了相關檔案，……”[52]以上三者的手段如出一轍：論者不必舉歷史證據即可發揮想像，填補空白，從而編織出一己的“詮釋”。**這種詮釋方法，或可稱為“以不存為證”**。[53]從這一點我們不禁聯想到《紅樓夢》的探佚家。探佚家有文本、脂批為據，但因其“填補空白”的性質，其探佚結果也令人未敢盡信。又因證據不足，詮釋者只好以“領悟”補足。“領悟”雖能迭出“妙解”，而妙解可以是天馬行空，主觀成份不輕（參本書第三、第四章）。[54]

既然作者不足以制約詮釋行為，那麼，《紅樓夢》的文本能不能起制約的作用？在《紅樓夢》文本本身找尋“作者的意義”是否可行？維姆薩特和比爾兹萊在〈意圖謬誤〉一文中提出：文學批評應當把注意力集中於文本本身。作者的意圖如果沒有在文本中得到體現，那就和批評不相關；如果作者的意圖已經在文本中得到體現，那麼檢查文本就足以達到目的。[55]因此，我們應該檢視一下文本和“作者心理重建”之間的關係。

從本書第三章的討論看，《紅樓夢》的異文繁多，詮釋者對於有利於己說的文字，往往視為作者的原文；對於不利己說的文字，往往加以排斥、貶低。第二章第三節所論尤其可以說明這種傾向。例如，潘重規有時選取刻本的文字，有時選取抄本的文字來建立“傳國玉璽”（象徵“政權”）的說法。俞平伯在處理“秦可卿之死”時，從異文中推論作者有“實錄”之意(即自傳說。後來脂批出現證明他的“心理重建”不可信。作者要改就改並無實錄)。啟功以為作者一向“避忌露出清代的特點”，所以作者用“恭人”（而不是“宜人”）二字，正是為了“避免露出清代官制的痕跡”(此說亦可存疑)。

再如，第廿二回的結尾，各本出入很大，何者為作者的文字，與詮釋者對“作者意圖”、“內在結構”的“領悟”有密切關係。

第六十三回芳官改名一段，應作何解釋，詮釋者心目中的“作者觀”有不容輕視的影響力。俞平伯曾因這段文字“反滿”而斷之為“後人竄入”。後來反滿說和諛滿說二說並起，爭論的焦點也是作者的“立場”和“寫作手段”（是否用上“飾詞”?)。到了二十世紀末，“程前脂後”說出籠，芳官改名一段也成為脂本可貶的證據之一。論者的批評是:“這種極端狹隘的民族情緒，決不是曹雪芹的‘襟懷’。寶玉竟庸俗到‘雖一戲一笑，也該稱頌’聖君功德的地步，也決不是曹雪芹的‘筆墨’。尤其對這些天真爛漫的少女的侮辱、嘲弄，更不是曹雪芹的思想，曹雪芹決不忍心讓眾人喊芳官是‘野驢子’。”[56]論者強調“決不是”、“決不忍心”，又說“更不是曹雪芹的思想”，語氣斬釘截鐵，似乎是自許為曹雪芹的知己。

在筆者眼中，這無疑也是一種“作者心理”的“掌握”，但論者何以說得那麼肯定呢？這倒是更值得深思的（譬如，憑什麼說曹雪芹一定沒有“狹隘的民族情緒”？有沒有什麼史料證據呢?)。[57]如果說曹雪芹不“頌聖”，那《紅樓夢》寫“天子極是仁孝過天的”又怎麼一回事？論者心目中的“作者形象”是從何而來的?

至於第六十七回的兩個系統，何者為作者手筆，判斷時也取決於詮釋者的作者觀、作者形象（詳參第三章)。

這些問題都是較微觀的、局部的問題，而且，論者在詮釋過程中也很受外緣因素影響（對作者身份、意圖、寫作背景等因素的假設不同)。然而，就整部百廿回《紅樓夢》來看，即使對作者的假設相同，文本到底體現了何種“作者意圖”仍需依賴紅學方法來驗證。新紅學家（胡適、俞平伯、周汝昌）和馬、列紅學家都承認《紅樓夢》前八十回和後四十回的作者不同。值得我們留意的是，在這相同的前提下，新紅學可以強調兩個作者、前後兩橛（指文本）的相異之處，而馬、列紅學卻可以強調前後文本的相同之處。這種相同處與相異處是由於詮釋者的著眼點不同，於是在他們的論述中，各自將文本的某些元素前景化（foregrounding，有人譯為“突出”、“前推”)。這一點在討論文本問題時未曾細論，下面略加補充。

所謂前景化，這裡需要加以說明。前景化這個概念取自俄國形式主義文論家簡·穆卡洛夫斯基（Jan Mukařovský，1891—1975)，原本是指詩歌的功能。穆卡洛夫斯基在〈標準語言和詩歌語言〉（“Standard Language and Poetic Language”）一文中說:

> The function of poetic language consists in the maximum foregrounding of the utterance. ...its purpose is to attract the reader's (listener's) attention more closely to the subject matter expressed by the foregrounded means of expression. ⑱
>
> **【譯文】** 詩歌語言的功能在於最大限度地將言語前景化。……其用處是用前景化的表達方法使讀者（或聽者）更加留意要表達的主題。

這本來是寫作的語言技巧，後來蘇珊·R·霍頓（Susan

R. Horton）借用這個概念來分析詮釋行為。霍頓說：

> ...interpretation is essentially a process of what the Russian Formalists and the Prague School linguists call "foregrounding" some elements of a text-gathering patterns of images together, highlighting some and leaving others behind，...[59]
>
> **【譯文】** 詮釋，在本質上，正如俄國形式主義者和布拉格語言學家所說的，將文本的某些元素"前景化"——將某些形象的圖案收集起來，或加以強調，或予以捨棄……

我們在第二章說過，俞平伯不接受後四十回，是因為他先有前後兩個作者的看法亙於胸中，而根據他的"心理重建"，曹雪芹和高鶚的個性不同，不可能"合做一書"，所以他處處指斥高鶚有違曹雪芹的"原意"。例如，他在〈高鶚續書底依據〉羅列100多條續書的依據，但他的判語卻是"我總覺得後四十回只是一本帳簿。即使處處有依據，也至多不過是本很精細的帳簿而已"。[60]他的目的是"我以為如此一考，更可以使讀者恍然於後四十回之出於補綴，不是雪芹的原本。這就是這篇文字所以要作底意義"。[61]換言之，俞平伯的目的是突出前後文本"作者意義"的不貫通，而百多條"高鶚續書底依據"卻不放在眼內。

馬、列紅學家也接受了百廿回本《紅樓夢》有兩個作者的說法，所以在批判俞平伯之餘，他們也不得不承認後四十回有某些地方"和全書的精神不符"。[62]

但是，他們更重視後四十回中"繼承"前八十回的部分。因此，我們對他們的文章作一個"語述分析"（discourse analysis，或譯為"話語分析"），就發現他們的論述常常用"雖然……但是……"之類的模式來進行：

> 後四十回當然也有許多缺點，但是對於《紅樓夢》中的主角賈寶玉和林黛玉，在整個矛盾的發展，卻是完成了

前八十回所未完成的任務的。[63]

高鶚續書自然有缺點，特別是寶玉中舉、賈家重興這兩點，和全書的精神不符，但在具體描寫上，使封建家庭統治者的陰險、虛偽面目更明顯，更清楚，鬥爭的進行更尖銳，更猛烈，使全書的主要矛盾得到更深刻的發展，畢竟還是功多於過的。百餘年來，後四十回作為全書的一個組成部分，和前八十回相輔流行，獲得了人民群眾的承認，決不是一件偶然的事情。[64]

高鶚的續作固然有某些與曹雪芹的原來意圖不符的地方；但是後四十回基本上是根據前八十回中故事發展的線索和趨向，通過對於賈家醜惡、黑暗生活的繼續描述，通過對於書中正反兩面人物的性格的繼續刻劃，寫出了作為封建制度的反抗者的寶玉黛玉與賈母為首的封建統治階級的代表人物之間的矛盾鬥爭的進一步尖銳化，寫出了寶玉和黛玉的戀愛的悲劇的終局，以及其他重要人物的歸結。作為一件完整的藝術品，一百二十回的《紅樓夢》一百六十多年來是一直為廣大讀者所喜愛的。[65]

雖然後四十回中的這些歸結，有和前八十回不完全相符甚至相違背的地方，但主要由於它接續著前八十回的人物和故事，深刻地發展了《紅樓夢》中的主要矛盾，即反對封建統治制度的賈寶玉、林黛玉及維護封建制度的賈母、賈政、鳳姐、薛寶釵等人之間的矛盾，使他們之間的衝突和鬥爭達到了新的階段，熱烈地歌頌了正義的鬥爭，贊揚了不屈不撓的正面人物，揭露並鞭撻了封建統治者，從而獲得了現實主義的巨大成就，有著強烈的藝術的說服力量。一百多年來，後四十回一直作為《紅樓夢》的一個組成部分，在廣大讀者中間流行著。[66]

所謂“當然也有許多缺點”、“自然有缺點”、“固然有某些與曹雪芹的原來的意圖不符的地方”、“雖然後四十回中的這些歸結，有和前八十回不完全相符甚至相違背的地方”，這些“當然”、“自然”、“固然”、“雖然”如何如何，都是受抑壓的元素（換言之，是被故意忽視）。卡勒在《論解構》（Jonathan Culler, On Deconstruction）一書中說：

> ...what has been relegated to the margins or set aside by previous interpreters may be important precisely for those reasons that led it to be set aside. ...Interpretation generally relies on distinctions between the central and the marginal, the essential and the inessential: to interpret is to discover what is central to a text or group of text.[67]
>
> **【譯文】** 以前的詮釋者，出於某些理由，把（文本）的某些元素放逐到邊緣，這些元素現在可能因同樣的理由而變得重要。……詮釋活動端視詮釋者如何區分中心與邊緣、本質與非本質：詮釋就是要找出文本的中心。

在俞平伯的詮釋體系中，後四十回雖有“依據”，但仍難免被放逐到邊緣。馬、列紅學家一方面淡化後四十回的缺點，一方面將他們認為重要的內容“前景化”。上面的引文中，“當然……但是……”、“自然有……但……”、“固然……但是……”、“雖然……但……”都是“放逐”（marginalizing）和前景化常常出現的論述模式。這種閱讀文本的態度，跟馬、列紅學家沿用毛澤東“去其糟粕，取其精華”的主張也有相同之處（詳參第二章）。從四集《紅樓夢問題討論集》的文章看來，我們知道馬、列紅學家深受馬克思文學理論影響，他們的解讀方法，也套用馬、列的模式。按照他們的理解：“馬克思列寧主義文藝理論主張文學應該反映尖銳的階級鬥爭，表現新興勢力的勝利和沒落力量的死亡，提出文學的黨性原則。”[68]馬、列紅學家正是視

《紅樓夢》為一部"描述封建大家庭必然滅亡"的小說，所以他們深取後四十回反映"矛盾"、"反封建精神"的部分。而前八十回與後四十回也就在這一意義上成為"一件完整的藝術品"(施子愉語，見上引文字)、後四十回是"全書的一個組成部分"(唐弢語，見上引文字)。持這種觀點的論者有很多，我們只徵引幾條為證：

不管從《紅樓夢》反封建基本精神來看，從人物性格來看，或從故事的情節來看，後四十回不但和前八十回是銜接的、沒有衝突的，而且是它的合理的繼續和發展。因而"空氣全不相似"的說法是不能成立的。[69]

續書不只是"保持了悲劇的空氣"，而且完成了《紅樓夢》現實主義藝術的反封建傾向性。它也熱烈地歌頌了寶黛的悲劇命運，憤怒地控訴了封建統治者的罪惡。正是因為這個緣故，它才取得了廣大人民的承認，與前八十回形成了強固的客觀聯繫，而流傳下來。[70]

在這部大悲劇主題思想的完成上，《紅樓夢》後四十回起著決定性的作用。後四十回故事人物的發展，體現了封建社會必然沒落的現實內容。[71]

在這種整部《紅樓夢》是"反封建"小說的大前提下，馬、列紅學家認為後四十回充分發展了"矛盾"(指寶玉、黛玉與賈府的"封建統治階級"之間的矛盾)，而這種"矛盾"與前八十回寶、黛的"叛逆形象"互相協調，構成了"藝術形象的完整性"，[72]同時，後四十回"展開"的矛盾，在某些馬、列紅學家心目中，又和原作者的意圖(曹雪芹的意圖)相配合。例如，舒蕪指出："〔高鶚的續作〕展開並加強了前八十回的主要矛盾，使前八十回中作者的傾向性更鮮明地呈現出來。"[73]何劍熏甚至說："高鶚的續書，不但沒有否定曹雪芹——這一點，研究者大概提不出任何證據吧？——且使曹雪芹的思想更加激化。就是說，前八十回的矛盾，到高鶚那裡纔得到充分的展開。如賈府被抄沒，寶玉出走。尤其是他與甄寶玉的訣別，更加說明了這點。即使最後佈置了一個‘蘭桂齊芳’，暴露了高鶚思想上的弱點，但這弱點，也是由於歷史的限制，不得不然。即使在曹雪芹思想上，也未必沒有這種弱點（這個弱點就表現在他對貴族地主階級的必然沒落的命運，還不免有些留戀和惋惜的感情方面）。因此我們說，高鶚和曹雪芹的思想基本上是一致的，同屬進步方面。”[74]給他這麼一說，曹、高不但在“進步方面”是一致的，連“弱點”也都相同了。

另一方面，在對待脂評和作者關係方面，論者也偏愛借助“作者心理”來推衍己說，例如“我們每個作者會允許其他借閱者隨便加批嗎？自然不行。既然我們不能，曹雪芹會允許如此混雜下批的現象在他的稿本或謄清稿本上出現嗎？”[75]這種論述，用的是反問句，讀來甚為有力，但細究之下問題不少：“每個作者”如何如何，這是絕對化的說法，我們根本無法逐一向“每個作者”查證。因此這（作者想些什麼）是一項假設。其次，“我們”如何如何，不代表古人曹雪芹也必定要按今人的習慣行事。因此，說曹雪芹不允許加批只能是第二個假設。再次，即使曹雪芹真的不允許，他也未必能制止別人在本子上加批，尤其是他逝世之後稿本不知要如何流傳。因此，以脂評本的現象作為“作者心理重建”的基礎，結果恐怕還是得出一些假設。[76]立足於假設來做詮釋，可信程度成疑。

脂硯齋等人的言論也是紅學家進行“心理重建”極重要的材料。但批者對作者的意圖，卻有多種說法：

【第一回　甲戌本雨村五言詩下雙行夾批】

　　這是第一首詩。後文香奩閨情皆不落空。余謂雪芹撰此書中亦為傳詩之意。（濤按：此批甲辰本亦有，其末句作："余謂雪芹撰此書，亦為傳詩之意。"吳恩裕謂"為"係"有"行書之誤，此句應讀為"余謂雪芹撰此，中亦有傳詩之意"。）[77]

【第二回　甲戌本行側批】

作者之意原只寫末世。[78]

【第二回　甲戌本眉批】

蓋作者實因鶺鴒之悲，棠棣之威，故撰此閨閣庭幃之傳。[79]

【第十六回　鬼拘秦鍾一段　庚辰本眉批】

《石頭記》一部中皆是近情近理必有之事，必有之言，又如此等荒唐不經之談，間亦有之，是作者故意游戲之筆耶？以破色取笑，非如別書認真說鬼話也。[80]

可見批者雖和作者很親近（就算真的很親近），但對於"作者意圖"是什麼，批者也提出各種說法。有時批者所說的"作者本意"，也只不過是他（或她）個人的推測，上引"余謂……"、"是作者故意游戲之筆耶?"，都是推測之詞。批者每每喜歡說"隱意"、"深意"，也不過是一己之見，作者究竟有沒有這種隱意或深意，其實無法考究。所以，拿此等批語來作"心理重建"的依據，也未必可靠。

從本書第四章的討論看，在脂批研究中，"各取所需"的做法也不乏其例。各家的"傳記說"都是截取某些批語來立論，對脂批中的其他反面證據卻視若無睹。例如，周汝昌和吳世昌之所以視脂硯齋和畸笏叟為同一個人，是因為他們解釋批語時，只見其同而不見其異。而周汝昌為了論證批者是女性，則專門標舉脂批中的"女性口吻"，而不顧其中的男性口吻（因此，趙岡、陳鍾毅就以脂批為反證，羅列"男性口吻"的脂批來否定周說[81]）。再如"合傳說"和"他傳說"，也是強調批者以寶玉自居，卻有意無意地忽視“不以寶玉自居”的批語（參看本書第四章)。這種種做法，其實也就是將有利己說的批語“前景化”。

另外，“轉化”、“撥用”的詮釋策略在脂批研究中也派上用場。例如，索隱派紅學家潘重規一筆抹殺脂批提到的“真人實事”，聲稱批語中的真人實事，“只是誇張《紅樓夢》作者筆下描寫人物事態的逼真”，又或脂硯的經歷和書中所寫暗合（詳參第四章)。而批語中提到的“作者”，潘重規卻能區分何時指原作者（潘重規認為是“石頭”)，何時指“增刪者曹雪芹”。此說無疑是挪用批語，因為，批者既然一律稱“原作者”和“增刪者”為“作者”，試問潘重規能憑“作者”二字加以區分？所以，他的做法只不過是拿批語來配合他自己的理論。他雖然達到了目的，但論證過程中的內在矛盾卻因此而暴露無遺。

另有一些例子，詮釋者的“轉化”、“挪用”做法更為明顯。本書第四章因採取順時序的撰寫方法，為免自亂體例，沒有討論到這些例子，現在略加補充。

第廿一回寫寶玉大清早跑到黛玉處玩耍，回怡紅院後受襲人嗔怪，寶玉索性不理會襲人，正文寫寶玉“也不使喚眾人，只叫四兒答應，誰知四兒是個聰敏乖巧不過的丫頭”，庚辰本此句之下有雙行夾批：

> 又是一個有害無益者，作者一生為此所誤，批者一生亦為此所誤。於開卷處凡見如此人，世人故為喜，余犯〔反〕抱狠〔恨〕，蓋四字誤人甚矣。被誤者深感此批。[82]

“四字誤人甚矣”的“四字”，係指正文中“聰明乖巧”四字。[83]但馬、列紅學家卻說：

> 書中描寫的一個名叫“四兒”的普通丫頭，使批者感慨如此，而且還抽象出來說“四字誤人甚矣”，這不能不令

我作深一層的思考。我以為這裡是借題發揮，“囫圇語”背後的攻擊矛頭指的不是別人，正是曾經對曹氏家族實行政治打擊的康熙第四子——後來的雍正皇帝。所以作者纔接過去說：“被誤者深感此批”。《紅樓夢》正文及批語中，這類例證俯拾即是，不勝枚舉，如求之過深，固然不好，但若全然不顧，以為作者不過信手寫來，殊無深意，未免辜負了作者的良苦用心。[84]

所謂“《紅樓夢》正文及批語中，這類例證俯拾即是”、所謂不作深求“未免辜負了作者的良苦用心”，可見論者正是拿脂批來重建作者的心理和作意。但從這一個例子看，詮釋者無疑是蔽於“反封建、反清廷”的成見，纔會這樣解釋那條批語。實際上，脂批中提及“四字”尚有別例，指的只是正文中的四個字。[85]無論“康熙第四子”之說是有意的曲解，還是無心的誤解，“四字誤人甚矣”一批都已被轉化成作者“反封建”、寫“鬥爭”的證據。

如果說這一個例子只是誤解批語，那麼跟著這一例卻肯定是蓄意攙用脂批。《紅樓夢》第廿二回寫賈政出了個謎語：“身自端方，體自堅硬，雖不能言，有言必應。”庚辰本謎下有雙行夾批云：“好極！的是賈老之謎，包藏賈府祖宗自身。必字隱筆字。妙極！妙極！”[86]馬、列紅學家說：

> 《紅樓夢》……反映了封建貴族地主階級連同它的社會在清代雍、乾兩朝，“外面的架子雖未甚倒，內囊卻也盡上來了。”（二回）就是說，在這“繁榮”的外衣包裹著的內部，正醞釀一種巨大的變化，即封建社會逐漸走向崩潰境地的不可避免的發展。這種必然性，即當時的人，也是看得出的。如二十二回，賈政說著“硯”的謎語。脂批道：“好極〔,〕的是賈老之謎，包藏賈府祖宗自身。‘必’字

暗隱筆字，妙極。"這種必然的變化，作者異常深刻的看到了和具體的真實的表現了出來。[87]

"必字暗隱筆字"，語義何其明白，即"必"字影射"筆"字，無法再生別解。豈料脂批中的"必"字和馬、列紅學的"(《紅樓夢》描寫封建社會）必然崩潰"的"必"字相同，馬、列紅學家即曲解此批，說是"這種（崩潰）的必然性，即當時的人，也是看得出的"，而且進一步說"這種必然性，作者異常深刻的看到了和具體真實的表現了出來"。所謂作者"看到了""這種必然性"，表示論者很了解作者的處境（心理重建!）；所謂"具體真實地表現了出來"，也就是作者"反封建之心"已付諸實行，有"反封建之舉"。而脂批正好充當"當時人的證供"。這一解法可謂極盡穿鑿附會之能事，撥用脂批和撥用作者同時進行，是一種**詮釋的暴力**。

到了二十一世紀，"曹雪芹的思想"仍然是極為好用的論述工具，例如"倒脂派"（認為脂本是偽作的人）中的克非要論證脂本不是得自曹雪芹，就用了以下的排比句為曹雪芹"發言"："曹雪芹萬萬不會允許脂硯齋將他的手稿本拿去任意刪削、……"、"曹雪芹不可能同意脂硯齋將自己的手稿本拿去，設作坊，雇請低劣的抄手……"、"曹雪芹不可能容忍脂硯齋在許多批語中對《紅樓夢》的歪解、亂解、瞎猜"、"曹雪芹決不會同意脂硯齋將《紅樓夢》與他個人與他的家族胡亂攀附……"、"曹雪芹不會允許脂硯齋……"、"曹雪芹絕對不會贊成脂硯齋……"（《紅學末路》第十章）[88]所謂曹雪芹"萬萬不會"、"決不會"等等，話說得十分肯定，幾無轉圜的餘地。這樣看來，克非對曹雪芹心理的了解程度，實在到了令人無以復加的地步。然而，克非在《紅學末路》第一章明明承認："關於他（曹雪芹）的許多事，我們仍居於無知的地步。"[89]為什麼在第十章克非本人對曹雪芹的心思卻又一清二楚（"盡知"）？

3 總結

從以上的討論可以知道，所謂“作者的意圖”、“作者的意義”，往往是詮釋者的建構（interpreter's constructions）。[90]而建構的方式其實很依賴他們採取的詮釋策略，即“前設”（或背景重建）、“前景化”、“放逐”、“撥用”、“比別人更熟悉曹雪芹的心意”等等手法。換言之，詮釋方法往往決定了詮釋的結果。理查德·帕爾默在《詮釋學》一書提出：

> Indeed, method and object cannot be separated: method has already delimited what we shall see.[91]
>
> **【譯文】** 方法和（被研究的）客體實在是不可分離的：方法限定了我們所能觀察到的東西。

美國讀者反應批評理論家斯坦利·菲什（Stanley Fish, 1938— ）也有相近的看法：

> ...these [interpretive] strategies exist prior to the act of reading and therefore determined the shape of what is read...[92]
>
> **【譯文】** 這些詮釋策略在閱讀活動開始之前已經存在，因此，詮釋策略決定了閱讀的結果……

此外，卡勒在《結構主義詩學》（Structuralist Poetics）中也指出詮釋成規（interpretive conventions）決定了文本的意義。[93]但菲什和卡勒認為詮釋策略和閱讀成規有決定作用，詮釋者只不過是役於詮釋策略和閱讀成規，並沒有多少自主的能力。紅學領域也出現過這種情況，例如，1954年批俞運動，大多數評論者都役於馬克思文論和毛澤東思想。在當時的政治氣候下，論者恐怕也只能採取那些詮釋成規、詮釋工具。由於受到強大的拘束，當時的詮釋群體（interpretive community）從《紅樓夢》釋出的主要是“階級鬥爭”、“封建末世”、“人民性”、“叛逆”

等大同小異的話語。[94]七十年代的“評紅熱”更不在話下。當年出版的研《紅》著作，卷首大都冠以毛澤東語錄。[95]

有謂《紅樓夢》詮釋者受時代文化風潮影響，而不自覺地採用了當時得令的詮釋工具。這種說法自然已是傳統智慧，近乎常識，似乎不必再來費詞解釋。[96]不過，紅學的實際詮釋活動並不完全由詮釋成規來主宰。從上面幾章的分析我們可以看出，不論在哪個歷史時期，不論有沒有時代風潮的影響，有些詮釋者確實是有意識地運用“前景化”、“挪用”（“撥用”）等等詮釋策略，其中較明顯的例子是索隱派和馬、列紅學家；人稱“考證派”的周汝昌，也深諳此道。[97]因此，理論上，《紅樓夢》作者在詮釋者心目中是意義的源泉、詮釋的權威，而實際上，作者權威並不能全面制約《紅樓夢》的詮釋活動，文本（即《紅樓夢》本身）也不能全面制約詮釋活動。作者意義（authorial meaning）和文本的意義往往是詮釋策略和詮釋成規的產物，但這些詮釋策略又常為詮釋者所驅遣，因此，我們可以說，在紅學領域，詮釋者雖未必被視為意義的源泉，但往往就是詮釋的權威。

文學作品的重要意義之一是藉著作者的視角、思想來探討人類的根本問題，而不是還原作者的特殊生活經驗，文學批評的重要意義也在於此。但是，在《紅樓夢》的詮釋領域中，“作者功能”不但佔據要津，且揮之不去，於是“普遍性”讓位給“特殊性”，而且是長時間讓位。[98]於是，小說世界的“泛指”，往往被解讀成作者世界中的“特指”；[99]創造性的虛構也被解讀為具體的事實（“實錄”）。[100]我們估計，未來的紅學中，曹雪芹被完全“消解”的可能性不高，我們預測，曹雪芹思想及其家世仍會是無比豐厚的“詮釋資源”，成為各家爭取詮釋權威的樞紐。自許的曹雪芹“隔代知己”將不斷出世，自稱懂得“雪芹心靈、筆法”的論者也將不斷冒現。就算曹雪芹因素被暫時

“貶抑”，新的詮釋往往只是另一個“作者的歷史語境重建”。[101]新的自我授權行為（authorization）仍會出現。

> 本來，《紅樓夢》一開頭是怎樣說的？《紅樓夢》一開頭就說此書是石頭所記；這個故事，“朝代年紀地輿邦國卻反失落無考”、“無朝代年紀可考”、“無朝代可考”。[102]

*

> The critic asks neither the author nor the text about their intentions but simply beats the text into a shape which will serve his own purpose.
>
> ——Richard Rorty：*Consequence of Pragmatism*，*1972—1980*（New York：Harvester Wheatsheaf，1991），p. 151.
>
> **【譯文】** 評論家不問作者和文本有何意圖，評論家只是將文本錘打成符合己意的形狀。
>
> ——李察·羅蒂《實用主義的結果，1972—1980》，頁151。

1994年6月初稿
2006年11月增補
2007年7月修訂

注释：

① 王以安：《細說紅樓》（臺北：新文豐出版有限公司，2002），頁1。

② 王以安：《細說紅樓》（臺北：新文豐出版有限公司，2002），序文，頁3。

③《俞平伯論紅樓夢》，頁9。

④《俞平伯論紅樓夢》，頁26。

⑤ 語見顧頡剛替俞平伯《紅樓夢辨》寫的序言，引自《俞平伯論紅樓夢》，頁76。

⑥《紅樓夢的兩個世界》，頁24—25。

⑦《紅樓夢新證》(棠棣版),頁 547。

⑧《俞平伯論紅樓夢》,頁 277。

⑨《俞平伯論紅樓夢》,頁 554。

⑩《俞平伯論紅樓夢》,頁 930。

⑪ 關於"偽陳述",請讀者參看本書第四章結尾部分。

⑫ 參 F. D. E. 施萊爾馬赫著、基姆萊(H. Kimmerle)編、J·杜克恩及 J·福斯特曼(J. Duke & J. Forstman)譯:《詮釋學手稿》(F. D. E. Schleiermacher, Hermeneutics: *The Handwritten Manuscripts.* Edited by Heinz Kimmerle, trans. by J. Duke and J. Forstman. Missoula, Montana: Scholars Press for The American Academy of Religion, 1977), p. 223。

⑬ 狄爾泰:〈闡釋學的興起〉,《狄爾泰全集》,卷 5(Wilhelm Dilthey, "Die Enstehung der Hermeneutik". In Wilhelm Dilthey, *Gesammelte Schriften.* Vol. V. (Stuttgart: Kohlhammer, 1967), p. 331。此文英譯有:"The Rise of Hermeneutics". Trans. Frederic Jameson. *In New Literary History* 3, (1972)(狄爾泰著、弗雷德里克·詹姆遜譯〈闡釋學的興起〉,《新文學史》卷 3[1972 年]), p. 229—244。

⑭ 赫希自己說:"我的全部理論實際上是試圖在胡塞爾的認識論和索緒爾語言學中為狄爾泰的某些闡釋原理尋找依據。"("In fact, my whole argument may be regarded as an attempt to ground some of Dilthey's hermeneutic principles in Husserl's epistemology and Saussure's linguistic")見其《闡釋的有效性》(E. D. Hirsch, *Validity in Interpretation.* New Haven and London: Yale University Press, 1967), p. 242。

⑮ E. D. 赫希:《闡釋的有效性》(*Validity in Interpretation*), p. 242。

⑯ 濤按,較多證據導向"曹雪芹是曹寅之孫"。

⑰ 我們在本書第二章結尾處已經討論過這一現象。

⑱ 潘重規的說法相近,他以"石頭"為作者。請參閱本書第二章。

⑲ 參保羅·利科爾〈據有己有〉("Appropriation")一文,收入保羅·利科爾著、約翰·B·湯普森編譯《詮釋學與人文科學》(Paul Ricoeur, *Hermeneutics and the Human Sciences.* Edited and translated by John B. Thompson. Cambridge: Cambridge University Press, 1981), p. 182—193。引文見 p. 185。

⑳ 這篇文章收入羅曼·雅各布森著、克雷斯蒂娜·波莫爾斯科及斯蒂芬·魯迪編《文學中的語言》(Roman Jakobson, *Language in Literature.* Edited by Krystyna Pomorska and Stephen Rudy. London: The Belknap Press of Harvard University Press, 1987)。參看該書 p. 66。

㉑《俞平伯論紅樓夢》, 頁 180。

㉒ 邊錦硯:〈曹氏故宅——從紀念展覽到故居發現〉,《明報月刊》1978 年第 13 卷第 7 期, 頁 83。

㉓ 毛國瑤:〈對脂靖本紅樓夢批語的幾點看法〉, 載於南京師範學院中文系資料室編:《紅樓夢版本論叢》(南京: 南京師範學院中文系資料室, 1976 年 5 月), 頁 322。

㉔《紅樓夢的兩個世界》, 頁 86。

㉕ 據《紅樓夢的兩個世界》, 頁 142。

㉖ 吳恩裕:《曹雪芹叢考》, 頁 181。

㉗ 見馮其庸:《曹學敘論》(北京: 光明日報出版社, 1992 年 10 月), 頁 5。

㉘ 沈治鈞:《紅樓夢成書研究》(北京: 中國書店, 2004), 頁 516。

㉙ 梁歸智:《紅學泰斗周汝昌傳: 紅樓風雨夢中人》(桂林: 灕江出版社, 2006), 頁 393。

㉚ 另參馮精志:《百年宮廷秘史——紅樓夢迷底》(北京: 中國文聯出版社, 1992), 頁 21。陳維昭:《紅學與二十世紀學術思想》(北京: 人民文學出版社, 2000), 頁 101。又, 蔡義江:《紅樓夢是怎樣寫成的》(北京: 北京圖書館出版社, 2004), 頁 92 說"他(曹雪芹)早年經歷了什麼, 他是如何成長起來的, 如何醞釀並寫作《紅樓夢》的等等, 我們都實在知道得太少太少了"。

㉛ 參羅曼·英伽登:《對文學藝術品的認識》(Roman Ingarden, *Cognition of the Literary Work of Art.* Evanston: Northwestern University of Press, 1973), p. 50—63, 尤其是頁 54。另外, 本書第三章討論"探佚"問題時, 曾提到這一概念。

㉜ 楊蔭安:〈關於曹雪芹的世界觀和創作方法的一些理解〉,《紅樓夢問題討論集》(三集), 頁 144。

㉝ 劉大傑:《紅樓夢的思想與人物》(上海: 上海古典文學出版社, 1956 年 11 月), 頁 18。

㉞ 楊蔭安:〈關於曹雪芹的世界觀和創作方法的一些理解〉,《紅樓夢問題討論集》(三集),頁146。

㉟ 林四娘故事涉及"鎮壓農民起義",這是許多中國大陸學者都承認的。參看馮精志:《百年宮廷秘史——紅樓夢迷底》(北京:中國文聯出版社,1992),頁367。

㊱ "曹雪芹對農民革命的反動"這話見於王利器:《耐雪堂集》(北京:中國社會科學出版社,1986),頁355。王利器稱曹氏一家為"不折不扣的反農民革命世家"。(頁258)

㊲ 參看孫遜:《紅樓夢探究》(臺北:大安出版社,1991),頁143—152。

㊳ 張戴:〈論《紅樓夢》的時代背景和曹雪芹的創作思想〉,《紅樓夢問題討論集》(四集),頁20。

㊴ 谷峪:〈談談賈寶玉〉,《紅樓夢問題討論集》(三集),頁254。

㊵〈論《紅樓夢》的社會背景和歷史意義〉,《紅樓夢問題討論集》(三集),頁19。

㊶ 參看(1)張戴:〈論《紅樓夢》的時代背景和曹雪芹的創作思想〉,《討論集》(四集),頁20—36。(2)楊向奎:〈曹雪芹的思想〉,《討論集》(四集),頁51—65。(3)霍松林:〈試論《紅樓夢》的人民性〉,《討論集》(四集),頁80—99。(4)李希凡、藍翎:〈論《紅樓夢》的人民性〉,收入其《紅樓夢評論集》(北京:人民文學出版社,1973年12月),頁144。關於"市民說"的得失,可參周兆新:〈評《紅樓夢》研究中的"市民說"〉,《(複印報刊資料)紅樓夢研究》1988年2輯,頁33—39。

㊷ 皮述民:《李鼎與石頭記》(臺北:文津出版社,2002),頁237。關於"神聖化",可參看周汝昌的言論:"曹雪芹,中華民族所產生的一個最偉大的頭腦和心靈"。參看周汝昌:《石頭記會真》(鄭州:海燕出版社,2004),第10冊,頁287。

㊸ 周汝昌、周倫苓:《紅樓夢與中華文化》(北京:工人出版社,1989),頁14。應必誠在《紅學何為》一書認為周汝昌筆下"最……""最……"是"廉價的高帽子"。(頁263。)應必誠這評語帶有諷刺。以筆者觀察,周汝昌為文,喜用張皇、最高級的詞語如"高層次……""絕大……""極大的……"例子見於《紅樓奪目紅》頁9、頁216、頁322。又如,周汝昌《周汝昌夢解紅樓》

（桂林：漓江出版社，2005），頁233—240。

㊹ 周汝昌、周倫苓：《紅樓夢與中華文化》，頁161。

㊺ 周汝昌著；周倫苓編：《周汝昌夢解紅樓》（桂林：漓江出版社，2005），頁210“我是曹雪芹的崇拜者”。

㊻ 楊光漢：《紅樓夢：一次歷史的輪回》（昆明：雲南大學出版社，1990），頁205。又如，佟雪認為：“在唯物主義世界觀的指導下，曹雪芹對封建社會進行了多方面的解剖。”見佟雪：《紅樓夢主題論》（南昌：江西人民出版社，1979），頁155。

㊼ 劉心武：《劉心武揭秘紅樓夢》（北京：東方出版社，2005），頁192。

㊽ 王蒙評劉心武的“秦學”：“他的論述是能夠自圓其說的”，這句話是在褒揚“秦學”。但又評“它是人類心智想像力的一個勝利”。所謂“勝利”，表面看當然也是褒揚，但王蒙這話的妙處是挑明劉心武“想像”。參看王蒙：《王蒙活說紅樓夢》（北京：作家出版社，2005），頁225。

㊾ 孔祥賢：《紅樓夢的破譯》（南京：江蘇文藝出版社，2001），頁241。

㊿ 霍國玲、霍紀平、霍力君：《紅樓解夢（增訂本）》（北京：中國文學出版社，1995），頁17。

(51) 劉心武：《劉心武揭秘紅樓夢》（北京：東方出版社，2005），頁266。

(52) 劉心武：《紅樓望月》（太原：書海出版社，2005年4月），頁13。

(53) 為審慎、公道起見，筆者不說“以無為證”。“不存”指“今不存在”，即孔祥賢、霍國玲、劉心武本來的意思。

(54) 這裡無意抹殺探佚家的貢獻，只是從學理上作一比較。筆者個人認為部分探佚成果足資參考。

(55) 他們在〈意圖謬誤〉（“The Intentional Fallacy”）提出：“批評家如何尋找詩人的意圖呢？如果詩人已成功地表達了他的意圖，那麼，詩作本身就已顯示他所想要做的事，如果詩人沒有成功，那麼詩作本身就不足以證明他的意圖，……”（How is he〔a critic〕to find out what the poet tried to do? If the poet succeeded in doing it, then the poem itself shows what he was trying to do. And if the poet did not succeed, then the poem is not adequate evidence, ...）見《語象：詩歌意義研究》（*The Verbal Icon*: *Studies in the Meaning of Poetry*），p. 4。

(56)《紅樓夢會真錄》（臺北：弘毅出版社，1996），頁397。

57 又，論者指“侮辱、嘲弄”少女。如果真的是這樣，為什麼《紅樓夢》書中的芳官卻沒有“受辱”之感？至於《紅樓夢》書中的頌聖筆墨，本書第三章已有討論，這裡不再詳論。

58 穆卡洛夫斯基：〈標準語言和詩歌語言〉，收入保羅·L·加文編《布拉格學派美學、文學結構及風格論文選》（Jan Mukařovský, “Standard Language and Poetic Language”, In Paul L. Garvin ed. *A Prague School Reader on Esthetics, Literary Structure, and Style: Selected and translated from the Original Czech.* Washington, D. C.: Georgetown University Press, 1964), p. 19。

59 見蘇珊·R·霍頓：《詮釋的詮釋：詮釋狄更斯的董貝父子》（Susan R. Horton, *Interpreting Interpreting-Interpreting Dickens's Dombey.* Baltimore and London: The Johns Hopkins University Press, 1979), p. 23—24。

60《俞平伯論紅樓夢》，頁115。

61《俞平伯論紅樓夢》，頁122。

62 唐弢：〈什麼叫做“舊紅學”和“新紅學”〉，《討論集》（二集），頁286。

63 林庚：〈批判《紅樓夢》研究中的資產階級唯心觀點〉，《討論集》（一集），頁243。

64 唐弢：〈什麼叫做“舊紅學”和“新紅學”〉，《討論集》（二集），頁286。

65 施子愉：〈評《紅樓夢新證》〉，《討論集》（四集），頁196—197。

66 李易：〈評俞平伯先生對《紅樓夢》後四十回的一些看法〉，《討論集》（一集），頁166。

67 卡勒：《論解構》（Jonathan Culler, *On Deconstruction-Theory and Criticism after Structuralism.* New York: Cornell University Press, 1982), p. 140。

68 林煥平：〈俞平伯的《紅樓夢》研究錯誤在哪裡〉，《紅樓夢問題討論集》（一集），頁302。

69 李易：〈評俞平伯對《紅樓夢》後四十回的一些看法〉，《討論集》（三集），頁168。

70 李希凡：〈俞平伯先生怎樣評價了《紅樓夢》的後四十回續本〉，《討論集》（一集），頁206。

71 韶華：〈從“後四十回底批評”中看俞平伯的資產階級和封建士大夫思想〉，《討論集》（一集），頁221。

(72) 唐弢：〈什麼叫做"舊紅學"和"新紅學"〉，《討論集》（二集），頁268。

(73) 舒蕪：〈堅決開展對古典文學研究中資產階級思想的斗爭〉，《討論集》（二集），頁8。

(74) 何劍熏：〈論《紅樓夢》的主題思想〉，《討論集》（三集），頁109。

(75) 楊興讓：《紅樓夢研究》（西安：三秦出版社，2002），頁195。

(76) 據種種假設（作者心理）來立論的現象，同樣可以在克非的《紅學末路》看到，參看本章後文。

(77) 参看（1）《脂硯齋甲戌抄閱再評石頭記》（甲戌本），頁14下。（2）《新編石頭記脂硯齋評語輯校（增訂本）》，頁25—26。（3）《甲辰本紅樓夢》，頁50。（4）吴恩裕《有關曹雪芹十種》（北京：中華書局，1964年11月），頁150。

(78) 参看（1）《脂硯齋甲戌抄閱再評石頭記》（甲戌本），頁26下。（2）《新編石頭記脂硯齋評語輯校（增訂本）》，頁44。

(79) 参看（1）《脂硯齋甲戌抄閱再評石頭記》，頁31下。（2）《新編石頭記脂硯齋評語輯校（增訂本）》，頁50。

(80) 参看（1）《新編石頭記脂硯齋評語輯校（增訂本）》，頁288。（2）《脂硯齋重評石頭記》（庚辰本），頁341。

(81) 参趙岡、陳鍾毅：《紅樓夢研究新編》，頁121—125。

(82) 参看（1）《脂硯齋重評石頭記》（庚辰本），頁467。（2）《新編石頭記脂硯齋評語輯校（增訂本）》，頁393。

(83) 批語中還有同類的"X個字"，例如"你把這有命無運，累及爹娘之物抱在懷中作甚"句上有眉批："八個字屈死多少英雄，屈死多少忠臣孝子，……"。至於脂批中"四字如何如何"的例子，詳下文。

(84) 劉夢溪：《紅樓夢新論》（北京：中國社會科學出版社1982年7月），頁191。

(85) 脂批中提到的"四字"還有一些，例如：正文："上書四個大字，乃是'太虛幻境'。"【甲戌本旁批】："四字可思。"（《乾隆甲戌脂硯齋重評石頭記》，葉12正面）正文："非晚生酒後狂言，若論時尚之學【甲戌本旁批】："四字新而含蓄最廣，若必指明，則又落套矣。"（《乾隆甲戌脂硯齋重評石頭記》，葉15反面）正文："我有一個孽根禍胎。"【甲戌本旁批】："四字是血淚盈面，不得已，無奈何而下。四字是作者痛哭。"（《乾隆甲戌脂硯齋重評石頭記》，葉10反面）《紅樓夢》第八回正文寫秦可卿"生得形容嫋娜，性格風流"。

【甲戌本旁批】:“四字便有隱意。春秋字法。”(《乾隆甲戌脂硯齋重評石頭記》,葉 14 正面)下一頁,在“恭恭敬敬”下也批道“四字可思”。總之,批語中所謂“四字”是指正文中的四個字,如“孽根禍胎”、“性格風流”、“恭恭敬敬”等。

(86) 参看(1)《脂硯齋重評石頭記》(庚辰本),頁 505。(2)《新編石頭記脂硯齋評語輯校(增訂本)》,頁 424。

(87) 何劍熏:〈論《紅樓夢》的主題思想〉,見《討論集》(三集),頁 113。

(88) 克非:《紅學末路》(重慶:重慶出版社,2005 年 1 月),頁 353。

(89) 克非:《紅學末路》(重慶:重慶出版社,2005 年 1 月),頁 353。

(90) 菲什也曾提出相同的看法:“和一般人的看法相反,意圖及意圖的具體化並不能製造解釋,反而是解釋自行營造條件來索取意圖。意圖及意圖的具體化其實是詮釋的產物。”(“Rather than intention and its formal realization producing interpretation (the ‘normal’ picture), interpretation creates intention and its formal realization by creating the conditions in which it becomes possible to pick them out.”)見斯坦利·菲什:《這門課有無文本——詮釋群體的權威》(Stanley Fish, *Is There a Text in This Class- The Authority of Interpretive Community.* London: Harvard University Press, 1980), p. 163。

(91) 帕爾默:《詮釋學》(*Palmer, Hermeneutics*),頁 23。

(92) 斯坦利·菲什:《這門課有無文本》(Stanley Fish, *Is There a Text in This Class.* London: Harvard University Press, 1980), p. 14。

(93) 卡勒說:“作品之所以有結構和意義,是因為讀者以一定的方式來閱讀……”(The work has structure and meaning because it is read in a particular way, ...),語見《結構主義詩學》(*Structuralist Poetics*), p. 174。

(94) Interpretive Community(詮釋群體)指具有共同觀念和價值標準的群體。這名稱取自斯坦利·菲什(Stanley Fish)的書名。

(95) 上海人民出版社編:《紅樓夢評論集》(上海:上海人民出版社,1975 年)就是極為典型的例子。

(96)《文心雕龍》說:“文變染乎世情,興廢繫乎時序。”這話同樣適用於紅學。引文見王禮卿:《文心雕龍通解》(臺北:黎明文化事業股份有限公司,1986),頁 811。

(97) 参看周汝昌對“木石前盟”的詮釋。見本書第四章關於“湘雲說”的部分。

(98) 強調特殊性也有一定的道理，但是，一味把普遍性的事物壓縮、簡化、窄化成特殊性，未必妥當。

(99) 例如《紅樓夢》書中的一副對聯，被詮釋者說成是“實指”現實世界中的“特定事件”。

(100) 我們既然承認《紅樓夢》小說有虛構成份，那麼，詮釋《紅樓夢》時也帶點虛擬、懸揣，帶點遊戲成份，這可以視為釋義上的附加解碼（overcoding）。然而，如果刻意將虛擬、懸揣說成是“事實”，借此嘩眾取寵，從中謀利，這可能就涉及道德問題。關於 overcoding（附加解碼），請參看艾柯的《符號學理論》，即 Umberto Eco，*A Theory of Semiotics*（Bloomington：Indiana University Press，1976），p. 133.

(101) 参看（1）洪濤：〈四大奇書變容考析〉（2000 年香港大學哲學博士論文）。（2）洪濤：〈《紅樓夢》的詮釋與背景重建問題〉，載於《香港聯合報》1994 年 12 月 4 日，第 15 版。

(102) 曹雪芹：《乾隆甲戌脂硯齋重評石頭記》（臺北：臺灣商務印書館，1961 年 5 月），頁 7，頁 8。三句話，分別由敘述者、空空道人、石頭說出。

參考資料

甲、中文書籍

乙、外語書籍（英、法、德）

丙、中文論文

丁、外語論文（英、德、日）

【說明】：

【一】以下所列，除周汝昌主編：《紅樓夢辭典》及《紅樓夢最新研究論著目錄》外，俱曾見於本書正文或注釋。

【二】按編、著、譯者姓名（姓名無考者則按其字號）之拼音字母順序排列。合著之書，以第一位作者姓名之拼音為準。作者不詳者，冠以“闕名”字樣，置於編末。

【三】個人論文集歸入“參考書籍”類（例如：周汝昌的《獻芹集》），不再於“參考論文”類中羅列。非個人專著之論文集（例如：《紅樓夢卷》、《首屆國際紅樓夢研討會論文集》）所錄之單篇文章，歸入“參考論文”類。

※　※　※　※

甲　中文書籍

（按作者或編者姓氏的漢語拼音序排列：）

AI

愛新覺羅・胤禛：《大義覺迷錄》，載中國社會科學院歷史研究所清史研究室編：《清史資料》第四輯（北京：中華書局，1983年4月）。

愛新覺羅·裕瑞、富察明義：《棗窗閒筆·綠煙瑣窗集》（上海：上海古籍出版社，1984年4月）。

BAI

白盾：《悟紅論稿》（北京：文化藝術出版社，2005年2月）。

BEI

北京師範大學圖書館情報服務部編：《紅樓夢最新研究論著目錄》（北京：北京師範大學出版社，1988年2月）。

《北方論叢》編輯部編：《紅樓夢著作權論爭集》（太原：山西人民出版社，1985年1月）。

北京大學中文系：《中國小說史》（北京：人民文學出版社，1978）。

CAO

曹立波：《紅樓夢東觀閣本研究》（北京：北京圖書館出版社，2004）。

曹雪芹：《脂硯齋重評石頭記》（庚辰本）（北京：中華書局香港分局，1977年8月）。

曹雪芹：《脂硯齋重評石頭記》（己卯本）（上海：上海古籍出版社，1981年7月）。

曹雪芹：《甲辰本紅樓夢》（北京：書目文獻出版社，1989年10月）。

曹雪芹著　俞平伯、王惜時校：《紅樓夢八十回校本》（北京：人民文學出版社，1958年2月，第一版）。

曹雪芹著　俞平伯、王惜時校：《紅樓夢八十回校本》（北京：人民文學出版社，1963年6月）。

曹雪芹、高鶚著；啟功等校注：《紅樓夢》（北京：人民文學出版社，1964年2月第3版）。

曹雪芹、高鶚著　馮其庸等校注：《紅樓夢》（北京：人民文學出版社，1982年3月）。

曹雪芹著　張俊等校注：《紅樓夢》（北京：北京師範大學出版社，1987年11月）。

曹雪芹著　馮其庸主編：《脂硯齋重評石頭記彙校》
第一冊（北京：文化藝術出版社，1987年12月）
第二冊（北京：文化藝術出版社，1988年2月）
第三冊（北京：文化藝術出版社，1988年8月）
第四冊（北京：文化藝術出版社，1988年11月）
第五冊（北京：文化藝術出版社，1989年4月）。

曹雪芹：《戚蓼生序本石頭記》（北京：文學古籍刊行社，1988年8月）。

曹雪芹：《脂硯齋甲戌抄閱再評石頭記》（上海：上海古籍出版社，1985年9月）。

曹雪芹著；脂硯齋評；鄧遂夫校訂：《脂硯齋重評石頭記：甲戌校本》（北京：作家出版社，2000）。

曹雪芹：《乾隆甲戌脂硯齋重評石頭記》（臺北：臺灣商務印書館，1961年5月）。

曹雪芹著　中國藝術研究院紅樓夢研究所、蘇聯科學院東方研究所列寧格勒分所編定：《石頭記》（列藏本）（北京：中華書局，1986年4月）。

曹雪芹、高鶚著：《程甲本紅樓夢》（北京：書目文獻出版社，1992年3月）。

曹雪芹著；陳其泰批校：《程乙本紅樓夢桐花鳳閣批校本》（北京：北京圖書館出版社，2001）。

曹雪芹、高鶚著　護花主人、大某山民、太平閒人評：《紅樓夢

（三家評本）》（上海：上海古籍出版社，1988年2月）。

曹雪芹：《蒙古王府本石頭記》（北京：書目文獻出版社，1987年）。

曹雪芹：《鄭振鐸藏殘本紅樓夢》（北京：書目文獻出版社，1991年12月）

曹雪芹：《紅樓夢》（舒元煒序本），收入《古本小說叢刊》編輯委員會編輯《古本小說叢刊》（北京：中華書局，1987年6月）第一輯。

曹雪芹：《卞藏脂本紅樓夢》（北京：北京圖書館出版社，2006）。

曹雪芹著；高鶚續；鄭慶山校：《脂本彙校石頭記》（北京：作家出版社，2003）。

曹雪芹著；啟功等校注：《紅樓夢校注本》（北京：北京師範大學出版社，1987）。

CAI

蔡元培、胡適：《石頭記索隱·紅樓夢考證》（北京：北京大學出版社，1989年10月）。

蔡義江：《紅樓夢詩詞曲賦評注》（北京：團結出版社，1991年7月）。

蔡義江：《紅樓夢是怎樣寫成的》（北京：北京圖書館出版社，2004）。

蔡義江校注：《紅樓夢》（杭州：浙江文藝出版社，1994）。

CHEN

陳康祺：《燕下鄉脞錄》（收入《紅樓夢卷》部分）。

陳林：《破譯紅樓時間密碼》（南京：江蘇美術出版社，2006）。

陳其泰評，劉操南輯：《桐花鳳閣評紅樓夢輯錄》（天津：天津人民出版社，1981年10月）。

陳其元：《庸閒齋筆記》（收入《紅樓夢卷》部分）。

陳慶浩：《新編石頭記脂硯齋評語輯校（增訂本）》（北京：中國友誼出版社，1987 年 8 月）。

陳鏞：《樗散軒叢談》（收入《紅樓夢卷》部分）。

陳詔：《紅樓夢小考》（上海：上海古籍出版社，1985 年 11 月 1 版）。

陳詔：《紅樓夢談藝錄》（上海：上海文藝出版社，1993 年 12 月）。

DAI

戴不凡：《紅學評議・外篇》（北京：文化藝術出版社，1991 年 6 月）。

DING

丁維忠：《紅樓探佚：曹雪芹原續後 30 回是怎樣的》（北京：京華出版社，2006）。

DU

杜世傑：《紅樓夢考釋》（臺中：[自印本]，1977 年 2 月）。

杜世傑：《紅樓夢原理》（臺中：[自印本]，1972 年 4 月）。

杜景華：《紅學風雨》（武漢：長江文藝出版社，2002）。

DUAN

端木蕻良：《說不完的紅樓夢》（上海：上海書店，1993）。

段啟明：《紅樓夢藝術論（修訂本）》（北京：北京師範大學出版社，1990 年 9 月）。

FANG

方瑞：《紅樓實夢：秦可卿之死釋秘》（北京：中國廣播電視出版

社，2005）。

FENG

馮其庸：《論庚辰本》（上海：上海文藝出版社，1978 年 4 月）。

馮其庸、李希凡主編：《紅樓夢大辭典》（北京：文化藝術出版社，1990 年 1 月）。

馮其庸纂校訂定、陳其欣助纂：《八家評批紅樓夢》（北京：文化藝術出版社，1991 年 9 月）。

馮其庸：《曹學敘論》（北京：光明日報出版社，1992 年 10 月）。

馮其庸：《石頭記脂本研究》（北京：人民文學出版社，1998）。

馮其庸：《馮其庸點評紅樓夢》（北京：團結出版社，2004）。

馮精志：《百年宮廷秘史——“紅樓夢”謎底》（北京：中國文聯出版公司，1992 年 11 月）。

馮精志：《曹雪芹披露的宮廷秘聞》（北京：文化藝術出版社，1995 年）。

FU

富察明義、愛新覺羅・裕瑞：《綠煙瑣窗集・棗窗閒筆》（上海：上海古籍出版社，1984 年 4 月）。

GONG

公孫冶編：《揭秘與猜謎：劉心武「秦學」透視》（北京：文化藝術出版社，2006）。

GUO

郭浩：《紅樓夢成書過程新說》（香港：博士苑出版社，2006）。

郭衛：《紅樓夢鑒真》（北京：光明日報出版社，1998）。

郭豫適：《紅樓研究小史稿》（上海：上海文藝出版社，1980 年 1

月）。

郭豫適：《紅樓研究小史續稿》（上海：上海文藝出版社，1981年8月）。

郭豫適：《擬曹雪芹"答客問"：論紅學索隱派的研究方法》（上海：華東師範大學出版社，2006）。

郭玉雯：《紅樓夢學：從脂硯齋到張愛玲》（臺北：里仁書局，2004）。

HA

哈斯寶：《新譯紅樓夢回批》（呼和浩特：內蒙古人民出版社，1979年2月）。

HAN

韓進廉：《紅學史稿》（石家莊：河北人民出版社，1981年11月初版）。

韓進廉：《紅學史稿》（石家莊：河北教育出版社，1989年12月新版）。

HONG

洪廣思：《階級鬥爭的形象歷史——評紅樓夢》（北京：人民文學出版社，1974）。

HU

虎：《賃廡筆記》（收入《紅樓夢卷》部分）。

胡邦煒：《紅樓夢B面解讀》（重慶：重慶出版社，2002）。

胡適、蔡元培：《紅樓夢考證·石頭記索隱》（北京：北京大學出版社，1989年10月）。

胡適：《胡適紅樓夢研究論述全編》（上海：上海古籍出版社，1988年3月）。

胡適著；季羡林主編：《胡適全集》（合肥：安徽教育出版社，2003）。

胡文彬：《紅邊脞語》（瀋陽：遼寧人民出版社，1986年6月）。

胡文彬：《紅學世界》（北京：北京出版社，1984年）。

胡文彬：《列藏本石頭記管窺》（上海：上海古籍出版社，1987年6月）。

胡文彬《紅樓夢在國外》（北京：中華書局，1993）。

胡文煒：《紅樓夢欣賞與探索》（北京：北京圖書館出版社，2006），頁84。

HUANG

黃小田評點；李漢秋、陸林輯校：《紅樓夢》（合肥：黃山書社，1989年1月）。

HUO

霍國玲等：《紅樓解夢》第一集（北京：北京燕山出版社，1989年；中國文學出版社，1997年增訂本）；第二集（北京：中國華僑出版社，1996年）；第三集（北京：人民文學出版社，1997年）；第四集（北京：新世界出版社，2002年）；第五集（北京：新世界出版社，2003年）；第六集（北京：东方出版社，2006）。

霍國玲、紫軍：《紅樓解夢——紅樓史詩》（北京：東方出版社，2006）。

JIANG

姜其煌：《歐美紅學》（鄭州：大象出版社，2005年6月）。

JIN

金聖嘆評、文子生校點：《第五才子書施耐庵水滸傳》（鄭州：中州古籍出版社，1985)。

JING

景梅九：《紅樓夢真諦》(沈陽：遼寧古籍出版社，1997)。

KE

克非：《紅學末路》(重慶：重慶出版社，2005 年 1 月)。

LI

李秉新等：《清宮八大疑案》(石家莊：河北人民出版社，1988 年 5 月)。

李辰冬：《紅樓夢研究》(臺北：中正書局，1977 年 6 月)。

李知其：《紅樓夢謎（下編)》(香港：[自印本]，1985 年 9 月)。

李均惠：《紅樓夢之謎》(北京：中國廣播電視出版社，2006)。

LIANG

梁恭辰：《北東園筆錄》(收入《紅樓夢卷》部分)。

梁歸智：《被迷失的世界——紅樓夢佚話》(太原：北岳文藝出版社，1987 年 11 月)。

梁歸智：《石頭記探佚》(太原：山西教育出版社，1992 年 10 月第二版)。

梁歸智：《石頭記探佚：紅樓夢探佚學初階》(太原：山西古籍出版社，2005)。

梁歸智：《紅學泰斗周汝昌傳：紅樓風雨夢中人》(桂林：灕江出版社，2006)。

梁歸智：《紅樓探佚紅》(北京：作家出版社，2007)。

LIN

林冠夫：《紅樓夢縱橫談》(南寧：廣西人民出版社，1985 年 12

月）。

林冠夫：《紅樓夢縱橫談》（北京：文化藝術出版社，2004）。

林冠夫：《紅樓夢版本論》（北京：文化藝術出版社，2007）。

LIU

劉大傑：《紅樓夢的思想與人物》（上海：上海古典文學出版社，1956年11月）。

劉廣定：《化外談紅》（臺北：大安出版社，2006）。

劉宏彬：《紅樓夢接受美學論》（鄭州：河南教育出版社，1992）。

劉履芬批、王衛民輯：《紅樓夢劉履芬批語輯錄》（北京：書目文獻出版社，1987年）。

劉耕路：《紅樓夢詩詞解析》（長春：吉林文史出版社，1986年4月）。

劉夢溪：《紅樓夢新論》（北京：中國社會科學出版社，1982年7月）。

劉夢溪：《紅學》（北京：文化藝術出版社，1990年12月）。

劉夢溪：《紅樓夢與百年中國》（石家莊：河北教育出版社，1999）。

劉上生：《走近曹雪芹：紅樓夢心理新詮》（長沙：湖南師範大學出版社，1997）。

劉世德：《紅樓夢版本探微》（上海：華東師範大學出版社，2003）。

劉勰著、范文瀾注：《文心雕龍注》（香港：商務印書館香港分館，1960年6月）。

劉鑠：《紅樓夢眞相》（北京：華藝出版社，1993）。

劉繼保：《紅樓夢評點研究》（北京：北京圖書館出版社，2007）。

劉心武：《劉心武揭秘紅樓夢》（北京：東方出版社，2005）。

劉心武:《紅樓望月》(太原：書海出版社，2005 年 4 月)。

LU

呂啟祥、林東海主編:《紅樓夢研究稀見資料匯編》(北京：人民文學出版社，2001)。

MA

馬瑞芳：《從聊齋志異到紅樓夢》（濟南：山東教育出版社，2004)。

MAO

毛慶臻:《一亭考古雜記》(收入《紅樓夢卷》部分)。

毛澤東：《毛澤東論文藝（增訂本)》（北京：人民文學出版社，1992 年 8 月)。

MEI

梅節、馬力:《紅樓耦耕集》(香港：三聯書局，1988)。

梅節（校訂):《金瓶梅詞話》(香港：夢梅館，1993)。

MENG

夢癡學人:《夢癡說夢》(收入《紅樓夢卷》部分)。

孟森:《心史叢刊》(外一種)(長沙：岳麓書社，1985 年 6 月)。

NA

那宗訓:《紅樓夢探索》(臺北：新文豐出版公司，1982 年 9 月)。

OUYANG

歐陽健，曲沐，吳國柱:《紅學百年風雲錄》(杭州：浙江古籍出版社，1999)。

歐陽健:《還原脂硯齋:二十世紀紅學最大公案的全面清點》(哈爾濱:黑龍江教育出版社,2003)。

PAN

潘重規:《紅樓夢新解》(新加坡:青年書局,1959 年)。

潘重規:《紅樓夢新解》(臺北:三民書局股份有限公司,1990 年 8 月)。

潘重規:《紅學六十年》(臺北:三民書局股份有限公司,1991 年 1 月)。

潘重規:《紅樓血淚史》(臺北:東大圖書股份有限公司,1996 年 3 月)。

PI

皮述民:《紅樓夢考論集》(臺北:聯經出版事業公司,1984 年 6 月)。

皮述民:《李鼎與石頭記》(臺北:文津出版社,2002)。

皮述民:《蘇州李家與紅樓夢》(臺北:新文豐出版公司,1996)。

PU

浦安迪編釋:《紅樓夢批語偏全》(北京:北京大學出版社,2003)。

QI

啟功:《啟功叢稿》(北京:中華書局,1981 年 12 月)。

QIAN

錢鍾書:《管錐編》(北京:中華書局,1979 年),第一冊。

QIU

邱世亮:《紅樓夢影射雍正篡位論》(臺北:臺灣學生書局,

1991）。

QU

曲沐：《紅樓夢會真錄》（臺北：弘毅出版社，1996）。

SHANG

上海市紅樓夢學會、上海師範大學文學研究所編：《紅樓夢鑒賞辭典》（上海：上海古籍出版社，1988 年 5 月第 1 版）。

上海人民出版社編：《紅樓夢評論集》（上海：上海人民出版社，1975 年）。

SHEN

沈治鈞：《紅樓夢成書研究》（北京：中國書店，2004）。

SHI

施寶義、劉蘭英：《紅樓夢人物辭典》（南寧：廣西人民出版社，1989 年 5 月）。

SHOU

壽鵬飛：《紅樓夢本事辨證》（上海：商務印書館，1927 年 6 月）。

SHU

舒敦：《批本隨園詩話》（收入《紅樓夢卷》部分）。

SI

司仲敖：《隨園詩及其性靈詩說之研究》（臺北：文史哲出版社，1988 年 1 月）。

SONG

宋浩慶：《紅樓夢探》（北京：北京燕山出版社，1992 年 4 月）。

宋廣波：《胡適紅學年譜》（哈爾濱：黑龍江教育出版社，2003）。

宋廣波編校注釋：《胡適紅學研究資料全編》（北京：北京圖書館出版社，2005 年 10 月）。

宋廣波：《胡適與紅學》（北京：中國書店出版社，2006）。

宋淇：《紅樓夢識要——宋淇紅學論集》（北京：中國書店，2000）。

SUI

隋邦森，隋海鷹：《石頭記密碼：清宮隱史》（北京：中央編譯出版社，2005）。

SUN

孫渠甫：《紅樓夢微言》（收入《紅樓夢書錄》部分）。

孫遜：《紅樓夢脂評初探》（上海：上海古籍出版社，1981 年 11 月）。

孫玉明：《紅學：1954》（北京：北京圖書館出版社，2003）。

孫玉明：《日本紅學史稿》（北京：北京圖書館出版社，2006）。

TAN

譚立剛：《紅樓夢詩曲新評》（臺北：新文豐出版公司，1992）。

TONG

佟雪：《紅樓夢主題論》（南昌：江西人民出版社，1979）。

TU

土默熱著；秦軒編：《土默熱紅學：紅樓夢創作真相與作品真諦新探》（長春：吉林人民出版社，2006）。

WANG

王伯沆批：《王伯沆紅樓夢批語匯錄》（南京：江蘇古籍出版社，

1985年1月)。

王關仕:《紅樓夢研究》(臺北:東大圖書股份有限公司,1992年)。

王關仕:《紅樓夢指迷》(臺北:里仁書局,2003)。

王禮卿:《文心雕龍通解》(臺北:黎明文化事業股份有限公司,1986),頁811。

王利器:《耐雪堂集》(北京:中國社會科學出版社,1986)。

王蒙:《王蒙活說紅樓夢》(北京:作家出版社,2005)。

王夢阮、沈瓶庵:《紅樓夢索隱》(北京:北京大學出版社,1989年12月)。

王三慶:《紅樓夢版本研究》(臺北:石門圖書公司,1981年1月)。

王士超:《紅樓夢詩詞解析》,收入邸端平等《紅樓夢大觀》(呼和浩特:內蒙古人民出版社,1991年)。

王英志:《袁枚與隨園詩話》(上海:上海古籍出版社,1990年4月)。

WEI

魏紹昌:《紅樓夢版本小考》(北京:中國社會科學出版社,1982年9月)。

WEN

溫雲英:《紅樓夢作者新證:初論《石頭記》的作者是太子胤礽和太子妃石氏等》(廣州:中山大學出版社,2003)。

WU

吳恩裕:《曹雪芹叢考》(上海:上海古籍出版社,1980年2月)。

吳恩裕:《有關曹雪芹十種》(北京:中華書局,1964年11月)。

吴世昌:《紅樓夢探源外編》(上海:上海古籍出版社,1980 年 12 月)。

吴世昌:《紅樓探源》(北京:北京出版社,2000)。

吴曉南:《釵黛合一新論》(香港:三聯書局,1985 年)。

XIA

夏荷:《紅樓尋真錄》(蘭州:甘肅人民出版社,1993)。

XIE

謝玉杰,王繼光主編:《中國歷史文獻學》(北京:民族出版社,1999)。

XU

徐珂:《清稗類鈔》(北京:中華書局,1984 年 10 月)。

徐仁存、徐有為:《程刻本紅樓夢新考》(臺北:國立編譯館,1982 年 10 月)。

徐乃為:《紅樓三論》(北京:中華書局,2005)。

許葉芬:《紅樓夢辨》(收入《紅樓夢卷》部分)。

YANG

楊伯峻譯注:《孟子譯注》(香港:中華書局,1984 年 9 月)。

楊傳鏞:《紅樓夢版本辨源》(北京:北京圖書館出版社,2007)。

楊興讓:《紅樓夢研究》(西安:三秦出版社,2002)。

楊光漢:《紅樓夢:一次歷史的輪回》(昆明:雲南大學出版社,1990)。

YE

葉朗:《中國小說美學》(北京:北京大學出版社,1982 年 12 月)。

YI

一粟（周紹良、朱南銑）:《紅樓夢書錄》（上海：上海古籍出版社，1957 年）。

一粟編:《紅樓夢卷》（北京：中華書局，1965 年 7 月）。

一粟編:《紅樓夢書錄》（上海：上海古籍出版社，1981 年 7 月新 1 版）。

YING

應必誠:《論石頭記庚辰本》（上海：上海古籍出版社，1983 年 8 月）。

應必誠:《紅學何為》（上海：復旦大學出版社，2006）。

YU

俞平伯:《紅樓夢辨》（上海：亞東圖書館，1923 年），收入《俞平伯論紅樓夢》。

俞平伯:《紅樓夢研究》，收入《俞平伯論紅樓夢》。

俞平伯:《俞平伯論紅樓夢》（上海、香港：上海古籍出版社、三聯書店（香港）有限公司〔聯合出版〕，1988 年 3 月）。

俞平伯：《脂硯齋紅樓夢輯評》（上海：上海文藝聯合出版社，1954 年）。

俞曉紅:《王國維紅樓夢評論箋說》（北京：中華書局，2004）。

余英時:《紅樓夢的兩個世界》（臺北：聯經出版事業公司，1978 年）。

余英時：《歷史與思想》（臺北：聯經出版事業公司，1976 年 9 月）。

于舟、牛武：《紅樓夢詩詞聯語評注》（太原：山西教育出版社，1980 年 5 月）。

ZHANG

張愛玲:《紅樓夢魘》(臺北:皇冠雜誌社,1977年8月)。

張福昌:《脂硯齋批語詳析》(沈陽:沈陽出版社,2004年12月)。

張舜徽:《中國古代史籍舉要;中國古代史籍校讀法》(武漢:華中師範大學出版社,2004)。

張廷玉等:《世宗憲皇帝實錄》卷130,見《清實錄》(北京:中華書局,1986年11月),第八冊。

ZHAO

趙聰:《俞平伯與紅樓夢事件》(香港:友聯出版社,1955年)。

趙岡、陳鍾毅:《紅樓夢研究新編》(臺北:聯經出版事業公司,1975年12月)。

趙岡:《花香銅臭讀紅樓》(臺北:時報文化出版有限公司,1978年)。

趙岡:《紅樓夢考證拾遺》(香港:高原出版社,1963年)。

趙岡:《紅樓夢新探》(北京:文化藝術出版社,1991年9月)。

趙同:《紅樓猜夢》(臺北:三三書坊,1980年)。

趙同:《紅樓夢醒時》(新澤西:八方文化企業公司,2001)。

趙毅衡:《新批評》(北京:中國社會科學出版社,1986年)。

ZHENG

鄭慶山:《立松軒本石頭記考辨》(北京:中國文聯出版公司,1992年2月)。

鄭慶山:《紅樓夢的版本及其校勘》(北京:北京圖書館出版社,2002)。

鄭慶山校:《脂本彙校石頭記》(北京:作家出版社,2003)。

鄭慶山:《紅樓夢的版本及其校勘(續篇)》(北京:北京圖書館出版社,2006)。

鄭鐵生:《劉心武『紅學』之疑》(北京:新華出版社,2006)。

ZHONG

中國歷史大辭典·清史卷(上)編纂委員會編:《中國歷史大辭典·清史卷(上)》(上海:上海辭書出版社,1992年11月)。

ZHOU

周春:《閱紅樓夢隨筆》(收入《紅樓夢卷》部分)。

周策縱:《紅樓夢案》(香港:中文大學出版社,2000)。

周雷、劉耕路、周岭:《紅樓夢——根據曹雪芹原意新續(電視連劇劇本)》(北京:中國電影出版社,1987年)。

周汝昌:《紅樓夢新證》(上海:棠棣出版社,1953年2版)。

周汝昌:《紅樓夢新證(增訂本)》(北京:人民文學出版社,1976年4月)。

周汝昌:《紅樓夢新證》(北京:華藝出版社,1998)。

周汝昌:《獻芹集》(太原:山西人民出版社,1985年3月)。

周汝昌主編:《紅樓夢辭典》(廣州:廣東人民出版社,1987年12月)。

周汝昌、周倫苓:《紅樓夢與中國文化》(北京:中國工人出版社,1989年2月)。

周汝昌、周建臨:《紅樓夢的歷程》(哈爾濱:黑龍江人民出版社,1989年8月)。

周汝昌:《天·地·人·我》(北京:北京十月文藝出版社,

2001）。

周汝昌：《紅樓小講》（北京：北京出版社，2002）。

周汝昌：《紅樓奪目紅》（北京：作家出版社，2003）。

周汝昌：《紅樓家世：曹雪芹氏族文化史觀》（哈爾濱：黑龍江教育出版社，2003）。

周汝昌、周倫岑主編：《紅樓鞭影》（北京：北京師範大學出版社，2003）。

周汝昌：《石頭記會真》（鄭州：海燕出版社，2004）。

周汝昌著；周倫岑編：《定是紅樓夢裏人》（北京：團結出版社，2005）。

周汝昌：《紅樓十二層》（太原：書海出版社，2005 年 1 月）。

周汝昌著；周倫岑編：《周汝昌夢解紅樓》（桂林：灕江出版社，2005）。

周汝昌：《紅樓無限情：周汝昌自傳》（北京：北京十月文藝出版社，2005 年 3 月）。

周汝昌撰、周倫苓選編：《周汝昌『紅樓』內外續『紅樓』》（北京：東方出版社，2005）。

周汝昌著；周麗苓，周倫苓編：《我與胡適先生》（桂林：灕江出版社，2005）。

周紹良：《紅樓夢研究論集》（太原：山西人民出版社，1983 年）。

ZHU

朱淡文：《紅樓夢論源》（南京：江蘇古籍出版社，1992 年 6 月）。

朱一玄：《紅樓夢脂評校錄》（濟南：齊魯書社，1986 年 9 月）。

ZUO

作家出版社編輯部編：《紅樓夢問題討論集》（一集、二集、三集）（北京：作家出版社，1955年6月）；（四集）（北京：作家出版社，1955年10月）。

闕名：《譚瀛室筆記》（收入《紅樓夢卷》部分）。

乙　外語書籍

（按作者姓氏的字母順序排列）

Barthes, Roland, *Image-Music-Text.* Ed. and trans. by Stephen Heath (New York: Hill & Wang, 1977).

Barthes, Roland, *Essais critiques* (Paris: Editions du Seuil, 1964).

Barthes, Roland, *S/Z* (Paris: Éditions du Seuil, 1970).

Bleich, David, *Readings and Feelings: An Introduction to Subjective Criticism* (Urbana, Ilinois: NCTE, 1975).

Booth, Wayne C., *The Rhetoric of Fiction*, 2nd ed. (Chicago: University of Chicago Press, 1983).

Chan, Bing-Cho, *The Authorship of the Dream of the Red Chamber based on a Computerized Statistical Study of its Vocabulary.* (Hong Kong: Joint Pub., 1986).

Culler, Jonathan, *Structuralist Poetics* (London, Melborune and Henley: Routledge & Kegan Paul, 1975).

Culler, Jonathan, *On Deconstruction-Theory and Criticism after Structuralism* (New York: Cornell University Press, 1982).

Dilthey, Wilhelm, *Gesammelte Schriften* Vol. V. (Stuttgart: Kohlhammer, 1967).

Eagleton, Terry, *Marxism and Literary Criticism* (Berkeley: University of California Press, 1976).

Eagleton, T. & Drew Milne (ed.) *Marxist Literary Theory: a Reader* (Oxford: Blackwell Publishers, 1996).

Eco, Umberto, *A Theory of Semiotics* (Bloomington: Indiana University

Press, 1976).

Fischer, D. H., *Historians' Fallacies* (London: Routledge & Kegan Paul, 1971).

Fokkema, D. W. & Kunne-Ibsch, Elrud, *Theories of Literature in the Twentieth Century* (London: C. Hurst & Co Ltd., 1977).

Freund, Elizabeth, *The Return of the Reader-Reader-response Criticism* (London: Muthuen, 1987).

Gadamer, *Truth and Method.* Trans by Joel Weinsheimer and Donald G. Marshall. (New York: Crossroad Publish Corporation, 1989).

Harries, Wendell V., *Dictionary of Concepts in Literary Criticism and Theory* (New York: Greenwood Press, 1992).

Hirsch, E. D. Jr., *Validity in Interpretation* (New Haven and London: Yale University Press, 1967).

Horton, Susan R., *Interpreting Interpreting-Interpreting Dickens's Dombey* (Baltimore and London: The Johns Hopkins University Press, 1979).

Howard, Roy J., *Three Faces of Hermeneutics: an Introduction to Current Theories of Understanding* (Berkeley & London: University of California Press, 1982).

Ingarden, Roman, *Cognition of the Literary Work of Art* (Evanston: Northwestern University of Press, 1973).

Jakobson, Roman, *Language in Literature.* Edited by Krystyna Pomorska and Stephen Rudy (London: The Belknap Press of Harvard University Press, 1987).

Kant, Immanuel, *Kritik der reinen Vernunft.* (Leipzig: Kroner, 1925).

Kubin, Wolfgang (Hrsg.), *Hongloumeng: Studien zum "Traum der roten Kammer"* (Bern; New York: P. Lang, 1999).

Lang, Berel & Williams, Forrest, ed. *Marxism and Art: Writings in Aesthetics and Criticism* (New York & London: Longman Inc., 1972).

Mailloux, Steven, *Interpretive Conventions* (Ithaca and London: Cornell University Press, 1982).

Macherey, Pierre, *A Theory of Literary Production* (London: Routledge & Kegan Paul, 1978).

McGann, Jerome J, *A Critique of Modern Textual Criticism* (Chicago & London: The University of Chicago Press, 1983).

McGann, Jerome J, *Textual Condition* (Princeton: Princeton University Press, 1991).

Miller, Lucien, *Masks of Fiction in Dream of the Red Chamber: Myth, Mimesis, and Persona* (Tuscon [sic]: Published for the Association for Asian Studies by the University of Arizona Press, 1975).

Molina, David Newton-de, ed., *On Literary Intention* (Edinburgh: Edinburgh University Press, 1976).

Palmer, Richard E., *Hermeneutics* (Evanston: Northwestern University Press, 1969).

Parker, Hershel, *Flawed Texts and Verbal Icons: Literary Authority in American Fiction* (Evanston: Northwestern University Press, 1984).

Richards, I. A., *Principles of Literary Criticism* (London: Routledge & Kegan Paul Ltd., 1974).

Richards, I. A., *Poetries and Sciences* (London: Routledge & Kegan Paul, 1970).

Ricoeur, Paul, *Interpretation Theory: Discourse and the Surplus of Meaning* (Fort Worth Tex.: The Texas Christian University Press, 1976).

Ricoeur, Paul, *Hermeneutics and the Human Sciences.* edited and translated by John B. Thompson (Cambridge: Cambridge University Press, 1981).

Rolston, David L., *Traditional Chinese Fiction and Fiction Commentary: Reading and Writing between the Lines* (Stanford, Calif.: Stanford University Press, 1997).

Schleiermacher, F. D. E., Hermeneutics: *The Handwritten Manuscripts. Edited by Heinz Kimmerle, trans. by J. Duke and J. Forstman* (Missoula, Montana: Scholars Press for The American Academy of Religion, 1977).

Shillingsbury, Peter, *Scholarly Editing in the Computer Age* (Athens: University of Georgia Press, 1986).

Suleiman, Susan R., & Corsman, Inge, ed. *The Reader in the Text* (Princeton: Princeton University Press, 1980).

Tanselle, Thomas, *Textual Criticism and Scholarly Editing* (Charlottesville and London: The University Press of Virginia, 1990).

Tanselle, Thomas, *Textual Condition* (Princeton: Princetion University Press, 1991).

Wellek, René, & Warren, Austin, *Theory of Literature.* 3rd (revised) edition (London: Jonathan Cape, 1966).

Wimsatt, W. K. & Beardsley, M. C., *The Verbal Icon: Studies in the Meaning of Poetry* (Lexington: University of Kentucky, 1954).

Williams, Raymond, *Marxism and Literature* (Oxford: Oxford University Press, 1977).

Wu, Shih-Ch`ang, *On The Red Chamber Dream - A Critical Study of Two Annotated Manuscripts of The XVIIIth Century* (Oxford: Oxford University Press, 1961).

Yu, Anthony C, *Rereading the Stone: Desire and the Making of Fiction in Dream of the Red Chamber* (Princeton, N. J.: Princeton University Press, 1997).

船越達志:《紅楼夢成立の研究》(東京:汲古書院,2005)。

金瑛、李秀珍編輯:《紅樓夢的傳播與翻譯》(漢城:高麗大學校、鮮文大學校,2004 年 11 月)。

丙　中文論文

（按作者或編者姓氏的漢語拼音序排列）

BIAN

邊錦硯：〈曹氏故宅——從紀念展覽到故居發現〉，《明報月刊》1978年第13卷第7期。

CAI

蔡義江：〈努力接近曹雪芹原著的面貌——《紅樓夢》浙江版前言〉，《紅樓夢學刊》1994年1輯〔1994年2月〕，頁207—316）。

蔡義江：〈《紅樓夢》第22回回末考察〉，《紅樓夢學刊》2001年2輯，頁200—214。

CAO

曹允中：〈《紅樓夢》後四十回作者問題的研究〉，《中央日報》1966年4月23日，第4版。

CHAN

單世聯：〈知在紅樓第幾層——對紅學史的一個檢討〉，《（複印報刊資料）紅樓夢研究》，1990年1期，頁71—78。

CHEN

陳慶浩：〈胡適之“紅學”批判〉，《紅樓夢研究專刊》第八輯（1970年9月），頁5—52。

陳汝惠：〈向《紅樓夢》研究中的頹廢主義作鬥爭〉，見《討論集》（二集），頁148—171。

陳毓羆：〈曹雪芹卒年問題再商榷〉，見陳毓羆、劉世德、鄧紹基合著之《紅樓夢論叢》（上海：上海古籍出版社，1979年3

月），頁264—273。

陳詔：〈《紅樓夢》不避諱論〉，《紅樓夢研究集刊》（上海：上海古籍出版社，1981），頁309—317。

CHENG

程千帆：〈為肅清古典文學研究領域中的資產階級思想而鬥爭〉，《討論集》（二集），頁39—51。

DENG

鄧拓：〈論《紅樓夢》的社會背景和歷史意義〉，《討論集》（三集），頁1—22。

DING

丁廣惠：〈脂評畸笏批考辨〉，收入張錦池、鄒進先編《中外學者論紅樓》（哈爾濱：北方文藝出版社，1989年6月），頁719—742。

DUAN

段熙仲、潘君昭：〈談《風月寶鑑》的作者〉，《紅樓夢研究集刊》，第8輯（1982年3月），頁259—264。

DUANMU

端木蕻良：〈俞平伯資產階級思想的根源〉，見《討論集》（一集），頁172—180。

EN

恩格斯：〈恩格斯致哈克奈斯書〉，見楊炳編《馬克思、恩格斯論文藝和美學》（北京：文化藝術出版社，1982年9月），頁802—803。

FAN

范鄉之:〈《紅樓夢》作者新考質疑〉,《河南大學學報》1991年2期(1991年3月出版),頁72—75。

GAO

高蘭:〈批判俞平伯主觀主義的考證方法〉,《討論集》(一集),頁374—379。

GU

谷峪:〈談談賈寶玉〉,《紅樓夢問題討論集》(三集),頁251—256。

GUO

郭功照:〈論《紅樓夢》現實主義傾向的實質〉,《討論集》(四集),頁127—133。

郭若愚:〈《紅樓夢》人物的服飾研究(上)〉,《紅樓夢研究集刊》第10輯(1983年8月),頁413—433。

HAN

韓紹泉:〈從列藏本看《紅樓夢》第六十四回和第六十七回各本文字的真偽問題〉,《(複印報刊資料)紅樓夢研究》1990年4期,頁65—69。

HAO

郝炘:〈《石頭記》的主題思想究竟是什麼?〉,《紅樓夢學刊》1983年4輯(1983年11月),頁49—69。

HE

何劍熏:〈論《紅樓夢》的主題思想〉,見《討論集》(三集),頁

107—125。

何其芳：〈沒有批評，就不能前進〉，《討論集》（二集），頁14—33。

禾子：〈略談《紅樓夢》〉，《討論集》（一集），頁110—116。

HONG

洪濤：〈論紅學派別的分歧、名稱與實際〉，載於《香港聯合報》1994年10月30日，第15版。

洪濤：〈《紅樓夢》的詮釋與背景重建問題〉，載於《香港聯合報》1994年12月4日，第15版。

洪濤：〈從西方版本學看《紅樓夢》的詮釋問題〉，載於《明清小說研究》1999年3期，頁121—135。

洪濤：〈馬克思文論在紅學作者論中的應用〉，載於黎活仁等編：《方法論與中國小說研究》（香港：香港大學亞洲研究中心，2000年9月），頁199—222。

洪濤：〈從《紅樓夢》的英譯看中西禮儀的異同〉，載於《中國古代小說戲劇研究叢刊》（蘭州：甘肅教育出版社，2003年12月），頁63—78。

洪濤：〈貫通論、有機說與《紅樓夢》的文本地位和詮釋問題〉，載於《紅樓夢學刊》總第104期，2005年第1期（2005年1月5日），頁242—258。

HU

胡念貽：〈評近年來關於紅樓夢研究中的錯誤觀點〉，《討論集》（二集），頁221—238。

HUA

花月痴人：〈《紅樓幻夢》自序〉，見《紅樓夢卷》，頁54—55。

HUO

霍松林:〈試論《紅樓夢》的人民性〉,《討論集》(四集),頁80—99。

JI

季陶達:〈對新版《紅樓夢》的兩條建議〉,《紅樓夢學刊》1986年4輯(1986年12月),頁299—300。

季稚躍:〈論列寧格勒藏鈔本《石頭記》的構成及年代〉,《紅樓夢學刊》1987年3輯(1987年8月),頁185—222。

JIANG

蔣維錟:〈再談列藏本的年代問題〉,《紅樓夢學刊》1988年3輯(1988年8月),頁225—247。

JIN

金明:〈脂評為什麼被刪除〉,《紅樓夢研究集刊》第4輯(上海:上海古籍出版社,1980),頁328。

JUN

峻明:〈向誰"抗議"?〉,《討論集》(二集),頁102—111。

LAN

蘭皋居士:〈《綺樓重夢》楔子〉,《紅樓夢卷》,頁45—46。

LI

李定坤:〈俞平伯關於研究《紅樓夢》的文章是錯誤的著作〉,《討論集》(一集),頁387—394。

李金華:〈關於曹雪芹的創作經歷問題〉,《紅樓夢學刊》1982年3輯(1982年8月),頁157—183。

李少清：〈從《石頭記》到《紅樓夢》〉，《紅樓夢學刊》1982年1輯（1982年2月），頁256—283。

李希凡、藍翎：〈關於《紅樓夢》簡論〉，見《討論集》（一集），頁47—67。

李希凡、藍翎：〈論《紅樓夢》的人民性〉，《討論集》（三集），頁23—42。

李希凡、藍翎：〈評《紅樓夢研究》〉，《討論集》（一集），頁68—81。

李希凡：〈俞平伯先生怎樣評價了《紅樓夢》的後四十回續本〉，《討論集》（一集），頁201—208。

李易：〈評俞平伯先生對《紅樓夢》後四十回的一些看法〉，《討論集》（一集），頁166—171。

力揚：〈對表現在《紅樓夢》研究中的胡適派資產階級唯心論展開批判的重大意義〉，《討論集》（一集），頁126—135。

LIE

列寧：〈列甫·托爾斯泰是俄國革命的鏡子〉，見中國藝術研究所、馬克思主義文藝理論研究所、《文藝研究》編輯部編《馬克思主義文藝理論著作選讀》（北京：文化藝術出版社，1990年1月），頁285—292。

LIN

林冬平：〈《紅樓夢》的現實主義〉，見《討論集》（三集），頁126—138。

林方直：〈借來詩境入傳奇〉，周策縱編：《首屆國際紅樓夢研討會論文集》（香港：中文大學出版社，1983年），頁256—263。

林庚：〈批判《紅樓夢》研究中的資產階級唯心觀點〉，《討論集》（一集），頁238—245。

林冠夫：〈掃葉撫零——回顧《紅樓夢》新本的校勘〉，《紅樓夢學刊》，1982年3輯（1982年8月），頁209—227。

林焕平：〈俞平伯的《紅樓夢》研究錯誤在哪裡〉，《討論集》（一集），頁297—303。

LIU

劉大傑：〈賈寶玉和林黛玉的藝術形象〉，見《討論集》（三集），頁266—276。

劉恆：〈"冷月葬詩魂"探源〉，《紅樓夢學刊》1987年1輯（1987年4月），頁263—264。

劉溶：〈不能那樣看待《紅樓夢》〉，見《討論集》（一集），頁261—272。

劉綬松：〈俞平伯的錯誤思想主要表現在哪裡〉，《討論集》（二集），頁122—130。

LU

魯迅：〈《絳洞花主》小引〉，《魯迅全集》（北京：人民文學出版社，1981年），卷8，頁145—146。

LU

呂一：〈我對俞平伯在《紅樓夢》研究中錯誤觀點的認識〉，見《討論集》（一集），頁304—313。

MA

馬力：〈從敘述手法看"石頭"在《紅樓夢》中的作用〉，見梅節、馬力：《紅學耦耕集》（香港：三聯書店有限公司，1988年1月），頁65—80。

MAO

毛星：〈評俞平伯先生的"色空"說〉，《討論集》（一集），頁330—345。

毛國瑤：〈談南京圖書館藏戚序抄本紅樓夢〉，載於南京師範學院中文系資料室編：《紅樓夢版本論叢》（南京：南京師範學院中文系資料室，1976年5月），頁160—168。

MEI

梅挺秀（梅節）：〈析"鳳姐點戲，脂硯執筆"〉，載《紅樓夢學刊》1984年4輯（1984年11月），頁229—239。

梅節：〈曹雪芹、脂硯齋關係探微〉，《河南教育學院學報（哲學社會科學版）》2005年4期，頁40—48，71。

NA

納山人：〈《增補紅樓夢》序〉，《紅樓夢卷》，頁53—54。

NIE

聶紺弩：〈論俞平伯對紅樓夢的"辨偽存真"〉，《討論集》（一集），頁346—360。

PAN

潘重規：〈民族血淚鑄成的紅樓夢〉，收入李辰冬《紅樓夢研究》（臺北：正中書局，1977年6月）。

PANG

龐英：〈列寧格勒藏抄本《石頭記》第六十七回考析〉，《（複印報刊資料）紅樓夢研究》，頁122—127。

QIAN

錢靜方：〈紅樓夢考〉，見《紅樓夢卷》，頁323—326。

QI

啟功：《啟功給你講紅樓》（北京：中華書局，2006）。

QIU

邱奇:〈“曹雪芹獨特的結構學”質疑〉,《北方論叢》1992 年 6 期(1992 年 11 月),頁 59—68。

仇曾升:〈“紅樓”婦女隱“足”考〉,《紅樓夢學刊》1993 年 4 輯(1993 年 11 月),頁 105—112。

REN

任少東、趙金銘:〈苕溪漁隱所見《石頭記》舊抄本〉,《(複印報刊資料)紅樓夢研究》1991 年 1 輯,頁 72—80。

容庚:〈紅樓夢的本子問題質胡適之俞平伯先生〉,《北京大學研究所國學周刊》1925 年 1 卷第 5、6、9、11 期。

SHA

沙鷗:〈俞平伯的方法論和世界觀是什麼?〉,見《討論集》(一集),頁 273—279。

SHAO

韶華:〈從“後四十回底批評”中看俞平伯的資產階級和封建士大夫思想〉,《討論集》(一集),頁 219—226。

SHAN

山東大學集體討論:〈我們對於《紅樓夢》的初步認識〉,《討論集》(三集),頁 196—218。

SHI

施子愉:〈評《紅樓夢新證》〉,《討論集》(四集),頁 192—209。

石靈:〈對《紅樓夢研究》的一點看法〉,《討論集》(一集),頁 403—412。

石棱羽:〈當代紅學史論三題——關於“批俞運動”的幾點質

疑〉，《汕頭大學學報（人文版）》，1986 年 2 期（1986 年 5 月），頁 57—69。

SHU

舒蕪：〈堅決開展對古典文學研究中資產階級思想的鬥爭〉，《討論集》（二集），頁 1—10。

SONG

宋淇：〈小腳與大腳〉，《中國時報》1980 年 7 月 20 日，第 8 版。

宋淇：〈論“冷月葬花魂”〉，《香港紅學論文選》（天津：百花文藝出版社，1982 年 6 月），頁 166—182。

宋德胤：〈《紅樓夢》中的滿俗初探〉，《紅樓夢學刊》1984 年 4 輯（1984 年 11 月），頁 267—292。

SUN

孫昌熙：〈從考證談到《紅樓夢》的評價問題〉，《討論集》（二集），頁 216—220。

孫玉明：〈《紅樓夢》的作者就是曹雪芹——與趙國棟同志商榷〉，《北方論叢》，1991 年 3 期（1991 年 5 月），頁 95—102。

TANG

唐德剛：〈曹雪芹底“文化衝突”〉，載周策縱編《首屆國際紅樓夢研討會論文集》，頁 151—162。

唐弢：〈什麼叫做“舊紅學”和“新紅學”〉，《討論集》（二集），頁 279—290。

TAO

陶建基：〈試論尤三姐——《庚辰本》與《程甲本》比較研究之一〉，《紅樓夢學刊》1982 年 4 輯（1982 年 11 月），頁 213—232。

陶建基:〈出水芙蓉不染泥——兼談"寶玉探晴雯"在庚辰本與程甲本中的異文〉,《紅樓夢學刊》1984 年 2 輯(1984 年 5 月),頁 235—250。

WANG

汪稚青:〈良工精琢美玉無瑕——《紅樓夢》尤三姐形象創造淺談〉,《紅樓夢學刊》1989 年 4 輯(1989 年 11 月),頁 121—134。

王靖宇著,周發祥譯:〈"脂硯齋評"和《紅樓夢》〉,收入王靖宇《左傳與傳統小說論集》(北京:北京大學出版社,1989 年 5 月),頁 156—177。

王靖宇著,陳荃禮、袁守軍譯:〈脂硯齋評注與《紅樓夢》〉,《紅樓夢學刊》1991 年 2 輯(1991 年 5 月),頁 283—303。

王佩璋:〈《紅樓夢》簡說〉,見《討論集》(三集),頁 56—64。

王佩璋:〈談俞平伯先生在《紅樓夢》工作中的錯誤態度〉,見《討論集》(一集),頁 187—195。

王佩璋:〈曹雪芹的生卒年及其他〉,見《文學研究集刊》第五冊(1956 年 5 月),頁 217—259。

王人恩:〈"寒塘渡鶴影,冷月葬花魂"考論〉,《紅樓夢學刊》2006 年第 2 輯,頁 283—302。

WEI

魏譚:〈《紅樓夢》六十四、六十七回真偽問題探源〉,《紅樓夢研究集刊》第 8 輯(1982 年 5 月),頁 265—275。

WU

吳恩裕:〈曹雪芹的《紅樓夢》與政治〉,《新觀察》十六期(1954 年),頁 23—25。

吳組緗:〈評俞平伯先生的《紅樓夢》研究工作並略談《紅樓

夢》〉，《討論集》(一集)，頁227—237。

XIAO

逍海：〈曹雪芹生卒年研究述要〉，《紅樓夢學刊》1991年1輯(1991年2月)，頁239—251。

XU

徐高阮：〈關於《紅樓夢》第六十四六十七回〉，《陽明月刊》第25期，頁45—51；第26期，頁65—69；第28期，頁62—65；第29期，頁51—54。

徐恭時：〈曹雪芹傳略〉，收入上海市紅樓夢學會、上海師範大學文學研究所編《紅樓夢鑒賞辭典》（上海：上海古籍出版社，1988年5月），頁713—748。

徐恭時：〈續夢賈假與甄真〉，《紅樓夢學刊》1982年4輯（1982年11月），頁257—282。

徐仁存、徐有為：〈《石頭記》第六十四、六十七回的真偽問題(下)〉，《中外文學》16卷1期（1987年6月1日），頁63—80。

XUE

薛洪勣：〈"冷月葬花魂"還有更早的淵源〉，《紅樓夢學刊》1985年1輯（1985年3月），頁100。

YANG

楊向奎：〈曹雪芹的思想〉，《討論集》(四集)，頁51—65。

楊蔭安：〈關於曹雪芹的世界觀和創作方法的一些理解〉，見《討論集》(三集)，頁138—146。

YAO

姚雪垠：〈論俞平伯底美學思想底腐朽性及其根源〉，《討論集》

（二集），頁 64—81。

YAN

嚴冬陽：〈《紅樓夢》的批語和批書人〉，見《臺灣紅學論文選》（天津：百花文藝出版社，1981）。

YU

俞平伯：〈堅決與反動的胡適思想劃清界限〉，《討論集》（二集），頁 310—320。

俞平伯：〈俞平伯致毛國瑤信函輯錄〉，《紅樓》，1998 年第 4 期，頁 3—16。

余士銘：〈錯在哪裡〉，見《討論集》（一集），頁 160—165。

余冠英：〈為什麼不能從大處著眼〉，見《討論集》（二集），頁 177—183。

俞樾：〈小浮梅閒話〉，載《紅樓夢卷》，頁 390。

YUAN

元之凡：〈薙髮案、土番兒、取律、荳童及其他——試論《紅樓夢》的思想傾向兼議《紅樓夢》的索隱〉，《紅樓夢學刊》1986 年 1 輯（1986 年 2 月），頁 223—248。

ZHAN

詹安泰：〈進一步挖掘俞平伯研究《紅樓夢》的錯誤思想〉，《討論集》（一集），頁 314—325。

ZHANG

張壽平：〈紅樓夢脂批平議〉，見蔡元培等《石頭記索隱》（臺北：金楓出版有限公司，1987 年 5 月），頁 224—235。

張戴：〈論《紅樓夢》的時代背景和曹雪芹的創作思想〉，見《討論集》（四集），頁 20—36。

張金煌：〈評《紅樓夢》研究中的主觀片面傾向〉，《（複印報刊資料）紅樓夢研究》1989 年 2 期，頁 21—27。

張錦池：〈再談曹雪芹的結構學〉，《紅樓夢學刊》1993 年 2 輯（1992 年 5 月），頁 1—19。

張新之：〈石頭記讀法〉，見馮其庸纂校訂定、陳其欣助纂《八家評批紅樓夢》（北京：文化藝術出版社，1991 年 9 月），頁 73—78。

張訓：〈《紅樓夢》作者新考之失誤〉，《河南大學學報》1991 年 5 期（1991 年 9 月出版），頁 52—56。

張俊：〈關於《紅樓夢作者新考》的通訊〉，《紅樓夢學刊》1991 年 2 輯（1991 年 5 月），頁 307—320。

ZHAO

趙岡：〈曹雪芹的民族主義思想〉，《紅樓夢研究專刊》第 11 輯（1974 年 12 月），頁 72—77。

趙岡：〈從靖應鶤藏鈔本《紅樓夢》談紅學考證的新問題〉，收入胡文彬、周雷編《海外紅學論集》（上海：上海古籍出版社，1982 年），頁 434—447。

趙金銘：〈脂硯齋初評《石頭記》是在什麼年代〉，《紅樓夢學刊》1986 年第 4 輯（1986 年 11 月），頁 293—299。

趙國棟：〈《紅樓夢》作者新考〉，《河南大學學報》1990 年 2 期，頁 34—43。

趙寧：〈釋“鳳姐點戲，脂硯執筆”〉，見《紅樓夢研究集刊》第 6 輯（1981 年 11 月），頁 318。

趙衛邦：〈《紅樓夢稿》校讀札記〉，《紅樓夢學刊》1984 年 4 輯（1984 年 11 月），頁 179—194。

趙衛邦：〈紅樓夢五種脂本考異撮要〉，《紅樓夢研究集刊》第 13

輯（1986 年），頁 247—260。

趙宜人：〈“色”“空”觀念不是《紅樓夢》的主要思想〉，《討論集》（一集），頁 395—402。

ZHENG

鄭慶山：〈論晉本《紅樓夢》〉，《（複印報刊資料）紅樓夢研究》1990 年 2 期，頁 73—80。

鄭慶山：〈讀夢覺本《紅樓夢》批語札記〉，《紅樓夢學刊》1988 年 3 輯（1988 年 8 月），頁 249—278。

鄭慶山：〈列藏本《石頭記》底本考〉，《紅樓夢學刊》1988 年 4 輯（1988 年 11 月），頁 179—218。

ZHONG

鍾洛：〈應該重視對《紅樓夢》研究中的錯誤觀點的批判〉，《討論集》（一集），頁 82—90。

ZHOU

周策縱：〈論一部被忽視了的《紅樓夢》舊抄本〉，《紅樓夢學刊》1993 年 1 輯（1993 年 2 月），頁 15—41。

周培桐等：〈劉老老是怎樣的一個人〉，《討論集》（三集），頁 373—380。

周汝昌：〈《石頭記探佚》序〉，見梁歸智《石頭記探佚》（太原：山西教育出版社，1992 年 10 月，第 2 版），頁 1—4。

周汝昌：〈《紅樓夢》版本的新發現〉，《大公報》1965 年 7 月 25 日，第 12 版。

周煦良：〈《紅樓夢》第六十七回是偽作〉，見劉夢溪編《紅學三十年論文選編（下）》（天津：百花文藝出版社，1983 年 4 月），頁 203—211。

ZHU

朱鳳玉:〈紅樓夢脂硯齋評語新探〉(臺灣中國文化學院中國文學研究所碩士論文,1979 年)。

闕名:〈《紅樓夢》訟案〉,見王利器輯錄《元明清三代禁毀小說戲曲史料》 (上海:上海古籍出版社,1981 年 2 月),頁 162—164。

丁 外語論文

(按作者姓氏字母先後排序)

Culler, Jonathan, "Introduction: The Identity of the Literary Text". In Mario J. Valdes & Owen Miller (ed.) *Identity of the Literary Text* (Toronto: University of Toronto Press, 1985), p. 3—15.

Dutton, Denis, "Why Intentionalism Won't Go Away". In Anthony Cascardi ed., *Literature and the Question of Philosophy* (Baltimore: Johns Hopkins UP, 1987), p. 194—209.

Foucault, Michel, "What is an author?" IN Josue V. Harari (ed.) *Textual Strategies* (Ithaca, New York: Cornell University Press, 1979). p. 141—160.

Graff, Gerald, "Co-optation", in *The New Historicism.* Edited by H A Veeser (London: Routledge, 1989), p. 168—171.

Holland, Norman, "Unity Identity Text Self". In Jane P. Tompkins ed. *Reader-Response Criticism-From Formalism to Post-structuralism* (Baltimore and London: The Johns Hopkins University Press, 1980), p. 118—133.

Karlgren, Bernhard, "New Excursions in Chinese Grammar", *Bulletin of the Museum of Far Eastern Antiquities*, No. 24 (1952).

Liu, David Jason, "The Chih-yen-chai Commentary: An Analysis in the Perspective of Western Theories of Literature", *Tamkang Review*,

V. 10, no. 4 (1980) . p. 471—493。

Mclaverty, James , "Issues of Identity and Utterance: An Intentionalist Response to 'Textual Instability'" . In Philip Cohen (ed.) *Devils and Angels - Textual Editing and Literary Theory* (Charlottesville and London: University Press of Virginia, 1991), p. 134—151.

Mukařovský, Jan , "Standard Language and Poetic Language", In Paul L. Garvin ed. *A Prague School Reader on Esthetics, Literary Structure, and Style: Selected and translated from the Original Czech.* (Washington, D. C. : Georgetown University Press, 1964), p. 17—30.

Hershel Parker , "Lost Authority: Non-sense, Skewed Meanings, and Intentionless Meanings" IN *Against Theory: Literary Studies and the New Pragmatism.* Edited by by W. J. T. Mitchell (Chicago and London: the University of Chicago, 1983).

Patterson, Lee , "The Logic of Textual Criticism and the Way of Genius" In Jerome J. McGann ed. , *Textual Criticism and Literaray Interpreation* (Chicago: Chicago University Press, 1985), p. 55—92.

Shan, Te-hsing , "The Self-Ordained Ideal Reader: An Iserian Study of Three Hsiao-shuo P'ing-tien Critics" (Unpublished doctoral thesis, 1986).

Shan, Te-hsing , "A Study of Chih-yen-chai's Commentary on the Hong-lou-meng" . In *Studies in Language and Literature no.* 2 (October 1986), pp. 134—156.

Shillingsburg, Peter , "The Autonomou Author, the Sociology of Texts, and the Polemics of Textual Criticism" . In Philip Cohen ed. , *Devils and Angels Textual Editing and Literary Theory* (Charlottesville and London: the University Press of Virginia, 1991), pp. 22—43.

Thorpe, James , "Aesthetics of Textual Criticism" . In O. M. Brack, Jr. & Warner Barnes (ed.) *Bibliography and Textual Criticism English and American Literarture, 1970 to the Present* (Chicago and London:

The University of Chicago Press, 1969), pp. 102—138.

WANG, John C. Y. , "The Chih-yen-chai Commentary and the *Dream of the Red Chamber*: A Literary Study". In Adele Austin Rickett ed. , *Chinese Approaches to Literature from Confucius to Liang Ch'i-ch'ao.* Princeton: Princeton University Press, 1987), pp. 189—220.

村上哲見:〈紅樓夢研究をめぐる批判討論の經過と論點〉,日本《中國文學報》第二冊(1955年4月),頁162—182。